GREEN MAN

DAVID KLASS
GREEN MAN

TRADUIT DE L'ANGLAIS (ÉTATS-UNIS) PAR RÉMI BOITEUX

EQUINOX
les arènes

Pour Gabe et Maddy

1

L'homme était allongé dans la pénombre, au bord de la falaise, et fixait à travers ses jumelles la rivière Snake, qui sous le clair de lune serpentait dans les collines de l'Idaho jusqu'au barrage. Faisant mentir le surnom que lui avaient attribué les médias, il était vêtu de noir des bottes à la cagoule. Tout comme le drone qui lui faisait face, noir lui aussi, de ses quatre hélices jusqu'à sa cargaison de neuf kilos. Il avait lui-même construit l'imposant quadrirotor, à partir d'éléments qu'il avait dénichés ici et là durant trois mois. La chose se tenait maintenant perchée à ses côtés, tel un oiseau préhistorique à la crête hérissée s'apprêtant à fondre sur d'innocentes proies.

Il passa une main sur sa joue râpeuse. Quatre jours qu'il n'avait pas dormi dans un lit, pris une douche ou parlé à quelqu'un. Au volant de son van il avait traversé sept États par les routes secondaires, délesté de tout téléphone portable, n'utilisant ni carte de crédit ni connexion Internet depuis qu'il avait dit au revoir à sa femme, à ses enfants, à son foyer dans le Michigan. Il avait apporté sa nourriture, son eau, son carburant : même le plus petit commerce pouvait être équipé de caméras. Une fois enregistrée, une image devenait une donnée, accessible à ceux qui le recherchaient. Il portait une polaire et une combinaison de nylon qui contenaient la chaleur de son corps, car il se trouvait à proximité d'une zone surveillée par leurs satellites à imagerie thermique.

En contrebas, d'immémoriales formations archéennes – les roches les plus anciennes que l'on puisse voir à la surface de la Terre – plongeaient à pic, formant le ravin qui offre à la Snake le lit de son virage vers l'ouest, le Wyoming puis l'océan, au bout de plus d'un millier de sinueux kilomètres. Sous la lumière argentée de la lune, cette perspective donnait à l'homme la sensation de scruter le lointain passé de la planète, lorsqu'elle était encore pure et innocente, vierge des souillures humaines.

Un instant, submergé par un sentiment d'immense tristesse et de futilité, il pensa renoncer et retourner sous la tente. Contrairement à ce que laissait entendre son portrait psychologique dressé par les profileurs du FBI – et si massivement diffusé qu'il était lui-même tombé dessus –, il ne ressentait aucun désir secret d'être arrêté. S'ils l'attrapaient, il se retrouverait sous les verrous pour le restant de ses jours. Or, si la douleur ne lui faisait pas peur, l'emprisonnement représentait pour lui un enfer à éviter à tout prix. En l'arrêtant, ils détruiraient en même temps sa famille, qu'il chérissait au-delà de tout.

Il avait parfaitement conscience que chaque nouveau coup qu'il effectuait augmentait les risques de commettre une erreur. L'Unité Green Man comptait désormais dans ses rangs trois cents fédéraux au bas mot, soit deux fois plus que pour la traque d'Unabomber. Le moindre faux pas de sa part leur livrerait presque à coup sûr l'ultime indice dont ils avaient besoin. C'était une question de hasard et de temps, mais s'il continuait à frapper de nouvelles cibles c'était couru d'avance. S'il s'arrêtait aujourd'hui, en revanche, ils devraient faire avec les maigres éléments en leur possession. Prendre des risques supplémentaires n'avait donc aucun intérêt – la suicidaire cavalcade du monde était déjà bien lancée, et il doutait sérieusement que ses actes puissent en inverser le processus. Le plus sensé serait d'abandonner sa mission, et de profiter ainsi d'un temps précieux avec sa femme et ses enfants…

Alors, au sommet du barrage – haut de plus de cent mètres –, les feux jumeaux d'une Jeep en patrouille longeant le parapet, comme une piqûre de rappel, le ramenèrent dans l'action.

De son grand sac à dos noir il sortit la télécommande mais la laissa dans son étui en fibre de verre afin d'en masquer l'empreinte thermique. D'une pression il lança le tournoiement des quatre hélices du drone. Un dernier contrôle de la cargaison : les vingt bâtons de plastic agglutinés reposaient là confortablement, serrés contre le détonateur.

Le drone décolla, et l'homme se mit à manipuler avec dextérité les deux leviers pour en contrôler la rotation, la hauteur, l'inclinaison et la vitesse. Il le fit s'éloigner par-dessus le ravin, le bassin miroitant, l'imposant barrage. Planant en cercles lents, un point noir se dessina sur la lune, maintenu à bonne altitude, hors de portée de leurs yeux et de leurs oreilles. La nuit était calme, le ciel dégagé, c'était comme si Dieu, dans toute sa bienveillante grandeur, lui offrait une ultime occasion de réfléchir à la démesure des dommages qu'il allait causer, à ces vies innocentes qu'il était sur le point d'interrompre.

Encore un mauvais point pour les profileurs : non, il n'était pas sociopathe. Il était au contraire plein d'empathie, et n'éprouvait aucun plaisir à tuer. Il était par ailleurs parfaitement conscient que les personnes dont il allait abréger la vie n'avaient aucun lien avec l'existence ou la raison d'être de ce barrage. D'ailleurs, au moment de sa construction, en 1970, la plupart de ces vies n'avaient pas encore commencé. Se retrouver à proximité lors de sa destruction relevait de la simple malchance. Il admettait que les employés du barrage n'avaient probablement fait qu'accepter un moyen fiable de subsistance. À l'époque où il sortait, tout juste diplômé, de Yale, il avait lui-même accepté une poignée de postes assez comparables. Mais ce qui devait être fait ne pouvait l'être qu'au prix de quelques vies humaines, voilà tout.

L'homme baissa la tête pour prier. « Pardon, mon Dieu », murmura-t-il avant de faire glisser ses doigts sur le levier droit, lançant le drone dans une plongée aussi raide que maîtrisée. Il reçut l'habituelle décharge d'adrénaline – accompagnant la certitude que ce qui devait arriver allait arriver pour de bon –, doublée du plaisir coupable d'observer sa création atteindre les cent kilomètres à l'heure, sa vitesse maximale. Chaque kilo de son chargement rendait le vol plus délicat et l'accélération plus difficile. Il avait eu besoin de plusieurs années pour parvenir à ce résultat, un engin capable de voler si vite tout en étant lesté d'un tel poids.

À mi-chemin du parapet, la Jeep s'arrêta. Le chauffeur avait-il entendu quelque chose ? C'était peu probable. Et puis il était trop tard, sauf peut-être pour un tireur d'élite

– capable d'analyser la situation, de saisir son arme puis de viser en deux secondes à peine. Quoi qu'il en soit, le garde s'était arrêté pour fumer, et admirer au clair de lune cette même vue que l'homme contemplait. Jaillissant soudain d'un déversoir le long de l'imposant et sombre monolithe, dans l'encadrement du ravin, une cascade d'eau argentée alla s'abîmer cent vingt mètres plus bas dans le bassin luisant.

Rien ne se passa. Le temps s'était figé, et l'homme eut la certitude que quelque chose avait mal tourné. Si la charge n'avait pas explosé, ils allaient retrouver intacts le drone et la bombe, ce qui malgré toutes ses précautions leur ferait un bel os à ronger. Il paniqua, pensa à Sharon, à Kim et à Gus, à leurs vies que son procès allait immanquablement mettre en pièces. C'était afin de leur épargner cette épreuve qu'il conservait toujours sur lui une pilule à même de mettre fin à ses jours.

Il vit l'explosion avant de l'entendre. Un rideau de feu s'abattit sur toute la façade du barrage. Un violent fracas envahit le ravin – une onde sonore létale. Le barrage ne s'effondra pas tout de suite. L'homme s'y attendait. L'attaque du World Trade Center avait démontré avec une glaçante clarté qu'une explosion n'avait pas besoin de détruire instantanément sa cible – ce qu'il fallait, c'était attaquer suffisamment la structure pour que le poids, la pression et la gravité s'occupent du reste. Ici l'idée était la même : choisir un point crucial où s'attaquer à l'intégrité structurelle de l'édifice. La Snake et ses tonnes d'eau finiraient le travail.

Durant une poignée de secondes comme suspendues, tout sembla revenir à la normale. Le rideau de feu se replia sur lui-même, l'onde de choc se retourna en une vague de silence. Plusieurs écoulements firent alors leur apparition, comme autant de nouvelles vannes qu'on aurait subitement ouvertes.

L'homme n'attendit pas que la rivière se déverse – il ne prenait aucun plaisir au spectacle de la mort et de la destruction, même quand il les avait planifiées des mois durant. Déjà, il voyait venir les lumières, entendait siffler les sirènes. Les hélicos seraient sur place dans moins de vingt minutes. Il rassembla ses affaires dans son sac, vérifia avec soin qu'il ne laissait pas le moindre morceau de câble derrière lui, enfourcha sa moto et s'élança dans la nuit. En direction de son van, et de la longue route qui le ramènerait vers ceux qu'il aimait.

2

Tom arriva au bar de l'hôtel avec cinq minutes d'avance, mais son père était déjà là, à surveiller sa montre devant un verre de scotch à moitié entamé. Sans lever un œil vers Tom qui s'approchait, il lui lança :

« Je me disais que peut-être tu viendrais avec une petite gonzesse. Mais j'aurais dû me douter… »

Tom remarqua que la frise de miroirs surmontant le bar offrait à son père une vision panoramique des lieux. Comme d'habitude, rien ne pouvait lui échapper. Il s'installa sur un tabouret à côté de lui.

« Ton vol s'est bien passé ? demanda-t-il en tendant sa main droite. Allez, papa. »

La poignée de main paternelle fut courte et ferme, un salut machinal, un protocole viril auquel se plier, plutôt qu'une marque d'intimité.

« Comment veux-tu qu'il se soit bien passé, putain ?! La grosse qui était assise à côté de moi devait bien peser dans les cent cinquante kilos…

– Les gros aussi ont le droit de voler. »

Son père lâcha un grognement désapprobateur avant de s'envoyer une nouvelle rasade de scotch.

« Comment va maman ?

– Elle te passe le bonjour.

– Elle fait quoi ?

– Son club de lecture.

– Qu'est-ce qu'ils lisent en ce moment ?

– J'ai oublié de regarder. »

Tom fit signe au barman.

« Ça pourrait tomber sur quelque chose qui t'intéresse. Et puis ça vous ferait un sujet de conversation. »

Le père posa son scotch et regarda Tom droit dans les yeux. Tom put constater à quel point il avait vieilli. Les cheveux noirs et épais avaient pratiquement disparu, les rares touffes persistantes tiraient vers le blanc. Ses joues s'affaissaient, et il avait cette nouvelle manie de laisser jouer nerveusement ses doigts avec la chair pendante. Déçu par la vie sans pour autant attendre la mort, il portait le masque amer d'une vieillesse sans joie.

« Tu essaies d'être drôle ? »

Le barman s'approcha, Tom commanda une bière artisanale.

« Prends au moins un verre avec moi, dit son père.

– C'est ce que je fais, papa, pour l'amour du ciel. Je viens de commander une bière !

– On n'est pas obligés d'en passer par là. »

Tom s'efforça de rester calme.

« Écoute, je n'ai aucune envie de me disputer avec toi. Je suis content de te voir. Et je suis content que tu sois venu pour moi. Je suis désolé de ne pas avoir pu venir en Floride pour ton anniversaire. Tu as bonne mine.

– Je ne suis pas venu pour toi.

– Très bien, je suis content de t'avoir croisé par hasard dans ce bar. Comment te sens-tu ? Tu t'en sors, avec le pacemaker ?

– Ils te laissent te coiffer comme ça ? »

Le barman apporta la bière, Tom le remercia d'un signe de tête et but une gorgée.

« C'est pas les Marines, papa.

– Encore heureux pour toi », répondit celui qui avait justement été capitaine dans les Marines.

Ils gardèrent tous deux le silence. Au-dessus du bar, un écran diffusait un match de MMA, et l'un des combattants venait de mettre son adversaire en position de soumission.

« La boxe me manque, finit par dire son père. Toute cette merde, là, ça a tué la vraie boxe.

– Ce sont des experts. Leurs coups de coude, c'est de la boxe thaïe, de la vraie.

– Je les échangerais tous contre un Joe Frazier ou un Roberto Durán, facile. » Le père termina son scotch et redemanda le même. « Alors, ça te plaît ?

– Le boulot, tu veux dire ?

– Je ne t'aurais jamais imaginé faire ça.

– Merci. Je viens seulement de commencer mais pour l'instant ça me plaît.

– Ta mère m'a dit qu'ils t'avaient collé dans une sacrée unité...

– Il y a une semaine. Ce type qui fait sauter des trucs. Green Man. »

Son père tiqua :

« C'est comme ça que l'appellent les médias libéraux.

– Papa, tout le monde l'appelle comme ça.

– Pour en faire un héros.

– Même Brennan l'appelle comme ça.

– *Monsieur* Brennan, s'il te plaît.

– Non. Plutôt : commandant en chef Brennan, directeur adjoint et dieu vivant en charge de l'unité Green Man, en ce qui me concerne. Eh oui, il appelle ce mec Green Man.

– Jim Brennan est un type bien. Tu l'as rencontré ?

– Il y a plus de trois cents agents dans l'unité. Il préside aux grandes réunions, moi je suis assis au fond de la salle et j'essaie de ne pas péter trop fort.

– Donc il ne sait pas qui tu es ?

– Qu'est-ce que tu cherches à savoir, exactement ? »

Le barman remplit généreusement le verre du père de Tom, qui sortit un billet de vingt de son portefeuille et le défroissa sur le bar en chêne verni.

« Je pourrais passer un coup de fil...

– Non, monsieur.

– Des Smith, il y en a plein. Il faudrait au moins qu'il sache...

– Tu t'es construit une carrière, laisse-moi construire la mienne. »

Son père hocha la tête et jeta un œil à sa montre.

« Construis ta carrière, alors. Moi je ne vais pas tarder à aller me coucher, je pars tôt demain.

– Maman disait que tu devais passer voir un vieil ami.

– Bill Monroe, si tu te souviens de lui. À Mitchellville.

– Bien sûr. Je le revois habillé en père Noël dans ces soirées ringardes où vous vous saouliez au bourbon, maman et toi.

– La fête est finie. Il a un cancer de la prostate. Bien avancé. Je suis venu lui dire au revoir.

– Vraiment désolé.

– Alors, vous avez un mobile ? »

Tom regarda sa montre à son tour. Il avait l'impression de se contenir depuis une demi-heure, mais cinq minutes seulement s'étaient écoulées.

« Pour ?

– Le connard vert. »

Trop douce, la bière artisanale n'était pas au goût de Tom. Il en avala pourtant une pleine gorgée.

« Les médias libéraux disent que c'est un militant pro-environnement qui essaie d'attirer l'attention sur la façon dont on détruit la planète.

– Et toi tu gobes ça ?

– Écoute, je sais que tu penses autrement mais le mobile, ce n'est pas mon affaire, expliqua calmement Tom. Mon travail c'est de confronter des données pour trouver des motifs récurrents. Présupposer un mobile, c'est prendre le risque de mal lire les données pures. J'essaie de ne pas plaquer dessus ma propre lecture, ni même la question du pourquoi. Nous sommes différents là-dessus, toi et moi, je le sais.

– Alors le mobile tu t'en fiches ? » Le père termina son verre et le reposa. « Ou peut-être qu'au fond tu n'oses pas y penser ? » Tom savait qu'ils en avaient presque fini et que le vieux allait jouer sa carte la plus vicieuse. « En fait, tu l'admires, c'est ça ?

– Green Man ?

– Green Lantern. Superman. Batman. Green Man. Pour toi, c'est un super-héros.

– Non seulement c'est complètement faux, mais en plus c'est terriblement insultant.

– Toi et ta sœur, vous avez toujours été du genre à faire des câlins aux arbres. L'idée, c'était pas de sauver le monde ?

– Il a tué trente et une personnes. Dont cinq enfants.

– Sauver le monde, c'est une sale corvée. La fin ne justifie plus les moyens ? Tuer cinq enfants mais sauver la planète, ça vaut pas le coup ? Allez, putain, on sait tous les deux que tu es d'accord avec ce type. Vu le temps que tu as pu passer dans la rue à défiler pour tous les machins verts, ce Green Man, il joue dans ton camp. Et il marque des points.

– Allez, il est temps de se dire bonsoir, papa. Demain tu pars à l'aube, pour Mitchellville... »

Tom esquissa le geste de se lever, mais la lourde main de son père sur son épaule l'en empêcha. Le vieux se mit à parler d'une voix basse, sur un ton de confidence qu'il ne lui avait jamais connu :

« Je n'ai jamais dit ça à personne mais il y a toujours une partie de nous qui les admire. On les traque, on les maudit, mais ils bafouent des interdits qu'on voudrait tous franchir et ils s'en tirent. Jusqu'au moment où on les arrête, ils sont plus malins que nous, et ils s'amusent beaucoup plus. Si on ne partageait pas au moins un peu de leur côté obscur, on ne les comprendrait pas et on ne pourrait jamais les attraper. Pas vrai ? »

Tom garda le silence pendant de longues secondes. La franchise et la force de la confession de son père l'avaient impressionné.

« Bon, OK, finit-il par admettre. À un certain niveau, je dois sûrement avoir une forme d'admiration pour sa cause, même si...

– Je te faisais marcher, annonça le vieil homme, content de lui. Tu as vraiment cru que j'admirais les tueurs en série et les ordures de violeurs que je prenais en chasse ?! C'est le genre de merde en barre que racontent les agents du FBI dans les films à la con. Il n'y a pas le moindre de mes poils qui aurait accepté de leur ressembler en quoi que ce soit. Jamais. Pas une seule seconde. Mais voilà que toi, tu avoues ton admiration pour l'homme que tu recherches. Et c'est d'ailleurs pour ça que tu n'arriveras jamais à l'attraper. »

Autour de son verre, la main de Tom se contracta.

« Je vais l'arrêter, affirma-t-il doucement.

– Pourquoi tu n'as pas rejoint la Silicon Valley, Tom ? Tu as eu tes oraux, tu es passé par les meilleures écoles, tu devrais être en train d'engranger des fortunes aujourd'hui…

– Je m'en sors très bien. Je dois y aller maintenant, papa.

– Finis ta bière. Au fond, c'était quoi, ce choix de carrière ? C'est un hommage ? Parce que je n'en ai plus pour longtemps, c'est ça ?

– Mais non. C'est ridicule.

– Tu as raison, c'est ridicule. Ridicule parce que, soyons francs, tu n'en as jamais rien eu à foutre de ce que je faisais. Et maintenant, c'est trop tard. Alors vis ta vie. »

Tom fit un mouvement d'épaule pour se débarrasser de la main de son père, et se leva pour lui faire face.

« Ce n'est pas un hommage, mais peut-être bien que je fais ça pour la même raison que toi. Attraper les méchants. Et si c'était comme une petite entreprise familiale, finalement ? Papy Vic, oncle Will, toi, et maintenant moi. L'autre, il fait partie des méchants, ça ne se discute pas. Rien ne justifie le massacre d'innocents, quelle que soit la cause défendue. »

Son père se mit debout lui aussi. Ils étaient à peu près de la même taille, mais le vieux le dépassait toujours d'un petit centimètre.

« Une affaire de famille, oui, je suppose. Bonne nuit, Tom. Essaie de lever une gonzesse de temps en temps. Et de ne pas faire de peine à ta mère. »

Le regard de Tom était allé se fixer plus loin derrière, sur l'écran de télévision où un flash info venait d'interrompre le combat de MMA. À l'image, une rivière serpentait dans un ravin au clair de lune. À travers les débris d'un barrage. On voyait aussi des gens évacués par ambulance ou par hélicoptère. Tom regarda sa montre, puis le téléviseur à nouveau.

« C'est lui. »

Son père se retourna pour observer l'écran.

« Green Man ? Comment le sais-tu ?

– Les barrages de la Snake. Une cible parfaite pour un terroriste écolo. Ils bloquent la migration des saumons, et font l'objet de pas mal d'actions devant les tribunaux depuis des années, sans succès. Ce sont de sacrées grosses constructions, avec un sacré poids symbolique aussi. Bref, exactement ce qu'il cherche à atteindre... »

Son père l'interrompit :

« Je t'ai vu regarder ta montre. Il frappe toujours à la même heure ?

– Non.

– Mais c'était important de noter l'heure, on dirait ? Ça fait partie de sa signature ?

– Je ne peux pas en parler, répondit Tom.

– Tu ne peux pas m'en parler, à moi ?! reprit son père avec une soudaine note de colère dans la voix. Qu'est-ce que ça veut dire, putain ? Que je ne sais pas fermer ma gueule ? Écoute-moi bien, petit con... »

Déjà, Tom ne l'écoutait plus. Il s'était hissé sur le bar

pour augmenter le volume de la télé et écouter le journaliste énumérer le nom des premières victimes. Dans le bassin sous le barrage, un bateau familial avait été emporté – six personnes noyées, dont quatre enfants.

3

« La charge explosive a été méticuleusement transportée par un drone de large envergure jusqu'au rempart inférieur du barrage Boon, un point considéré comme crucial par nos experts. Un ingénieur chevronné, spécialiste de ce type de structures, n'aurait pas choisi de meilleur impact. »

Brennan marqua une pause pour avaler une gorgée de café et embrasser du regard les trois cents agents assis sur leur chaise pliante, pour la plupart en train de prendre des notes sur leur ordinateur portable. Les écrans éclairaient les visages d'une lueur bleuâtre, et dans ce hall sans éclat ils ressemblaient à une armée de trolls.

« La courbe des barrages en voûte permet à la pression hydrostatique de la rivière de peser contre leur arche, ce qui a pour effet de renforcer l'ensemble de la construction. Mais si on parvient à pervertir cet équilibre d'une façon suffisamment précise, c'est toute la structure qui se trouve affaiblie. Exactement ce dont Green Man a su tirer parti à la perfection...

« Comme vous le savez presque tous – et ça reste confidentiel –, Green Man règle le timing de ses attaques sur une sorte de compte à rebours de l'Apocalypse mis en place par un groupe d'écologistes radicaux basé à Östersund, en Suède. Ils disent que leur horloge prend en compte tout un ensemble de facteurs, dont le réchauffement climatique, pour marquer le décompte jusqu'au point qu'ils nomment "minuit", l'instant où les dommages infligés à la planète se révéleront irréversibles. En ce moment, il est vingt-trois heures trente à l'horloge d'Östersund. *Précisément* l'heure à laquelle l'explosion du barrage Boon s'est produite. »

Derrière Brennan, des diapositives montraient ce qu'il restait du barrage, et il put sentir l'assistance s'arrêter de respirer. Parler des détails de l'événement était une chose, avoir deux milliards de dollars de dommages sous les yeux en était une autre.

« En d'autres termes, il a défini une cible parfaite, il l'a dénichée avec expertise et en toute clandestinité, et enfin il l'a touchée en plein dans le mille, à la seconde exacte qu'il avait choisie. » L'armée de trolls put ressentir la colère de son chef, et la tension monta d'un cran. « Concernant l'explosif, nous penchons pour une forme de plastic – probablement du Semtex. Au vu des dommages, il devait y en avoir pour plus de huit kilos. Construire un drone capable de transporter une charge pareille est extrêmement difficile, sans parler de la dextérité nécessaire pour le diriger avec une telle précision. »

Sur l'écran apparurent des images de petits éclats de couleur noire trouvés parmi les débris de béton ou pêchés dans le bassin.

« Nous n'avons retrouvé pour l'instant que quelques fragments du drone. Il était doté de ce que nos experts en explosifs appellent une capsule-suicide. L'essentiel de la charge a servi pour le barrage, mais une petite partie était destinée à détruire le drone lui-même, ainsi que le détonateur et les éventuelles traces d'explosifs. Chaque poseur de bombe a une signature, mais cette capsule-suicide nous enlève tout ce qui pourrait distinguer Green Man de ses collègues.

« Comme pour les cinq incidents précédents, une lettre de revendication, dactylographiée, est parvenue ce matin par voie postale à l'attention du rédacteur en chef d'un important quotidien. Les motifs de l'attaque y sont, comme d'habitude, détaillés. La ville choisie variant d'un coup à l'autre, cette fois c'est le *New York Times* qui a reçu les nouvelles. Vous pourrez en lire le contenu sur le site de votre choix, vu que la lettre a déjà envahi le Web. Pour des raisons que je ne peux développer ici, nous savons qu'il s'agit bien de Green Man. Comme dans ses autres lettres, il utilise un ton prudent et rationnel pour expliquer pourquoi il a fait sauter ce barrage, et conclure que les menaces environnementales nous obligent à une résistance active, qu'il s'agit même d'un devoir moral. Nos experts analysent la lettre, le timbre, la typographie, le papier, on espère donc tomber sur quelque chose, même si on n'a rien trouvé les cinq fois précédentes. Comme toujours, il termine sa lettre en s'excusant pour "les sacrifices tragiques et collatéraux". » La voix rêche de Brennan s'adoucit, comme toujours lorsqu'il en venait aux victimes : « Trois employés du secteur énergétique sont morts sur le coup, et deux autres membres de l'équipe du barrage sont actuellement dans un état critique. Les dommages causés par l'explosion ont suffi à libérer la pression de la Snake. L'inondation du bassin en contrebas, qui a suivi ce déferlement, a emporté deux bateaux habités et noyé les familles qui s'y trouvaient. Le bilan humain est actuellement de douze victimes, mais il pourrait encore s'alourdir. Les premières estimations matérielles s'élèvent à plus de deux milliards de dollars. Et la Snake a plus ou moins repris son cours naturel dans le canyon. »

Brennan leva la main, et l'éclairage général gagna en intensité.

« On a soixante-dix agents sur place, ainsi que les renforts de plus de deux cents officiers de la police locale, de celle de l'État, et de la sécurité aérienne. Ils suivent toutes les pistes possibles. La chasse à l'homme a pris une envergure nationale inégalée, en termes de moyens humains et d'expertises en tout genre. Mais au bout du compte il a encore frappé, et il s'en est tiré. Des questions ? Grant ? »

Un agent afro-américain de haute stature, assis au premier rang, se leva.

« Monsieur, pour frapper aussi précisément, Green Man devait être aux premières loges. Il se trouvait nécessairement à proximité du barrage, avec une vue dégagée sur la façade en aval.

– Des collines, des plateaux ou des falaises offrant une telle vue, de ce côté du barrage, il y en a au moins une trentaine, répondit Brennan. Tous ces points stratégiques sont passés au peigne fin, mais nos experts n'ont encore rien trouvé. Il s'agit essentiellement de roche dure, qui ne conserve pas d'empreintes. De plus, tout indique que notre homme portait un équipement destiné à ne rien nous laisser, et qu'il adopte un comportement qui va dans le même sens. Oui, Dale ?

Un homme aux larges épaules engoncées dans une veste bleue se dressa à son tour.

« Le barrage Boon était l'une des cibles surveillées par nos satellites. N'aurait-il pas laissé une empreinte thermique, ou au moins une trace de chaleur émise par le drone ?

– Le satellite était braqué dessus. Et il n'a rien vu. Notre homme est parvenu à tout rendre invisible à nos yeux, même ceux qu'on a placés dans le ciel. Hannah ? De quelles données auriez-vous besoin ? »

Cette fois, ce fut une femme d'âge moyen et de type asiatique qui se leva, pour répondre d'une voix étonnamment tonitruante :

« Cette partie du nord de l'Idaho est très rurale. Une poignée d'aéroports, quelques routes nationales, c'est à peu près tout. Son coup fait, il a dû s'enfuir au plus vite. Si on peut obtenir un maximum d'images des quelques heures qui ont suivi l'explosion, en provenance des aéroports, des stations-service, des péages…

– Jamais il n'emprunterait une route à péage », grogna-t-on à l'arrière.

Brennan leva la main. Il était imposant, et sa paume ainsi brandie ressemblait à un gant de base-ball.

« Vous, au fond. Vous avez parlé sans prendre votre tour. Veuillez vous lever. »

Tous les regards se tournèrent vers l'homme dégingandé qui se levait maladroitement. Sous sa tignasse brune en bataille, il avait l'air d'un étudiant attardé.

« Je ne vous reconnais pas. Votre nom ?

– Tom Smith, monsieur.

– Vous ai-je donné la parole, agent Smith ?

– Non, monsieur.

– L'agent Lee était en train de poser une question, n'est-ce pas ?

– Oui, monsieur. Enfin, elle ne posait pas vraiment de question, mais elle était en train de parler, monsieur.

– Mais maintenant c'est vous qui parlez. Alors allez-y, poursuivez, nous vous écoutons.

– Je dis cela sans vouloir manquer de respect à qui que ce soit, monsieur, mais Green Man ne prend pas les grands axes. En tout cas pas en mission. Jamais il ne ferait ça. Ni les aéroports. Et il doit sûrement avoir ses propres réserves de carburant.

– Êtes-vous médium, agent Smith ?

– Pardon, monsieur ?

– Un voyant ? »

Quelques rires se firent entendre.

« Non, monsieur. Mais je...

– Dommage. Si vous aviez eu ces pouvoirs, nous n'aurions besoin ni de parer à toutes les éventualités, ni de fournir tous ces douloureux efforts pour amasser les informations qui nous permettent d'ordinaire de résoudre ce type d'affaires. Maintenant, asseyez-vous et tenez-vous tranquille. Hannah, vous allez recevoir des milliers d'images, mais s'il vous manque quoi que ce soit, faites-le savoir.

– Oui, monsieur, fit-elle avant de se rasseoir.

– Nous en avons fini pour l'instant, annonça Brennan. Les médias s'en donnent déjà à cœur joie. Internet et les chaînes d'informations en continu ne sont pas loin d'en faire une icône du meurtre de masse. Ils mettent l'accent sur le retour du saumon du Pacifique, et ils en oublient presque les deux familles massacrées. Leurs noms n'ont pas encore été rendus publics, mais j'en ai eu connaissance. » Brennan s'avança, et sa voix se fit plus douce, presque douloureuse : « La famille Terry, de Boise. Fred Terry, sa femme Susan, et Sam, leur enfant de six ans. Noyé dans son pyjama tigré. La famille Shetley, de Riverton. Jack, médecin. Mary, sa femme, qui travaillait au service des incendies. Et leurs quatre enfants. Andy, l'aîné, avait treize ans, et une page Facebook sur laquelle il disait vouloir devenir un sauveur comme sa mère. Voilà, c'est tout. Attrapez-moi ce salopard. »

Tom rangea son ordinateur dans sa sacoche et se leva en essayant de ne croiser aucun regard. Derrière lui, il entendit un sarcastique « Hé, Nostradamus ! », mais ne se retourna pas. « Est-ce que les Redskins vont marquer, ce week-end ? Tu peux me filer le score ? » Nuée de rires. Tom baissa la tête et mit le cap sur la plus proche sortie.

Quelqu'un s'approcha de lui et lança d'une voix autoritaire un « Agent Smith ! » qui n'avait rien d'une question. Tom leva la tête. C'était l'agent qui était intervenu au premier rang, l'imposant Afro-Américain nommé Grant.

« Oui ?

– Le commandant Brennan souhaite vous voir.

– Bien sûr, dit Tom, quand il voudr…

– Tout de suite. »

4

Tom suivant l'imposant agent, les deux hommes sortirent du hall par un long couloir, pour retrouver d'un coup le froid vivifiant de Washington au matin. D'un noir rutilant, une berline attendait.

« À l'arrière, lui dit Grant. Et vous feriez mieux de vous taire. »

Tom inspira une pleine dose de ce cinglant air d'octobre, puis ouvrit la portière et grimpa.

Adossé au cuir, Brennan consultait son portable en grignotant des graines de tournesol. La soixantaine finissante, massif – pas loin des deux mètres et des cent trente-cinq kilos –, il s'étalait sur presque tout l'arrière de la berline. Sans un geste de bienvenue, il lança au chauffeur :

« Allons-y, Don. »

Le véhicule s'engouffra dans la circulation. Tom garda le silence tandis que Brennan, derrière ses lunettes de lecture, était affairé à taper un message qu'il finit par envoyer. Reposant son téléphone, il se tourna enfin vers Tom.

« Êtes-vous en train de saboter votre carrière avant même d'en avoir une ?

– Non, monsieur.

– Savez-vous qui est Hannah Lee ?

– Je ne la connais que de réputation. Je ne l'ai jamais rencontrée. J'ai entendu dire qu'elle était remarquable.

– Elle fait le travail pour lequel vous avez été embauché. Sauf qu'elle le fait depuis quinze ans, et avec un succès dont je vous souhaite le quart, ce qui serait déjà une chance formidable.

– Je ne voulais pas lui manquer de respect. Ni à elle ni à vous, monsieur.

– Le respect, ça va, pas de problème. Ce qui m'emmerde, ce sont les gens qui parlent en réunion sans demander la permission. Quant à Hannah, elle a le bras aussi long que sa mémoire, si vous voyez ce que je veux dire. Et elle est votre supérieure hiérarchique. Des excuses seraient les bienvenues. Vous savez jouer profil bas ?

– Quand il le faut.

– Profil très, très bas, alors. »

Tom le regarda et acquiesça :

« Bien, monsieur. »

L'énorme personnage écrasa une énième graine entre ses dents, à la manière d'une baleine croquant une sardine.

« Tom Smith, c'est ça ? Un nom pas franchement exceptionnel.

– Oui, monsieur. Enfin je veux dire, non, monsieur. Je ne l'ai pas choisi, monsieur.

– J'ai connu un Warren Smith, autrefois. »

Nerveux, Tom garda le silence.

« Un dur, dans tous les sens du terme. Mais sûrement le

meilleur agent de terrain avec qui j'aie jamais travaillé. Et j'en ai connu des milliers. Un lien avec vous ? »

Tom hésita, mais à l'évidence Brennan savait tout.

« J'avais dit à mon père de ne pas vous contacter.

– Pourquoi supposez-vous qu'il m'a contacté ?

– Parce que je lui ai dit de ne pas le faire. Et je suppose aussi qu'il vous a dit de me dire qu'il ne l'avait pas fait. »

Brennan esquissa un sourire.

« Je ne révèle jamais mes sources. Je peux facilement imaginer que Warren n'a pas été le plus coulant des pères. Mais il avait un flair surnaturel, et il m'a toujours dit la vérité. Deux qualités que je tiens en très haute estime. Alors voyons si vous saurez perpétuer la tradition familiale. Qu'est-ce qui avait à ce point besoin de sortir pour que vous ouvriez la bouche sans permission ce matin ? »

Tom crut sentir le sel des graines de tournesol.

« Pas besoin d'être médium pour comprendre que nous traquons quelqu'un qui sait prendre exactement les bonnes précautions.

– Certes, mais comment et pourquoi les prend-il ? Ne vous censurez pas, Tom. Ce n'était pas le genre de votre père, comme vous devez le savoir mieux que quiconque.

– Il est évident qu'il connaît parfaitement vos méthodes. Vous ne l'arrêterez jamais en utilisant des moyens qu'il est capable d'anticiper.

– Mais comment se fait-il qu'il connaisse si bien nos stratégies ? Vous pensez qu'il s'agit d'un agent du FBI ?

– Ou alors qu'il travaille pour l'ordre public dans une autre branche. Mais peut-être qu'il regarde simplement beaucoup de séries policières.

– Des accros à *New York, police judiciaire* qui sont passés à l'acte, il y en a beaucoup. En général, on arrive toujours à les arrêter, quel que soit leur programme télé favori ou leur historique de recherche sur Internet. La plupart du temps, c'est même quand ils croient connaître notre fonctionnement qu'on les attrape le plus facilement.

– Vous n'auriez pas arrêté Unabomber si son frère ne l'avait pas balancé. Et notre gars est bien plus malin qu'Unabomber. En deux ans d'activité, il a pu frapper six fois, en communiquant sur ses intentions, sans jamais vous laisser le moindre biscuit. Pardon pour ma franchise, monsieur. »

La mâchoire de Brennan broya une nouvelle poignée de graines puis se tordit en une amère grimace.

« Vous me rappelez vraiment votre père. Ils ne sont pas nombreux les analystes fraîchement diplômés qui osent me dire que je n'ai pas de biscuit. » Son portable bipa. Brennan jeta un œil à l'écran et annonça : « Don, Rayburn House[1] dans cinq minutes. » Il repoussa le téléphone et reprit : « J'ai trois cents de mes agents les plus aguerris sur le coup qui suivent toutes les pistes, sans compter des aides supplémentaires par centaines. Vous pensez vraiment qu'on ne réussira pas à l'avoir ? »

Le noir intense de ses yeux était comme accroché à Tom. Celui-ci soutint cet impressionnant regard.

« Il sélectionne ses cibles d'une façon qui reste obscure. Une fois choisies, il échafaude précautionneusement ses plans et conçoit lui-même ses explosifs. Il sait comment fonctionnent nos experts, comment nous traitons les données. C'est pourquoi il ne laissera jamais aucune empreinte,

---

1. Immeuble abritant des bureaux du Congrès. *(Toutes les notes sont du traducteur.)*

digitale, thermique ou autre. Il ne va pas non plus faire d'erreurs stupides comme acheter du carburant avec sa carte de crédit. C'est lui qui fixe les règles, et apparemment il est même capable de vous faire parvenir des lettres sans laisser filtrer le moindre indice. Il a érigé autour de son identité un mur infranchissable, même pour vos experts en psychologie. Si vous continuez de le chercher par les voies habituelles, je ne vois pas ce que vous obtiendrez. À moins que…

– À moins qu'il ne commette une imprudence ou que nous n'ayons un coup de chance ?

– Green Man finira sûrement par tomber sur un os, ou par commettre une erreur, même microscopique. Mais ça peut prendre des années. Il pourrait tout aussi bien partir à la retraite ou mourir tranquillement, ou se mettre au golf en Floride. Sans que vous l'attrapiez jamais. »

Le silence envahit la berline, et le *rat-tat-tat* d'un marteau-piqueur venant d'un chantier voisin se fit entendre.

« Pour mémoire, précisa Brennan en s'efforçant de faire court tout en couvrant le bruit de la rue, prendre sa retraite pour jouer au golf en Floride, c'est ce qu'a fait votre père.

– Je ne pensais pas à lui.

– Bien sûr que si. Vous projetiez des traits sur notre grand méchant, et ces traits correspondent parfaitement à l'actuel profil de votre père. »

Tom lui renvoya son regard et admit en grimaçant :

« Bon, j'imagine que c'est un peu vrai. J'ai grandi entre la Virginie et la Floride, et le golf n'était pas ma tasse de thé. »

Brennan acquiesça :

« Je comprends ça. Mais puisque nous sommes en train de parler indirectement de votre père, sachez que durant ce coup de fil qu'il ne m'a jamais passé, il ne m'a pas non plus parlé de votre cursus. Études d'informatique à Stanford. Diplômé de Caltech[1]. Pas le genre de profil qui postule chez nous. En général, ils lorgnent sur la Silicon Valley pour se faire payer par Microsoft ou Google, donc cinq fois plus que chez l'Oncle Sam. Que cherchez-vous ici ? À vous encanailler ?

– À attraper les méchants. Une affaire de famille. »

Brennan eut un sourire d'approbation avant de regarder sa montre.

« OK, Tom Smith, vous m'avez expliqué sans détour en quoi nous nous trompions. J'imagine que, derrière tout ça, vous avez votre petite idée sur la façon dont on devrait s'y prendre avec ce spécimen-là.

– Une petite idée, oui, monsieur. Mais vous êtes dans le métier depuis bien plus longtemps que moi et je ne voudrais pas me remettre à parler trop vite. Ça ne m'a pas trop réussi, la première fois…

– Votre fenêtre de tir est grande ouverte et je vous somme de faire feu maintenant. Je vous donne quatre minutes, grand maximum. Ce n'est pas le genre d'occasion qui se présente deux fois, alors si j'étais vous j'essaierais de viser juste. »

Tom remarqua que la berline s'engageait sur Capitol Hill. Il savait que les bureaux de Rayburn House n'étaient plus très loin. La pression surprise du chronomètre lui embrouilla l'esprit, et ses premiers mots sortirent péniblement :

« Eh bien… comme je l'ai dit, il s'est montré terriblement efficace pour vous devancer sans faire de faux pas… Je dirais que c'est sa façon de prendre en compte vos méthodes que vous devriez envisager comme son point faible…

1. Institut technologique de Californie.

– Il va falloir être plus précis, Tom. C'est une force, pas une faiblesse.

– Mais vous pouvez la tourner à votre avantage. Green Man comprend exactement vos façons de procéder, c'est évident, et il fait tout ce qu'il faut pour les contourner. C'est en cela qu'il peut se rendre vulnérable. Il crée de nouveaux schémas, de nouvelles données, bref des figures que nous pourrions anticiper. »

Tom sentit qu'il se détendait, et sa parole se fit plus fluide :

« Admettons qu'il ait une présence *online* et qu'il se déconnecte à l'approche d'une action, qu'il possède un téléphone et qu'il le coupe au moment opportun, qu'il arrête d'utiliser sa carte de crédit, que sa voiture disparaisse soudainement des données autoroutières... Voilà ce qu'on devrait guetter. Si celui que vous recherchez ne laisse pas d'empreintes, alors arrêtez de chercher des empreintes. Cherchez quelqu'un qui porte des gants...

– Hum... facile à dire, grommela Brennan, qui toutefois s'était mis à écouter plus attentivement.

– Écoutez, je sais bien que le type de recherches poussées que suppose mon idée n'est pas loin d'outrepasser la législation sur les libertés et les données individuelles. La CIA ou la Sécurité intérieure s'autorisent à le faire pour mettre la main sur des terroristes à l'échelle internationale, mais on ne nous le permet pas pour lutter contre la criminalité à domicile...

– Ce n'est pas moi qui fais les lois, rappela Brennan. Je vous accorde encore une minute. Quoi d'autre ? Allez-y, balancez, Tom, je sens que vous vous censurez. Qu'est-ce que vous n'osez pas me dire ? »

Tom respira un bon coup et lâcha :

« Le profil que vous avez établi. Il est mauvais. »

La remarque ne fut pas du goût de Brennan :

« C'est toujours facile de critiquer les portraits-robots, mais nous avons pour nous cinquante ans d'expérience et de succès en la matière. Les meilleures agences de sécurité étrangères nous envoient leurs profileurs pour qu'ils étudient nos méthodes...

– Oui, un demi-siècle, monsieur. Un demi-siècle de recyclage des schémas classiques sur les tueurs en série sociopathes, sur les meurtriers de masse solitaires et enragés. Les motifs que vous attribuez à Green Man, ils sortent d'une vieille caisse à outils : esprit de vengeance, affirmation de soi. Le profil que vous tirez ne prend pas du tout en compte ce qui le rend unique. Vous le réduisez à un paria psychopathe, un simple marginal dépourvu d'empathie...

– Il a tué quarante-trois personnes... Que peut-il être d'autre qu'un paria psychopathe dépourvu d'empathie, dites-moi ?

– Son cas est différent de tous ceux que vous classez dans le même dossier. On peut raisonnablement trouver des arguments pour défendre ses motifs, et même pour justifier ses actes. Il s'en sort d'ailleurs assez joliment dans ses lettres. Ce ne sont pas seulement des centaines ou des milliers, mais des millions de gens qui partagent ses objectifs – à défaut d'approuver ses méthodes. Cela peut signifier qu'il s'en sort parce qu'il n'est pas tout seul. Cela peut expliquer pourquoi ses lettres proviennent de tant d'endroits différents et sont postées de façon synchrone avec ses actions.

– La possibilité d'un complice a déjà été étudiée. Ce que nous appelons une dyade. Mais on peut tout aussi bien expliquer tout cela en considérant qu'il est seul.

– Je sais ce qu'est une dyade, et je ne parle pas d'un simple collaborateur isolé. Peut-être opère-t-il avec l'appui d'une structure, modeste mais organisée, qui l'assisterait dans ses recherches, dans ses déplacements. Cela expliquerait pourquoi vous avez tant de mal à suivre sa trace. »

Brennan secoua la tête.

« Plus de deux personnes ? Ce serait intenable. Et ça rentrerait en contradiction avec tout ce que nous avons appris de cas semblables, par le passé.

– Ce que j'essaie de vous expliquer, c'est qu'il n'y a *pas* eu de cas semblables par le passé, justement. Une poignée de complices pourrait suffire à vous balader, et à rendre caduc votre portrait-robot de détraqué solitaire.

– Vous pensez vraiment qu'il pourrait être sain d'esprit, et s'attirer la loyauté de toute une équipe ?

– Parfaitement, répondit Tom. Il est probable qu'il soit équilibré, intelligent, plein de bon sens et de compassion. Un père de famille dévoué et respecté de son entourage. Probablement un brillant professeur admiré par ses étudiants. Il va vous falloir accepter l'idée qu'il puisse être mû non par la fureur ou la volonté de puissance, ou par une quelconque frustration sexuelle à la noix, mais bien par altruisme et par un profond amour de l'humanité. Selon lui, la cause justifie la radicalité de ses actes. C'est ce qu'il explique dans ses lettres, et c'est ce que nous devrions prendre au mot. »

Brennan se cala dans son siège pour finir de boire ces paroles dont à l'évidence il n'appréciait guère le goût.

« Et donc, que suggérez-vous, pour attraper ce parangon de vertu ?

– Eh bien, soyez déjà moins politiquement correct dans votre profilage. Essayez d'avoir une vision plus élitiste de son bagage.

– Allez-y, alors. Soyez aussi “élitiste” que nécessaire, mister Stanford. Je vous donne encore vingt secondes. »

Tom répondit en un éclair, au rythme des bâtiments qu'il voyait défiler à toute vitesse derrière la vitre :

« Vous l'avez dit vous-même, un ingénieur de pointe n'aurait pas visé meilleur endroit pour faire s'effondrer le barrage. Le sabotage des pipelines, le bombardement de l'usine chimique Mayfield, l'attaque d'installations nucléaires, la destruction du laboratoire de nanotechnologies, le naufrage du yacht de l'ancien secrétaire d'État à l'Intérieur : tous ces coups montrent des connaissances de niveau professionnel en génie civil, en ingénierie chimique et en informatique...

– L'éventuel ingénieur professionnel, ça fait quand même partie de notre profilage.

– Pas un simple ingénieur. Un ingénieur d'élite. Brillant, dans de multiples disciplines, probablement formé dans les meilleures écoles, passé par des universités de prestige. N'oubliez pas qu'Unabomber avait fait Harvard.

– Et Ted Bundy est passé par l'université de Puget Sound, avec son QI de surdoué. Disons que je ne vous suivrai pas franchement sur ce terrain. J'ai fait Penn State, pour votre gouverne. Pas dans le top dix des universités de première classe, donc... et pourtant je ne m'en suis pas trop mal sorti.

– Je ne voulais pas paraître indélicat. Ce que je voulais dire c'est...

– Vous tenez la simple pertinence de vos partis pris pour un acquis. Erreur classique dans le profilage. Don, prenez l'entrée latérale. »

La berline quitta l'avenue de l'Indépendance pour tourner dans Capitol Street.

« Ted Bundy n'a jamais fait preuve de vraies compétences techniques, fit remarquer Tom. Il avait du charisme et de l'astuce. Mais ce que Green Man accomplit, ça demande un entraînement spécialisé. Et je suis prêt à parier qu'il est sain d'esprit, socialement adapté, en pleine possession de ses moyens. Reste qu'il est persuadé – et pour de bonnes raisons – que sans son intervention... musclée nous allons foutre en l'air la planète. Il essaie de la sauver et il ne connaît qu'une seule façon de le faire. »

La limousine s'arrêta en douceur devant l'immeuble. Brennan scruta Tom d'un regard inquisiteur.

« Vous pourriez presque passer pour un membre de son fan-club...

– Non, monsieur. Je désire tout autant que vous attraper ce salopard.

– Je n'en doute pas, répondit Brennan. Mais je vais réfléchir à tout ce que vous m'avez raconté. Votre mission, pour l'heure, sera de ravaler un peu votre fierté et de présenter vos excuses à Hannah.

– Profil bas. Et merci pour la fenêtre de tir. » Tom hésita un instant avant d'ajouter : « C'est vrai, j'aurais préféré que mon père ne vous contacte pas, mais j'ai bien conscience que la grande majorité de vos analystes n'ont pas eu la chance de se poser à l'arrière de votre voiture pour tout vous balancer comme ça. »

Brennan enfila la veste de son costume.

« Don va vous déposer où vous voulez.

– Je peux prendre le métro.

– Quand il fait froid comme ça, mon jeune ami, si on vous propose un trajet à l'arrière d'une voiture bien chaude, vous prenez. »

Le chauffeur ouvrit la porte et Brennan amorça sa sortie. L'une de ses grandes jambes était dehors quand son portable se mit à biper de nouveau. Il consulta l'écran et se mit à lire avec attention, le souffle soudain court. Il leva les yeux vers Tom et sa voix rocailleuse se fit plus basse que jamais, presque un murmure :

« Tom, je suis vraiment, profondément navré. »

Tom lui renvoya son regard.

« Que voulez-vous dire, monsieur ? »

Brennan posa sa large main sur l'épaule de Tom.

« C'était un dur, mais je l'aimais bien. Et je suis sûr que vous aussi vous l'aimiez, à votre façon. »

5

La voiture de police lui avait fait un appel de phares, sur la route à deux voies, peu après dix heures du matin, à la sortie d'une petite ville du Nebraska. Cela faisait onze heures d'affilée qu'il conduisait en écoutant à la radio les nouvelles sur l'effondrement du barrage. Il avait soigneusement évité les grands axes, avec leurs radars capables de lire une plaque d'immatriculation, mais les routes locales avaient aussi leurs embûches. Il était certain d'avoir respecté chaque panneau stop et chaque feu rouge : même avec une nuit de route dans les jambes, jamais il ne commettrait ce genre d'erreur.

Il éteignit la radio, se rangea sur le bas-côté et scruta son rétroviseur. Le jeune flic, visiblement seul, était déjà sorti de son véhicule et s'approchait d'un bon pas. Ce qui était plutôt rassurant : s'il s'était arrêté pour noter l'immatriculation, ou s'il avait eu un partenaire pour le faire, Green Man aurait été contraint de passer à l'action. En se penchant doucement pour enclencher l'ouverture de sa fenêtre, il sentit le poids du pistolet chargé qu'il avait rangé dans la poche droite de sa veste. Il n'ignorait pas ce qu'à coup presque sûr il allait devoir faire, et pourtant il n'en avait aucune envie.

Le jeune flic s'approcha de la camionnette noire. Il avait moins de trente ans et sous sa tignasse dressée il avait tout du sympathique gars du coin. À sa dégaine, Green Man jaugea qu'il venait de finir sa formation. Il souriait derrière son casque rutilant.

« B'jour.

– Monsieur l'agent.

– Vous savez pourquoi je vous ai demandé de vous arrêter ?

– Je crains que non, j'en suis désolé.

– Votre feu de freinage, à droite. Il ne s'allume plus. »

L'espace d'une seconde, Green Man put goûter toute l'ironie de la situation. Il avait tout préparé des mois durant, construit un drone ultra élaboré et une bombe que pas même un ingénieur sur cent n'aurait été capable de mettre au point, puis il était parvenu, avec un peu d'aide, à trouver le site de son attaque sans alerter qui que ce soit, prenant les précautions les plus pointues pour masquer son identité tout au long des mille cinq cents kilomètres de son périple, et au final il avait su frapper en un éclair avec une précision chirurgicale. Tout cela sans le moindre accroc. Et voilà qu'une banale petite ampoule venait mettre en péril tous ces efforts…

Ce défaut de feu arrière pouvait lui valoir une amende. S'ils en arrivaient là, il n'aurait pas le choix. Ils étaient seuls sur une portion de route déserte. Comme son arme, ses munitions étaient intraçables. Un simple coup en plein milieu du front, et il aurait encore une heure ou deux devant lui avant qu'ils ne retrouvent le corps du flic.

« Désolé de l'apprendre, dit-il. Il vient de griller, je pense. Ou alors il y a un faux contact. Je me suis pris une bosse, là-bas sur la route du Wyoming. » Malgré sa gorge sèche, il parvint à feindre un petit ricanement affable. « J'ai eu l'impression de sauter par-dessus le Grand Teton.

– Ouaip, ça peut arriver, reconnut le flic. Écoutez, je ne verbalise pas, mais remettez-moi ça en place sans tarder.

– Bien sûr. Dès que je croise un garage. Et merci pour le geste, j'apprécie beaucoup. »

Et maintenant laisse-moi partir, pria-t-il intérieurement. Sauve ta peau et vis encore cinquante ans. Trouve-toi une petite femme, faites des gosses, occupez-vous de vos petits-enfants avant de mourir tranquillement, dans votre lit, à quatre-vingts ans. Laisse-moi partir maintenant.

Mais le jeune flic était toujours là, souriant.

« Dites donc, je vois que vous êtes immatriculé dans le Michigan. J'ai jamais poussé aussi loin, vers l'est.

– Passez donc voir la région des lacs un de ces jours, lui lança Green Man.

– Bonne idée, ça. Qu'est-ce qui vous amène à Destry ?

– Oh, je ne fais que passer.

– En général, les gens prennent l'autoroute.

– Je préfère voir les lieux que je traverse.

– Vraiment ? demanda le jeune flic. Pas grand-chose à voir, le long de la 55. Vous cherchiez quoi exactement ?

– Je peins, un peu. J'aime beaucoup la couleur des collines.

– Jamais fait attention.

– Remarquez, moi je n'ai jamais trop fait attention aux couleurs de la région des lacs », répondit Green Man.

Coincé dans sa gorge, son léger rire sembla gêné, forcé.

S'il te plaît, laisse-moi partir. Maintenant. Mon Dieu, faites que cette petite scène en reste là…

Mais le jeune flic s'avança pour scruter le visage de Green Man sous sa visière noire.

« Et donc, où est-ce qu'on va comme ça de bon matin ?

– Je suis allé pêcher un peu, et là je rentre à la maison.

– Dans le Michigan ? dit le flic, un peu surpris.

– Oui, ça fait de la route.

– Il n'y a pas de poissons dans vos lacs ?

– Si. Et des gros, vous pouvez me croire, j'en ai attrapé. Mais rien ne vaut une vraie truite fardée.

– Je ne peux pas juger, je n'ai pas la patience pour pêcher. Je peux voir vos papiers, s'il vous plaît ? »

Green Man soutint son regard.

« Bien sûr. Mon permis est dans la boîte à gants. Je vais vous le chercher ?

– Allez-y. Ensuite vous pourrez rentrer chez vous. Avec cette histoire de barrage on a la consigne de contrôler chaque véhicule arrêté. On n'est jamais trop prudents.

– Non, jamais », approuva Green Man en se baissant, et en refermant sa main droite sur la crosse.

Il allait devoir abattre le flic ou se supprimer lui-même. S'il appuyait le canon sur sa propre tempe, alors ce serait comme s'il faisait feu sur toute sa famille. Ses enfants le paieraient pendant des années, et ne s'en remettraient peut-être jamais. Et, malgré toutes les précautions qu'ils avaient prises ensemble, Sharon – l'une des deux seules femmes qu'il ait jamais vraiment aimées – aurait toutes les difficultés du monde à prouver qu'elle n'était pas sa complice. S'il choisissait cette issue, ce serait elle qui paierait. Et tous ses efforts pour sauver le monde, tout ce qu'il avait mis en branle et qui tendait vers une parfaite conclusion, tout cela prendrait fin d'un seul coup. Le seul choix possible était donc celui qu'il avait en horreur. Son index se cala contre la détente, tandis que le bras tenant l'arme commençait à se lever.

À cet instant retentit un air de country. Le refrain d'une chanson idiote à propos d'un chagrin d'amour. Il fallut une demi-seconde à Green Man pour réaliser qu'il s'agissait de la sonnerie du téléphone du flic, qui le colla à son oreille.

« Oui, Nancy, qu'est-ce qu'il y a ? »

Green Man attendit, retenant son souffle.

Le jeune flic grimaça.

« Dis à Mabel de ne pas essayer de l'attraper. Si elle arrive à monter, tout ce qu'elle gagnera, ce sera des coups de griffe. Dis-lui que j'arrive, que je serai là dans dix minutes. » Le jeune flic raccrocha et expliqua à Green Man en levant les yeux au ciel : « Ce satané chat. Toutes les semaines, il faut qu'il grimpe au noisetier.

– Moi je suis plutôt chiens, répliqua Green Man en souriant, l'index au repos sur la détente. On dirait bien que vous avez intérêt à vous dépêcher.

– Oui, je ne vais pas traîner, acquiesça le jeune flic, s'en retournant vers son véhicule. Et vous, vous me remettez ce feu en marche sans tarder.

– Illico, promit Green Man. Et bonne chance avec le chat. »

6

Ellen se réveilla au son des infos qui annonçaient l'attaque du barrage Boon. Elle classa scrupuleusement l'information dans un tiroir de son esprit, et attaqua sa routine du mardi. Elle déposa Julie au lycée Carlyle, donna son cours à Columbia – celui sur les énergies propres –, échangea avec deux de ses thésards puis, dans son bureau, enfila de quoi faire son jogging matinal jusqu'au Centre. Les allées raides et venteuses de Morningside Park étaient le seul endroit où elle s'autorisait à ressentir une secrète béatitude.

Il faisait frais et les trottoirs de Harlem étaient clairsemés. Elle remonta les cinq kilomètres du boulevard Malcolm-X, qu'elle tentait d'avaler en moins d'une demi-heure, jouant stratégiquement des bras et des genoux pour tenir le rythme. Courir faisait partie de sa discipline quotidienne, Ellen savait que c'était en réglant strictement son programme qu'elle maintiendrait l'équilibre. Cet équilibre délicat qui lui permettait de contenir ses sentiments profonds.

Il venait d'atteindre une nouvelle cible majeure – avec

audace, avec panache, avec génie – et il s'en était une fois de plus tiré. Pour l'instant, ce que la télé appelait « une chasse à l'homme sans précédent » n'avait rien donné de concluant. Elle savait que, pour Green Man, le plus risqué était passé… Désormais chaque minute qui s'écoulait le mettait un peu plus à l'abri.

Ellen pouvait certes se permettre de laisser poindre son excitation, qui ne détonnerait pas dans son petit monde de militants écologistes, mais elle devait le faire de manière impersonnelle, au diapason de ses collègues. Le mystérieux champion qu'ils s'étaient élu, le croisé sans nom et sans visage qu'ils adoraient, venait de marquer un nouveau point dans la lutte pour la préservation des espèces.

Alors, tandis qu'elle courait, Ellen vit apparaître un visage. Un jeune visage plein de fougue, de beauté et de détermination, qui s'imposa à elle, remontant des profondeurs de sa mémoire morte. Un sourire à la fois timide et conquérant. Il portait une casquette aux couleurs de Yale, un tee-shirt vert, un jean. Elle l'entendit discourir, d'une voix aussi profonde que stridente, pour condamner avec éloquence l'exploitation forestière abusive. Elle vit briller ses yeux noirs, ce regard sexy braqué sur elle. Elle put ressentir à nouveau l'étreinte de ses bras solides, la douceur insistante de ses lèvres sur les siennes. D'un clignement des yeux, elle repoussa ces sensuelles réminiscences, accéléra sa coursc.

Non. Il était parti pour de bon, et depuis longtemps. Mort, enterré. Elle s'était chargée de l'oraison funèbre et avait fondu en larmes juste avant la fin. Ellen sprinta, jouant de ses bras comme un moteur de ses pistons – pour fuir le spectre du passé, le semer au coin de la 137e Rue dans un ultime effort, manquant de peu de se faire renverser par une voiture d'où s'échappa un « Mais putain, regarde où tu vas ! » rageur.

Le Green Center était niché dans un bâtiment de cinq étages. Il avait servi de bar clandestin durant la Prohibition, était dans un état de délabrement total lorsqu'ils l'avaient déniché, prêt pour la démolition. Mais avec l'aide d'un fonds d'investissement ils avaient pu le sauver et le rénover de fond en comble. L'endroit avait désormais de l'allure.

Par l'interphone, Wanda actionna l'ouverture de la porte. Ellen se retrouva vite au chaud, sur le parquet rutilant. Un feu crépitait dans la grande cheminée, ses vagues de chaleur diffusant les effluves d'encens – et ceux du Yogi Tea qui infusait dans la kitchenette. Cette touche bohème assumée donnait habituellement au Green Center des allures de foyer cosy, mais en ce mardi matin l'humeur n'était pas à la détente. Ellen fut aussitôt cernée par le bouillonnant chaos qui s'emparait des places fortes de l'écologie chaque fois que Mère Nature traversait une journée particulière. En plein entretien avec la presse généraliste, Richard faisait les cent pas dans le couloir en hurlant dans son portable que, oui, il était attristé par les pertes humaines mais que le *vrai sujet* c'était celui que Green Man lui-même avait invoqué, soit l'impératif moral d'agir avant qu'il ne soit trop tard.

« La lutte pour sauver la planète est une bataille féroce. Pour la gagner, on *doit* en passer par la destruction de quelques biens matériels et aussi, hélas, bien sûr, par une poignée de victimes… Vous, vous n'avez pas d'enfants ?… Mais évidemment que j'en fais une affaire personnelle ! Tout ce que ce type essaie de faire c'est de permettre à *vos* enfants de vivre les quatre-vingts années de leur existence sur une planète aussi viable que celle que vos parents vous avaient laissée… »

Josie – qui planifiait les actions de porte-à-porte – avait réuni plusieurs de ses missionnaires autour de son bureau, où l'écran d'ordinateur faisait briller sur eux le regard d'un Green Man dessiné par un portraitiste. Greenpeace – réalisant l'influence que pouvait avoir cette figure sur les prises de conscience et très probablement sur les levées de fonds – avait fait de ce portrait l'illustration de sa page d'accueil. Ils n'approuvaient pas ses actes, mais avaient choisi de le montrer à la face du monde sous un jour résolument humain. Green Man y apparaissait à la fois dominant et délicat, le croisement de Jésus avec un jeune Bob Dylan.

« T'en penses quoi ? demanda Josie tandis qu'Ellen approchait. Ils engrangent de la thune, sévère. On ferait bien de choper une image sexy, nous aussi.

– Ce n'est pas comme ça que je vois Green Man. *Elle* est plus jeune, *elle* est noire, *elle* est baraquée.

– Je pense que Green Man, ou Green Lady, est plus sexy sans son visage, lança un chercheur du haut de son imposante stature. Il faut laisser place à l'imaginaire.

– Pas du tout. Il a des yeux fantastiques sur ce dessin, intervint une jeune stagiaire latino avec un piercing dans le nez. Moi, c'est toujours ce que je regarde en premier : les yeux, c'est le miroir de l'âme.

– Ça va, on n'est pas sur Meetic, rappela Ellen à l'assistance. Salle de conférence dans cinq minutes. Soyez tous là. »

Elle grimpa jusqu'aux bureaux du deuxième et traversa en flèche le long couloir. Les vieilles lattes craquèrent sous ses pas.

Louis était dans son box et avait laissé la porte grande ouverte. Les pieds sur le bureau, il lisait l'écran de son téléphone. Ses vieilles chaussettes étaient trouées, laissant sortir un gros orteil. Il jeta un regard vers Ellen à son passage. Cela faisait bientôt cinquante ans qu'il militait pour l'environnement. Avec sa barbe blanche en bataille et ses yeux pleins de bonté, il ressemblait à un mélange de John Muir[1] et du père Noël. Dans son bureau, il avait installé deux clichés qu'il chérissait. L'un, datant de 1970, le montrait âgé d'une vingtaine d'années, à l'occasion de son premier « Jour de la Terre » – c'était à Philadelphie et il était entouré d'une brochette de célébrités, parmi lesquelles Edmund Muskie, Ralph Nader et Allen Ginsberg. Sur l'autre on pouvait voir Rachel Carson[2] tendre à un Louis encore plus jeune un exemplaire dédicacé de *Printemps silencieux*, exemplaire désormais exposé bien en vue derrière son bureau.

« Ils ne l'ont pas attrapé ? » s'enquit Ellen en voyant Louis happé par la lecture de son écran.

Pas besoin de masquer son inquiétude : personne au Centre ne souhaitait voir Green Man arrêté.

« Non. Ils ont verrouillé tout l'Idaho, mais ça fait longtemps qu'il s'est échappé.

– Laisse-moi deviner : donations en hausse ?

– Les super-héros, c'est toujours bon pour attirer les dons, confirma Louis gaiement. Les gens nous arrosent littéralement. Il y a une vidéo de l'effondrement du barrage sur YouTube, elle a déjà trois millions de vues, et j'ai l'impression que chaque personne qui la regarde nous envoie cinq

1. Écrivain américain et militant écologiste (1838-1914) qui fut un des premiers lanceurs d'alerte pour la préservation de l'environnement.

2. Biologiste américaine (1907-1964), spécialiste du monde marin et militante écologiste, qui a donné son nom à un prix récompensant les défenseurs de l'environnement.

dollars. C'est *Green Man*, et on est le *Green Center*... les gens imaginent peut-être une connexion. Hé, tant que c'est vert, on prend ! On va se retrouver avec un de ces budgets !

– Rendez-vous en bas dans cinq minutes pour tout le monde. Tu lis quoi ? »

Louis lui montra l'écran de son téléphone, qui affichait différentes photos de barrages.

« Le Sierra Club[1] a fait un boulot dingue au sujet de la rivière Snake. L'affaire commence en 1901 avec le barrage de Swan Falls, et ils t'expliquent qu'il y en a eu quatorze autres depuis, avant celui qui vient de s'effondrer. Ils montrent comment les barrages entravent la migration des saumons, et ils expliquent tous les démêlés judiciaires. Impossible qu'ils aient pu concocter un dossier aussi complet en une matinée. Ils devaient avoir ça en réserve et ont bénéficié d'un sacré coup de chance... Ou alors ils ont été rencardés par Green Man, suggéra Louis avec un sourire de conspirateur.

– Le FBI va certainement envisager cette option », répondit Ellen avant de rejoindre son bureau.

En vitesse, elle remplaça sa tenue jogging-baskets par un jean et un pull assez confortables, ainsi qu'une paire de mocassins. À l'abri derrière la porte close de son bureau, elle consulta les dernières nouvelles. La lettre de Green Man à propos du barrage Boon était le texte le plus consulté de toute la Toile. L'homme, quant à lui, était toujours en liberté et à l'abri. Ellen marqua une pause et respira un grand coup – elle savait qu'elle allait au-devant d'un conflit.

1. Importante ONG écologiste fondée par John Muir.

Dans la salle de conférence, plus de quarante personnes – la population du Centre – l'attendaient, du stagiaire de dix-huit ans aux prises avec une attaque d'acné jusqu'à l'élégante réceptionniste octogénaire, Wanda Webster, fermement appuyée sur sa canne d'acajou.

« Allez-y, mettez-vous tous à l'aise », lança-t-elle pour rappeler leur blague récurrente. Tout le monde en effet était toujours à l'aise au Centre, sirotant du kombucha, les uns affalés sur des poufs ou, à l'exemple de Wanda, se balançant près de la baie vitrée dans un des rocking-chairs. « À l'heure qu'il est, vous savez tous que Green Man a encore frappé la nuit dernière en détruisant un barrage dans l'Idaho. Apparemment, il s'en est bien sorti. »

Quelques applaudissements et un chœur enthousiaste, « Allez, Green Man ! ». Ellen attendit plusieurs secondes avant de l'interrompre d'une main levée.

« OK. Voilà ce dont nous devons parler. D'un point de vue personnel, je ne suis pas en total désaccord avec cette réaction… admit-elle.

– Mais ? lança Richard, sachant où elle voulait en venir.

– Mais, lui répondit Ellen avant de promener son regard parmi tous les visages, pour la plupart très familiers depuis des dizaines d'années, même si vous avez des sentiments légitimes en tant qu'individus, la situation est telle que nous nous *devons* d'y répondre en tant qu'organisation. Nous ne pouvons plus garder le silence. Nous avons le même nom que lui, après tout. »

Pour au moins la centième fois, Ellen se demanda pourquoi il avait fallu que, parmi tous les surnoms écolo-accrocheurs, la presse choisisse ce pseudonyme de Green Man.

« Et Greenpeace ? Ils sont aussi verts que nous, mais eux

ils en ont fait leur mascotte, fit remarquer Josie, et leurs dons affichent une hausse de trois cents pour cent, soit dit en passant.

– Jamais je ne nous ai comparés aux autres organisations, précisa Ellen. Et on ne fait pas ça pour l'argent. J'ai fondé le Green Center pour que nous puissions suivre notre propre chemin, et c'est dans ce sens que j'ai essayé de le conduire en tant que directrice. Toute ma vie, je me suis opposée à la violence.

– Et la violence contre la couche d'ozone, alors ? intervint Richard. Et la barrière de corail assassinée ? Les forêts violées ? »

La grande pièce bruissa d'une clameur d'approbation.

Ellen reprit la parole :

« Bien sûr, il s'agit de formes de violence…

– Et comment ! reprit Richard de plus belle. On est en guerre, et on est en train de la perdre ! Je ne parle pas seulement des forêts et des récifs mais de notre futur, merde. Il est là, le vrai sujet. » Sa voix retentissait de rage. « Il me reste, quoi, trente ans, donc moi je serai sûrement parti à temps. Mais les jeunes ! Il y en a dans cette pièce, et ils vont devoir se débrouiller sur une planète complètement bousillée. Je vous plains. Et nous, on continue d'élire des présidents qui nient le changement climatique, on nomme des ministres milliardaires qui maintiennent leur mode de vie obscène tout en se pliant aux volontés des vautours des multinationales ! Et en mettant en pièces tout ce pour quoi on s'est battus. Cet enfoiré d'Ellmore a eu ce qu'il méritait.

– Richard… » souffla Ellen, tentant d'endiguer le déferlement.

Mais le petit homme avait sous son bouc une inépuisable

réserve de salive et semblait boosté par l'approbation de l'assistance.

« Ellen, non seulement on est en train de perdre la guerre, mais en plus c'est déjà presque trop tard. Et là, on a enfin quelqu'un qui se lève et dit : "Ça suffit. Il nous reste un tout petit peu de temps. Sauvons le futur tant que c'est encore possible." Ce type a l'intelligence et le cran d'agir, et d'inspirer toute une génération. Et nous, on va faire quoi ? Le condamner ? Pour avoir défendu tout ce en quoi nous croyons ?! »

Ellen laissa le silence s'installer tandis que s'estompaient les applaudissements provoqués par la diatribe de Richard. Quand elle reprit la parole, sa voix se fit douce et ferme à la fois :

« J'ai toujours admiré ta ferveur, Richard, mais maintenant que je t'ai bien entendu c'est à ton tour de m'écouter. Mon enfance a été celle d'une petite fille noire et pauvre du Tennessee. Ma mère était seule, elle nettoyait les maisons des riches hommes blancs. Ce n'étaient pas les raisons d'être aigrie qui lui manquaient. Elle a manifesté derrière Martin Luther King. Elle a pleuré quand il s'est fait assassiner, et elle m'a appris à croire en son idéal. À la maison elle me lisait ses écrits, comme dans d'autres familles mes amis apprenaient les textes sacrés. » Ellen marqua une pause, le temps de penser au visage fatigué de sa mère, rentrant péniblement à la maison après sa journée de quinze heures. « Vingt ans après la marche de Memphis, ma mère était encore en train de récurer les toilettes des riches, et on devait se traîner à genoux pour le moindre ticket repas. À seize ans je suis tombée amoureuse d'un tout autre genre de héros des droits civiques, celui qui a donné son nom au boulevard qui se trouve à cent mètres d'ici. Des nuits entières, en ligne, je cherchais et j'écoutais ses anciens discours. Il était attirant, il était passionné, et surtout, surtout, il avait l'envie d'en découdre. Son appel à l'action m'est apparu en pleine face comme le chemin à suivre. Martin Luther King avait un rêve ? C'est qu'il devait dormir. Malcolm X, lui, était à mes yeux de gamine de seize ans parfaitement réveillé, et il tenait exactement le discours que j'avais besoin d'entendre. »

Une nouvelle pause permit à Ellen de constater qu'une grande partie des jeunes stagiaires, tous parcours confondus, avaient les yeux braqués sur elle.

« Agir maintenant. Prendre l'initiative. Je suis donc allée jusqu'à Berkeley, sur le terrain de Bobby Seale et Huey Newton[1], et j'y ai trouvé ma propre cause à défendre. À la fac, j'ai fait certaines choses dont je ne suis plus très fière. Quand Earth First ! a planté des clous dans les arbres, pour piéger les bûcherons avec leurs propres tronçonneuses, dont les lames allaient rebondir dessus et se retourner contre eux, j'y étais. Je levais le poing avec une colère que je trouvais saine, et c'était bon. Bien sûr que c'était bon. » Ellen se concentra un instant sur le visage impassible de Wanda Webster, qui se balançait toujours près de la fenêtre. « C'est durant mes études supérieures que ma mère est morte. Et c'est seulement une fois qu'elle n'était plus là que j'ai réalisé qu'elle avait raison. J'ai lu Thoreau, j'ai lu Gandhi, et progressivement j'ai compris que la non-violence était non seulement le moyen de résistance le plus moral mais aussi, et de loin, le plus efficace. Aussi bien dans le cadre des droits

1. Les deux fondateurs, en 1966, du Black Panther Party.

civiques que dans celui de la bataille pour l'environnement que nous menons aujourd'hui. *Aujourd'hui*, littéralement. »

Par-delà la salle de conférence, elle soutint le regard de Richard.

« Tu as parfaitement raison, Richard : nous sommes pris dans cette guerre désespérée pour la survie de la planète. Nous avons perdu quelques batailles cruciales, mais la science est de notre côté. La jeunesse est de notre côté. Et nous, surtout, nous sommes du bon côté de la morale. C'est pour cela qu'on va gagner, à la manière dont Gandhi a gagné, dont Martin Luther King a gagné. On ne doit pas quitter ce terrain de la morale. La violence est toujours une faute, on n'évolue pas à coups de bombes et de balles. Tuer des innocents, c'est un meurtre, et on ne justifie *jamais* un meurtre. »

Richard amorça une objection :

« William Ellmore n'était pas vraiment un putain d'innocent… »

Cette fois, Ellen ne le laissa pas finir :

« Quand le yacht du secrétaire d'État Ellmore a coulé, il a entraîné avec lui sa petite-fille de cinq ans. Un infanticide, ni plus ni moins. On ne peut ni approuver ni excuser celui qui s'est rendu responsable de ça. Et pour nous, en tant qu'organisation, il est immoral d'en tirer profit par notre silence. Car tacitement ce silence consent. Aussi longtemps que je dirigerai ce centre, nous rejetterons cette attitude. J'ai consulté le conseil, et nous allons être une des premières ONG écologistes à publiquement condamner Green Man. Si vous n'êtes pas d'accord, allez plaider votre cause au conseil, peut-être qu'ils vous débarrasseront de moi.

– Alors tu voudrais qu'il se fasse attraper ? vociféra Richard.

– Non, pas qu'il se fasse attraper. Mais qu'il arrête, répondit Ellen. Voilà ma position, qui devient de fait celle du Green Center à partir de maintenant. Green Man doit renoncer. Il a frappé six fois, et on ne peut que reconnaître l'ampleur de ce qu'il a pu accomplir, sans jamais faire de mal à la nature. Il a ravivé les mouvements verts, ici et ailleurs. Il s'est justifié avec une belle éloquence à travers ses lettres. Il a mis l'écologie à l'ordre du jour sur le plan national, et il a attisé le besoin d'agir chez les jeunes. Il a aidé de belles personnes à lever des fonds pour de justes causes. Il a éveillé les consciences quant aux différentes menaces qui planent sur l'environnement. S'il s'arrête maintenant, il gardera l'image d'un héros controversé qui aura accompli de grandes choses. S'il continue, il finira par démolir tout ce qu'il a aidé à construire. Parce que vous savez ce qui va immanquablement se passer ? »

À ce moment, elle les tenait tous. C'était l'un de ses dons : elle savait utiliser le réel, et sa peur de voir Green Man arrêté était bien réelle.

« S'il continue, ils l'attraperont. Peu importe qu'il soit malin, qu'il soit prudent, ils l'auront. Il y aura un procès sans pitié, un triomphe romain pour le FBI. Vous voulez les voir balader un Green Man menotté dans tout le pays ? Moi non. »

Wanda arrêta net de se balancer. Louis, qui faisait du tricot, avait reposé ses aiguilles. Ils la regardaient tous, happés par cette passion dans sa voix qui répondait parfaitement à la colère de Richard.

« Veut-on savoir que sous le costume de Superman se cache Clark Kent, le gentil journaliste ? Que Batman est en fait un notable pourri gâté et flanqué d'un majordome ?

Qu'Unabomber était juste un type bizarre avec une barbe, qui vivait dans une cabane ? Et Green Man alors, qui est-il ? Veut-on voir son humanité, ses faiblesses, exposées au grand jour ? Découvrir un type aussi faible, aussi franchement imparfait que vous et moi ? Si vraiment vous l'admirez, alors ralliez-vous à l'idée que nous devons condamner ses méthodes – et non ses objectifs – et l'inciter à s'arrêter maintenant. Parce que la légende qu'il a construite est bien plus puissante que tout ce qu'il pourra faire avec une ou deux bombes de plus. Aidons-le à rester pour toujours celui qu'il est devenu aujourd'hui. Une légende, un mystère, un appel. Pas un homme. »

Elle s'arrêta pour scruter leurs visages. Pas d'applaudissements, mais certains semblaient convaincus, ou bienveillants au minimum. Richard, comme la plupart des jeunes qu'il tenait sous sa coupe, avait l'air dépité.

« Je sais que certains d'entre vous sont à fleur de peau sur cette affaire, alors je vais vous laisser en discuter sans moi, leur annonça Ellen. Merci de m'avoir écoutée. Je pense que vous savez combien cet endroit m'est cher, et à quel point je respecte chacun d'entre vous. »

Elle remonta vers son bureau, ferma la porte et consulta les actualités. La grande chasse à l'homme battait son plein, ce qui voulait dire que Green Man était toujours en liberté. Elle vérifia les pages les plus visitées de la Toile. Sa lettre du barrage Boon avait été lue et partagée plus de quinze millions de fois, devenant ainsi un phénomène mondial. De la France à la Chine, les nations renforçaient à travers le monde la sécurité de leurs barrages.

Ellen reçut une puissante décharge, plaisir et peur mêlés, si forte qu'elle dut s'appuyer de ses mains sur son bureau pour ne pas défaillir. Elle faillit en pleurer, mais parvint à contenir ses émotions profondes – comme elle savait si bien le faire, en toutes circonstances. Elle se remémora ce moment où, deux soirs auparavant, descendant Manhattan, elle avait dû presser le pas jusqu'à une boîte aux lettres, non loin des autorités portuaires, bravant la morsure d'un vent glacial et bruineux pour y glisser la lettre à l'adresse d'un rédacteur du *New York Times*. Sa main tremblait, dans ce gant noir que Green Man lui avait demandé de porter puis de brûler.

7

Tom suivit la blouse blanche de la gardienne de la morgue, une frêle jeune femme de type asiatique, jusqu'à une pièce exiguë. Deux chaises entourant un bureau, pas de fenêtres – et rien d'autre sur le bureau qu'une tablette retournée.

Après avoir refermé la porte, elle s'adressa à lui avec douceur :

« Je vous présente toutes mes condoléances, monsieur Smith. Laissez-moi vous expliquer ce que nous allons voir maintenant. Les identifications par un parent se font presque exclusivement sur photographie, désormais. Sous cette tablette se trouve la photographie du défunt. Retournez-la et vous verrez son visage, mais je dois vous avertir que, s'agissant d'un accident de voiture, les dommages sont visibles. Cependant, ses traits restent identifiables, et vous pourrez reconnaître votre proche. Avez-vous des questions ?

– Non, répondit Tom, les oreilles traversées d'un vague bourdonnement, comme si la mer n'était pas loin.

– Souhaitez-vous que je reste ici ? Ou préférez-vous être seul pour voir la photo ?

– Laissez-moi une minute, si vous voulez bien.

– Je serai juste là », dit-elle en franchissant la porte, qu'elle referma derrière elle.

Les murs étaient blancs et nus, éclairés par le carré fluorescent de l'unique plafonnier. Tout ça pour ça – c'était là la seule chose que Tom arrivait à se dire. Après un quart de siècle à essayer de trouver le moyen d'aimer son père, ou au moins de s'en rapprocher, tout se terminait maintenant, ici, dans cette petite pièce sans fenêtres – une cellule, presque –, devant un cliché de dix centimètres sur quinze. Il saisit la tablette et la retourna.

Son père avait les yeux fermés. Ses traits semblaient raidis, sans vie. Entourant son visage entaillé et cabossé, le bleu d'un drap d'hôpital. Tom s'assit. Il ne bougeait plus, ne fit aucun bruit, ne versa pas même une larme. Il ne ressentait rien d'autre qu'une absence totale d'émotion, en elle-même fabuleusement douloureuse. Il savait que la police avait reçu le signalement d'une voiture ayant franchi la glissière de l'autoroute, pour plonger en bas d'un talus jonché d'arbres. À leur arrivée, son père était mort. Tout indiquait une crise cardiaque, foudroyante. Sur la route pour rejoindre l'hôpital, Brennan avait émis l'hypothèse que le dernier geste du père de Tom avait été de faire un écart avec sa voiture de location pour empêcher que son décès fasse d'autres victimes que lui-même, ajoutant ainsi une poignée de vies à la longue liste de celles qu'il avait sauvées en tant qu'agent de police puis du FBI.

Tom se surprit à fouiller dans sa mémoire pour essayer d'y dénicher un souvenir agréable auquel se raccrocher en cet instant. Il sentait qu'il devait bien y en avoir un en particulier. Il avait en stock une ribambelle de fêtes d'anniversaire, de parties de pêche, d'entraînements sportifs, venus essentiellement de ses jeunes années. Même à l'adolescence, alors que leurs relations se faisaient plus tendues, voire occasionnellement violentes, son père était parvenu à lui apprendre comment nouer une cravate, choisir un club de golf, réussir un bon lancer. Mais là, sur cette chaise inconfortable et sous ce néon grésillant, Tom restait parfaitement bredouille. Tout ce qui ne cessait de lui revenir, c'était leur dernière conversation au bar de l'hôtel, dix heures auparavant, quand son père l'avait traité de petit con avant de disparaître – tandis que lui observait le barrage effondré sur l'écran de télévision.

On frappa à la porte.

« Monsieur Smith ? Je peux entrer ? »

Il retourna à nouveau la tablette, face cachée.

« Oui, bien sûr. »

Elle ouvrit.

« Je ne voulais pas vous presser, mais…

– Aucun problème, dit-il. Et, oui, il s'agit bien de mon père, Warren Smith. »

Elle prit place en face de Tom, lui tendit un stylo et plusieurs formulaires qu'il signa sans vraiment y prêter attention. Il répondit machinalement à ses questions et lui suggéra d'en régler certaines avec sa mère, en Floride. Tout semblait indiquer une crise cardiaque, mais ce serait à elle de décider s'il fallait faire une autopsie. Son père serait enterré à Boca, il y avait une concession. Tom allait faire le nécessaire pour que le corps soit transporté là-bas. Non, il n'avait pas besoin de parler à un conseiller, ni à un prêtre de quelque confession que ce fût. Oui, bien sûr qu'il pourrait sans problème rentrer chez lui.

Brennan faisait les cent pas dans la salle d'attente de l'hôpital. Le grand homme parlait à son portable avec vigueur mais, aussitôt qu'il vit Tom sortir de la morgue, il s'empressa de mettre fin à sa conversation :

« Ne laissez aucun soi-disant expert s'approcher. Foutez tout ça sous une énorme bâche et montez la garde, même au péril de votre vie. Je décolle de Dulles dans quatre heures. Assurez-vous qu'une voiture m'attende à Boise. » Il raccrocha et s'adressa à Tom : « Il se peut que nous ayons une ouverture. »

Il fallut à Tom une poignée de secondes pour saisir de quoi il était question.

« Dans l'affaire Green Man ?

– Un chien policier a reniflé sa trace sur un tapis rocheux, en surplomb du barrage. Il a pu la suivre sur plusieurs kilomètres jusqu'à une sorte de campement. On y a trouvé des traces de pneus et l'empreinte probable d'une tente. Mais, désolé, ce n'est pas ce que vous avez envie d'écouter, pour l'heure…

– C'est *exactement* ce que j'ai envie d'écouter, répondit Tom. Des témoins ? Des photos ?

– Rien d'aussi tangible pour l'instant. Il a campé en solitaire dans une zone déserte. Mais pas besoin d'en parler tout de suite. Je vois à votre air qu'il s'agissait bien de Warren… je vous présente mes condoléances. J'ai eu mon lot de visites à la morgue, je sais que ces identifications sont toujours rudes.

– Maintenant, c'est fait, répondit Tom. Mon père savait qu'il n'en avait plus pour longtemps. Vraiment, ils n'ont rien trouvé de plus que quelques traces de pneus ? »

Brennan semblait réticent à poursuivre sur le sujet, mais ces nouveaux éléments ne quittaient pas son esprit.

« Dans l'immédiat, le plus urgent c'est de maintenir le site intact jusqu'à ce que j'y envoie les bonnes personnes. Les experts locaux bien intentionnés, c'est une plaie mortelle dans ce genre d'opération. Mon équipe est en route, et moi-même j'y vais de ce pas. J'imagine que vous partez vers la Floride ?

– Mon avion pour Fort Lauderdale décolle dans trois heures. » Tom hésita puis ajouta : « À moins que je ne puisse me rendre utile dans l'Idaho. Je suis peut-être une grosse tête de Stanford, mais sûrement pas un tire-au-flanc. Je vous assure que je ne ménage pas ma peine, et je peux même servir les cafés. »

Rictus de Brennan.

« Voilà qui est bon à savoir. Je refuse rarement un café bien chaud. » Il hésita à son tour un instant avant de prendre sa décision : « Partez en Floride. Allez enterrer votre père.

– Vous savez aussi bien que moi qu'il aurait voulu que je prenne part à la traque.

– Aucun doute là-dessus. Vous avez des frères et sœurs ?

– Une grande sœur. Elle a eu plus de problèmes que moi avec notre père.

– Rentrez à la maison lui dire au revoir et vous occuper de votre mère. Votre avion part de Dulles ?

– Oui, monsieur.

– Alors je peux vous conduire jusqu'à l'aéroport, conclut Brennan. Ça nous laissera même le temps de déjeuner en vitesse. Je déteste les repas de l'avion, et il se trouve que je connais une bonne adresse sur notre route.

– Merci, mais je n'ai pas vraiment faim. Et je sais que vous êtes débordé. Je vais bien trouver une voiture qui m'emmènera à l'aéroport...

– Si vous voulez rester un peu seul avec vos souvenirs, je respecte, affirma Brennan, mais j'ai travaillé avec votre père pendant des années, et le moins que je puisse faire, un jour comme celui-ci, c'est de payer à son fils un bon déjeuner. Allez, Tom, il ne faut jamais refuser l'hospitalité par temps froid. »

À sa grande surprise, Tom se retrouva, quinze minutes plus tard, attablé dans une cafétéria bondée, à mordiller dans un cheeseburger face à un Brennan dévorant avec enthousiasme un sandwich aux boulettes de viande.

« Pour la voiture de location de votre père, ne vous inquiétez de rien, lui disait-il à propos du véhicule détruit dans l'accident. Les assureurs de ces compagnies sont les salopards les plus acharnés que je connaisse, même en comptant mes pires agents. J'ai déjà mis une équipe à moi sur le coup, en interne. Vous frotter à des charognards affamés, c'est la dernière chose dont vous ayez besoin.

– Vous n'aviez pas à vous en charger, mais merci à vous. »

Une sonnerie. Brennan colla immédiatement son portable à l'oreille.

« Earl... Dieu merci, tu es là !... Ouais, *j'ordonne de sceller tout ça.* » Brennan écouta durant quelques secondes puis éleva la voix : « Je ne veux pas savoir ce que raconte le chef de la police d'État, ni de quelle juridiction il se réclame. Parlez en mon nom, rappelez qu'on opère au niveau fédéral. Que chaque trou de balle qui pose un pied dans cette zone entrave délibérément le travail du FBI et se verra coffré par le président des États-Unis en personne. » Il reposa son téléphone. « Les experts locaux, dit-il en secouant la tête.

– Vous pensez vraiment trouver quelque chose sur ce campement ? demanda Tom.

– Vu les gens et le matériel que j'envoie là-bas, je peux être confiant.

– Il est trop malin et trop prudent pour vous laisser un indice.

– Vous êtes aussi pessimiste que votre père, bon sang !

– Pas encore, dit Tom, mais j'y travaille. »

Brennan mordit une dernière fois dans son sandwich avant d'écarter son assiette.

– Tom, nous devrions nous mettre en route pour Dulles. Écoutez, j'aimerais avoir un truc chaleureux et réconfortant à vous dire sur votre père, et sur ce que ça a été de travailler de temps à autre avec lui, sur une période de trente ans…

– Je ne vous en demande pas tant. » Tom hésita avant de poursuivre en douceur : « J'ai connu Warren pendant une période à peu près aussi longue que celle durant laquelle vous avez travaillé avec lui. Et à moi non plus il ne vient rien de particulièrement chaleureux et réconfortant ce matin. »

Brennan acquiesça :

« Votre père était ce qu'il était. À l'ancienne. Bosseur. Instinctif. Affûté. Terriblement difficile à cerner. S'il avait été plus coulant, il serait allé plus loin professionnellement. Mais Warren n'était pas l'être le plus sociable qui soit. Je pense que nous savons tous les deux qu'il pouvait parfois être un véritable fils de pute.

– Il pouvait l'être, monsieur, reconnut Tom. Je voudrais vous demander une chose, mais je crains que cela puisse paraître ingrat ou même grossier.

– En cette journée, je veux bien vous autoriser à être grossier une fois », le rassura Brennan.

Tom hésita puis demanda :

« Pourquoi faites-vous tout ça ?

– Tout ça ?

– Avec mon père, vous n'étiez pas des frères d'armes, ni des partenaires de golf, ni même de bons copains. Pour être honnête, j'ai plutôt la sensation que vous ne l'aimiez pas trop. Je ne vous en blâme pas, moi-même j'ai eu de grosses difficultés avec lui. Mais pourquoi vous occuper de mon trajet et de mon déjeuner, aujourd'hui, alors que vous avez de toute évidence des choses bien plus urgentes à régler ? »

La question sembla déranger Brennan, qui tenta d'esquiver :

« Pourquoi ne pas simplement dire "Merci pour le cheeseburger" ?

– Merci pour le cheeseburger. Mais je voudrais comprendre. »

Brennan quitta la table d'un pas lourd. Tom se dit que la silhouette massive allait s'engouffrer dans sa voiture et ne pas en redescendre, mais Brennan réapparut trente secondes plus tard, une poignée de pastilles mentholées à la main – dont il fourra une bonne partie dans sa bouche.

« OK. La vérité, la voilà, dit-il. Je n'en avais jamais parlé avant, mais cette satanée tête de mule m'a sauvé la vie.

– Warren ? demanda Tom. Quand ça ?

– On était en mission de surveillance, il y a trente ans. En plein milieu de la nuit. Je me suis endormi. Ça peut arriver à tout le monde, mais pour moi ce fut la seule et unique fois. Un des types qu'on traquait est arrivé par-derrière et m'a repéré. Il s'est penché sur moi pour me trancher la gorge.

Je serais mort cette nuit-là si Warren n'avait pas assuré mes arrières. Il a descendu le type. » Brennan tapa du poing sur la table, si fort qu'il fit sauter la salière. « Merde, qu'est-ce que j'étais censé faire après ça ? Il n'est jamais allé raconter à personne que je m'étais endormi, que j'avais compromis toute notre opération, alors c'est resté entre nous. Et je n'ai jamais été suffisamment proche de lui pour pouvoir le remercier ou lui rendre la monnaie de sa pièce.

– Ce n'était peut-être pas nécessaire, risqua Tom. Il me semble qu'il n'a fait que son travail... »

Brennan se renfrogna. Quelque chose semblait nettement le contrarier. Il se lança :

« Il y a dix ans, juste au moment où Warren s'apprêtait à prendre sa retraite, une offre d'avancement s'est présentée à lui. Une sacrée promotion, la cerise sur le gâteau pour sa carrière. Il était plus apte que tous les autres candidats, et c'est moi qui avais la main sur le choix. J'ai pris quelqu'un d'autre. Le poste impliquait la direction d'une grosse équipe, et je ne lui voyais pas d'aussi grandes qualités relationnelles. Mais j'ai eu des remords. Il m'a sauvé la vie, et moi je l'ai baisé.

– Cela nous fait donc un point commun, dit Tom calmement. Moi aussi je lui dois la vie, et je n'ai fait que le décevoir, sans pouvoir ni le remercier ni lui rendre la monnaie de sa pièce. »

D'un signe à la serveuse, Brennan demanda l'addition. Puis il fixa fermement son regard sur Tom.

« Je vais vous dire une bonne chose sur votre père, avant qu'il soit vraiment temps de filer à l'aéroport. Vous avez dit vrai : Warren m'a appelé pour me parler de vous. Nous n'avons discuté que deux ou trois minutes. Mais ce fut la conversation la plus personnelle que nous ayons jamais eue, lui et moi. » La serveuse apporta l'addition et Brennan piocha trente dollars au fond de son portefeuille. Il déposa l'argent sur la table. « Il était fier de vous, assez en tout cas pour me réciter votre brillant parcours universitaire. Il m'a demandé de vous donner une chance de nous aider à résoudre cette affaire. Ce furent ses derniers mots avant de raccrocher, et ça restera la seule faveur qu'il m'ait jamais demandée. C'est quoi, la dernière chose qu'il vous ait dite, à vous ?

– Que j'étais un petit con. »

Brennan hocha légèrement la tête d'un air triste. Il garda le silence quelques secondes.

« Rassemblez tout l'amour que vous pouvez pour aller enterrer votre père, ordonna-t-il à Tom de sa voix la plus basse. Ensuite il vous faudra prendre une décision. Les analystes de données ne dépendent pas directement de moi, donc ce n'est pas dans cette branche que je peux vous être utile. Mais votre père avait le flair le plus précis, de tous les gars avec qui j'ai bossé, et j'aurai toujours besoin d'agents de terrain futés. Si vous acceptez de travailler pour moi, je pourrai vous offrir un peu d'autonomie, l'opportunité de sortir du cadre, l'autorisation de suivre vos meilleures intuitions. Et je ne vous demanderai pas trop souvent de m'apporter le café. »

Tom le regardait et réfléchissait à toute vitesse.

« Warren vous a listé mes diplômes… mais il vous a parlé du championnat de boxe amateur national ?

– Non, répondit Brennan en considérant attentivement Tom sous un angle nouveau. Je savais qu'il montait sur le ring. Vous boxez aussi ?

– Est-ce qu'il a évoqué l'équipe olympique de tir ? »

Brennan leva les sourcils.

« Oh ? Vraiment ?

– Non, *vraiment* pas, lui répondit Tom. Il a bien essayé de m'apprendre la boxe, mais je n'ai pas voulu de ses leçons. J'ai préféré garder mon crâne intact. Et c'est tout juste si je suis capable de distinguer un canon d'une crosse. J'ai été un fils décevant pour Warren, tout comme je serai un agent de terrain décevant pour vous. Je suis ce que je suis, monsieur – un intello prétentieux et malin, surtout doué pour faire parler les chiffres. »

Brennan scruta Tom quelques secondes encore, haussa les épaules et se leva.

« La décision vous appartient. Mais je n'ai rien contre les intellos, et mon offre tient toujours. Les gens qui m'entourent sont forts, mais un peu trop polis et respectueux. Quelque chose me dit que ce ne sera pas votre cas. Si vous choisissez de travailler pour moi, votre vrai boulot sera d'être un emmerdeur de première, de sortir des sentiers battus et de me poser toutes les questions délicates que les autres n'osent pas me poser, par crainte, ou simplement parce qu'ils n'y ont même pas pensé. Il me semble que vous êtes doué pour tout ça. Vous serez peut-être même un si bon emmerdeur que vous me ferez regretter mon offre. Maintenant, rentrez chez vous à Boca vous occuper des affaires de famille. »

8

Aucune circulation le long de la rue principale, dans la petite ville où vivait Green Man. L'heure de la fermeture des magasins était passée depuis longtemps. Il dépassa l'unique feu de signalisation, puis la banque, l'épicerie, et enfin bifurqua vers une route de campagne. Les habitations s'effacèrent et bientôt il se retrouva à conduire au milieu d'une épaisse forêt. Au-dessus de la route sinueuse, les érables joignaient leurs branches. Parvenu à destination, il sonda sa boîte aux lettres, puis actionna la commande qui ouvrait le lourd portail de fer. Les lumières automatiques s'activèrent sur son passage, le long du chemin menant à la maison. Elle émergea d'entre les arbres, leur forme se découpant contre le ciel étoilé.

L'achat de ce terrain avait été motivé par la proximité de la ville mais aussi par son isolement – les cinq hectares étaient entourés d'une forêt protégée qui appartenait à l'État. Green Man avait lui-même dessiné les plans de la maison et l'avait fait construire par une entreprise basée à

Detroit. Ainsi, personne dans les parages ne la connaissait en détail. C'était une très vaste demeure de quatre étages, mais dont le style colonial et la façade blanche n'avaient strictement rien de remarquable.

L'été, les enfants invitaient leurs amis à profiter de la piscine et du jardin, et Sharon goûtait particulièrement le patio par beau temps. Les plus avisés de leurs amis pouvaient constater à quel point l'installation énergétique se révélait économe, et combien la maison pouvait être qualifiée d'« intelligente » – tous les équipements y étaient informatisés et pouvaient communiquer entre eux. Mais les deux étages supérieurs n'étaient, eux, ouverts à personne. On avait aussi appris aux enfants à se tenir à distance du baraquement sans fenêtres qu'on appelait « la cabane de chasse » et qui se trouvait à l'écart parmi les arbres.

Kim et Gus étaient au lit depuis des heures, mais Sharon veillait et elle l'entendit entrer dans le garage. À peine sortait-il de la voiture qu'elle était déjà à la porte, courant à sa rencontre. Ils partagèrent une silencieuse étreinte durant de longues minutes qui lui permirent de sentir qu'elle tremblait. Il caressa doucement ses cheveux, la maintenant dans ses bras, et elle nicha sa joue contre la sienne tandis que leurs corps s'arrimaient.

« Je t'aime, finit-elle par murmurer, tandis qu'il sentait ses larmes couler sur sa joue. Tu m'as tellement manqué, Mitch. Bienvenue à la maison.

– Toi aussi tu m'as manqué, ma chérie », répondit-il, sa voix rocailleuse traversée de frissons.

Il était tout aussi sentimental qu'elle, même s'il le cachait avec cet art consommé du contrôle qui gouvernait l'ensemble de ses actes. Il l'aimait profondément et ses sentiments remontaient au premier instant où il l'avait aperçue, dans un musée d'art de Chicago. Chaque fois qu'il s'en allait en mission, il se disait que ce serait peut-être la dernière fois qu'il les voyait, elle et les enfants. Cette éventualité était à la limite du supportable.

Ils entrèrent ensemble dans la maison, main dans la main. Finn, leur vieux golden, leur fit la fête comme s'il était redevenu un jeune chiot déchaîné.

« Il y en a un autre qui est content de te revoir », s'amusa Sharon.

Green Man s'agenouilla à côté de son fidèle ami pour lui frotter les oreilles, ce qui le fit exulter.

Sharon le conduisit vers la cuisine, où traînait une vague odeur de poulet rôti et de riz sauvage.

« Quelque chose me dit que tu ne t'es pas arrêté pour dîner en route.

– Je comptais un peu sur la qualité des restes. »

Elle s'assit auprès de lui pendant qu'il mangeait, sirotant un verre de rouge et le regardant avec l'intensité des premiers rendez-vous. Cela y ressemblait d'ailleurs car, comme chaque fois que leurs esprits étaient préoccupés par des sujets très graves, ils ne faisaient que discuter de petites choses – elle était intarissable sur le cours de dessin de Kim, le voyage de Gus avec son équipe de foot, la machine à glaçons qui faisait des siennes. Green Man n'évoqua pas sa mission dans l'Idaho, ne lui demanda pas de nouvelles de la chasse à l'homme dont parlaient les médias et qu'elle suivait assidûment. En dessous du troisième étage, ils s'interdisaient tacitement tout sujet sérieux, même au milieu de la nuit, même quand les enfants dormaient profondément.

Finn s'installa sous la table, frôlant par intermittence les pieds de Green Man, qui de temps à autre lui glissait discrètement un morceau de poulet. Sharon n'aimait pas le voir gâter Finn de la sorte, mais soit il était très doué pour ne pas se faire remarquer, soit elle fermait les yeux sur cette faiblesse, particulièrement pendant cette soirée de retrouvailles.

Ils actionnèrent le verrouillage automatique de la maison et, avec son habituelle méticulosité, Green Man vérifia que tous les capteurs et alarmes étaient activés autour de la propriété. Ils montèrent au deuxième étage, où il ouvrit la porte de la chambre de Kim. Sa fille était couchée entre deux grosses peluches : Winnie l'Ourson et Minnie Mouse montaient la garde. Il se pencha pour déposer délicatement un baiser sur sa joue, ce qui fit remuer la petite chose de six ans et demi, qui se mit à sourire doucement. En se redressant, il remarqua un nouveau dessin accroché au mur. Le trait restait enfantin, mais il put y reconnaître l'un de ses meilleurs amis. Il avait toujours aimé dessiner et peindre, et était heureux de constater que sa fille avait hérité de son coup de crayon.

Cinq pas plus loin se trouvait la chambre de Gus. Green Man y entra pour voir son fils endormi en travers de son lit, un pied dans le vide, la tête vers la commode. On aurait dit qu'il surveillait sans relâche sa collection de trophées de foot. Il y en avait une douzaine environ. Doucement, Sharon remit Gus en place dans le lit et remonta sa couette.

Main dans la main, ils montèrent jusqu'à la grande chambre du troisième. C'était seulement une fois arrivés là, et après avoir activé un niveau supplémentaire du système de sécurité, qu'ils pouvaient se mettre à parler librement – mais toujours d'une voix très basse. Il leur fallut presque une demi-heure pour se mettre réciproquement à jour. Green Man commença en racontant par le menu le déroulé de sa mission, sous le feu roulant des questions de Sharon. Elle avait une formation d'anthropologue médico-légale et avait travaillé pour les forces de l'ordre pendant presque dix ans, dont deux passés au bureau du FBI à Chicago. Elle passa au crible chaque étape de sa mission, entrant par ses questions dans le détail de chaque décision, de chaque précaution prise.

Quand il en vint à l'épisode du jeune policier du Nebraska, elle lui demanda s'il était certain que l'agent ne portait pas de caméra embarquée.

« Certain, répondit-il. J'ai scruté toutes les parties de son uniforme, aucune trace. On n'en trouve pas encore beaucoup en dehors des grandes villes. On a eu de la chance.

– Pas vraiment, avec le feu arrière.

– Cette ampoule qui crame… non, mais tu le crois ? Après toutes ces précautions ? OK, chérie, à mon tour maintenant. »

Il commença par leur cercle d'amis. Est-ce que l'un d'entre eux s'était montré suspicieux, ou ne serait-ce que vaguement curieux ? Pour leurs connaissances, comme pour les amis de leurs enfants, il était un homme d'affaires qui devait souvent prendre la route. Cela semblait contenter tout le monde, personne ne posait de questions sur ses voyages, sur ses dates de retour ou sur ses activités. Il lui arrivait même de partir quelques jours pour les habituer à ses absences.

Green Man s'assura ensuite que Sharon avait fait en sorte que personne ne puisse déceler le moindre changement dans ses habitudes : elle avait consulté ses e-mails plusieurs fois par jour, utilisé les cartes de crédit à son nom, téléphoné avec son portable. Et elle s'était servie de la voiture familiale en empruntant les routes classiques aux heures habituelles. Quiconque était à la poursuite de Green Man à travers les données dont il laissait la trace ne parviendrait jamais jusque dans l'Idaho. Et quiconque voudrait vérifier sa présence dans le Michigan par les mêmes moyens arriverait à la conclusion que tout s'y déroulait comme à l'accoutumée.

Une fois la mise à jour terminée, il en vint aux questions qu'il redoutait le plus, celles dont il connaissait déjà la plupart des réponses grâce à la radio. Pour l'instant, l'attaque du barrage avait fait douze morts. Leurs images, leurs profils circulaient partout sur Internet et, sachant qu'il le demanderait expressément, elle les avait imprimés. Ils étaient dans le tiroir du bas de son bureau.

« Tu les regarderas demain, le pressa-t-elle. Sinon tu n'arriveras pas à dormir. Et tu as l'air si fatigué.

– Bien, admit-il. Mais que faisaient ces familles sur leurs bateaux ? La saison est terminée…

– Il faisait chaud pour cette époque de l'année, alors un proprio aura voulu se faire de l'argent en tordant un peu le règlement et les prix. »

Le genre de choses qu'on ne pouvait pas prévoir. Il s'assit une minute avant de lui souffler :

« Combien d'enfants ? »

Elle l'enserra de ses bras et murmura :

« Cinq.

– Mon Dieu. »

Elle resserra son étreinte et l'embrassa doucement, juste au-dessus de l'œil.

« Tu fais ce qui doit être fait.

– Et j'étais à deux doigts de tuer ce jeune flic.

– Mais tu ne l'as pas fait.

– J'avais le doigt sur la détente, Shar.

– Mais tu l'as relâchée et tu lui as sauvé la vie.

– Cinq enfants. »

Il n'ajouta pas « aussi innocents et précieux que les nôtres », mais ils savaient tous deux que c'était là sa pensée.

« Il n'y a pas d'autre moyen », murmura-t-elle. Elle croyait, plus fermement que lui encore, au bien-fondé élémentaire de leurs actions. « Va prendre une douche, Mitch, ça te fera du bien. » Elle l'embrassa de nouveau, sur les lèvres cette fois. « Franchement, mon amour, tu pues. »

Il prit une douche presque bouillante. L'eau chaude des six geysers braqués sur lui diffusait une épaisse brume dans toute la salle de bains. Il essuya ensuite le miroir pour faire apparaître son reflet et se raser. Sous la buée qui commençait à s'effacer, ses traits se précisèrent lentement. Des cheveux noirs qui commençaient à grisonner aux tempes. Des yeux qui selon la lumière passaient de noisette à gris-bleu. Un nez aquilin qu'il tenait de son père et de son grand-père. Un menton si puissant qu'un entraîneur de base-ball à Yale l'avait appelé « Mâchoire de fer », surnom qui le suivit quatre ans durant à New Haven. C'était là un très beau visage, qui avait eu un temps les traits de l'insouciance, désormais marqué sur le front par les rides de l'inquiétude et sous les yeux par deux poches lourdes de regrets.

Green Man entra dans la chambre, où les lumières étaient éteintes.

« Viens, mon amour », murmura Sharon.

Il se glissa à ses côtés, ils s'embrassèrent et se touchèrent, puis firent l'amour avec tendresse. Quand le rythme s'accéléra brutalement, il ne fut pas vraiment surpris de sa propre et soudaine voracité. C'était l'appétit féroce que peuvent avoir envers la vie ceux qui ont frôlé la mort de près. Sharon ressentit l'urgence de son désir, lui serra le dos tandis qu'il entrait plus profondément en elle – jusqu'à cet endroit où le ravissement le mettait à l'abri des fardeaux qui pesaient sur chaque seconde de sa vie. Ils gémirent de concert, puis retombèrent dans le silence, et dans les bras l'un de l'autre.

Deux minutes plus tard, elle était en train de dormir tandis que Green Man écoutait sa respiration. Il adorait s'étendre sur ce lit que, tel Ulysse, il avait construit de ses mains, en utilisant le bois d'un imposant chêne qui se dressait autrefois à l'endroit même où ils étaient désormais couchés. Il se délecta de l'odeur de son épouse, y discernant la pointe de lavande de son shampooing, le même qu'elle utilisait déjà à l'époque de leur rencontre, son parfum pivoine, cadeau de leur dernière Saint-Valentin, et le vin rouge dont elle gardait une trace sur ses lèvres endormies. Malgré sa très grande fatigue, il ne trouva pas le sommeil. Deux heures durant il resta allongé près d'elle, puis finit par se mettre debout, dans le plus grand silence. Il enfila pantoufles et robe de chambre pour rejoindre leur bibliothèque.

Il y avait là deux bureaux. L'un était destiné à l'écriture et l'autre, incliné, était en fait une table à dessin. Dix mille livres ou presque étaient rangés sur les étagères, la plupart parlant des menaces qui pesaient sur le climat et sur de nombreuses espèces animales de par le monde. Le gorille des montagnes. L'éperlan delta. Le dauphin rose de l'Amazone. Le panda chinois. Sur les planches vertes de la bibliothèque, ils appelaient au secours. Et Green Man pouvait entendre leurs cris désespérés.

Écartant pour l'heure ces plaintes silencieuses, il s'installa à son bureau. Il ouvrit le tiroir du bas, en sortit les pages imprimées par Sharon. Douze visages lui rendirent son regard.

Il était assis seul en face d'eux. Les yeux lumineux des enfants, leur regard innocent. Les noms, les renseignements personnels. Ceux qu'ils avaient été et ce qu'ils auraient pu être. Depuis les étagères pesait sur lui le poids d'une menace planétaire, tandis qu'il scrutait ces visages d'enfants dont la vie venait de s'arrêter. Lui vint alors l'insoutenable image de Kim et de Gus endormis, en sécurité à l'étage juste en dessous. Demain ils allaient se réveiller, et salueraient joyeusement leur papa, de retour de son voyage d'affaires.

9

Brennan arriva au campement juste après l'aube, d'humeur massacrante. Il avait été secoué par un vol chaotique et n'avait pu dormir qu'en pointillés sur le long chemin depuis Boise. Une demi-heure plus tôt, ils avaient quitté l'autoroute pour rejoindre un chemin rocailleux qui dégénérait progressivement en un sentier inhospitalier, une piste que la poussière et les cailloux rendaient invisible par endroits. Divers véhicules – plus d'une vingtaine, dont ceux de la police et du FBI, des SUV et deux semi-remorques – étaient garés sur un plateau en bordure d'un des tournants du sentier. C'est là que s'arrêta le chauffeur de Brennan.

Sous un large chapeau de paille, Earl l'attendait – il avait l'air squelettique, comme rongé par le soleil.

« Je pensais que vous alliez mettre au moins une heure de plus. J'imagine que vous ne cracherez pas sur un petit café ? »

Brennan sera la main de l'agent décharné, scrutant ce visage érodé à la recherche d'un signe d'optimisme qu'il ne trouva pas.

« Au diable le café, disons plutôt que je ne cracherais pas sur une bonne nouvelle.

– Si seulement j'en avais, répondit Earl en conduisant Brennan vers deux gros rochers masquant l'embouchure d'un ravin. Comme campeur, Green Man n'est pas vraiment du genre touriste insouciant. On ne peut pas dire qu'il nous ait laissé grand-chose. »

Cinq bâches bleues avaient éclos en bas du ravin, protégées du soleil et du vent par leurs rideaux fermés qui les faisaient ressembler à de coquets cabanons de plage pour riches vacanciers.

« Il n'aurait pas pu tomber sur un meilleur emplacement, grommela Earl avec une admiration forcée. Impossible de repérer sa tente depuis la route, et les deux rochers auront suffi à planquer sa camionnette.

– Nous savons donc qu'il roule en camionnette ?

– C'est ce que pourrait suggérer la largeur des traces, répondit Earl, mais nous n'avons trouvé que de vagues sillons dans le gravier, rien de plus.

– Et la tente ? Il a planté quelque chose ?

– Non. Une armature pliante, probablement. On n'a rien à se mettre sous la dent. Vous voulez descendre ?

– Bien sûr. Un instant. » Brennan s'arrêta au bord du ravin et observa les alentours, essayant de ressentir les lieux comme Green Man l'avait fait. Earl avait raison : pour une planque isolée permettant un accès furtif, il avait trouvé le meilleur campement possible.

« Nuits fraîches et emplacement discret, marmonna-t-il. Il s'est peut-être allumé un petit feu de camp. Moi, c'est ce que j'aurais fait. Et j'aurais même envisagé ensuite de m'y faire réchauffer un petit quelque chose à manger…

– Pas lui, affirma Earl avec assurance. Ce n'est pas le genre de type à craindre le froid ou la solitude. Mais plutôt à préparer ses repas bien avant de partir en mission. On a ramassé des tas d'échantillons de sols, il n'y a pas une trace de cendre. Et puis il mange extrêmement proprement, ou alors à l'intérieur de son véhicule. Les chiens n'ont même pas trouvé une miette de chips.

– Mais où est-ce qu'il se soulage, cet enfoiré, après ses petits repas maison ?

– On a cherché sur un kilomètre à la ronde, aucune trace d'urines ni de matières fécales. Même s'il les avait enterrées profond, nos chiens les auraient trouvées.

– Donc il emporte tout avec lui ? »

Earl enfonça les mains dans ses poches, ce qui eut pour effet de faire descendre un peu son pantalon sur ses maigres hanches.

« Le moindre os de poulet. La moindre goutte de pisse et le moindre étron.

– Personne n'est parfait, lui rappela Brennan. Allons-y. »

Ils descendirent le ravin escarpé. En bas, une dizaine de membres de l'équipe étaient en train de siroter un café, à l'extérieur des abris bleus. Brennan les salua par leurs noms puis il gratifia Tina d'une brève accolade. Moitié cherokee, la trentaine bien tassée sous sa longue chevelure noire assortie à son jean, c'était une lutteuse de première.

« C'est donc vous qui avez déniché cet endroit, si j'ai bien compris ?

– C'est Sheba, monsieur. Cette chienne est peut-être la meilleure pisteuse qu'on ait jamais eue. Elle a commencé par repérer une trace olfactive sur la falaise au-dessus du barrage, et cela alors même que le type utilise à coup sûr un spray anti-odeurs. Green Man a dû ensuite repartir à moto, mais Sheba a pu suivre sa trace alors qu'il n'a pas posé un pied au sol sur sept kilomètres. On peut dire que c'est totalement hallucinant, monsieur.

– Payez-lui une bonne côtelette », suggéra Brennan.

Il s'avança ensuite vers la bâche la plus proche pour jeter un œil derrière le rideau transparent. Sous leur combinaison blanche de protection, trois experts en criminologie étaient en train de se déplacer en lents cercles concentriques, façon crabe, inclinés dans des positions mettant probablement leur dos à rude épreuve. Ils portaient des casques d'amplification audio et tentaient de révéler des ombres à l'aide de lampes bleutées.

Brennan passa les six heures qui suivirent à recevoir des résultats négatifs en ingurgitant du café tiède. Aucune empreinte – ni de mains ni de pas – n'avait été relevée sur la falaise où Sheba avait repéré l'odeur. Les débris de drone qu'on avait pu récupérer au barrage s'étaient révélés trop minuscules et endommagés pour être d'une quelconque utilité. Le laboratoire central de Quantico avait passé la lettre du *New York Times* au peigne fin et sous toutes les coutures, mais le document n'avait livré aucun de ses secrets. Le flair des chiens continuait d'être mis à contribution, de plus en plus loin autour du campement, sans le moindre résultat. Quant aux experts sous les bâches, après avoir littéralement balayé de leurs lampes chaque grain de leurs dix mètres carrés de poussière, ils n'avaient toujours pas décelé la moindre ombre suspecte.

La lumière de midi tombait droit sur Brennan, assis seul sur un rocher aux abords du lit de gravier du ravin, les yeux levés vers les murs de pierre hauts de quatre mètres qui l'entouraient. Ces mêmes murs qu'avait probablement contemplés Green Man après avoir installé sa tente. Même en plein milieu de la journée, l'endroit paraissait aussi lugubre qu'une tombe, diffusant la vague sensation d'être enterré vivant. Que pouvait-on bien ressentir à attendre ainsi au creux d'une enclave caillouteuse, au long d'un après-midi et d'une soirée solitaires passés à ruminer un acte destructeur et meurtrier ? Si Tom Smith avait vu juste et que Green Man était doué d'empathie, s'il regrettait sincèrement les vies innocentes qu'il sacrifiait, à quoi avaient pu ressembler ces longues heures tendues dans l'attente de la frappe, à communier peut-être avec les esprits qui l'inspiraient ? Avait-il ressenti l'excitation quasi sexuelle qui saisit la plupart des assassins à l'approche d'une proie humaine ?

Ou en était-il allé tout autrement ? Avait-il éprouvé du regret, de la culpabilité même ? Avait-il dû repousser la tentation incessante d'abandonner, de rentrer chez lui au lieu de rester ici, là où le maintenait son sens de... de quoi ? Brennan s'efforça de s'engouffrer profondément à l'intérieur du personnage qu'il était en train de composer. C'était le sens du devoir qui animait cet homme. Pas seulement le devoir d'agir, mais un devoir envers ceux qui ne pouvaient pas le faire. Le devoir de se mobiliser pour eux et pour l'espèce entière. Il y avait cette formule qu'on retrouvait dans chacune des lettres de Green Man : « L'impératif moral d'agir au nom de l'espèce humaine avant qu'il ne soit trop tard. »

Earl posa délicatement la main sur l'épaule de Brennan. Il était accompagné de l'une des criminologues – la Nordique aux yeux d'un bleu brillant, comment s'appelait-elle déjà ? Jensen. C'en était fini de sa longue chevelure blonde, rassemblée désormais en un chignon serré, à l'abri sous deux charlottes de plastique. Sans la note de douceur qu'apportaient ses cheveux, sous sa combinaison intégrale et son casque audio, elle semblait androgyne – voire extraterrestre.

Elle apportait une petite fiole de plastique. À l'intérieur la lumière de la lune fit miroiter, sous les yeux de Brennan, deux minces filaments qui s'enlaçaient, qui paraissaient presque danser.

« Des fibres textiles. Je pense qu'il s'agit de gants, affirma Jensen. Probablement du nylon. Le microscope nous le dira. »

10

La veille de l'enterrement, pendant la soirée, la mère de Tom descendit deux gin-tonics avant d'avaler un cachet d'Ambien. Tom et sa sœur la virent tituber dans les escaliers, accrochée à la rampe. Tom courut alors la soutenir jusqu'au deuxième étage.

« Ne jamais mélanger alcool et somnifères, la sermonna-t-il en la guidant vers sa chambre.

– Veux juste dormir », articula-t-elle approximativement.

Tom l'aida à entrer, puis elle s'assit lourdement sur son lit.

Basse de plafond, la chambre était plutôt sinistre. Elle offrait une vue partielle sur le cinquième trou d'un terrain de golf – l'un des moins chics de Boca. La pièce était remplie des souvenirs accumulés par quarante années d'un mariage sans joie. Y trônait le grand lit que les Smith avaient trimballé d'affectation en affectation. En Virginie, un petit Tom de dix ans s'était entraîné au judo sur ce lit, celui-là même où il avait été conçu au Texas, à l'époque où son père faisait ses premiers pas dans la police. Pendant plus de quatre décennies, deux individus – dont l'animosité partagée n'avait fait que croître jusqu'à ce qu'ils ne puissent plus se supporter – étaient parvenus on ne sait comment à trouver sur ce lit un réconfort régulier, dans les bras l'un de l'autre. La mère de Tom s'y laissa tomber à la renverse, enfouissant sa tête au creux d'une pile d'oreillers.

« Tu devrais te déshabiller, m'man, lui dit-il. Je vais chercher Tracy.

– Je suis là, anticipa Tracy, qui les avait suivis. Je vais la mettre au lit et rester un peu avec elle.

– Allez-vous-en, dit la voix de leur mère, étouffée par les oreillers. Je vais parfaitement bien, bon sang.

– Non, tu ne vas pas *parfaitement* bien, lui renvoya Tracy. Loin de là. »

Tom les laissa toutes les deux et retourna en bas. En rangeant le gin, il tomba sur le Jack Daniel's de son père. Il hésita avant de se servir un verre. La première gorgée lui donna un haut-le-cœur, si bien qu'il faillit jeter le reste dans l'évier – il en avait toujours détesté le goût et l'odeur. Il savait que son père aurait désapprouvé ce geste, mais il y ajouta trois glaçons. Puis, faisant tinter son verre, il pénétra dans le bureau paternel.

Warren était un maniaque de la propreté et tout y était parfaitement à sa place. Des stylos plume au garde-à-vous dans une tasse aux couleurs du FBI. Qui donc utilisait encore des stylos plume ? Près de la fenêtre, les précieux clubs de son père étaient rangés dans son sac de golf, les fers classés dans l'ordre, les bois protégés par les couvre-clubs adéquats. À côté du bureau, les livres étaient disposés dans la bibliothèque par ordre alphabétique d'auteur ; les lectures de son père étaient tout entières dédiées à l'histoire militaire américaine.

Sur son bureau se trouvait une épaisse biographie de Douglas MacArthur, une carte à jouer faisant office de marque-page. Tom ouvrit le livre à la page indiquée par l'as de pique, put constater que son père en était arrivé à la bataille d'Incheon[1].

Tom n'avait jamais particulièrement admiré MacArthur. Il referma l'ouvrage et commença à fureter. Ce qu'il recherchait ne se trouvait dans aucun des tiroirs du bureau, mais il eut la surprise, dans celui du bas, de trouver un petit album tout entier rempli de photos de lui enfant. Au fil des pages il se regarda grandir, passant du souriant nourrisson au jeune sportif concentré brandissant une batte manifestement trop grande pour lui, puis à la ceinture jaune de karaté essayant de prendre un air menaçant. Warren n'était jamais présent sur ces photos, mais en un sens elles lui devaient tout ; elles devaient tout à cette invisible figure masculine que Tom avait si douloureusement essayé de satisfaire durant toutes ses jeunes années.

Tom s'attarda quelques secondes sur une image de lui à dix ans, torse nu, maigre comme un clou, affublé d'une paire de gants de boxe. Il referma alors l'album et le remit en place dans le tiroir. Il porta prudemment le whisky à ses lèvres et se laissa aller dans la chaise de Warren, équipée d'un coussin lombaire à velcros. Il balaya la pièce du regard avant de fixer son attention sur une armoire d'angle.

Il s'en approcha, l'ouvrit, entreprit d'en sonder le contenu. S'y trouvaient tous les anciens clubs de golf que son père n'utilisait plus mais qu'il ne pouvait apparemment se résoudre à jeter, une boîte métallique réservée au matériel de

1. Elle eut lieu en septembre 1950 et marqua un tournant décisif dans la guerre de Corée.

pêche, une raquette de tennis en bois dont le grip s'effilochait et une douzaine de sweat-shirts témoignant de la fraîcheur des étés lorsqu'ils vivaient plus à l'est. Et sur l'étagère du haut, évidemment, la mallette de cuir noir. Celle qui hantait ses souvenirs d'enfance mais qu'il n'avait pas aperçue depuis plus de dix ans. Tom tendit les bras pour s'en saisir, puis l'apporta jusqu'à la table, où il l'installa précautionneusement avant d'en déverrouiller les deux fermoirs métalliques.

Le Colt qui avait été celui de son père durant toute sa carrière reposait sur un lit de mousse noire. Tom avait maintes fois regardé cette arme, mais jamais encore il ne l'avait touchée. Il la sortit en se demandant si c'était avec elle que son père avait sauvé la vie de Brennan, trente ans plus tôt. S'en était-il vraiment servi pour descendre des gens ? Tom passa sa paume le long de la crosse et brandit lentement le pistolet, visant la tête d'antilope qui était accrochée au mur.

« Repose cette saloperie », ordonna une voix inquiète à l'entrée de la pièce.

Tom remit précipitamment le Colt dans son étui tandis que Tracy pénétrait dans le bureau.

« Comment va maman ? demanda-t-il, embarrassé par ce flagrant délit.

– Complètement éteinte, répondit-elle. Et elle ne risque pas de se réveiller de sitôt, sauf si tu comptes vraiment te mettre à tirer sur des trophées de chasse. Allez, barrons-nous. »

Ils se faufilèrent par la porte de derrière, puis par une ouverture dans le grillage pour arriver sur un terrain de golf assez lugubre. Ils traversèrent le rough touffu, jusqu'au fairway du cinquième trou. Sur l'herbe ciselée, ils erraient côte à côte, silencieux, plongés dans leurs pensées.

« Et donc, elle fait ça souvent ? demanda finalement Tom.

– L'alcool, ou les cachets ?
– Tu veux dire… les deux ensemble, ou séparément ?
– Si tu venais plus souvent, tu ne me poserais pas la question. »

Tom n'avait aucune envie de lutter.

« Ouais, j'étais peut-être un peu… loin. Et je ne savais pas que toi, tu étais toujours une… habituée des lieux.

– On est à moins de deux heures de Key Largo ici, fit remarquer Tracy. Je fais l'aller-retour, le temps d'un déjeuner ou d'un dîner. » Elle marqua une pause. « Ça fait deux ans qu'elle se fait prescrire des somnifères. Je crois qu'elle est accro et qu'elle ne peut plus dormir sans. Le gin, c'est plus récent. Sur la fin, Warren était *vraiment* porté sur la bouteille… et c'est souvent contagieux, la picole.

– Je crois qu'il s'attendait à ce qui lui est arrivé, dit Tom.

– Ça ne l'a pas empêché de boire », répondit-elle, à l'approche du green. Ils contournèrent un bunker. « Et ça ne l'a franchement pas rendu plus agréable.

– Ça, non, reconnut Tom. Mais bon, maintenant qu'il est parti on devrait peut-être essayer de rassembler tout l'amour qu'on peut. » Il réalisa qu'il venait de répéter mot pour mot les paroles de Brennan – et qu'elles semblaient désormais un peu ridicules. « J'espère juste qu'il y aura un peu de monde demain. Ce serait plus facile pour maman. Il avait bien des partenaires de golf, des complices de poker qui pourraient venir, non ?

– Quelque chose me dit qu'ils auront une autre partie à jouer, dit Tracy en avançant jusqu'au green.

– Trace, je pense qu'on devrait rester sur le fairway. Ces greens, c'est une plaie à entretenir.

– Qu'est-ce que j'en ai à faire ? demanda Tracy en donnant un coup de pied rageur dans une motte de gazon. Je serais déjà bien surprise si seulement une dizaine de personnes se pointaient demain.

– En gros, pour toi, notre père était une mauvaise pioche…

– Même *moi* j'ai failli ne pas venir, l'informa-t-elle avec amertume. Et je ne compte pas prendre la parole. Maman voudrait que l'un de nous dise deux ou trois mots… Alors, à toi l'honneur.

– OK. Je suis désolé que tu sois toujours en colère après lui, même aujourd'hui. Mais bon, je pense que j'en sais assez sur vos désaccords pour te comprendre. »

Surgissant de nulle part, un petit animal s'élança devant eux à travers la pénombre avant de disparaître dans un buisson. Tracy aspira une pleine bouffée d'air nocturne, qu'elle relâcha ensuite très lentement, enserrant son corps de ses bras croisés.

« Il m'a touchée, tu le savais ? »

Le choc qu'accusa Tom était authentique. Il s'approcha d'elle pour lui dire doucement :

« Je n'étais pas du tout au courant… Trace, je suis désolé.

– J'avais douze ans. Il avait bu. Il a fait descendre ses mains le long de mon corps. Je l'ai mordu. Il n'a jamais recommencé.

– Il était peut-être ivre mort.

– Ne t'avise pas de lui chercher des excuses !

– Bien sûr que non. Mais il me battait régulièrement, à peu près à la même époque. Alors, comme je sentais son haleine chargée, j'essayais de me dire qu'il ne savait pas ce qu'il faisait.

– Il savait très bien, répondit Tracy. Et je vais te dire, pour demain : Oui, rassemble tout l'amour que tu peux mais fais-le tout seul. Ne me mêle pas à ça. »

Ils quittèrent le green en direction du sixième trou. Bizarrement, ils suivaient le parcours comme s'ils jouaient une partie.

« Et puis je vais te demander une dernière faveur avant que tu ne disparaisses à nouveau dans la nature, frérot, lui dit-elle en lui lançant un regard rageur destiné à le mettre en garde. Ne deviens jamais comme lui.

– Mais comment peux-tu craindre un truc pareil ?

– Peut-être parce que tu étais en train de boire son whisky avec son flingue dans la main.

– J'essayais juste de penser à lui, la veille de son enterrement, c'est tout.

– Tu as repris son boulot.

– Mon travail n'a rien à voir avec le sien.

– Mon cul ! répliqua-t-elle. Tu es au FBI.

– Le FBI fait du bon boulot. Ils arrêtent les sales types. Ce n'est pas ça le problème. »

Arrivé au sixième trou, Tracy s'arrêta. À la surface d'un obstacle d'eau, la lune miroitait.

« Les agresseurs engendrent des agresseurs, dit-elle tout bas. Les enfants de connards deviennent des connards, c'est bien connu. Tu es parti, loin, et je t'ai envié. Je t'ai admiré pour ça, pour avoir eu la force de couper les ponts avec lui. Alors ne retombe pas dans ce piège maintenant.

– C'est pour me dire ça que tu nous as amenés ici ? lui demanda-t-il.

– Entre autres, répondit-elle. Je sais ce que tu fais. Au FBI. Maman m'a raconté. Ne t'avise pas de l'arrêter.

– Je ne vois pas de quoi tu parles, dit Tom, mais je crois qu'on devrait rentrer.

– Je parle de lui, avec les dauphins, poursuivit Tracy.

– Tu bosses toujours pour ce truc, à Key Largo ? demanda Tom dans une tentative désespérée d'amener cette conversation sur un autre terrain, car il craignait la fureur de sa sœur. Je pensais qu'ils… que ça ne l'avait pas fait.

– Je suis restée clean pendant presque un an, j'ai suivi un programme, avec des examens chaque semaine, alors ils m'ont reprise, en probation. Et tout se passe bien, j'adore.

– C'est vraiment génial, Trace. Tu t'es toujours sentie bien là-bas.

– Le matin, je nage avec eux dans la baie. Je les connais tous, et eux ils me connaissent aussi. Nous avons de vraies conversations. Et ne me regarde pas comme si j'étais cinglée.

– Je t'écoute, c'est tout.

– Je ne dis pas qu'ils comprennent tous les mots. On se comprend sur un autre plan. Viens nager avec nous, peut-être que tu lâcheras un peu de ton putain de scepticisme.

– OK, tu as peut-être raison. On peut rentrer maintenant ? Il commence à faire froid, et il faut que je réfléchisse à ce que je vais pouvoir raconter sur papa demain.

– Ils sont conscients de la menace. Crois-le ou pas, mais ils comprennent qu'il y a moins de poissons dans l'océan, que les eaux se réchauffent, et que tout est en train de changer. D'une façon lente, insidieuse, et qui leur échappe. Je crois qu'ils comprennent aussi que presque tout est de notre faute – que nous avons presque consciemment amené les choses au point de non-retour. Alors quand je nage avec eux je leur dis qu'au moins, enfin, quelqu'un a décidé d'agir. De se battre pour nous tous. Quelqu'un qui pourrait bien nous sauver. Sauf bien sûr si tu l'arrêtes.

– Reste ici si tu veux, moi je rentre. »

Tom se tourna vers la maison, et elle lui saisit le bras.

Avec la force naturelle des travailleuses manuelles, elle sut le retenir.

« Ne fais pas ça. Ça ne te ressemblerait pas. Je te connais mieux que quiconque. »

Il dégagea son bras et la regarda.

« C'est un assassin. Il tue des innocents. Et puis même, qu'est-ce qui te fait dire que je vais l'attraper ? Je ne suis qu'un petit rouage de la machine, totalement insignifiant. Je ne fais que trouver des motifs dans la masse des données, en tout cas j'essaie. Mais pour l'instant je n'ai rien. En gros, sur l'échelle, je ne suis même pas au barreau du bas.

– Le FBI de Miami a téléphoné, lui dit Tracy. Ils envoient une voiture te chercher directement à la sortie de l'enterrement, demain, pour te conduire à l'aéroport.

– Qu'est-ce que tu racontes ? Je vais rester quelques jours ici, avec maman et toi. Qui est-ce qui a appelé ?

– Ils ont dit de te prévenir que Brennan avait besoin de toi au plus vite. C'était pas un collègue de papa ? Ils ont ton billet et tout. Tu es sacrément plus haut que le premier barreau, on dirait.

– C'est du délire, répondit Tom. Je ne suis au courant de rien.

– Mon cher petit frère, dit Tracy avec un sourire teinté de nostalgie et d'amertume, entre nous, ça a toujours été la sale guerre, et je n'ai jamais eu la moindre chance de l'emporter. Tu étais chaque fois le meilleur, le premier. Plus malin que les profs, plus malin que les projets qu'on nous donnait. Tous les examens, tu les explosais. Tu as toujours tout fait pour lui montrer que tu étais à la hauteur.

– Trace, j'ai fait tout ça pour moi, pas pour lui. C'est à peine s'il faisait attention. Et je n'ai jamais été en compétition avec toi...

– Tant mieux, parce qu'il est mort. Et moi, je ne suis qu'une dresseuse de dauphins, une dresseuse épuisée qui doit en permanence faire ses preuves. Maman est déjà comme toutes ces veuves de Boca qui se gavent de pilules. Mais toi, tu as tout pour réussir, et je te le souhaite, Tom, sincèrement. Tu as fait tout ce qu'il fallait. Retourne vers l'ouest, là où tu as été formé. Construis-y ta forteresse pour fonder une famille. Et peut-être que je pourrai venir m'installer dans la chambre d'hôtes de votre petit domaine viticole. Mais ne t'avise pas de montrer que tu es bel et bien à la hauteur en attrapant ce type. N'en fais pas ton objectif, car on sait que tu finiras par l'atteindre, alors qu'il est notre seul espoir… Et ça, tout au fond de toi, tu le sais aussi bien que moi. »

11

La procureure générale reçut un message en plein milieu de la réunion, apporté en précipitation par son assistant. Elle parut d'abord en colère d'être ainsi dérangée, mais à peine eut-elle considéré le morceau de papier qu'elle esquissa un geste d'approbation. Sans attendre, elle lança :

« Faites-leur savoir que nous arrivons. »

Elle embrassa ensuite du regard la demi-douzaine d'hommes de pouvoir réunis dans son bureau, et leur annonça :

« Messieurs, nous sommes attendus. Immédiatement. »

Moins de dix minutes plus tard, et répartis dans deux voitures, Brennan et son chef – le directeur du FBI John Haviland –, accompagnés de Vance Murphy, directeur de la Sécurité intérieure, et de toute leur équipe, franchissaient le portail de la Maison-Blanche. Ils n'eurent que quelques minutes à attendre avant d'être guidés à l'intérieur. C'était loin d'être la première visite de Brennan à la demeure présidentielle, mais jamais il n'avait connu pareil accueil. En un éclair, il se retrouva dans le Bureau ovale, à briefer une dizaine de hauts fonctionnaires et de conseillers du président. Sans compter le président lui-même, qui sirotait, assis derrière l'ovale, un ginger ale – tout en gardant un œil sur le match de football américain retransmis silencieusement par un discret écran de télévision.

Brennan tenta d'éviter les termes trop techniques, pour expliquer la rareté de ce tressage de nylon et de cuivre qui constituait les fibres des gants et qui leur avait probablement ouvert une brèche. La plus forte probabilité – et de loin – était celle de gants fabriqués par une petite entreprise familiale, plébiscités par une poignée de chasseurs et distribués dans une douzaine de bonnes vieilles échoppes dans le Minnesota, le Wisconsin et le Michigan.

« Vous voulez dire que Green Man est un plouc de chasseur qui vit dans le trou du cul du Midwest ? intervint le président.

– Nous n'en savons rien, monsieur. Mais en effet le gant a très probablement été acheté dans le Midwest. Nous pouvons même nous permettre d'être un petit peu plus précis…

– Puisqu'il est si malin, pourquoi serait-il allé acheter un gant qui ne concerne qu'une clientèle de niche, et dans une zone géographique aussi restreinte ? demanda la procureure générale. Pourquoi ne pas avoir choisi un modèle standard, donc plus difficile à tracer ?

– C'était pourtant un choix avisé. Ce type de gant est d'une robustesse…

– C'est-à-dire ? le coupa-t-elle immédiatement. Qu'entendez-vous par "robustesse", Jim, pour les non-initiés ?

– Il ne perd pas ses fibres. Nous pensons qu'il porte ces gants pendant toute la durée de ses missions, et nous n'avions encore trouvé aucune trace de textile. Il se pourrait qu'il ait eu un geste soudain et imprévu, pour chasser un moustique par exemple, et que de notre côté nous ayons eu une chance impensable...

– Ou peut-être qu'il se branlait en pensant qu'il était en train de nous la mettre bien profond », intervint le président, ce qui arracha un sourire zélé à certains mâles parmi ses conseillers.

Brennan avait déjà eu vent de sa trivialité en réunion, mais ce genre de propos étaient particulièrement dissonants dans le Bureau ovale, sous les regards altiers de Washington, Lincoln ou Jefferson.

Brennan envisagea de répondre « C'est en effet une possibilité, monsieur » mais préféra garder le silence.

Le président pointa Brennan du doigt.

« Alors, qu'est-ce que ce bout de tissu nous dit de bon ?

– Eh bien, monsieur, si le gant a été acheté dans le Midwest, alors nous pouvons pour la première fois orienter nos recherches. Si notre homme vient de là-bas, s'il y retournait, nous pouvons commencer à modéliser un trajet, à trouver les routes qu'il a pu emprunter à bord de son véhicule – que nous supposons être une camionnette...

– En admettant qu'il ne vienne pas en fait de San Francisco et qu'il n'ait pas rapporté ces gants du Midwest juste pour vous faire courir, lâcha le directeur de la Sécurité intérieure.

– Je peux entendre cette hypothèse, répondit Brennan. Sur ces filaments nous avons aussi pu récupérer un échantillon d'ADN. Malheureusement, il s'agit de faibles traces, tellement endommagées qu'elles n'ont plus grand-chose à nous dire. Mais nos meilleurs experts sont dessus, et au pire des cas elles finiront par être utiles à l'identification lorsque nous appréhenderons le suspect.

– Donc, quand vous attraperez Green Man vous saurez que c'est lui ? demanda le président. Il me faut mieux que ça. » Les coudes sur le bureau, il se pencha vers la procureure générale. « Meg, tu as bien mis tes meilleurs éléments sur le coup ? »

Ils l'avaient tous compris : la question concernait Brennan. Sans ambiguïté.

« Oui, monsieur le président, répondit-elle sans marquer l'ombre d'une hésitation. Nous avons pleinement conscience de la gravité de la situation, et nos experts, les meilleurs, les plus aguerris, se penchent sur le moindre petit caillou. Ils ne laissent rien passer.

– Soyons clairs, ce qu'ils font avec des cailloux, je m'en bats sévèrement les burnes, lui répondit le président. Ce que je veux c'est qu'on enferme ce type. Mais pour l'instant vous allez passer par le bureau des relations presse pour aider notre porte-parole à concocter une déclaration officielle qui doit être lue en vidéoconférence aux rédactions nationales dans une demi-heure. Je veux tous vous voir bien alignés derrière elle pendant qu'elle la lira. Il faut avoir l'air optimiste, mais aussi insister sur les victimes innocentes de la dernière attaque et des cinq précédentes. Il n'y aura pas de questions, ni pour elle ni pour vous. Ensuite, vous allez m'attraper cet enculé avant qu'il ne frappe à nouveau. C'est tout. » Ils se levèrent pour quitter le bureau, mais le président ajouta, désignant Brennan : « Encore une petite minute, vous. »

Brennan se tourna vers le directeur du FBI, mais Haviland ne lui donna pour toute réponse qu'un léger haussement d'épaules avant de suivre docilement le reste de l'équipe hors de la pièce. Le dernier referma la porte.

« Détendez-vous un peu », suggéra le président. Brennan put alors se rasseoir. « Vous buvez quelque chose ?

– Non, merci, monsieur, ça ira. »

Le regard du président resta si longtemps fixé sur le match de football que Brennan ne put s'empêcher de jeter lui aussi un œil à l'écran. Sur une passe longue, l'équipe universitaire de Duke se mit définitivement à l'abri.

« Putain de Blue Devils, ce qu'ils peuvent être arrogants, grommela le président. Vous n'êtes pas allé à Duke, vous ?

– Non, monsieur. J'étais à Penn State. »

Juste au-dessus de la tête du président, sur son étagère, trônait la sculpture de Remington appelée *Bronco Buster*. Brennan en avait possédé une copie dans sa résidence secondaire de Tappahannock, mais il savait qu'il s'agissait ici de l'original.

« Putain de football, tu parles, dit le président. Je ne vous ai jamais dit ça, on est bien d'accord, mais Paterno[1] s'est fait baiser. Il a bâti la légende de Penn State alors que c'était un trou à rats, et ils l'ont défoncé. » Pressant un bouton sur son bureau, le président demanda : « Betty, un autre ginger, et bien frais cette fois. » Il releva les yeux vers Brennan et lui dit : « Alors, c'est Hoover qui vous a embauché ? »

Dans sa bouche le nom sonnait comme une marque d'aspirateurs.

« Oui, monsieur. En 1972. Sa dernière année – celle de sa mort.

– Qu'est-ce que vous lui avez fait ?

1. Entraîneur des Lions de Penn State, contraint de se retirer en 2011 à la suite du scandale Sandusky, qui l'aurait vu couvrir les abus sexuels d'un de ses adjoints.

– C'était une personnalité complexe, monsieur. Et je n'ai pas beaucoup été en contact avec lui directement.

– C'était un grand Américain, dit le président. Avec lui, le boulot était fait. C'est tout ce qui compte, non ? »

Habituellement, Brennan était très doué pour savoir si la personne avec qui il parlait était intelligente ou non. Mais avec le président c'était totalement impossible à décider. Son assurance et ses simagrées pouvaient tout aussi bien relever d'une ruse affinée que de la simple ignorance, ou même de la plus crasse stupidité.

« Oui, monsieur, c'est tout ce qui compte.

– Chandler Evanston, vous voyez qui c'est ? »

Le nom lui semblait vaguement familier, mais Brennan ne parvenait pas à le remettre.

« Non, monsieur.

– C'est le PDG de la société mère dont dépend l'entreprise énergétique qui possède le pipeline que Green Man a fait sauter dans l'Oregon, l'année dernière.

– Oui, monsieur. Maintenant je vois.

– J'ai pris un petit déjeuner avec lui la semaine dernière, poursuivit le président. Il m'a fait savoir que depuis la destruction du pipeline sa société a dû affronter des obstacles énormes, pas seulement là-bas à l'ouest mais partout où ils sont opérationnels. En ce moment même, le Congrès se penche sur deux projets de loi qui rendraient sacrément compliquée l'homologation de leur type de pipelines. Vous comprenez ce que je veux vous dire ? »

Brennan hésita :

« Je n'en suis pas tout à fait sûr, monsieur le président.

– Green Man a aussi frappé l'usine de Mayfield Chemical, dans le Massachusetts. Comme vous le savez certainement, la plupart des produits qu'ils fabriquent sont considérés par les alarmistes comme salement dangereux pour la couche d'ozone. Beaucoup considèrent qu'ils aggravent le réchauffement climatique. Bien sûr, il n'existe aucune preuve de ce qu'ils avancent, mais ce n'est pas la question. La façon dont Green Man choisit ses cibles excite les gauchos contestataires, ceux qui demandent des restrictions à la pelle et aussi des enquêtes sur les produits de Mayfield et sur une dizaine d'autres usines. Ils se demandent même si leur activité ne devrait pas être interdite. Vous me suivez, maintenant ?

– Vous voulez dire que lorsque Green Man frappe une cible il ne fait pas que la détruire, il renforce aussi la résistance contre l'industrie qui est derrière... »

Le président sourit, ce qui était rare et pas nécessairement de bon augure.

« Si le terrorisme finit par se traduire en actions populaires, et même en politiques publiques, il va vraiment falloir que Dieu nous protège parce que ça va chier dans le ventilo, dit-il. De braves travailleurs américains, du genre à ne pas ménager leur peine, vont perdre leur boulot. Et c'est exactement ce que je suis censé leur éviter. Ils m'ont élu pour ça. En plus, on va se retrouver avec plein de petits Green Men en puissance, à propager leur baratin socialiste, vous voyez le truc ?

– Nous prenons bien sûr très au sérieux la probabilité d'une éclosion d'imitateurs, répondit Brennan. C'est d'ailleurs l'une des raisons pour lesquelles nous restreignons la circulation des informations en notre possession sur ses méthodes...

– Donc, c'est Hoover qui vous a embauché au siècle dernier, l'interrompit le président, mais vous en avez encore sous le pied ?

– Je suis absolument déterminé à arrêter Green Man, monsieur. Et j'y mets toutes mes capacités.

– Alors pourquoi court-il toujours ?

– Parce qu'il est malin, et aussi très prudent. Mais on se rapproche. Et on va l'avoir.

– Et vous avez bien conscience qu'une élection présidentielle va nous tomber dessus dans un peu moins d'un an ? Qu'elle sera sans pitié ? Vous allez miser sur qui ? »

Brennan resta silencieux un temps. On ne lui avait jamais rien demandé de tel.

« Je ne fais pas de politique, monsieur. En aucune manière, si c'est ce que vous me demandez. Avant tout, je veux que les activités de Green Man s'arrêtent et qu'il cesse de tuer des innocents, quelles que soient ses visées politiques. Ça fait cinquante ans que je sers loyalement mon pays, et…

– Vous sentez encore ce feu dans vos tripes ?

– Oui, monsieur. Mais si vous considérez qu'un autre ferait mieux…

– Si je pensais qu'un autre ferait mieux, vous ne seriez pas assis dans mon bureau à vous chercher des excuses. »

Le président soutint le regard de Brennan durant dix longues secondes, laissant agir son autorité naturelle – et Brennan ressentit nettement cette forme étrange de charisme. C'était palpable, implacable, presque viscéral.

« Si vous avez besoin de quoi que ce soit, finit par annoncer le président, surtout vous me le dites : plus d'argent, plus d'effectifs… » Il appuya sur le bouton noir du bureau et se mit à rugir : « Betty, ce ginger ale, il arrive à pied par la Chine, ou bien ? »

12

À Carlyle, le Club des espèces menacées était constitué de quatorze lycéens de troisième, de sept de seconde, ainsi que d'un élève de première et d'une autre de terminale. Cette répartition témoignait du pic d'intérêt pour l'environnement qu'avait connu l'établissement ces deux dernières années. Le club donnait alors son discours de présentation devant une belle assemblée, réunie dans l'auditorium principal de ce joli bâtiment en brique sur Upper West Side. En tant qu'unique élève de terminale, Julie prit la parole en premier. Ellen fut saisie d'un mélange d'effroi et de fierté en voyant sa fille monter sur scène pour y discourir sur les ours polaires. Julie avait le profil type de la première de la classe mais elle souffrait de trac. Angoissée par cette prestation, elle venait de passer deux nuits sans sommeil.

La grande jeune fille, sous sa coupe afro, resta un moment debout face au public, les bras le long du corps, clignant des yeux derrière ses lunettes et tapotant nerveusement ses hanches. « Vas-y, ma fille », murmura Ellen. Elle-même n'avait jamais connu ce problème : elle avait maintes fois dû prendre la parole devant des centaines de gens à l'occasion de conférences, de rassemblements ou de colloques, elle avait donné des cours à de nombreuses classes de Columbia, petites et grandes, et était régulièrement invitée à donner son point de vue sur les plateaux de télévision. Elle ne comprenait pas tout à fait les craintes de sa fille, mais elle savait qu'elles n'étaient pas feintes. « Tu vas y arriver, ma chérie. »

« Elle s'en sortira très bien », lui dit gentiment la femme assise à sa droite, et Ellen réalisa qu'elle avait murmuré un peu trop fort. D'un sourire elle remercia sa voisine, puis parcourut du regard les alentours pour vérifier que personne d'autre ne l'avait entendue. C'était le cas, mais ce coup d'œil permit à Ellen de constater, sans surprise, une fois de plus, qu'elle était la seule Noire parmi les parents présents, et que Julie était la seule élève de couleur. Malgré tous ses discours en faveur de la diversité, le très progressiste et sélectif lycée Carlyle restait aussi huppé que blanc comme neige.

« Je voudrais d'abord vous remercier d'être venus, commença timidement Julie, des frissons dans la voix. Nous sommes le Club des espèces menacées, et les espèces dont nous allons aujourd'hui vous parler sont réellement en danger. Vous en connaissez probablement certaines, les plus mignonnes et les plus célèbres. Il y en a d'autres dont vous n'avez peut-être jamais entendu parler car elles sont moins connues et... vraiment, il y en a qui les trouvent moches. » Quelques rires se firent entendre, qui stoppèrent Julie un instant. « Mais elles méritent toutes que nous leur donnions une chance – les ours polaires, les abeilles, les tigres, les papillons monarques, et même les limaces de mer, les plus bizarres, dans les récifs coralliens en détresse. Mais avant de parler de ces espèces exotiques et lointaines, je voudrais, au nom de tous mes camarades du Club, vous rappeler qu'il existe une espèce menacée bien plus proche de nous. »

Après une longue et profonde inspiration, Julie parut se détendre, ou plutôt son évidente nervosité se mit au service du discours qu'elle finit par reprendre :

« On dit que chaque génération doit grandir à l'ombre de la menace qui lui est propre. Nos arrière-grands-parents ont eu la Première Guerre mondiale et la grippe espagnole. Nos grands-parents la Seconde Guerre mondiale et le fascisme. Nos parents la guerre froide et la course à l'armement. Mais dans chacune de ces situations il y avait un espoir. On pouvait trouver un remède à la grippe, on pouvait vaincre Hitler ou contrôler la prolifération des missiles. Notre situation à nous est différente. »

D'un coup Julie avait harponné son auditoire, et Ellen fut saisie au-delà de tout. Car si elle-même avait ce don, elle n'avait encore jamais vu sa fille tenir une assemblée dans le creux de sa main. Une main qu'elle tendait désormais vers l'assistance comme si elle lui demandait quelque chose. Ou plutôt comme si elle l'exigeait. Le filet de sa voix restait mince, mais les frissons l'avaient quittée pour laisser place à une formidable puissance :

« Nous sommes la première génération à grandir sans espoir. Il se pourrait même que nous soyons condamnés. »

Plus personne ne bougeait dans le public. Tous les regards étaient rivés sur cette grande fille noire, se tenant nerveusement sous les feux de la rampe tout en s'exprimant avec douceur :

« Nous le savons tous. Un grand nombre d'entre nous ont décidé de ne jamais avoir d'enfants, car ce serait se montrer injuste envers eux. Nous en avons particulièrement conscience, au Club des espèces menacées, car nous voyons ce qui arrive aux animaux, aux poissons, aux insectes, dont certains étaient là bien avant nous. Nous étudions la façon dont ils disparaissent, et nous ne pouvons nous empêcher de penser qu'il va nous arriver la même chose. Nous sommes peut-être condamnés à suivre le chemin du dodo et du rhinocéros de Java. Comment survivre dans un monde où l'eau n'est plus potable, où l'air n'est plus respirable ? Alors, aux parents, aux grands-parents qui vont aller voter : merci d'être venus, mais s'il y a une chose que je voudrais vous demander, c'est de nous redonner ce que vous avez eu – un peu d'espoir. Et maintenant je voudrais parler des ours polaires... »

Elle fut interrompue par un tonnerre d'applaudissements, et la voisine d'Ellen se pencha vers elle :

« Elle est vraiment exceptionnelle ! Votre fille devrait se lancer dans la politique.

– Que Dieu l'en préserve, répondit Ellen avant de sourire avec fierté. Mais merci. Elle a eu l'occasion d'écouter quelques discours militants, ça a dû laisser des traces. »

La journée se déroula ensuite comme dans un rêve. Le discours de Julie sur les ours polaires avait fait sensation. Les spectateurs avaient chaviré devant les photos des oursons, sur leurs morceaux de glace à la dérive, s'éloignant de la banquise éclatée où leurs parents chassaient le phoque. Les autres membres du Club s'en étaient eux aussi très bien sortis. Ellen, déjà au courant de toutes les informations que faisaient passer leurs discours, n'en avait pas moins été transportée par le spectacle de ces jeunes lycéens décrivant de façon vivante et précise la liste grandissante des menaces qui pesaient sur diverses espèces, partout sur la planète – des archipels isolés aux calottes glaciaires en passant par les profondeurs des océans –, tout en expliquant à quel point le temps qui nous restait pour agir était limité.

Après les discours, Ellen sortit pour assister à l'acte deux : sa fille allait affronter au foot les ennemis héréditaires de Carlyle. Étant donné le peu de terrains libres à Manhattan, ces matchs interscolaires devaient se dérouler sur Randall's Island, au milieu de l'East River. C'est donc sur l'une des étendues vertes de cette île qu'Ellen put voir Julie marquer trois buts – dont celui de la victoire. Pas une once de timidité, cette fois, dans la façon dont sa fille prit les défenseuses centrales de vitesse avant de placer le ballon hors de portée de la gardienne.

Pour le retour, les élèves pouvaient choisir de monter dans le bus de l'équipe, ou bien de repartir avec leurs parents. Après les embrassades et les félicitations de rigueur entre joueuses, Julie s'engouffra donc dans la Prius d'Ellen et c'est ensemble qu'elles prirent la route de la maison.

« Tu as été grandiose, ma fille ! lui dit-elle alors qu'elles tournaient vers RFK Bridge. Et ton discours a mis tout le monde par terre.

– J'étais tellement stressée, je ne voyais même pas leurs têtes.

– Je ne sais pas comment tu as fait mais continue comme ça, dit Ellen. Et tu vas l'avoir, ta bourse sport-études. Je suis certaine qu'il y avait des recruteurs dans le public. J'ai entendu dire que ce qu'ils recherchaient avant tout, c'était des joueuses rapides. Je ne sais pas d'où tu tiens ça, d'ailleurs, vu les semelles de plomb de ta mère.

– N'importe quoi, tu es plutôt une bonne joggeuse…

– Au bout d'un an, j'arrive enfin à garder un rythme régulier, mais toi, ma grande, tu déchires. La grande centrale, là, tu l'as tétanisée !

– C'est que je dois tenir ça de mon père, alors », suggéra timidement Julie.

C'était un sujet qu'elles n'abordaient jamais.

« Probablement. Logique », dit Ellen, les yeux rivés sur la route embouteillée.

C'était l'heure de pointe.

Julie hésita :

« Tu sais si le donneur était sportif ? Je veux dire, est-ce que c'est le genre d'infos qu'ils vous donnent ? Tu dois bien connaître un minimum son profil. Un nom, au moins ?

– Non, ma chérie, je ne sais rien. On peut avoir beaucoup d'informations si on demande, mais tout ce que j'ai voulu savoir, c'est s'il était grand, en bonne santé, et aussi malin que sa fille, répondit Ellen en lui faisant un clin d'œil.

– 'TENTION, M'MAN ! »

D'un coup de volant Ellen fit une embardée, manquant de peu d'emboutir un camion FedEx. Elle se rabattit sur la voie réservée aux véhicules lents, tandis que des voitures la dépassaient dans un concert de klaxons.

« Maman, tu vas bien ?

– Oui, répondit-elle en s'agrippant un peu trop fort au volant. Tout va bien. Je suis désolée de t'avoir fait peur.

– J'ai bien cru qu'on allait être les nouvelles victimes de FedEx… »

Ellen essaya de rire mais n'émit qu'un gloussement peu convaincant.

« Accorde-moi ça : je t'ai ramenée des millions de fois

après tes matchs. Et est-ce qu'une seule fois on a eu un accident ?

– Non, mais il faut un début à tout, et là on n'est vraiment pas passées loin. Tu veux qu'on s'arrête ?

– Ma chérie, tout va bien. J'ai eu une dure journée au boulot. Je vais mettre un peu de musique. »

La radio s'alluma sur la chaîne d'information qu'Ellen avait écoutée à l'aller. On y annonçait la rediffusion de l'annonce faite aux médias depuis la Maison-Blanche, plus tôt dans la journée, à propos de la traque de Green Man. Ellen changea immédiatement de station pour tomber sur un air de jazz, mais Julie protesta :

« Hé, j'avais envie d'écouter ça !

– Je l'ai déjà entendu tout à l'heure, lui dit Ellen, il n'y a franchement rien de nouveau. »

Julie se pencha pour revenir sur la chaîne d'info. On y entendait le début de l'annonce de la porte-parole de la Maison-Blanche :

« Tout d'abord, je veux assurer chacun d'entre vous que les responsables des forces de l'ordre réunis derrière moi font tout ce qui est en leur pouvoir pour protéger notre pays et arrêter cet ignoble terroriste qui prétend lâchement faire lui-même la loi en tuant plus de quarante honnêtes Américains, dont dix enfants… »

« Et peut-être aussi en sauvant la planète, lâcha Julie.

– Rien ne peut justifier le meurtre de quarante-trois personnes, lui répondit Ellen en se remémorant le débat du Green Center avec Richard.

– Même si on en sauve six milliards ? Ça vaudrait pas le coup ?

– Oui, ça vaut le coup, mais si tu commences à considérer

que la fin justifie les moyens, tu vas te retrouver sur un terrain *très* glissant… » commença Ellen en tournant sur la 116e Rue.

Elle fut immédiatement interrompue par sa fille :

« Non. Tu te trompes, là. Et moi, je veux écouter ça. »

Julie augmenta le volume.

« … première fois dans cette enquête, était en train de dire la porte-parole, nous avons des pistes aussi sérieuses que crédibles, et ce grâce au travail de nos agents sur le terrain et aux recherches de nos équipes d'experts. Je ne peux vous en dire plus sur ces pistes, si ce n'est que Green Man a commis une poignée d'erreurs critiques, qui sont autant de fronts sur lesquels l'enquête avance désormais à grands pas, en vue de son identification et de son arrestation. Le président a toutes les données en main et nous pouvons espérer de nouvelles avancées dans un avenir très proche. Nous ne prendrons pas de questions aujourd'hui, merci à vous. »

Julie éteignit la radio, l'air contrariée.

« Ils ne parleraient pas de pistes sérieuses s'ils n'en avaient pas…

– Du calme, ma chérie. Ils n'ont rien dit de précis, fit remarquer Ellen. Ces annonces qu'on leur demande de prononcer, c'est de la diplomatie, c'est politique. Je suis sûre que Green Man n'a pas trop à s'en faire.

– Mais ils ont lancé *tellement* d'agents à sa poursuite. Il finira forcément par trébucher. Tout le monde commet des erreurs, même les plus malins. »

Julie fixa sa mère jusqu'à ce qu'elle lui rende, brièvement, son regard. L'adolescente avait un air coléreux, et même accusateur.

« Mais toi, tu veux qu'ils l'arrêtent, non ?

– Non. Je veux que lui, il s'arrête. Ça n'a rien à voir. »

Julie s'enflamma, son débit s'accélérant jusqu'aux limites de l'intelligibilité :

« Comment tu peux dire que tu as aimé mon discours et en même temps souhaiter qu'il s'arrête ?! C'est uniquement grâce à lui si on a quatorze nouveaux inscrits de troisième cette année. C'est uniquement grâce à lui si on a un peu d'espoir. Tu n'as pas entendu quand j'ai dit qu'on était peut-être condamnés ? C'est contre ça qu'il se bat, et tu devrais le comprendre mieux que n'importe qui, et le soutenir, et… maman ! »

Ellen venait de quitter brusquement la route pour s'engager sur le parking d'un lycée. L'endroit était sombre et désert.

« Pourquoi on s'arrête là ? »

Ellen essaya de répondre mais ne put retenir ses larmes. Au Green Center et pendant ses cours, elle avait réussi à les contenir. Mais les voilà désormais qui se déversaient sans prévenir depuis leur source secrète, emportant toutes ses défenses sur leur passage. Elles jaillissaient de ses paupières pour rouler, en flots brûlants, le long de ses joues. Ellen se recroquevilla alors sur le volant pour les cacher à sa fille et enfouir la tête dans ses bras.

« Maman ? Tu es malade ? Tu pleures ? Parle-moi, s'il te plaît… »

Ellen, qui sanglotait de plus belle, avait tourné son visage de l'autre côté, vers la vitre et le lycée au-delà, vers les ténèbres.

« Julie, je… je ne t'avais encore jamais menti sur des sujets importants, et je te promets que je ne le ferai plus jamais. »

Elle se tourna lentement pour regarder sa fille, qui se penchait vers elle.

« Je te crois, maman, bien sûr. Je t'aime. Mais… sur quoi m'as-tu menti ? »

Ellen regarda Julie droit dans les yeux et prit une profonde inspiration. Puis une deuxième.

« Il s'appelait James.

– Qui ça ?

– La banque de sperme ne m'a pas donné son nom de famille, pour des raisons de confidentialité. »

Julie était comme pétrifiée sur son siège. Elle se répétait le prénom en boucle, comme s'il s'agissait d'une formule magique.

« Qu'est-ce que tu sais d'autre à propos de James ? réussit-elle à demander.

– Il avait 180 de QI. C'est la raison principale de mon choix. C'était un universitaire de la côte Ouest – un grand gaillard noir, en parfaite santé, qui ne portait pas de lunettes. Et aurait probablement pu faire une carrière d'athlète, mais ça je n'en sais rien, je n'ai pas posé plus de questions.

– Pourquoi ? Ça ne t'intéressait pas ? demanda calmement Julie.

– Non, ce qui m'intéressait c'était toi, ma chérie.

– Mais je n'étais même pas née !

– Non, mais tu étais en chemin, et c'est pour ça que j'ai agi ainsi. Je voulais m'intéresser à nous, à la vie que nous allions avoir ensemble. J'ai toujours considéré que ça nous concernait toi et moi, pas lui. Et que je serais capable d'être le seul parent dont tu aurais besoin. » Puis, dans un douloureux murmure : « Mon ange, je suis désolée de t'avoir menti. Je ne le ferai plus jamais. »

Julie se pencha pour la serrer dans ses bras et lui souffler : « Maman, tu me suffis largement. Et je t'aime. »

13

Une cellule de crise dans toute sa splendeur. La traque de Green Man avait pris une ampleur totalement inédite – plus de quatre cents agents à l'échelle nationale – et cet espace tentaculaire, suréquipé, en était le centre névralgique. Tom avait déjà vu en photo les cabinets de crise du temps de Churchill : cachés sous les bâtiments du Trésor public, ils suivaient l'effort de guerre sur tous les fronts, vingt-quatre heures sur vingt-quatre. Et c'était exactement à ces images que lui faisait penser ce hangar de Quantico.

Les experts et agents de direction – soit une trentaine de personnes environ – dominaient les lieux, donnant l'impression de ne jamais dormir ni manger. Ils se connaissaient tous et avaient déjà travaillé ensemble sur toutes sortes de dossiers d'importances diverses ces dernières années. Les murs du hangar vrombissaient littéralement de l'énergie collective émise par leur action concertée, leur respect mutuel, leur professionnalisme et leur volonté commune de résoudre cette affaire. Tom faisait partie des nouveaux venus, mais personne ne remettait sa présence en question. Arrivé de Floride, il s'était jeté dans l'arène tête la première, fasciné par le travail de ses aînés, s'abreuvant de leur expertise, de leur acharnement. Depuis bientôt une semaine, il travaillait de façon fiévreuse, marquant à peine une pause de temps à autre pour avaler quelque chose ou fermer un peu les yeux.

Nuit et jour le mur d'écrans qui les encerclait les bombardait de données et d'analyses. On voyait aller et venir des experts en ADN endommagé, en structure des textiles, et même en modèles de camionnettes des dix dernières années. Les agents rapportaient du terrain le résultat de leurs avancées. La plupart des personnes avec qui travaillait Tom étaient des spécialistes de diverses branches qui recueillaient les informations transmises – parfois de très loin – par ces agents de terrain, pour en extraire la substantifique moelle et la réinjecter dans le canevas global de leurs recherches.

Le rôle de Tom était nettement moins précis : il allait de groupe d'experts en groupe d'experts, de bloc d'ordinateurs en bloc d'ordinateurs, à l'affût de la toute dernière information, avec ces manières profondément investigatrices et pertinemment « casse-couilles » qui étaient déjà devenues sa marque de fabrique. De temps à autre, Brennan le convoquait pour recevoir directement son rapport, aux heures les plus inattendues.

D'essence quasi churchillienne, la présence du chef d'équipe était diffuse, contemplative mais comme en perpétuelle gestation. Il pouvait surgir à tout moment dans le hangar, armé de ses questions les plus pointues, de jour comme de nuit. Souvent il débarquait de Washington, au sortir d'une réunion de gros bonnets, costume froissé et cravate de travers. Parfois il errait au beau milieu de la nuit, bien trop excité pour trouver le sommeil, ne pouvant s'empêcher de suivre dans son peignoir bleu le fil de sa dernière idée. Régulièrement, il dormait dans le petit bureau qui lui était réservé au fin fond du hangar et qui disposait d'un lit d'appoint. C'était dans cette pièce que Tom lui faisait ses rapports, la plupart du temps en présence de deux ou trois autres agents.

L'optimisme nourri par les prétendues « percées » dans l'affaire du barrage s'était d'abord mué en un espoir raisonnable. L'espoir que l'examen des indices – sous un jour nouveau, par des experts de haut niveau – finisse par engendrer l'illumination attendue. À son tour, et devant la succession des impasses, cet espoir avait fait place à l'acceptation contrite qu'un long tunnel de frustrations les attendait encore. La falaise et le campement n'avaient livré aucun indice supplémentaire. L'ADN récupéré sur les fibres du gant s'était définitivement révélé bien trop endommagé pour être d'une quelconque utilité. Les vagues traces de la camionnette ne mèneraient jamais à l'identification du véhicule. Il était toujours à peu près certain que les fibres textiles venaient de gants de chasse de facture traditionnelle du Midwest, mais ces derniers étaient principalement vendus dans des boutiques dépourvues de caméras. Et même si Green Man les avait payés lui-même, il l'aurait fait en liquide et n'aurait donc laissé aucune trace tangible de la transaction.

Tom s'intéressait particulièrement aux tentatives menées pour retracer la route que Green Man aurait pu emprunter si son trajet de retour l'avait mené du barrage Boon au Midwest. Le consensus se cristallisait autour de six autoroutes, d'importances diverses, au long desquelles on avait demandé à chaque poste de police de vérifier si quoi que ce soit d'inhabituel avait été remarqué, ou si des contraventions avaient été dressées, durant la période supposée du trajet de Green Man. Les enregistrements des caméras dans les stations-service et les boutiques environnantes avaient été réquisitionnés pour être transformés en métadonnées. Des millions d'images étaient alors analysées par le dernier cri des logiciels de reconnaissance faciale, qui les comparaient aux autres images prises aux alentours des cibles des deux années précédentes, à la recherche d'une analogie.

Au cours de sa cinquième nuit dans la cellule de crise, Tom fut une fois de plus convoqué dans le box de Brennan. Il y retrouva la large silhouette, assise derrière son bureau à siroter un Oolong fumant à même le thermos, tout en parcourant une pile de rapports haute de quinze centimètres. Ses plus importants collaborateurs étaient tous là, ou presque. Parmi eux se trouvait Earl, son squelettique homme à tout faire, ainsi que Grant, dont on disait au sein de cercles informés qu'il était le conseiller à qui Brennan accordait la plus grande confiance. On racontait même qu'il voulait en faire son héritier. Cet imposant Afro-Américain était d'une intelligence féroce et d'une redoutable agressivité, mais savait également se montrer diplomate, méthodique et déférent.

« Dites-moi tout au sujet des routes, Smith, dit Brennan avant d'ingurgiter précautionneusement une lampée de thé brûlant. Je veux connaître tout ce que racontent mes experts, et ensuite que vous me disiez pourquoi vous pensez qu'ils se trompent tous. »

Tom lui fit part des toutes dernières projections et l'informa des plus récentes collectes de données à propos des six routes privilégiées.

« Et maintenant, votre avis là-dessus ? demanda Brennan. Et ne venez pas me décevoir en me disant que vous êtes d'accord avec les experts.

– Désolé d'être aussi prévisible, monsieur, mais je ne pense pas que Green Man soit rentré chez lui par l'une de ces six routes. »

Brennan eut un petit sourire.

« Et pourquoi cela ?

– Je ne les sens pas, tout simplement.

– Et pourquoi ne les sentez-vous pas ? Parce que d'autres que vous pensent le contraire et que vous avez l'esprit de contradiction ?

– Non, monsieur... » Tom hésita. « Parce que moi-même je n'en aurais pris aucune si j'avais fait sauter le barrage Boon, monsieur. Je les ai étudiées toutes les six en détail, et elles sont trop larges, trop directes. Bien sûr elles semblent représenter un choix logique, évident, mais elles n'ont tout simplement pas... d'âme. Je ne les sens pas. »

Brennan écarta son thermos fumant et jeta un regard vers Earl.

« Qu'est-ce que vous pensez de ce type ? »

Pris au dépourvu, l'agent de terrain répondit pourtant sans hésiter :

« J'aime bien son flair. Ça me rappelle son père.

– Si j'étais vous, j'éviterais ce sujet, l'avertit Brennan. OK, mon petit Tom, dites-moi donc pourquoi vous n'auriez pris aucune de ces six autoroutes... Ce ne sont pas de très grands axes nationaux. Aucune n'est munie de gares de péage ni d'un système de vidéosurveillance. Elles auraient pu le ramener à la maison en vitesse et facilement. Où est le problème ?

– Elles sont trop grandes pour Green Man. Et il ne choisit jamais les options les plus évidentes. On dit que les champions d'échecs ne prévoient pas plus de coups que les joueurs du dimanche, mais qu'ils choisissent d'instinct la vingtaine ou la trentaine de coups que les autres n'envisageraient même pas. Des coups efficaces mais inattendus. Green Man procède de la même manière. Il est toujours logique mais jamais prévisible.

– Mais vous, si vous étiez à sa place, ne choisiriez-vous pas le moyen le plus sûr et le plus rapide de rentrer chez vous ? demanda l'agent Grant avec son amabilité habituelle. N'auriez-vous pas hâte de retrouver Green Woman et les Green Marmots ? »

Essayait-il de comprendre le raisonnement de Tom, ou se moquait-il gentiment de lui ? Probablement les deux.

« Green Man ne se pose pas la question du moyen le plus rapide, justement parce qu'il *sait* que vous allez partir du principe qu'il se la pose, expliqua Tom. Une journée de route supplémentaire ne lui fait pas peur, surtout si elle lui permet de prendre un chemin plus lent, plus discret, plus à même de nous semer. Je ne le vois pas foncer à travers le Dakota, même si à vol d'oiseau c'est le plus direct. Je l'imagine plutôt grimper vers le nord ou s'enfoncer vers le sud...

– Et cette histoire d'"âme" ? demanda Earl. Comment est-ce qu'une route pourrait manquer d'âme ?

– Je vais avoir du mal à formuler ça de façon plus intelligible... reconnut Tom. Eh bien... disons, si vous êtes Green Man, que vous n'allez pas être d'humeur à fanfaronner. Vous êtes là, à écouter les infos parler de votre dernier coup tout en rentrant chez vous. Vous venez de tuer douze personnes, dont cinq enfants. Ça doit vous retourner le bide. Une partie de vous a envie de ralentir, de plonger son regard dans le paysage pour faire face en douceur à toute l'horreur qui vient d'arriver…

– Mais il a réduit sa cible en poussière, objecta Grant. Il devrait jubiler, se gonfler d'orgueil… pas se morfondre… »

Brennan lui fit signe de se taire.

« Admettons… Et donc, quelle route auriez-vous choisie ? demanda-t-il, imposant ainsi le silence dans l'espace confiné. J'imagine que vous vous êtes posé la question ?

– Eh bien, disons que, déjà, je ne serais pas allé vers le nord, répondit Tom, parce que ça m'aurait fait passer par le Canada, et même si je ne doute pas que notre homme soit en possession d'un passeport valide et de tous les documents nécessaires, son passage aurait laissé une trace administrative. Green Man se tient à l'écart des frontières et de tout ce qui génère des données.

– Le sud, alors ?

– Oui, monsieur, si j'étais lui je me serais faufilé vers le sud. Peut-être en faisant un crochet par le Nebraska.

– Et maintenant que vous avez enfilé le costume de Green Man et que vous vous êtes installé au volant de son van, quelle route vous parle le plus ?

– La route 55, monsieur. À travers le Nebraska, puis cap au nord en plongeant vers le Kansas.

– Nous l'avions envisagée, coupa Grant derechef, mais ce n'est même pas une voie rapide, c'est une double voie, et même une simple sur certains tronçons. En plus, elle lui aurait fait faire un détour de presque mille kilomètres. Et puis elle comporte des feux rouges, ce qu'il aura forcément cherché à éviter, d'après nos profileurs…

– Les feux sont dans des villes très éloignées les unes des autres, précisa Tom.

– Il y a plein d'endroits où la vitesse est limitée à soixante-dix kilomètres à l'heure, et même à moins que ça.

– Oui, et aussi une enfilade de paysages magnifiques, reprit Tom. Si je venais de commettre un acte que je considère nécessaire tout en étant torturé par ses conséquences, je rentrerais chez moi en roulant lentement, en prenant le temps de me calmer, de mettre mon esprit au clair, de chercher un peu de tranquillité sur les berges du Missouri, ou dans la région des lacs, ou dans la glace éternelle des collines du Kansas.

– Nous avons contacté tous les postes de police de la route 55, et aussi récupéré des images, annonça Grant en consultant son écran. Ça n'a rien donné.

– Green Man a pris l'une ou l'autre de ces routes il n'y a même pas une semaine, fit remarquer Tom. Avant que le temps ne nous éloigne encore un peu plus de son passage, laissez-moi emprunter moi-même la 55. S'il est passé par là, quelqu'un l'aura peut-être vu, ou alors il aura été filmé par une caméra de surveillance dont nous ignorons l'existence. Peut-être même se sera-t-il, un soir, tard, arrêté pour prendre un café car il était en manque de chaleur et de visages humains. Donnez-moi quelques jours pour aller fourrer mon nez là-bas avant que tout le monde ait oublié son passage. »

Brennan hésita.

« Rien ne le relie à cette route. Nos agents l'ont déjà parcourue, ils sont revenus les mains vides. Ça me semble un coup sacrément hasardeux… Earl ? »

L'agent chétif dévisageait Tom.

« Pour dire ce qui est, on n'a pas eu vraiment de chance avec tous nos ordinateurs et nos experts assermentés. Alors peut-être qu'on pourrait laisser les coudées franches au gamin. Tracer la route et battre les fourrés, ça ne peut pas faire de mal. Vous voyez forcément ce que je veux dire. »

Brennan acquiesça à contrecœur :

« Donc vous accepteriez de prendre la place du mort ?

– Maintenant que vous le dites, c'est vrai que je n'arrive pas trop à dormir ces temps-ci, dans notre ruche. Non que je m'en plaigne, mais je ne cracherais pas sur quelques jours de route, à poser des questions aux gars du coin qui auraient pu voir passer sa camionnette.

– Alors sortez de là ! s'exclama Brennan avec un semblant d'agacement. Je vous donne trois jours à tous les deux. Suivez votre instinct, fourrez votre nez partout. Je vais dire à tous les postes de police et à tous les shérifs de se tenir prêts à vous répondre. Même s'ils n'ont rien vu par eux-mêmes, ils pourront peut-être vous orienter vers un voisin curieux ou une caméra qui traîne. Si vous ne trouvez rien au bout de trois jours, vous rentrez. Nous avons besoin de vous ici. »

14

Green Man traversait l'une de ses sombres journées. L'ombre avait commencé à peser au-dessus de lui dès le réveil. Il avait réussi à la repousser un peu, le temps de prendre un petit déjeuner avec Kim et Gus puis de jeter un coup d'œil à leurs devoirs. C'est en les conduisant à l'école que les ténèbres avaient commencé à se faire vraiment envahissantes. Il parvint cependant à conserver le masque du père de famille souriant, promettant même à Gus de le rejoindre au foot dans l'après-midi – même s'il savait qu'à ce moment-là il serait très probablement étendu à terre. Il arrêta son véhicule à proximité de l'agent de circulation et laissa ses enfants sortir pour aller retrouver leurs amis sur le chemin du bâtiment en brique. Green Man les regarda sautiller gaiement vers l'entrée de l'école primaire puis, à l'abri des vitres teintées, il prit son visage entre ses mains. Il était à deux doigts de hurler.

Quelques centaines de mètres plus loin, il fut saisi par une crise d'angoisse si foudroyante qu'il quitta la ville au lieu de retourner vers la maison, où l'attendait Sharon. Dépassant largement la posologie, il avala cinq des cachets qu'il conservait dans la boîte à gants. Le traitement était violent, pourtant c'est à peine si les frissons de terreur s'estompèrent. Déjà une deuxième vague s'annonçait, grandissante, dangereuse, fulgurante – une vague bien plus grosse et plus menaçante, qui allait s'écraser sur lui d'un instant à l'autre. Il avait besoin de musique, de n'importe quelle forme de distraction, mais n'osait pas allumer l'autoradio car toutes les stations – même celles dédiées à la country – diffusaient des flashs réguliers concernant sa traque. La peur d'être attrapé : l'un des principaux leviers de sa panique. Cela faisait des semaines qu'il entendait parler d'erreurs qu'il aurait commises au barrage Boon, et des sérieux indices dont disposerait désormais le FBI pour le coincer.

Cette sensation d'être traqué et cerné le poursuivait en permanence, oppressant sa respiration, sa tension, comme l'étreinte d'un python. L'angoisse était son quotidien, mais il était capable, la plupart du temps, de la contenir dans les limites du supportable.

Sitôt libérée, elle se déchaînait en flots de panique, nourris de la peur d'avoir commis une erreur même insignifiante qu'aurait saisie la horde d'experts à ses trousses, leur permettant de découvrir son identité et celle de sa famille, les jetant sur la route dans leurs berlines noires, armés de flingues et de menottes, de la menace de décennies à passer à l'isolement, prêts à cueillir ses enfants à l'école, son épouse à la maison, roulant, roulant, de plus en plus près, grâce à cette petite erreur qui signait la fin de tout ce qu'il aimait, de tout ce qu'il avait si âprement construit…

« Erreur », c'était là le mot-clé qui déchaînait l'angoisse. Il était précautionneux, méticuleux, mais éradiquer toute possibilité d'erreur était impossible. Cela faisait une semaine qu'il se morfondait à l'idée d'avoir pu commettre un impair. Il avait *forcément* fait des erreurs sur le chemin du retour après le barrage. De toutes petites erreurs certes, mais lorsque ce policier l'avait arrêté, Green Man avait pu dire des choses qu'il n'aurait pas dû dire, faire des choses qu'il n'aurait pas dû faire, ou laissé voir à l'officier des choses qu'il n'aurait jamais dû voir.

Ses mains tremblaient tellement qu'il devenait imprudent de continuer à conduire. Il se gara sur l'accotement, à un peu plus d'un kilomètre de la rivière. Il sortit de la voiture et s'enfonça précipitamment dans la forêt. Courir au milieu des arbres était en quelque sorte libérateur, mais il ne lui fallut pas plus de cinq cents mètres pour être rattrapé par la deuxième vague. Elle le fit flancher, le laissa titubant entre les pins.

Il avait le souffle court et son cœur battait la chamade. Stoppé dans sa course, il s'appuya contre un arbre et essaya de maîtriser la panique en convoquant une image rassurante. Il se concentra sur celle de Gus et Kim, sur le chemin de l'école ce matin même, mettant à profit à la fois sa mémoire visuelle et son œil d'artiste pour en fignoler les détails : leurs sourires, le sautillement des baskets rouges de Kim qui faisait rebondir ses tresses et miroiter ses barrettes au soleil…

Mais rien n'y fit. L'image saisissante de sa progéniture le renvoya à celle des dix autres enfants qui constituaient maintenant comme une seconde famille pour lui. Sa famille secrète. Il connaissait par cœur leurs noms, leurs visages. Et aujourd'hui c'était au tour d'Andrew Shetley de l'accompagner. Il pouvait s'enfoncer dans la forêt aussi profondément qu'il le voulait, il n'échapperait pas à la présence du garçon. Andy aurait eu onze ans la semaine prochaine. Il jouait au foot comme Gus, mais lui, il s'était noyé dans un bateau qui n'aurait jamais dû se trouver là-bas, à cinq cents kilomètres de sa maison.

Andy Shetley était désormais en train de l'appeler doucement, par son prénom, *Paul, Paul*, un nom que personne n'avait utilisé depuis presque vingt ans, un nom qu'il avait enterré six pieds sous terre, maintenant il s'appelait Mitch… *Paul, Paul*, on lui rappelait qu'il avait commis une erreur, qu'ils se rapprochaient, qu'il serait bientôt pris, qu'il le méritait, qu'il n'était pas un héros mais un monstre, et alors voilà qu'ils lui hurlaient tous dessus, Sam Terry dans son pyjama tigré, la petite Anne Ellmore du haut de ses cinq ans, depuis le pont du somptueux yacht de son grand-père, juste avant que les eaux glaciales de l'Atlantique ne se referment sur elle…

Parvenant jusqu'à la rivière, Green Man aperçut le pommier sauvage. Le vieil arbre était noueux et, penché au-dessus de la berge moussue, il caressait de ses branches la surface de l'eau. Il ne savait pas ce qui l'amenait ici, mais c'était toujours l'endroit où il laissait déferler ses crises les plus sévères. Il tituba jusqu'au pommier, guidé par l'odeur de ses fruits. La floraison avait eu lieu au milieu de l'été, et l'arbre donnait maintenant des pommes grosses comme des balles de ping-pong, qui pourrissaient au soleil, sur l'herbe de la rive. *Paul, Paul*, ce n'était plus les enfants désormais mais une voix venue de plus profond à l'intérieur, de plus loin en arrière, la voix d'une femme qui l'avait aimé, mais à qui il avait fait subir l'innommable – avant de la laisser, un trou béant dans le cœur.

Aujourd'hui elle devait avoir soixante-dix ans et des cheveux blancs, mais l'image qu'il en gardait aurait pour toujours la cinquantaine, c'était ainsi qu'il l'avait vue pour la dernière fois, de derrière la porte avec sa moustiquaire, dans la cité balnéaire du New Jersey où il avait grandi. Paul avait enterré son souvenir, le plus profondément possible, mais elle était venue le retrouver ici, sur l'herbe de cette rive, *Paul, Paul, pourquoi m'as-tu abandonnée dans l'attente et la douleur, espèce de monstre ?...*

Il s'adossa contre le pommier sauvage et cessa de lutter. Les voix étaient plus fortes que lui.

Rien ne servait de fuir ses victimes. Il savait bien que son sentiment de culpabilité se nourrissait de ses propres craintes, et vice versa. Il avait provoqué malheur et souffrance, et au lieu de le nier il s'efforça de méditer, ici contre cet arbre, sur la possible acceptation de ce qu'il avait fait. Il ouvrit son esprit pour y accueillir la voix des enfants, présenta ses excuses à chacun d'entre eux. Green Man accepta l'idée que des agents du FBI le recherchaient jour et nuit, qu'il était l'objet d'une chasse à l'homme et qu'elle pouvait à tout moment toucher au but. Refouler cette idée ne ferait que nourrir le sentiment de panique, comme un feu dévorant. C'est pourquoi il s'efforça de regarder en face l'implacable vérité, sans détour. Et d'accepter ce que cela signifiait pour les gens qu'il aimait le plus au monde.

Tandis qu'une troisième vague commençait à gonfler, il se raccrocha désespérément aux raisons qu'il avait de mettre ainsi ses proches en danger. Green Man comprenait parfaitement les menaces qui pesaient sur l'environnement, il avait étudié la question en profondeur pendant des dizaines d'années. Prises dans leur ensemble, elles constituaient la preuve que l'humanité était en péril et qu'il était urgent de riposter, quel qu'en soit le prix. C'est ce qu'intérieurement il se répétait, sachant pertinemment qu'il s'agissait de bonnes raisons. Il les rangea dans son esprit, aux côtés de son acceptation de la traque et des dangers qu'ils encouraient, lui et sa famille. Les yeux mi-clos, il s'assit au beau milieu de ces pensées, essayant de contrôler sa respiration aussi longtemps qu'il le pouvait.

Mais, quand la troisième vague déferla sur lui, elle fut dévastatrice. Il ne put rien y faire. Ailleurs en ville, sur une herbe dédiée au football, Gus jouait milieu de terrain. Mais Green Man, cet après-midi, était couché parmi les pommes pourries, en position fœtale, gémissant de douleur, souhaitant que la mort vienne et que tout se termine.

15

C'est seulement lorsqu'ils eurent laissé derrière eux la chaîne des Tetons qu'Earl se décida à laisser Tom poser les questions. Auprès de chaque agent rencontré sur les mille premiers kilomètres – policiers, shérifs, gardiens – le vieux briscard avait insisté pour être le seul à parler, Tom devant se contenter de dodeliner de la tête comme un pantin. Earl s'en tenait littéralement à son scénario : il avait noté une dizaine de questions immuables sur le bloc-notes trouvé dans leur chambre lors de leur première nuit de mission, dans un Holiday Inn miteux. Ils savaient exactement à quel moment Green Man avait fait exploser le barrage, donc en partant du principe qu'il avait ensuite sauté dans sa camionnette en direction de l'est, en respectant les limites de vitesse et sans s'arrêter pour dormir, ils pouvaient déduire presque à la minute près l'heure de son passage dans chaque ville ou chaque terrain de camping.

Earl commençait chaque fois ainsi : « Mon jeune collègue et moi-même vous remercions pour le temps que vous nous accordez. » Puis : « Nous savons que vous êtes très occupé et nous vous sommes reconnaissants de votre aide. Il n'y a pas de priorité plus haute que celle-ci. Nous recherchons un homme, d'âge et d'apparence inconnus, conduisant un van de quatre mètres d'empattement. » Arrivaient ensuite les dix questions génériques, toujours les mêmes, dans le même ordre, avec les mêmes tournures et le même débit traînant. Des questions qui portaient sur d'éventuelles contraventions, sur tout ce que les agents en service auraient pu remarquer d'inhabituel.

« Vous ne donnez pas assez de marge, lui fit remarquer Tom alors qu'ils traversaient les montagnes. Vous vous interdisez les petites audaces qui pourraient nous être utiles.

– Il ne s'agit pas d'être audacieux, répondit Earl, il s'agit d'être rigoureux. Ce que nous sommes en mesure de demander est déterminé, et donc limité par ce que nous savons. Écoutez, mon petit, en quarante ans j'ai dû faire ça plus de cinq cents fois. Alors vous allez observer et apprendre.

– La raison pour laquelle vous n'aurez pas Green Man, c'est parce que ça fait quarante ans et cinq cents fois que vous répétez ça. Et si vous croyez que ces dix questions vont vous mener jusqu'à lui, alors vous pouvez lâcher l'affaire tout de suite, parce que ça ne marchera pas, se rebiffa Tom. Et, s'il vous plaît, arrêtez de me présenter ainsi, "mon jeune collègue"...

– Vous *êtes* mon jeune collègue. Et ralentissez un peu dans les virages, on est à trois cents mètres d'altitude, là.

– C'était mon idée, rappela Tom en accélérant légèrement. Vous, vous étiez censé m'accompagner. Prendre la place du mort, pour reprendre les mots de Brennan. Il a compris la façon dont je fonctionnais, et s'il nous a envoyés ici, c'est bien pour qu'on la suive. »

Earl alluma une cigarette et prit une bouffée.

« Regardez la route. Alors c'est quoi, votre façon de fonctionner ?

– Je peux être un excellent casse-couilles. Évitez de fumer dans la voiture.

– C'est un SUV. Et en effet vous êtes très doué pour ça. *Ralentissez, bordel !* »

Tom s'engagea si rapidement dans le virage suivant qu'ils en frôlèrent presque le garde-fou, au bord du ravin.

« Si vous n'aimez pas me voir prendre les virages comme ça, vous pouvez ouvrir la fenêtre. Si vous voulez goûter aux joies du cancer des poumons, c'est votre choix, pas le mien. »

Earl abdiqua et baissa la vitre de cinq centimètres. Inclinant son chapeau de paille pour protéger ses yeux du soleil, il se mit à réfléchir. Puis :

« OK, Sherlock. Maintenant que je t'ai montré comment il fallait faire, je veux bien pour une fois te laisser poser les questions. Mais tu vas t'en tenir au texte. »

Ils arrivèrent devant un nouveau poste de police, aux dimensions modestes. Ils obtinrent un entretien avec le chef et deux de ses adjoints. Tom débuta, hésitant :

« Mon collègue et moi-même vous remercions pour le temps que vous nous accordez. Nous savons que vous êtes très occupés et nous vous sommes reconnaissants de votre aide. Il n'y a pas de priorité plus haute que celle-ci. »

Earl eut un hochement de tête d'encouragement, comme pour lui dire « Tiens-t'en au texte et tout ira bien ». Tom se tourna vers lui pour lui demander :

« Earl, pourrais-je avoir la liste ? »

Earl lui passa le papier aux couleurs du Holiday Inn, orné

de son écriture serrée et soignée. Tom s'adressa ensuite aux policiers :

« Puis-je vous demander du feu ? »

On lui tendit une boîte d'allumettes. Tom mit le feu aux dix questions manuscrites et lâcha le papier dans le cendrier. Tandis qu'il se consumait, Tom regardait Earl. Lorsqu'il ne resta plus de ces questions qu'un tas de cendres, il s'adressa aux policiers, encore sous le coup de la surprise :

« Enchaînons. Nous sommes à la recherche d'un homme entre trente et cinquante ans, probablement mal rasé et marqué par la fatigue. Il a passé la nuit au volant et donc, même s'il est précautionneux, il a pu s'écarter une seconde de sa voie, ou dépasser une limitation de vitesse. C'est pourquoi vous avez peut-être pu l'interpeller. Il conduisait un van aux vitres teintées et se servait d'un chapeau ou d'une casquette pour couvrir son regard. Nous pensons qu'il est probablement immatriculé dans le Michigan ou le Wisconsin, voire l'Ohio, et que sa plaque comporte un maximum de chiffres et quasiment pas de lettres, voire pas du tout… »

Earl explosa :

« Mais bordel, qu'est-ce que ça veut dire ? »

Les policiers lui firent signe de se taire. Tom poursuivit donc :

« Ce gars-là ne voulait ni s'arrêter ni discuter, mais s'il y a été contraint il aura su se montrer courtois, et même coopératif. Il aurait obéi aux ordres, espérant s'en tirer avec un simple avertissement oral, et surtout pas une contravention ou un relevé de plaque, ou quoi que ce soit qui impliquerait une collecte de données. »

Une fois repartis – sans rien avoir appris –, Earl exigea des explications. Il fulminait.

« Qu'est-ce que c'était que ce putain de bla-bla que vous leur avez sorti ? On n'a *aucune* information de ce genre. Green Man pourrait avoir vingt ans, ou quatre-vingts...

– Entre trente et cinquante, ça, ce n'est pas seulement moi qui le suppose. C'est dans le profil du FBI, lui fit remarquer Tom.

– Ça reste une supposition, reprit Earl. On n'en sait rien, donc on ne doit pas... »

Tom le coupa :

« Mais moi, c'est comme ça que je le vois. Il ne s'arrête pas à l'hôtel ni dans les toilettes publiques, donc n'a accès ni aux miroirs ni à l'eau chaude. Et même s'il le pouvait, je ne vois pas pourquoi il prendrait la peine de se raser...

– Son rétroviseur suffit, argumenta Earl. La plupart des hommes se rasent sans même y penser. C'est en gros ce que je fais depuis quarante ans.

– OK, mais pourquoi Green Man le ferait-il en pleine mission ? Il cherche forcément à modifier son apparence et à masquer ses traits. Alors pourquoi rendre son visage plus lisible ? Sans parler du risque de laisser derrière lui une goutte de sang ou quelques peaux mortes... Non, en cavale, il se laisse pousser la barbe et les cheveux.

– Et c'est le même raisonnement qui vous fait croire qu'il conduit un van aux vitres teintées et qu'il porte un chapeau ?

– Green Man veut rester discret. Cacher son visage, c'est vital pour lui.

– Et ces conneries de plaque d'immatriculation sans lettres ?

– C'est beaucoup plus difficile de mémoriser des chiffres.

Les gens trouvent toujours des moyens mnémotechniques pour les lettres. Si j'étais Green Man, j'aurais choisi une plaque avec une suite quelconque de sept chiffres, et j'en aurais probablement falsifié un ou deux, au cas où une image de mon véhicule serait prise de façon impromptue. Cela étant, je courrais alors le risque de me retrouver avec une plaque non conforme en cas de contrôle. À lui donc de conduire prudemment et lentement, et de se tenir prêt.

– Prêt à quoi ?

– À tout ce qu'il faudrait faire pour empêcher un flic de vérifier la plaque… Qu'est-ce qui vous fait rire ?

– Brennan avait raison.

– À quel sujet ?

– Il m'a dit que vous aviez un sacré flair mais que vous n'en aviez pas conscience. Que vous alliez hésiter à vous en servir, peut-être à cause de votre père. Il a ajouté qu'il faudrait vous provoquer pour vous pousser à en tirer profit. Il m'a demandé de vous brider au maximum, de toujours m'en tenir aux faits, jusqu'à vous faire péter un câble et enfiler le costume de Green Man pour prendre les choses en main.

– Il a vraiment dit ça ?

– Ouais. Il m'a donné ces dix questions, et il m'a demandé de les répéter encore et encore jusqu'à vous rendre dingue. Comme vous le savez, il tient en très haute estime votre talent pour casser les couilles, expliqua Earl, baissant la vitre d'une dizaine de centimètres pour s'allumer une nouvelle cigarette. Je ne dis pas ça pour flatter votre ego, mais on ne serait pas là, vous et moi, si Brennan ne pensait pas que vous aviez une vraie chance de trouver quelque chose. Seulement, il considère que vous êtes peut-être un peu trop coulant.

– Qu'est-ce que ça signifie ?

– Que vous êtes un peu gangrené… Gan*greené*, si tu vois ce que je veux dire. »

Sans relever le soudain tutoiement, Tom réfléchit à l'insinuation.

« Il estime que je suis en phase avec certaines des motivations écolo de Green Man ?

– C'est le cas ?

– Je dois reconnaître que je suis assez attaché à la planète qui se trouve sous mes pieds, répondit Tom. Pas vous ? »

Par la fenêtre, Earl libéra la bouffée de fumée blanche qui sortait de ses narines.

« Ça fait six milliards d'années qu'elle s'en sort très bien toute seule. Pas sûr qu'on puisse lui faire la peau si facilement.

– C'est l'homme qui est en train de détruire ses propres poumons qui parle ?

– Ça n'a rien à voir.

– Vraiment ? Vous vous tuez à petit feu. Et c'est ce qu'on fait tous, si on continue à bousiller la planète. Vous à court terme, nous tous à moyen terme, c'est la même connerie suicidaire. »

Earl regarda Tom et dit d'une voix tout juste audible :

« Susie était ma femme depuis trente et un ans. Elle est morte dans de terribles souffrances à Noël dernier, c'est là que je me suis mis à fumer comme ça. J'en ai franchement rien à foutre de continuer à vivre longtemps, si c'est sans elle. »

Tom ralentit à l'approche d'un virage serré.

« Je suis désolé, dit-il. Tant que vous gardez la fenêtre ouverte, ça ne me gêne pas.

– Merci, fit Earl. Mais tu as fait du bon boulot. Maintenant c'est toi qui poseras les questions. Moi je resterai à la place du mort pour repérer les bonnes adresses de burgers sur la route. Ça te va comme ça ?

– Ça me va », dit Tom. Puis, hésitant : « Dites… il y a une chose que j'aimerais que vous m'enseigniez.

– Quoi donc ? demanda Earl, vaguement surpris.

– Pourriez-vous m'apprendre à tirer ?

– Avec un flingue ?

– J'ai le Colt de mon père avec moi. »

16

Positionné au milieu du terrain, Gus amortit le ballon, feinta un départ sur sa droite, ramena la balle sur sa gauche d'un râteau parfaitement exécuté et démarra, le tout dans le même mouvement. Son vis-à-vis perdit l'équilibre et retomba sur les fesses. Gus s'enfonça dans la défense adverse, attirant le libéro sur lui, avant de délivrer en profondeur une passe aveugle qu'un de ses attaquants, libre de tout marquage, s'empressa de transformer en but. Celui de la victoire.

Le gradin parental exulta. Green Man, debout, hurlait :

« Bien joué, Gus ! Bravo ! »

Sharon essaya de le retenir :

« Du calme, Mitch.

– Non mais tu as vu cette feinte ?! Le gamin en face, il n'y a vu que du feu ! Et la passe ? Monstrueuse !

– Tu veux vraiment ressembler à *ce genre* de parents ? »

Gus, qui s'était dégagé de la mêlée de congratulations générale, le recherchait dans les gradins. Green Man lui fit un signe de la main droite, Gus le repéra et leva fièrement la paume en signe de victoire, comme s'il frappait sa main à distance contre celle de son père, par-delà le terrain.

Après la douche, Gus se rendit dans une salle d'arcade avec toute son équipe pour y fêter la victoire. Kim était partie passer la nuit chez sa meilleure amie.

La grande maison blanche de style colonial était déserte quand Green Man et Sharon rentrèrent. Cela faisait un bon moment qu'il attendait une occasion de se retrouver vraiment seul avec elle. Arrivé dans le garage, il prit une lame de rasoir dans un meuble pour retirer un petit autocollant sur son pare-chocs arrière. Il y passa ensuite de l'alcool pour retirer toute trace de matière adhésive, puis frotta tout le pare-chocs avec de l'argile sèche, pour égaliser l'ensemble. Sharon inspecta scrupuleusement le travail et approuva en silence le résultat.

Ils enclenchèrent le système de sécurité, fermèrent la porte du deuxième étage à double tour et grimpèrent jusqu'à la bibliothèque du troisième. Ils se savaient isolés.

« Alors, commença-t-elle, tu as fait ton choix ?

– Oui, répondit-il. Comme ce sera la dernière, il faut que ce soit à la fois symbolique et imposant. Il n'y a rien en Amérique qui soit plus fort que le pétrole, aujourd'hui. Il n'y a sûrement *jamais* rien eu de plus fort. » Il la mena jusqu'au mur où était fixée une carte des États-Unis et y pointa le doigt. « L'ouest du Texas, dit-il calmement. Le gisement Hanson, dans le Bassin permien. »

Sharon observa la carte, puis Green Man. Elle hocha la tête.

« C'est la meilleure option, approuva-t-elle. Ils se font un paquet de pognon écœurant, tout ça en faisant énormément de dégâts avec leurs forages, leurs produits chimiques et leurs fuites de méthane. En plus, ils n'en ont rien à foutre. Tu sais déjà comment tu vas t'y prendre ?

– J'ai quelques idées, dit-il. C'est tendu, parce que je ne peux pas risquer le coup de mettre le feu aux réserves de pétrole. Si elles s'enflamment, je causerai précisément les dégâts que je veux prévenir. Du côté de la sécurité, ça va être serré. Ils ont beaucoup d'argent à consacrer à l'élimination des intrus, et ils ne mégotent pas. D'un autre côté, le champ que je compte frapper s'étend sur un périmètre gigantesque, traversé en plein milieu par une rivière. Les services de sécurité négligent toujours un peu les rivières. Je pense pouvoir y arriver.

– J'en suis sûre », lui répondit Sharon. Puis, tout bas, elle ajouta : « Et une fois que tu l'auras fait, on pourra partir ?

– Oui, admit-il, si on arrive à tenir jusque-là. »

Elle posa sa main sur la sienne, et ils restèrent ainsi, debout devant la carte, devant le carré de terrain qui s'étendait à l'ouest de Lubbock jusqu'au Nouveau-Mexique, et au sud jusqu'au Rio Grande. Un gigantesque gisement de schiste, renfermant des milliards de gallons de pétrole et de gaz, qu'une poignée d'ingénieurs parmi les plus brillants du monde avaient trouvé le moyen de libérer pour les faire jaillir des entrailles de la Terre.

« Je sais à quel point tout ça a été difficile, dit doucement Sharon. Mais ils n'ont rien de concret contre toi.

– On n'en sait rien.

– S'ils avaient quelque chose, ils ne le diraient pas. C'est du bluff, c'est la guerre psychologique, rien de plus.

– Je ne sais pas comment ça s'appelle, mais c'est efficace, lui dit-il. J'ai tellement de mal à dormir en ce moment. Je les sens qui se rapprochent. Je n'arrête pas de m'inquiéter pour Gus et Kim. Et si quelque chose t'arrivait, je ne m'en remettrais pas. »

Elle déposa sur sa joue un baiser bienveillant.

« Tu ne serais pas l'homme que j'aime si tu ne craignais pas pour nos vies. Ou si tu ne ressentais pas cette douleur en pensant aux victimes. »

Il resserra ses doigts autour de son poignet et lui fit faire deux pas vers la fenêtre, où ils purent contempler, main dans la main, la cime des arbres sous la douce lumière déclinante. Ils gardèrent le silence durant plusieurs longues minutes.

« Shar, je devrais peut-être m'arrêter à six. »

Elle le regarda droit dans les yeux.

« Tu es si près du but, souffla-t-elle. On a toujours dit sept, avec un septième coup en bouquet final. Tu dois finir ce que tu as commencé, aller jusqu'au bout. On va y arriver, et puis on partira.

– Mais si je trébuche, même un tout petit peu…

– Ça n'arrivera pas, promit-elle. Personne au monde n'est assez fort ni assez malin pour le faire à ta place. Dans cent ans les gens diront que tu as pris les choses en main au moment où on n'avait plus le choix, et que tu as sauvé le monde au nom des générations futures. Il fallait que quelqu'un le fasse, tu as été celui-là. Moi aussi ça me paraît dingue dit comme ça. Mais tu sais aussi bien que moi que c'est la vérité.

– Je le crois, admit tout bas Green Man avec gravité. Mais peut-être que toi et les enfants, vous devriez rejoindre la maison de vacances sans m'attendre. »

C'était toujours ainsi qu'ils appelaient cet endroit.

« On a décidé qu'on partirait en famille. Ce sera beaucoup

plus efficace et plus net de faire la coupure tous ensemble. À la seconde près, comme tu l'as toujours dit… Et tu n'en es pas à ta première…

– C'est vrai. Mais ça marchera aussi si tu prends de l'avance. Je pourrais faire mon coup au Texas, et vous rejoindre ensuite. Comme ça je serais moins inquiet.

– Je pense qu'on devrait s'en tenir au plan, avança Sharon avec fermeté. Jusqu'ici ça nous a réussi, alors allons jusqu'au bout. Jusqu'à être en lieu sûr, à l'abri de toutes les angoisses… »

Le système de sécurité émit un « bip » à l'approche d'un SUV bleu. C'était Ross, le coach, qui ramenait Gus. Green Man commanda l'ouverture du portail puis se tourna vers Sharon.

« Très bien, acquiesça-t-il doucement. Je vais frapper le septième coup au Texas et tout terminer comme prévu. On ferait mieux de descendre, maintenant. Le jeune homme qui s'apprête à débarquer aura sûrement besoin de soins intensifs après la tonne de glace au chocolat qu'il vient d'ingurgiter. »

17

« Vise l'arbre mort ! lança Earl. Et sans fermer l'œil, comme dans les films à la con. Tu les gardes bien ouverts, tous les deux.

– C'est un frêne.

– Hein ?

– L'arbre mort. C'est un frêne vert.

– D'accord, peut-être, *c'était* un frêne vert, maintenant c'est du bois pour le feu. Écarte tes pieds de la largeur de tes épaules. Équilibre tes appuis. Pas mal du tout. Ce n'est pas ta première fois, dis-moi ?

– Non, mais c'était il y a longtemps », reconnut Tom.

Il ressentait entre ses doigts le toucher de l'arme de son père – étrangement, dans ce souvenir tactile, c'était à la fois le pire et le meilleur qui refaisaient surface. Il y retrouva le sentiment de décontraction et de confiance qui émanait de son père, mais également son intransigeante insensibilité et son penchant pour la violence. En caressant la détente, il se souvint que Warren le traînait sur le champ de tir alors qu'il avait à peine sept ans.

« Ce sont de très beaux arbres, les frênes verts. Il y en avait plein le Nebraska. Mais ça, c'était avant que l'agrile leur fasse la peau.

– Ton agrile, il peut venir me bouffer le cul, dit Earl en balançant son mégot. Décidément, tu es bien un écolo. Tire dès que tu es prêt, et fais attention au recul. Vise la grosse branche, là-haut, à un mètre. »

Tom ajusta légèrement sa visée.

« Pas sûr que vous apprécieriez ce genre de choses, avec l'agrile du frêne. Les femelles viennent pondre leurs œufs, et ensuite les larves se montrent très voraces », lâcha Tom avant de tirer.

Il fit éclater la grosse branche et l'arbre mort eut comme un frisson.

« Regardez-moi ça ! lança Earl, impressionné. C'est Warren qui aurait été fier. »

C'était la première fois que Tom entendait Earl prononcer le prénom de son père.

« Ça ne lui aurait pas suffi, dit Tom avec calme.

– Bien sûr que si, purée. En plein dans le mille.

– Il aurait trouvé à redire. Sur ma position, peut-être. Ou sur mes cheveux, trop longs. Il aurait dit que je ressemble à une fille.

– Eh bien, j'avais prévu de t'en parler, de cette coiffure, lui dit Earl. Les flics nous regardent bizarrement…

– Allez vous faire foutre », répondit Tom.

Il tira une nouvelle fois, et la moitié supérieure de l'arbre se mit à trembler avant de se fendre et de s'écrouler.

« Hé, mais tu l'as tué, l'arbre mort ! Il y a d'autres trucs que tu veux que je t'apprenne, pour le tir, ou on peut aller se trouver un coiffeur ? »

De retour dans le SUV, ils suivirent la longue route sans relief à travers une succession de champs de maïs et de sorgho semblant s'étendre à l'infini. Au loin, les montagnes basses étaient comme couvertes de bronze dans la lumière rasante du matin. Un panneau annonçait la ville de Destry à huit kilomètres.

« On est vraiment au milieu de nulle part, maugréa Earl en crachant par la fenêtre.

– C'est sur la liste, précisa Tom. Police de Destry.

– Mais qu'est-ce qu'il peut bien y avoir à voler dans le coin ? » demanda Earl. Et puis, du bout des lèvres : « J'imagine que c'est ton père qui t'a appris à tirer comme ça ?

– Merci pour la remise à niveau.

– Pas sûr que tu en aies eu besoin. »

Quelques secondes passèrent. Tom fit un écart pour épargner une petite bête.

« Vous saviez que mon père avait sauvé la peau de Jim Brennan ?

– Non, je n'étais pas au courant.

– Il y a des années, il a abattu un homme qui s'apprêtait à le tuer. »

Earl attrapa un sachet de bœuf séché, l'éventra.

« Ton père avait le don pour être au bon endroit au bon moment. Teriyaki, tu aimes ça ?

– C'est trop salé mais ça me va. Vous pensez que c'est avec ce Colt-là que mon père a tué ce type ?

– Probablement, répondit Earl. En général on s'entiche de nos flingues. On les garde avec nous. Ces trucs-là, n'essaie pas de les avaler d'un coup, sinon je devrai te faire la manœuvre de Heimlich. »

Il tendit une poignée de bœuf séché à Tom, qui l'enfourna

dans sa bouche avant de mâcher consciencieusement. Il reprit ensuite la parole, doucement :

« Vous n'êtes pas obligé de répondre, mais…

– Vas-y, je t'écoute.

– Vous avez déjà tué quelqu'un ? »

Le regard d'Earl se perdit dans la contemplation de la petite ville qui fonçait sur eux. Des toitures rouges, des arbres rabougris, un château d'eau sur lequel on lisait en très gros caractères le nom *Destry*. Il hocha la tête.

« Qu'est-ce qu'on ressent ?

– Rien de bon, répondit Earl. Si ça te paraît agréable, c'est qu'il y a quelque chose qui cloche. Mais on est tenu de faire son devoir, et j'ai l'impression que c'est exactement ce qu'a fait ton père.

– Je ne suis pas sûr d'en être capable, dit Tom.

– Tout le monde en est capable, le moment venu.

– Je ne pense pas que j'arriverai à me dire que j'en ai le droit. Vous voyez ?

– Je vois surtout que tu réfléchis trop, et que ça ne te fait pas toujours du bien, dit Earl avant d'esquisser un sourire en pointant le doigt vers l'extérieur. Regarde, là, juste à côté du poste de police… Un coiffeur. »

Une demi-heure plus tard, Tom, avec sa nouvelle coupe au bol, était assis face aux deux agents du poste de Destry. Plus âgé qu'Earl, le chef faisait courir sa langue sur une rangée de dents gâtées, comme s'il cherchait à les nettoyer. L'autre agent, une femme de petite taille prénommée Andrea, avait insisté pour leur servir un café qu'elle venait, non sans fierté, de concocter à partir de grains entiers achetés chez Starbucks. Le sac reposait sur une petite table, à côté du moulin et de la machine.

Andrea et son chef avaient écouté attentivement les questions de Tom, remuant la tête à l'unisson.

« Désolé de ne pas pouvoir vous aider, les gars, dit le chef, mais je n'ai vu personne de ce genre la semaine dernière. Andrea ?

– J'aimerais bien avoir quelque chose pour vous, mais vraiment non. Je vous en ressers un petit pour la route ? dit-elle en attrapant la cafetière.

– Non, merci, répondit Earl en se levant, manifestement pressé d'en finir avec Destry. On y va. »

Tom avait remarqué les quelques photos d'un peloton militaire sur un pupitre près de la fenêtre. On aurait pu les situer en Irak, cependant ni Andrea ni son chef ne paraissaient avoir récemment servi sous les drapeaux.

« Il y a quelqu'un d'autre dans votre équipe, à qui nous pourrions parler ? demanda-t-il. Un des types de la photo par exemple ?

– Oh, lui, c'est Dwight, indiqua le chef. Mais il ne m'a jamais parlé d'un van qu'il aurait arrêté.

– Dwight a commencé le mois dernier, et il est sans cesse sur la route, précisa Andrea.

– Et là ? demanda Tom. Il est sur la route ?

– Non, répondit le chef, en ce moment, il aide Mabel Parker à abattre son noisetier. »

Tom et Earl échangèrent un regard silencieux.

« On devrait peut-être y aller, suggéra Earl. On a encore du chemin à faire.

– Pourquoi veut-elle se débarrasser de son noisetier ? demanda Tom.

– Son chat n'arrête pas d'y grimper, et elle n'arrive jamais à le faire redescendre, expliqua le chef. Donc c'était ou l'arbre, ou le chat. Et là, manifestement, c'est le chat qui a gagné.

– Mais comment elle fera, pour les noix ? demanda Earl, pince-sans-rire.

– Oh, elle en trouvera au marché, répondit Andrea.

– Ou bien à l'épicerie de Fairmont, ajouta le chef. Ils ont toutes sortes de noix.

– Je pourrais avoir l'adresse de Mabel ? demanda Tom. J'aimerais bien poser quelques questions à Dwight avant de partir. »

Le jeune policier était en train de siroter un Sprite, à côté du noisetier toujours en place.

« Finalement, après toutes ces années, elle n'a pas pu se résoudre à s'en débarrasser, expliqua-t-il à Tom avec un sourire entendu. On dirait bien que vous êtes passés par chez Felix.

– Felix ? demanda Tom.

– Le coiffeur. Pas causant, mais efficace. On peut pas lui enlever ça.

– Efficace, oui, approuva Tom en remarquant que Dwight arborait la même coupe. Je voulais vous demander si vous aviez eu l'occasion d'arrêter une camionnette, il y a une semaine exactement, à une heure près peut-être. Avec une seule personne à l'intérieur, donc le conducteur, entre trente et cinquante ans, une casquette ou un chapeau sur la tête. Et qui se serait montré parfaitement coopératif. Son véhicule aurait été selon nous immatriculé dans l'Ohio, le Michigan ou le Wisconsin, probablement uniquement avec des chiffres…

– Dans le Michigan, coupa immédiatement le jeune flic.

– Je vous demande pardon ?

– Désolé de vous interrompre, mais le type dans la camionnette, il avait une plaque du Michigan, expliqua Dwight. Il rentrait d'une partie de pêche avec un feu arrière en rideau. »

18

« Ne cherchez pas à broder, prévint Earl. Vous allez peut-être vouloir nous avancer en nous racontant ce que vous estimez pouvoir être la vérité sans en être absolument sûr. Ça, en fait, c'est plutôt le genre de choses qui nous fait reculer. Vous allez donc nous raconter uniquement ce dont vous vous souvenez *parfaitement.*

– Vous comprenez que nous allons devoir vous enregistrer ? demanda Tom en préparant le magnéto.

– Bien sûr. Tout ce que vous voudrez, tant que ça peut vous aider, affirma Dwight en laissant courir son regard du magnéto jusqu'à Earl, non sans une certaine nervosité. Alors vraiment, vous croyez que c'était Green Man ?

– Pour l'instant, on n'en sait rien, lui répondit Tom. Tout ce qu'on sait, c'est que chronologiquement ça concorde.

– Le chef Griffin et Andrea risquent de pas trop apprécier qu'on les ait mis à la porte de leur propre poste de police, fit remarquer Dwight.

– Mais nous avons besoin de vous parler sans témoins, et

pour ça il n'y a pas de meilleur endroit qu'ici, lui expliqua Earl. Ils feront avec. Nos questions comme vos réponses constituent des informations de la plus haute importance. Vous ne pourrez en parler à personne – que ce soit votre petite amie, un copain journaliste que vous connaissez depuis la maternelle, ou même le chef Griffin. Si on vous questionne, ne prenez pas de pincettes et coupez court.

– Bien, monsieur. Vous savez, en Irak, j'ai vu des choses. On m'a dit de ne pas en parler, eh bien je ne l'ai jamais fait.

– Combien de missions, là-bas ? demanda Earl.

– Deux, monsieur. J'ai aussi vu un bout d'Afghanistan. Au total, j'aurai fait presque trois ans.

– Ça fait long… surtout dans ce genre d'endroits. On peut dire que vous avez bien servi votre pays.

– Merci, monsieur. Je ne dis pas que j'ai aimé ça, mais j'ai fait de mon mieux, dit Dwight. Vous voulez bien que je m'assoie ?

– Et si on s'asseyait tous les trois ? » suggéra Tom en allumant le magnéto qu'il posa sur la table entre lui et eux. Ils s'assirent sur trois fauteuils noirs rigoureusement identiques. « Un peu de café, avant de se lancer ? Un Coca ?

– Non merci, répondit Dwight. Allons-y. Je me maudis de ne pas avoir pris ses papiers. J'étais sur le point de le faire. Je l'aurais attrapé.

– Commençons par le commencement, suggéra Earl, prenant l'initiative en imposant sa cadence mesurée. Ce matin-là, vous patrouilliez en solo ?

– Oui, monsieur. J'étais sur la route depuis six heures du matin environ. J'ai la sale habitude de me réveiller à l'aube, ça me vient de l'armée. Ma copine supporte mal. J'ai distribué quelques contraventions, j'ai aussi aidé un type à changer son pneu, après je suis passé chez Dunkin' me prendre un donut à la noix de coco. J'étais sur la 55, à un kilomètre et demi de la ville…

– À l'est de Destry ? À l'ouest ? demanda Earl.

– À l'est, monsieur. Ce qui veut dire que la camionnette était déjà passée en ville quand je l'ai vue. Je peux vous y emmener : c'est l'endroit où se trouve notre dernier feu rouge. Même si, techniquement, on est déjà en dehors de Destry.

– On ira y faire un tour quand nous aurons fini de parler, dit Earl. C'est donc à cet endroit que vous avez vu une camionnette noire ?

– Elle n'avait rien de spécial, je n'y aurais pas fait attention s'il n'y avait pas eu ce feu arrière. C'est quand elle a freiné que j'ai vu que son feu-stop ne marchait pas, à droite.

– D'où l'observiez-vous ?

– Il y a une haie au bord de route. J'étais garé derrière. Il y en a toujours qui grillent ce feu rouge, quand ils croient qu'il n'y a personne. Ils tracent direct. Il y en a d'autres qui montent à quatre-vingts, ou même à cent à l'heure, dès qu'ils sentent venir le feu orange. Bref, me voilà derrière la haie, à les attendre, avec mon café et mon donut…

– Là, vous avez vu passer la camionnette, et elle s'est arrêtée au rouge, reprit Earl. Vous avez remarqué le feu-stop en panne, et vous avez repris la route 55 pour l'arrêter, c'est ça ?

– Pas exactement, monsieur. J'ai attendu que le feu passe au vert pour le suivre à distance, environ trente mètres derrière. Ensuite, je me suis rapproché.

– Pourquoi ne pas l'avoir arrêté directement ? » s'enquit Tom.

Le jeune flic se tourna vers lui, l'air soudain plus détendu. Du haut de son ancienneté, Earl avait vraiment quelque chose d'intimidant. Mais Tom, lui, avait le même âge que Dwight – et la même coupe de cheveux.

« Je préfère les suivre, sur une petite centaine de mètres disons, pour voir comment ils réagissent quand ils me remarquent. Est-ce qu'ils accélèrent, est-ce qu'ils ralentissent à fond ? En général, s'ils ont quelque chose à se reprocher, je le vois tout de suite à leur attitude. »

Tom approuva.

« Parfait. C'est très bien que vous ayez pu jauger son état d'esprit. Tout ce que vous pouvez nous en dire, même par supposition, pourrait nous être utile.

– Mais sans broder », rappela fermement Earl.

Le regard de Dwight passait de l'un à l'autre, manifestement déconcerté à l'idée de supposer sans broder.

« Et le conducteur, il n'a pas réagi à votre subterfuge ? » poursuivit Tom. Earl tiqua légèrement, et Tom s'en aperçut. « Il n'a pas réagi au petit test que vous lui faisiez passer ? Il est resté calme, sans accélérer ni ralentir, c'est ça ?

– Voilà. Son allure n'a pas bougé d'un poil.

– Ça semble intéressant, releva Tom. D'après vous, il avait remarqué que vous le suiviez ?

– Derrière la haie, on ne voit rien, mais c'est une fois que j'en suis sorti qu'il a dû me voir. Je suis resté un peu en arrière, à une trentaine de mètres, avant de réduire la distance et d'allumer mon gyrophare.

– La sirène aussi ?

– Oui, monsieur. Voilà, je lui ai fait le son et lumière. Et il s'est tout de suite rangé.

– Vous avez fait une annonce radio à l'équipe ? » demanda Earl.

Tom intervint :

« Avant d'en venir à ce sujet, j'aimerais qu'on parle de la coopération du conducteur. Avez-vous eu à lui formuler l'ordre de se ranger ? Ou savait-il ce qu'il devait faire ?

– Il le savait, répondit Dwight. Il y en a, il faut leur faire des tonnes de signaux et puis leur demander deux ou trois fois de se garer. Mais lui, j'ai rarement vu plus coopératif. »

Tom hocha la tête et recula dans son fauteuil, cherchant à masquer une excitation grandissante. Il attrapa un Coca et en but une gorgée. Pour la première fois, il sentait que Green Man pouvait être à portée de main. Constatant avec surprise que la sienne s'était mise à trembler, il serra fermement la canette de Coca.

Earl, quant à lui parfaitement imperturbable, reprit d'une voix égale et posée :

« Et donc, avez-vous fait une annonce radio ?

– Pas à ce moment-là, répondit Dwight. J'étais en contact radio avec Nancy, de Fairmont, et j'avais compris qu'elle faisait une pause pipi. Je me suis dit que j'allais contrôler la plaque et les papiers, et que j'allais faire mon rapport juste après, en enregistrant tout ça.

– Mais vous aviez déjà décidé, à ce moment, d'enregistrer sa plaque ?

– Oui. On nous a demandé de le faire systématiquement depuis ce qui s'est passé dans l'Idaho. J'avais donné trois contraventions le matin même, et à chaque fois j'avais pris en note les immatriculations complètes. Vous pouvez vérifier.

– On vous croit, dit Tom. Vous faites du bon boulot. Poursuivez.

– Je me suis garé derrière lui, à une vingtaine de mètres disons, et je suis sorti. Je me suis approché de la fenêtre du conducteur.

– En vous approchant du côté gauche, donc. Vous aviez une bonne vision du véhicule ? s'enquit Earl.

– Dans toute sa splendeur, monsieur.

– Alors décrivez-le-nous. Soyez le plus précis possible. »

Dwight obéit, mesurant chacun de ses mots :

« Une fourgonnette de couleur noire. Quatre mètres ou quatre mètres cinquante de long. Sept à dix ans, je dirais. Très bien entretenue, même si elle avait sûrement déjà bien roulé. La bande chromée avec le nom du modèle avait été retirée, mais ça ne m'a pas mis la puce à l'oreille. Ça finit souvent par se décoller.

– Vous sauriez quand même nous dire la marque et le modèle, à vue de nez ? » demanda Earl.

Dwight secoua la tête avec frustration.

« Ces fourgonnettes d'il y a dix ans, elles se ressemblent toutes. Disons que je miserais sur un Ford Transit ou un GMC Savana, mais je ne suis pas sûr. Et comme vous m'avez dit de ne pas broder…

– C'est bien, vous vous en tenez aux faits, vous avez raison. Je vous remercie, lui dit Earl. Avez-vous remarqué des autocollants, des inscriptions, des traces quelconques ? »

Le jeune flic hésita, ferma les yeux et inclina légèrement la tête en arrière.

« Il y avait un petit truc, tout à droite du pare-chocs arrière.

– Un petit autocollant ? » demanda Earl.

Tom attendit, curieux mais dubitatif. Dwight, toujours les yeux fermés, se rejouait la scène dans sa tête.

« Ouais, un autocollant, une décalcomanie, avec peut-être un mot ou deux, et un dessin. Un genre de logo, collé sur le pare-chocs arrière. De là où j'étais, je ne le voyais pas très bien, je ne peux rien dire de mieux. Mais je peux vous dire que le véhicule était immatriculé dans le Michigan. Je fais toujours attention à ça. Et cette plaque-là, elle disait “Le Michigan à l’État pur”.

– Vous souvenez-vous de quelques chiffres ?

– C’était bien des chiffres, ça c’est sûr. D’abord, un sept. Comme je m’apprêtais à l’enregistrer, je n’ai pas tout regardé en détail sur le moment. Ça fait une semaine, c’est flou maintenant.

– C’est parfaitement compréhensible, dit Earl.

– Et si ça peut vous rassurer, ajouta Tom, si c’était bien Green Man, il aurait sûrement trafiqué un ou deux chiffres. Donc, même si vous les aviez retenus par cœur, ça ne nous aurait probablement servi à rien. »

Earl lança à Tom un regard désapprobateur avant de poursuivre posément son interrogatoire :

« Donc, vous êtes arrivé à hauteur du conducteur…

– Oui, monsieur. Il avait déjà à moitié ouvert sa fenêtre.

– Était-elle transparente ou teintée ?

– Teintée en gris. On n’a pas le droit d’avoir des fenêtres latérales réfléchissantes, mais elles peuvent être teintées, contre les UV. Celle-ci était très sombre. Mais déjà à moitié ouverte, comme je vous ai dit. Donc j’ai pu voir le conducteur, qui me regardait.

– À quelle distance étiez-vous, lorsque vous l’avez vu ?

– J’étais resté en retrait, à cinquante centimètres peut-être. C’est comme ça qu’on nous apprend : si vous vous approchez trop, vous risquez de vous prendre une portière dans les noix… »

Earl avait préparé la question suivante mais fit signe à Tom de reprendre la main, à contrecœur. Ils en étaient au moment où Dwight s'était peut-être retrouvé face à face avec Green Man, et ils s'étaient mis d'accord en amont que ce serait la partie de Tom. Celui-ci tenta de se calmer un peu avec une gorgée de Coca, constata qu'il avait déjà siphonné la canette.

« Est-ce habituel, un conducteur qui a déjà ouvert sa fenêtre à votre approche, ou cela vous a-t-il paru anormalement courtois ?

– Ça dépend, répondit Dwight. Mais ce type était vraiment du genre coopératif.

– Qu'est-ce que vous pouvez nous dire à propos du conducteur ? demanda Tom sans parvenir à masquer son excitation. Vous l'avez bien regardé. Dites-nous tout ce qui vous revient à l'esprit le concernant. Le moindre détail peut s'avérer utile.

– Je n'ai pas pu voir ses yeux, à cause de la visière de sa casquette noire. Elle était baissée. Je ne voyais que le bas du visage, et je me souviens m'être dit qu'il n'avait pas dû se raser depuis un moment. Ce qui ne m'a pas surpris, puisqu'il m'a raconté être parti camper. Pour pêcher.

– Un dessin, une inscription sur la casquette ?

– Non, une simple casquette noire, pour conduire.

– Il vous a paru avoir quel âge ?

– Quarante, cinquante ans. Plus proche de quarante, je dirais. » Dwight lança à Earl un regard nerveux. « Mais vous n'aimez pas ça, les suppositions.

– Tout ce que vous pourrez nous dire nous intéresse, reprit Tom. Avez-vous fini par voir ses yeux ?

– Je me suis approché un peu, et je dirais qu'ils étaient sûrement noirs, mais dans l'ombre de la casquette c'est dur à dire. Ils auraient pu aussi être marron.

– Et ses cheveux, sous la casquette ?

– Pas vraiment pu les voir.

– Les poils du menton ?

– Noirs.

– Avec un peu de blanc, vu son âge ?

– Non, tout noirs. Une barbe d'une petite semaine, je dirais.

– Pouviez-vous voir ses mains sur le volant ?

– Pas que je me souvienne.

– Donc vous ne savez pas non plus s'il portait une alliance ?

– Non, monsieur.

– Ni des gants ?

– Non, mais je ne crois pas qu'il en aurait porté. C'était une belle matinée ensoleillée. »

Tom hocha la tête tout en imaginant Green Man, gants de chasse aux mains, tout juste sorti de Destry au volant de son van et s'apercevant qu'il était suivi par un flic, puis se rangeant sur le bas-côté tout en réalisant à quel point la situation était critique.

« Dites-nous tout ce dont vous vous souvenez à propos de votre conversation.

– Je commence toujours en leur demandant s'ils savent pourquoi je leur ai demandé de s'arrêter. Il m'a dit que non. Je lui ai parlé du feu arrière, et il a fait une blague comme quoi il avait dû rouler sur une bosse dans le Wyoming et que ça aurait pu être le Grand Teton…

– Donc il vous a dit qu'il venait du Wyoming, et il avait l'air assez détendu pour plaisanter avec vous ? s'émerveilla Tom.

– Oui, il m'a paru parfaitement calme, monsieur. Je lui ai

demandé ce qu'il venait faire sur la 55, vu que tout le monde prend l'autoroute, d'habitude. Il m'a répondu qu'il était un peu artiste et qu'il aimait bien les couleurs sur les collines. Je n'avais encore jamais entendu quelqu'un dire ça, mais j'ai eu comme l'impression de le comprendre.

– Vous a-t-il semblé avoir préparé sa réponse, demanda Tom, ou était-elle aussi spontanée que dans une conversation ordinaire ?

– Je ne sais vraiment pas, répondit Dwight. Mais, à sa façon de le dire, je me suis dit qu'il pouvait être artiste, en effet. Et puis, il s'y connaissait aussi en poissons. Je me souviens de lui avoir demandé pourquoi il était venu pêcher aussi loin à l'ouest, et pas dans la région des lacs. Il m'a répondu que c'était pour les truites fardées.

– Mais il ne vous a pas dit où il était allé pêcher précisément ? Ni où il avait campé ?

– Rien de précis, monsieur. Ensuite, je lui ai dit que j'allais me contenter d'un avertissement verbal et qu'il pouvait partir s'il était d'accord pour changer son feu au plus vite.

– Comment a-t-il réagi à votre attitude à ce moment-là ?

– Il m'a remercié. Il a vraiment eu l'air d'apprécier.

– Tu m'étonnes, dit Tom tout bas.

– Mais là, je lui ai dit que j'allais quand même devoir contrôler ses papiers, que c'était la consigne depuis l'affaire de l'Idaho. Il n'a pas cherché à parlementer, comme le font certains. Il m'a signalé qu'il allait devoir fouiller dans sa boîte à gants avec sa main droite, pour trouver ses papiers. Je lui ai dit d'y aller, et qu'ensuite il pourrait reprendre sa route. Il s'est penché, et c'est là que ce maudit téléphone s'est mis à sonner. C'était Greta, le chat de Mabel, qui avait encore grimpé sur ce foutu noisetier…

– Et Mabel voulait que vous rentriez l'aider sur-le-champ ? avança Tom.

– Je n'avais pas envie qu'elle se fasse griffer, avoua Dwight. Elle a plus de soixante-dix ans et elle n'y voit plus très clair. Alors j'ai laissé partir le type avec un avertissement, et il m'a assuré qu'il allait faire réparer son feu au prochain garage. Il m'a aussi souhaité bonne chance, pour le chat. » Tout à coup, Dwight frappa la table du plat de la main, faisant sauter la canette de Coca. « Mince, je suis désolé, les gars, si j'avais pris ses papiers, je le tenais !

– Non, dit Tom. Jamais il ne vous les aurait donnés.

– Mais il était en train de les chercher...

– Si c'était bien Green Man, alors c'était son flingue qu'il cherchait. Et ce coup de fil vous a sauvé la vie », expliqua calmement Tom.

Dwight lui renvoya son regard, et régurgita.

« Vraiment ? Vous pensez qu'il m'aurait tiré dessus ?

– Il n'avait pas le choix.

– Mais nous ne savons pas si c'était lui, intervint Earl, qui reprenait ainsi son tour de parole. Écoutez, vous avez été d'une aide formidable, mais il reste encore des questions à aborder. C'est pourquoi nous voudrions, mon jeune collègue et moi-même, vous emmener à Washington. »

Surpris, Dwight hésita. Il n'avait manifestement jamais envisagé ce scénario.

« Eh bien... évidemment que je veux vous aider, mais je ne sais pas si je peux quitter mon poste comme ça, et j'imagine que le billet d'avion n'est pas donné...

– Ça, on s'en occupe, le rassura Earl. Ça ne vous coûtera pas un centime, et vous ne pourrez pas être plus utile que là-bas. Aucun doute, une fois que je lui aurai expliqué la situation, le chef Griffin vous accordera à coup sûr quelques jours. Pour l'heure, nous aimerions aller voir ce fameux feu rouge. Ensuite vous pourrez passer chez vous, rassembler quelques affaires avant de partir. J'en connais à Washington qui sont déjà impatients de discuter avec vous. »

19

Avec son laissez-passer de chercheur, Green Man avait pu arpenter les rayonnages de l'une des plus plantureuses bibliothèques au monde, et mettre la main sur deux douzaines d'ouvrages et de revues. Dans son pantalon de velours côtelé et son gilet marron, tous deux usés, il avait tout du vieil universitaire chiffonné, à la recherche des savoirs ésotériques qui allaient asseoir sa vague réputation au sein d'une fac quelconque.

Pour ce qui était de l'archivage des données, les bibliothèques avaient quelque chose de préhistorique. Bien que la plupart soient passées au catalogage numérique, elles avaient aussi conservé leurs vieux répertoires et laissaient les visiteurs sonder leurs antiques étagères. Ainsi on pouvait y pénétrer, accéder aux volumes désirés, les consulter puis les remettre en place sans laisser la moindre trace de recherche enregistrée.

Il était assis dans la somptueuse salle de lecture principale de la bibliothèque du Congrès, devant sa pile de livres et de revues scientifiques sur le forage, posée sur son petit pupitre. Autour de lui des universitaires venus des quatre coins du monde, studieusement concentrés sur leurs recherches. Penchés sur leur ordinateur portable, ils prenaient en note le savoir qu'ils retiraient des ouvrages les plus obscurs, à l'abri du dôme monumental et des flamboyantes colonnes de marbre. Green Man ouvrit le premier livre de la pile et ressentit alors la même soif qu'un étudiant acharné abordant la dernière ligne droite de sa thèse de doctorat. Son tout dernier coup approchait, et il était pleinement conscient de s'apprêter à formuler au monde sa lettre d'adieu – il lui fallait donc trouver les mots justes.

Il suivait le même mode opératoire que pour les six actions précédentes. Il commençait par s'informer sur sa cible avant de s'intéresser à la manière de l'atteindre. Il connaissait déjà beaucoup de choses sur la fracturation, et la lecture d'aujourd'hui serait principalement une recherche de fond sur les tenants et les aboutissants de l'industrie pétrolière. Il avait besoin de se faire une idée avant d'émettre un jugement et de se donner les moyens de l'appliquer.

Si ce septième plan prenait forme pour de bon, il allait se confronter à l'une des plus riches et des plus puissantes industries du monde, et aussi l'une des plus symboliques de l'Empire américain. Il allait défier les techniques les plus avancées, les plus aguerries, des systèmes de sécurité à la pointe de l'innovation. Ils étaient d'ores et déjà en alerte rouge dans le cadre de la chasse à l'homme dont il était l'objet. Il était également conscient qu'il ne pourrait éviter de sacrifier des travailleurs innocents qui, pour simplement nourrir leur famille, avaient dû passer de longues et laborieuses années au cœur des étouffants gisements du Texas.

Avant de se plonger dans les livres, Green Man joignit ses mains comme pour prier en silence, levant les yeux vers le dôme alvéolé, au moins trente mètres plus haut. Il était orné d'une fresque vieille d'un siècle évoquant l'évolution de la civilisation. Ses douze personnages ailés symbolisaient les douze civilisations qui étaient censées avoir le plus nettement contribué au progrès universel. L'Égypte ouvrait le bal ; il se concluait avec cette arrogante petite dernière qu'était l'Amérique. Celle-ci était représentée sous les traits d'un technicien se tenant à côté d'un générateur électrique, symbolisant la façon dont les énergies émergentes avaient transformé la technologie au tournant du XXe siècle, et ainsi remodelé le monde. C'était là le point de départ des recherches de Green Man, remontant jusqu'aux audacieuses décennies 1870 et 1880. Ces années où l'Amérique bruissait de la passion et de l'enthousiasme – pour ne pas dire de l'avidité – d'ingénieurs et de géniaux bricoleurs débordant d'inventivité créatrice pour donner naissance à une série d'innovations qui ressemblaient à autant de miracles : Bell avec son téléphone, Glidden avec son fil barbelé, Edison avec son ampoule électrique et son phonographe.

Mais il existait alors un défi qui surpassait les autres, sur tous les plans : l'exploitation du pétrole, cet or liquide contenu sous la surface de la Terre, patiemment collecté dans ses gisements naturels depuis des millions d'années. C'est dans les années 1880 qu'on commença à creuser les premiers puits, en Pennsylvanie. Ils descendaient tout droit vers des gisements de petite taille, et leur rendement était modeste. Les hommes qui les avaient creusés savaient qu'il existait de plus importantes réserves de pétrole et de gaz dans les couches sédimentaires alentour, mais se demandaient encore comment les libérer.

Edward Roberts, qui en tant que vétéran de la guerre de Sécession avait pu constater les effets des tirs confédérés dans les tranchées étroites de Fredericksburg, imagina l'envoi d'explosifs dans les entrailles de la Terre pour briser les couches rocheuses, et ainsi permettre au pétrole liquide de s'écouler pour ensuite être aspiré en surface. Il fut le premier à breveter un modèle de torpille souterraine, et devint ainsi le père du forage profond.

Les méthodes de Roberts bénéficièrent ensuite des améliorations de générations et de générations de techniciens, expérimentant de multiples mélanges d'explosifs pour obtenir le meilleur moyen de faire jaillir un maximum de pétrole. En 1949, la société Halliburton fit le pari de troquer les explosifs contre un système d'injection de liquide hautement pressurisé sous la surface de la Terre pour faire éclater la roche et libérer ses précieux trésors. Cette méthode innovante de « fracturation hydraulique » eut son petit succès, mais son faible rendement en faisait un procédé trop coûteux.

Dans les années 1970 puis 1980 se développa le sentiment que l'industrie pétrolière américaine, autrefois florissante, avait atteint son pic. On recourait de plus en plus à l'importation de combustibles. Mais les choses prirent un tout autre tournant par la suite. Dans les années 1990, l'industrie retrouva son dynamisme grâce à deux innovations qui permirent d'exploiter les vastes réserves de schiste.

Premièrement, le forage horizontal permit aux techniciens de creuser droit dans la roche puis de « tourner » le puits à quatre-vingt-dix degrés parallèlement à la surface, afin de lui faire traverser de larges dépôts. Deuxièmement, on améliora drastiquement les produits utilisés pour la fracturation hydraulique, car on avait découvert le meilleur dosage possible d'eau, de sable et de produits toxiques permettant d'accéder aux formations de schiste. Ce fut alors, pour l'Amérique entière, un véritable rebond pétrolier. Et le Bassin permien, à la frontière du Texas et du Nouveau-Mexique, se vit hissé à la deuxième place des gisements les plus productifs au monde, devancé seulement par le champ de Ghawar en Arabie saoudite. Mais ce retour triomphal de l'Amérique sur le devant de la scène pétrolière mondiale se fit au prix de dégâts considérables sur l'environnement. Voilà ce qu'il devait juger.

Plus Green Man avançait dans ses lectures, plus il était perturbé par le pacte avec le diable signé par l'industrie pour engranger des milliards de dollars et remonter la pente tout en minant dans le plus grand secret le manteau terrestre, les réserves d'eau et même l'atmosphère. Il apprit comment les tremblements de terre s'étaient multipliés aux environs des zones de forage dans le Kansas et l'Oklahoma, des territoires pourtant épargnés jusqu'alors. Il put remarquer plusieurs liens de corrélation statistique entre les activités de forage et de nombreux problèmes de santé majeurs, de la vague de fausses couches en Pennsylvanie aux cancers du sein qui proliféraient au Texas. À chacune de ces études venait répondre une contre-expertise et, pour chaque argument s'opposant au forage, l'industrie sortait de sa manche ses propres études statistiques. Ou même de prétendues « nouvelles techniques sans danger » qui allaient « résoudre tous les problèmes »...

Les chercheurs et les lobbyistes qui élaboraient ces contre-argumentations recevaient en retour de juteux salaires.

Green Man haïssait tout particulièrement la poignée d'anciens écologistes qui avaient vendu leur âme et se faisaient désormais les apôtres de la florissante industrie du gaz et du pétrole. Il supposait qu'un cercle entier de l'enfer leur était réservé.

Le crépuscule grandissant, et le nombre d'étudiants autour de lui diminuant, Green Man se concentra sur les deux dangers qui le terrifiaient le plus, car ils apparaissaient comme quasi irréversibles : la menace sur les nappes phréatiques et la menace sur l'atmosphère. Il savait à quel point l'eau allait, bientôt, devenir un bien précieux – au cours des prochaines décennies, des millions de personnes mourraient et des guerres seraient livrées à mesure que les réserves diminueraient.

Chaque jour aux États-Unis on dénombrait des centaines de nouveaux puits, et la fracturation hydraulique nécessitait entre un et cinq millions de gallons d'eau pour chacun d'entre eux. Quels seraient les effets à long terme de ces tunnels à travers les nappes phréatiques et au-delà, les effets du forage sous les lacs et les réserves, sous les villes, et même sous l'étendue encore immaculée de l'océan Arctique ? On pouvait installer tous les garde-fous possibles et imaginables, comment assurer un réel contrôle sur ces mélanges toxiques qui permettaient aux techniciens de traverser la roche, des mélanges qui ensuite s'écoulaient sous la surface de la Terre ou en émergeaient sous forme de reflux ?

Green Man se mit à considérer ces reflux – un cocktail sans cesse évolutif de produits mortels – comme étant non seulement une partie du problème, mais aussi une arme potentielle. La plupart de ses attaques, celle contre le barrage Boon par exemple, s'étaient appuyées sur les faiblesses inhérentes à ses cibles pour causer le maximum de dégâts. Là, il lui apparut très vite que le produit du reflux était le plus souvent stocké en ballons et en accumulateurs à proximité des gisements pétrolifères. À cause de cette concentration de composés volatils, ces réserves étaient hautement inflammables. Une bombe dans l'attente du détonateur.

Le point qui le tracassait le plus concernait les dégâts causés dans l'atmosphère, qui risquaient de rendre le changement climatique irréversible : les procédés d'extraction rejetaient dans l'air d'énormes quantités de méthane, un puissant gaz à effet de serre trente fois plus dangereux pour l'atmosphère que le dioxyde de carbone.

Et même si on parvenait à faire abstraction de ce phénomène, il restait un danger plus grand encore, plus insidieux. Non sans ironie, le pétrole et le gaz naturel parvenaient à se faire passer pour des énergies plus « propres » – car moins nocives pour l'atmosphère – que le charbon. Présentées par les industriels comme des « énergies de transition », elles étaient censées fournir l'étape incontournable entre l'« énergie sale » du charbon et les « énergies propres » comme le solaire et l'éolien. Mais Green Man flairait le danger tapi derrière ce postulat, la malédiction jetée sur la planète par les sirènes de cette voie médiane. Si c'était une transition, elle menait droit au néant. Le dérèglement climatique était trop sérieusement avancé : il ne restait que peu d'années pour changer radicalement d'approche et abandonner tout combustible fossile avant que sonne le glas de notre civilisation. Il fallait exposer ce danger aux yeux de tous, stopper les forages sans délai.

Ses lectures menées à leur terme, Green Man ressentit à la fois le fardeau de sa décision et la certitude de sa nécessité.

C'était le choix parfait pour mettre un terme à sa mission, la sortie de scène idéale, l'ultime avertissement adressé au monde. Il mit quelques livres de côté pour le lendemain et écarta les autres – il n'y aurait aucune trace de la sélection effectuée. À sa sortie de la bibliothèque, la petite pluie était en train de se transformer en un véritable déluge et, sans parapluie, il la laissa se déverser sur ses épaules. Le tonnerre gronda, les éclairs s'abattirent sur la ville.

Le fonds de la bibliothèque du Congrès était sans équivalent, mais il y avait une autre raison pour laquelle Green Man avait choisi de passer par Washington avant chaque mission. C'était la ville des hommes et des femmes qui dirigeaient le pays. Certes, il était comme tétanisé à l'idée d'approcher de si près ceux qui le traquaient, mais être en mesure d'apercevoir la façade nord de la Maison-Blanche, surplombée de son drapeau américain agité par le vent, avait quelque chose d'absolument électrisant. Tandis qu'à l'intérieur ronflait à poings fermés un président qu'il abhorrait, Green Man passait des nuits sans sommeil, préoccupé par la possibilité d'être arrêté, mais surtout par la destinée du monde.

Il dîna, seul, avant de retourner à son hôtel. Il appela Sharon, parla aux enfants, puis prit un bain chaud et un somnifère – tout en sachant que si près de ses ennemis il ne pourrait fermer l'œil. La nuit, lorsqu'il sentait monter la peur, il s'allongeait – sur un lit, sur le sol – et cherchait refuge dans l'espérance. Il avait une rêverie qu'il réservait à ces situations, et qu'il se figurait comme l'équivalent environnemental d'« Imagine », la chanson de John Lennon.

Cette fois-ci encore, il resta éveillé dans la pénombre, à imaginer une Terre où, cent ans plus avant dans le futur, l'humanité aurait triomphé de la crise actuelle. Les menaces accumulées ayant atteint un point de non-retour, les Terriens de tous horizons avaient fini par réaliser la gravité de la situation et par pousser les gouvernements et les entreprises à modifier leur comportement. Dans son rêve, une lame de fond soudaine, populaire, militante et déchaînée avait sauvé le monde. À la toute dernière minute.

On avait radicalement réduit les émissions de gaz à effet de serre, ce qui avait stoppé le réchauffement climatique. On procédait au contrôle de la population, on préservait et rationnait l'eau potable. On avait mis un terme à la surpêche, au chalutage par le fond qui ravageait les océans, permettant ainsi aux poissons et aux coraux de prospérer à nouveau. On voyait le dos des baleines nageant dans des océans débarrassés du plastique. Ailleurs, des ours polaires chassaient le phoque sur de vastes étendues glacées.

Green Man ajouta à ce tableau des cités au ciel dégagé de toute particule fine, ainsi qu'une campagne immaculée, des champs où l'abondance des récoltes ne devait rien aux manipulations génétiques, et qui devaient ressembler aux vastes étendues de la Grèce antique. Les parents transmettaient à leurs enfants leur sensibilité à la beauté de ce monde qu'ils avaient sauvé, mais aussi la conscience qu'ils s'étaient trouvés à deux doigts de le réduire en cendres. Ce monde du futur était gouverné par des humains responsables et bienveillants, qui chérissaient la planète et avaient la sagesse et les connaissances nécessaires à son salut et à sa perpétuation.

Mais pour que ce monde advienne, l'humanité allait devoir vite, très vite retrouver ses esprits. Il fallait montrer aux gens qu'il était possible d'agir pour changer les choses, même si cela impliquait de grands sacrifices. Selon lui sages mais prudentes, les masses avaient besoin de quelqu'un qui saurait incarner la prise de risque nécessaire. Quelqu'un qui assumerait les périls majeurs, qui saurait agir radicalement en restant sourd aux arguments de la modération, et mettrait chacun sur le chemin d'un activisme déterminé.

Était-ce de la folie, ou bien la seule façon d'avancer ? Avait-il hérité d'une mission, ou avait-il perdu la raison ? Green Man s'était déjà posé ces questions des centaines de fois. Même s'il n'aurait su y répondre avec certitude, il sentait la vérité au fond de son cœur. Autour de lui dormait toute une ville de décideurs, mais il se leva avant l'aube pour parcourir les rues encore sombres de la capitale, saisi par un sens du devoir et de la destinée qui ne le laissait jamais tranquille.

20

La cellule de crise ne connaissait ni jour ni nuit. Dwight se frotta les yeux pour tenter de rassembler ses esprits. Jamais il n'avait vu un hangar de ce genre, une telle surface remplie d'écrans, de gadgets technologiques, d'experts et d'enquêteurs parmi les meilleurs de tout le pays. Il hallucinait d'être ici avec eux. Surtout, l'idée d'être l'improbable centre de leur attention l'effrayait – et pas qu'un peu.

Il était observé à distance par tout un petit attroupement. C'était comme si les deux agents qui l'avaient rencontré à Destry, Tom et Earl, ne l'avaient jamais quitté des yeux. Tom et son sourire encourageant, Earl et son attitude calculée et mesurée. Autour d'eux s'était formée une équipe à la géométrie sans cesse variable. Il y avait une grande et jeune Afro-Américaine, une petite Asiatique, et un homme gigantesque, plus âgé, qui s'était simplement présenté comme « Jim Brennan » en lui tendant sa carte de visite, avant de le gratifier de ces quelques mots : « Merci pour votre aide, si vous avez besoin de quoi que ce soit – du café, six heures de sommeil pourri sur un vilain lit de camp, n'importe quoi –, demandez Jim Brennan, de jour comme de nuit. »

Dwight dut d'abord s'entretenir avec une jeune dessinatrice de la police. Sauf qu'elle ne dessina rien du tout : elle manipula en virtuose un jeu d'images sur son écran, pour s'approcher progressivement du visage que Dwight avait pu observer à travers la vitre de la fourgonnette. Les yeux et le front lui étaient restés cachés, mais il avait pu voir sa nuque, ses pommettes ciselées et sa mâchoire broussailleuse. Sous l'impulsion des questions de l'artiste, il fut en mesure de décrire la bouche qui lui avait répondu, l'épaisseur des lèvres, l'alignement parfait des dents, l'aile du nez aquilin qui disparaissait dans l'ombre de la visière. Graduellement, patiemment, l'image sur l'écran prenait de plus en plus précisément la forme de cette moitié de visage que Dwight avait entraperçue une semaine plus tôt.

Ce fut ensuite le tour d'un expert en automobile, doté d'un vague accent européen et assis devant son écran géant où, pendant ce qui lui parut être des heures, se mirent à défiler des modèles de fourgonnettes noires. On les lui montrait selon l'angle exact sous lequel il avait pu voir le véhicule de l'inconnu : d'abord par-derrière, lorsqu'il avait pris son sillage, puis de plus près, en avançant vers l'avant, comme lorsqu'il s'en était approché. D'un modèle à l'autre, l'expert attirait son attention sur de petites différences. Une fois qu'il eut passé en revue ces différences, Dwight avait été en mesure d'écarter une douzaine de modèles et d'en classer cinq dans une liste qui allait de « possible » à « très probable ».

On conduisit alors à l'intérieur du hangar le véhicule qui avait la meilleure cote : un GMC Savana noir vieux de dix ans. Un agent de grande taille, qui ressemblait particulièrement au conducteur approché, s'installa à l'avant, avec sur sa tête une casquette baissée pour cacher son regard. Dwight, mal à l'aise, s'assit sur un tabouret et leva les yeux vers lui, à travers la vitre teintée et à moitié ouverte. Les deux hommes avaient chacun une tablette où s'affichait leur dialogue, tel qu'il s'en souvenait. Le texte était retranscrit comme un scénario et ils y étaient désignés à tour de rôle comme « Dwight » et « le Conducteur ».

Ils répétaient le script encore et encore, comme sur un tournage de cinéma, ce qui permit à Dwight de constater que plus ils recommençaient, plus les mots précis lui revenaient. Une agente, aux airs de femme de lettres, les dirigeait à la manière d'une professeure d'art dramatique, en les interrompant, en le questionnant, peaufinant ainsi le texte sur la tablette au fur et à mesure que Dwight en affinait les tournures et en remplissait les trous. À côté d'elle se tenait un homme plus âgé, qui de temps à autre s'avançait pour demander à Dwight de préciser les nuances dans la prononciation de tel mot, en le lui répétant de deux ou trois manières différentes et en observant ses réactions.

« Vous lui avez donc dit qu'il n'y avait pas grand-chose à voir sur la route 55, et puis vous lui avez demandé ce qu'il était venu chercher exactement, et là il vous a dit qu'il était artiste ?

– Oui, m'dame.

– Et qu'il aimait la couleur des collines ?

– C'est ça, m'dame.

– Essayez de prononcer les mots. »

Dwight regarda à travers la vitre du conducteur et s'humecta les lèvres. Il essayait de paraître naturel.

« Pas grand-chose à voir, le long de la 55. Vous cherchiez quoi, exactement ? »

L'agent qui incarnait l'automobiliste regarda sa tablette et répondit :

« Je suis artiste. J'aime beaucoup la couleur des collines. »

Dwight prit une seconde de réflexion et se tourna vers l'agente.

« Je ne crois pas que c'était "artiste", le mot. Je pense qu'il a dit "peintre".

– Vous en êtes sûr ?

– Absolument. C'était "peintre". »

Elle nota le mot « peintre » sur son fichier numérique, et ce mot apparut instantanément sur la tablette de Dwight comme sur la version qu'affichait le grand écran que contemplaient la douzaine d'agents, à cinq mètres de là.

Brennan se pencha vers Tom.

« Green Man serait donc peintre ? Ou alors un menteur extrêmement précis ?

– La question était inattendue. Et puis, les menteurs les plus aguerris s'appuient toujours sur la vérité, répondit Tom. Il a parlé de la couleur des collines, et pour être allé sur cette route je veux bien mordre à son truc. Le type qu'on recherche est ingénieur et peintre.

– Green Man de Vinci ? suggéra Grant avec sa malice coutumière.

– C'est un peu l'idée, mais quand même pas un *aussi* bon peintre. » Ils avaient tous le regard rivé sur Dwight, qui lui-même louchait sur sa tablette en se frottant les yeux. « Vous devriez le laisser se reposer un peu, suggéra Tom à Brennan. Ce jeune homme est debout depuis presque quarante heures d'affilée...

– Ce n'est pas comme s'il allait dormir huit heures et se réveiller d'un coup avec une mémoire toute fraîche, intervint Grant. Ça fait déjà une semaine. Le moindre délai, la plus petite interruption, c'est un risque supplémentaire qu'il perde des informations et que ses souvenirs lui fassent défaut. À supposer qu'il s'agisse bien de *vrais* souvenirs... »

Brennan hésita, observant le jeune policier qui à l'évidence était épuisé.

« Une fois qu'ils en auront fini avec ce script, on marquera une pause de cinq heures. Avant de l'envoyer dormir, nous devrions lui présenter l'option de l'hypnose. » Brennan s'arrêta un instant, regarda leurs visages et précisa : « L'idée de l'hypnose peut lui faire peur. Il faut que ce soit fait avec son plein accord, alors laissez-moi lui présenter les choses moi-même.

– Je n'ai rien contre l'hypnose, sauf que les résultats restent sujets à controverse et que nous risquons de perdre du temps en fausses pistes, avança prudemment Grant. A-t-on vraiment intérêt à suivre ce chemin dans l'espoir de confirmer ce qui n'est finalement qu'une série d'intuitions, vu tout ce qu'on a déjà dépensé sans aboutir au moindre indice utile ou fiable ? »

Brennan lança un regard à Earl – les deux hommes n'eurent pas besoin d'échanger le moindre mot.

« Dans cinq heures on tente l'hypnose », dit Brennan.

21

Dans son bureau au dixième étage, Brennan serrait ses larges mains au fond des poches de son pantalon gris, terminant le rapport téléphonique qu'il était en train de faire à la procureure générale. Elle-même venait de s'entretenir avec le président, qui apparemment n'était pas d'humeur badine.

Haviland, le directeur du FBI, était également en ligne, à écouter Brennan exposer la brèche potentielle – bien que la procureure ne semblât guère impressionnée.

« Donc ce flic du Nebraska aurait peut-être, ou peut-être pas, abordé Green Man il y a une semaine ? Le président a parcouru quelques-uns des rapports et reste dubitatif. Tout comme moi, d'ailleurs.

– La chronologie coïncide à la perfection, et rien, de son apparence physique au modèle du véhicule, ne contredit nos projections, nota Brennan. Mes meilleurs agents s'accordent à dire qu'il s'agissait probablement de lui.

– Admettons qu'ils aient raison. Qu'est-ce que ce flic vous

a dit sur Green Man qui puisse faire significativement avancer vos recherches ?

– On se concentre sur le Michigan, désormais », fit remarquer Haviland.

Brennan espérait que son directeur – dont l'expérience de terrain laissait à désirer – s'en tiendrait là.

« C'était déjà le cas avant, objecta la procureure avec raison.

– Nous nous intéressions à trois ou quatre États, précisa Brennan, mais désormais l'un d'entre eux a clairement notre préférence. Par ailleurs, cet officier nous a largement aidés à préciser le profil du véhicule. Nos agents sont déjà en train de faire du porte-à-porte, signalement et portrait-robot en main, à la recherche de fourgonnettes de ce genre et de leurs propriétaires. Nous vérifierons tous les modèles du Michigan s'il le faut.

– Et ça en fait combien ?

– À peu près vingt mille, reconnut Brennan.

– Et si le véhicule a été volé, ou s'il était immatriculé dans un autre État ? questionna-t-elle.

– Nous savons qu'il était immatriculé dans le Michigan. Nous connaissons même son premier chiffre.

– Un chiffre qu'il a pu trafiquer. Et cet autocollant que votre flic vous a dit avoir aperçu, il était apparemment trop petit pour que le motif lui revienne. Donc, qu'avons-nous de tangible ?

– De petits éléments, mais qui pourraient s'imbriquer bientôt, répondit Brennan. Pour l'instant, nous ne pouvons pas faire mieux.

– Moi non plus, je ne vais pas pouvoir faire mieux… pour vous », répliqua la procureure générale sur le ton de la menace. Elle laissa passer quelques secondes avant de poursuivre : « Le président envisage de transférer l'affaire au département de la Sécurité intérieure, entre les mains de Carnes. »

Brennan, occupé à contenir sa colère, ne dit mot.

« Meg, je ne pense pas que ce soit la meilleure solution, ni la plus légitime… tenta Haviland.

– C'est le droit national qui est en jeu, s'empressa de préciser Brennan. Toutes les cibles se trouvaient sur le territoire, et tous les précédents depuis des dizaines d'années nous indiquent que…

– Les enjeux mettent au défi la sécurité nationale mais aussi internationale, l'interrompit la procureure. Au vu de leur ampleur, le président considère que l'affaire pourrait relever de la Sécurité. Pour tout dire, il se contrefiche du protocole et de la procédure. Il est juste extrêmement contrarié. Il bouillonne, il trépigne. Et tout le monde sait que la patience n'est pas sa qualité première.

– Ce n'est pas la mienne non plus, dit Haviland, ni celle de Jim Brennan. Nous avons pleinement conscience de l'urgence. Tout ce qui doit être fait, nous le faisons. Nous y arriverons.

– J'avais misé sur vous, dit-elle en choisissant ostensiblement le passé. Si vous avez besoin de quelque chose, dites-le-moi.

– Nous n'y manquerons pas, promit Haviland. Autre chose, Jim ? »

Brennan hésita, car la question qu'il rechignait à poser avait un goût amer. Il s'y résolut néanmoins :

« A-t-il précisé à quel moment il comptait se tourner vers Carnes ? »

Toute la carrière de la procureure générale s'était construite sur son intelligence, et sur une franchise qui faisait que les plus misogynes de ses contradicteurs – tout comme une bonne partie des médias – l'appelaient volontiers « la peau de vache ». Brennan, quant à lui, l'avait toujours considérée comme quelqu'un d'honnête et digne de confiance. C'est sur un ton parfaitement neutre qu'elle lui répondit :

« Il vous reste moins d'un mois, ensuite vous serez hors jeu.

– OK, répondit Brennan. Merci de cette précision. »

Elle n'en avait pas encore terminé avec eux. On pouvait sentir la frustration dans sa voix, comme si en sortant de la Maison-Blanche elle avait emporté l'impatience de son patron – ainsi qu'une pincée de son vocabulaire fleuri.

« Green Man est toujours en liberté, pas besoin de plus de précisions. Et il est sûrement en train de préparer sa prochaine frappe. Son arrestation pourrait bien faire basculer l'élection. Mais si c'est lui qui tire son épingle du jeu, c'est dans l'autre sens que ça va basculer. La partie est tellement serrée... et voilà ce gugusse, là, qui devient une sorte de héraut du peuple, un symbole de ralliement à la noix... Celui qui a le plus à gagner ou à perdre là-dedans, c'est l'homme qui m'emploie. Et il a besoin de résultats immédiats.

– Jim et moi-même avons parfaitement conscience de l'urgence, dit Haviland. Nous y retournons tout de suite, et nous rapporterons des résultats. Je vous appellerai personnellement dès que nous aurons l'écho d'une bonne nouvelle, de jour comme de nuit.

– Alors réveillez-moi avec de bonnes nouvelles », répondit la procureure générale avant d'indiquer à Haviland de rester en ligne et de donner congé à Brennan.

Brennan, son téléphone éteint, se mit à observer les éclairs au-dessus du dôme du Capitole. On ne pouvait apercevoir la Maison-Blanche qu'en regardant de biais. Il resta parfaitement immobile, à contempler la pluie le long de la vitre. Dans cette ville tout était politique, Brennan le savait d'expérience. Mais il savait aussi que, lorsque les calculs politiques se mêlaient aux enquêtes policières, la pente devenait glissante. Et elle menait droit à l'enfer.

On frappa à la porte.

« Ouais ? »

Tom entra.

« La transe a commencé. »

Brennan se détourna de la fenêtre et ne fit apparemment pas assez d'efforts pour masquer sa nervosité, car le jeune agent lui demanda :

« Tout va bien, monsieur ? »

Brennan répondit par une question, pas seulement pour changer de sujet :

« Vous pensez que c'est bien Green Man que ce flic a rencontré ?

– Parfaitement, répondit Tom. Ce serait, euh, complètement idiot de penser le contraire à l'heure qu'il est. »

Brennan hocha la tête.

« Le pensionnaire de la Maison-Blanche a des doutes, lui.

– Voilà. Exactement ce que je disais. »

Du haut de son imposante stature, Brennan esquissa un sourire.

« C'était du bon boulot, d'aller pêcher ce flic, là-bas dans le Nebraska. Earl a été impressionné par votre flair, alors qu'il n'est vraiment pas du genre impressionnable. »

Tom hésita un peu avant de répondre :

« Il fume trop.

– Ouais, je sais. J'étais là, à son mariage. Sa femme avait… quelque chose de spécial. Tous les deux, ils avaient un truc. » Brennan scruta la jeune recrue. « Vous avez fait un peu de sport depuis la Floride ? Soulevé de la fonte ?

– Oui, et pas mal de natation surtout. J'ai besoin de m'en tenir à un programme, ça m'aide à combattre le stress, même quand je dois travailler en pleine nuit. À la fac, j'allais souvent nager de nuit.

– Alors comme ça, vous n'êtes pas *seulement* un intello. Et cette coupe de cheveux, c'est quoi ?

– Disons que le charcutier du village s'est trompé de profession.

– Et ce pantalon à pinces ?

– J'ai remarqué que s'habiller comme tout le monde facilitait les approches.

– Ne le prenez pas mal, le prévint Brennan, mais vous commencez vraiment à me rappeler votre père. »

Tom lui renvoya son regard.

« Nous devrions aller assister à la séance, monsieur. »

Sortant du bureau de Brennan, ils traversèrent le couloir, absolument désert à cette heure de la nuit.

« Vous croyez que Green Man habite dans le Michigan ? demanda Brennan tout bas.

– C'est ce que je pense, monsieur. Mais selon l'expert en langues, ce n'est pas là-bas qu'il a grandi. Son débit et son vocabulaire seraient plutôt de la Nouvelle-Angleterre.

– Vous avez un avis sur cet autocollant à l'arrière du véhicule ?

– Aucun. Green Man n'est pas du genre à nous donner des billes comme ça.

– Vous le croyez infaillible, mais il ne l'est pas. Tout le monde finit par trébucher, on a tous une faille. On réussit l'impossible, mais on laisse passer un détail évident : voilà le genre de choses qui arrive.

– Un autocollant sur le pare-chocs ?! Jamais Green Man ne laisserait passer ça.

– J'en ai une paire, sur ma propre voiture, depuis tellement longtemps que je ne les remarque plus », affirma Brennan.

Ils arrivèrent devant une porte que Tom ouvrit, pour laisser d'abord Brennan entrer. À sa suite, il pénétra dans une salle d'attente. En face d'eux se trouvait une porte double, mais Brennan emprunta une entrée latérale qui les fit déboucher dans une petite salle d'observation insonorisée donnant, à travers un miroir sans tain, sur la vaste pièce principale. Brennan salua d'un signe de tête les agents Grant et Lee.

Dans la grande salle, on pouvait voir le jeune flic du Nebraska allongé dans un fauteuil incliné, les mains posées sur les accoudoirs. Dans un élégant costume noir, le docteur Singh, un homme de petite taille aux cheveux grisonnants, était assis à sa droite et lui soufflait d'une voix vibrante :

« … vous approchez de sa fourgonnette, vous pouvez sentir l'odeur du buis, du sable… qu'entendez-vous ? »

La réponse mit plusieurs secondes à arriver. Le débit de Dwight était saccadé, comme s'il devait d'abord traduire les questions, et que ses réponses arrivaient à contretemps.

« Des sauterelles… dans les buissons.

– Que ressentez-vous ?

– Le soleil… le vent, sur mon visage.

– Entendez-vous le bruit de vos pas ?

– Oui.

– Sur quel type de surface marchez-vous ?

– Du gravier.

– Vous êtes maintenant en train de vous approcher de la fourgonnette. Voyez-vous un rétroviseur sur le côté ?

– Oui.

– Voyez-vous le conducteur vous regarder à travers ?

– Non. »

Le psychiatre avançait systématiquement du général vers le particulier, en faisant attention de ne jamais imposer sa vision ni diriger les réponses.

« Regardez bien le rétroviseur latéral. De quelle forme est-il ?

– Il est rond.

– Pouvez-vous voir ses yeux, à travers ce rétroviseur rond ?

– Non.

– Donc vous ne voyez pas de quelle couleur ils sont ? »

Silence.

« Mais l'arrière du véhicule, vous le voyez plus précisément maintenant que vous vous approchez ?

– Oui.

– Vous vous approchez de la fourgonnette par l'arrière, du côté gauche. Vous vous approchez encore plus près. Vous voyez la plaque d'immatriculation. De quelle couleur est-elle ?

– Blanc et bleu.

– Des lettres bleues sur un fond blanc ? »

Un temps. Puis :

« Je ne vois pas de lettres.

– Des chiffres bleus sur un fond blanc. Vous nous avez dit que le premier chiffre était un sept ?

– Oui.

– Quel chiffre voyez-vous juste après le sept ?

– Je ne sais pas.

– Ce sont des images enregistrées, comme dans un film, affirma le docteur Singh tout en douceur, sans la moindre variation dans le ton. Le projecteur les passe maintenant au ralenti. Nous faisons un arrêt sur image, sur la plaque d'immatriculation. Nous la regardons maintenant au téléobjectif. L'image devient plus proche et plus nette. Quel chiffre voyez-vous, juste après le sept ? »

Assis, le jeune flic était parfaitement immobile, le regard dans le vague.

« C'est un chiffre arrondi.

– Vous fixez toujours ce chiffre arrondi. Lorsque vous m'entendrez le nommer, vous lèverez l'index droit. Est-ce zéro ? Un ? Deux ? Trois ? Quatre ? Cinq ? Six ? »

L'index de Dwight se décolla sensiblement du bout de l'accoudoir.

Tout le monde se tut à l'intérieur de la salle d'observation.

« Putain, il est doué, lâcha Grant, brisant le silence qui s'était installé dans la salle d'observation.

– Vivaan est le meilleur de tous », approuva Brennan à voix basse, alors même que la salle était parfaitement insonorisée.

Dans la salle d'examen, le docteur Singh n'exprimait aucun sentiment, ni approbation ni désaveu. Il poursuivait, de sa voix sonore, la lancinante litanie de ses questions :

« Quel chiffre vient juste après le six ?

– Je ne vois pas.

– Nous regardons toujours au téléobjectif. Le premier chiffre est un sept. Le deuxième chiffre est un six. Levez votre doigt lorsque je prononce le troisième. »

Le docteur énuméra les chiffres de zéro à neuf, mais le doigt resta en place.

« Ce chiffre est-il droit ou courbe ? »

Silence.

« La caméra pivote vers la droite, vers le pare-chocs, vers l'extrémité droite du pare-chocs. Il y a un petit autocollant. Faisons un arrêt sur image. Nous observons cet autocollant au téléobjectif. L'image devient plus grande. L'image devient plus nette. Pouvez-vous voir cet autocollant ?

– Oui.

– Quelle est la forme de cet autocollant ?

– Un carré.

– De quelle couleur est-il ? »

Silence.

« Sa couleur est-elle claire ou foncée ?

– Claire. Elle est un peu passée.

– Sur ce carré de couleur claire un peu passée, il y a une image. Nous observons cette image à travers notre téléobjectif. L'image devient plus nette. »

Les doigts du jeune flic se crispèrent sensiblement sur le fauteuil.

« Pouvez-vous voir l'image qui se trouve sur l'autocollant ? »

Dans un souffle :

« Oui.

– Décrivez ce que vous voyez.

– Une tête.

– Quelle sorte de tête voyez-vous ? Décrivez cette tête. »

Dwight laissa palpiter ses lèvres, mais sans produire aucun son.

« Approchons-nous d'un pas encore. Cette tête, sur l'autocollant, elle vous regarde. Quelle sorte de tête est en train de vous regarder ? »

Dwight s'était mis à trembler. Il finit par expulser une seule syllabe :

« Dents.

– La tête qui vous regarde, elle a des dents ?

– Oui.

– Décrivez ces dents. De quelle sorte de dents s'agit-il ? Pourquoi les avez-vous remarquées ? »

Le jeune flic tremblait de plus belle. Malgré la climatisation, il transpirait.

« Au-dessus de vous le soleil brille, dit le docteur Singh comme pour le rassurer. Vous avancez sur le gravier. Vous l'entendez crisser sous vos pas. Vous sentez l'odeur du buis au bord de la route, vous sentez la brise matinale souffler sur votre nuque et sur vos bras. »

Dwight sembla légèrement se détendre.

« Vous pouvez voir la tête avec ses dents, dans le carré aux couleurs passées de l'autocollant sur le pare-chocs. Nous la regardons au téléobjectif. L'image devient plus nette. Décrivez cette tête que vous voyez. Pourquoi avez-vous remarqué ces dents ? Qu'ont-elles de remarquable ? »

Un long silence, douloureux.

« Voyez-vous d'autres traits de ce visage, en dehors de ses dents ? »

Toujours rien.

Dwight laissa son bras droit quitter l'accoudoir, flotter un temps dans le vide puis s'arrêter net.

« Montrez-nous la tête sur l'autocollant du pare-chocs, avec votre index droit. »

Dwight replia quatre doigts.

« Votre index est pointé droit vers cette tête. Vers quelle sorte de tête votre index droit est-il pointé ? Qu'est-ce qui est en train de vous regarder en montrant les dents ? »

Une poignée de secondes disparurent. L'index de Dwight

frémit légèrement, pointant le vide mais aussi l'endroit où se reconstruisait sa mémoire. Très doucement, il dit :

« Un blaireau.

– C'est la tête d'un blaireau, avec son museau, qui est en train de montrer ses dents pointues ?

– Oui. »

Dans la salle d'observation, Grant avait déjà lancé une recherche sur son clavier, et l'agent Lee pianotait un numéro sur son téléphone.

Tom lança un regard dubitatif à Brennan en secouant la tête.

« Je n'arrive pas à y croire. Impossible que Green Man ait laissé un putain d'autocollant sur son van avant de partir en mission. Surtout un autocollant qui nous en dit autant…

– Ça ne nous dit pas grand-chose, en fait, le coupa Grant d'une voix basse en scrutant son écran. Il y en a plus de deux mille, dans le Michigan, des écoles et des équipes qui ont un blaireau pour mascotte. »

22

Tout en grimpant à travers North Woods, alors que le ciel s'assombrissait au-dessus de ces lieux désertés, ils discutaient de la toxicité du contenu des réserves de reflux. Peut-être le sujet de conversation le moins romantique au monde, et pourtant chacune de ces minutes passées ensemble était chargée d'émotion. Cela faisait presque trente ans qu'ils étaient devenus amants – puis amis et alliés clandestins – et ils savaient bien qu'ils ne se reverraient plus jamais.

Même lors des week-ends les plus propices aux touristes, le havre vallonné et boisé du quart nord-ouest de Central Park était assurément peu fréquenté – à l'exception de quelques rares amoureux des oiseaux –, mais en cet après-midi frisquet de pleine semaine où on sentait poindre l'averse, ce décor qui rappelait les paysages des Adirondacks s'offrait à eux et à aux seuls. Difficile de croire qu'ils se trouvaient au cœur de Manhattan, et non cinq cents kilomètres plus au nord, sauf lorsque du sommet d'une colline se laissaient entrevoir les façades grises des gratte-ciel, flottant comme des fantômes au-dessus des arbres.

Deux jours durant, Green Man avait arpenté en visiteur la bibliothèque de sciences et d'ingénierie de l'université Columbia. Il avait lui-même déniché les revues dont il avait besoin, puis avait pris soin de les remettre à leur place sans laisser la moindre trace de ses recherches. Il était convaincu désormais que ce liquide nommé reflux constituait le meilleur moyen d'attaquer les gisements. Quel meilleur outil, quelle arme plus symbolique que cette véritable bombe liquide, explosive, inflammable et même parfois radioactive, que les industriels avaient eux-mêmes fabriquée ? Le liquide de fracturation était injecté sous haute pression dans les entrailles de la Terre par l'action d'un moteur diesel, dans le but de faire exploser la roche. Une fois qu'il avait joué son rôle, il revenait en surface, pour contribuer à de nouvelles destructions.

Ellen trébucha. Il lui saisit alors le bras et ressentit une décharge électrique. C'était toujours le cas lorsqu'il la touchait. Il était marié à Sharon depuis treize ans, et n'avait jamais trahi leurs vœux mutuels – jamais il ne l'avait trompée. Mais ni lui ni Ellen ne pouvaient oublier l'histoire qu'ils avaient partagée. Il avait vingt-quatre ans et elle dix-neuf quand ils s'étaient rencontrés à Berkeley, se sentant terriblement et immédiatement attirés l'un par l'autre, sur tous les plans. Ils s'étaient alors lancés dans de longs débats autour des meilleures façons d'agir sur les différents aspects du réchauffement climatique, puis ils avaient parcouru ensemble les forêts du nord de la Californie, armés de leur tente et de leur duvet double. Un an après leur rencontre, il avait acheté un bateau, qu'ils avaient fait naviguer le long de la côte, faisant l'amour dans chacune des criques rencontrées sur leur route. Il lâcha son bras et s'empressa de lui poser une question à propos des hydrocarbures volatils, afin d'étouffer cette sensation soudaine qu'ils s'efforçaient tacitement d'ignorer.

Son domaine d'expertise – pour lequel elle était désormais mondialement reconnue – concernait le champ des gaz à effet de serre et des menaces sur la couche d'ozone, mais, diplômée en chimie, Ellen pouvait participer sans problème à une discussion argumentée sur les hydrocarbures volatils et les autres toxines utilisées pour le forage qu'on retrouvait dans les reflux. Ces reflux étaient systématiquement composés d'eau, de sable et de sel, mais on y dénombrait aussi une douzaine de produits chimiques, tous inflammables et tous nécessaires pour fracturer le schiste. Une fois le liquide remonté à la surface, il fallait pouvoir en disposer à nouveau, et, pour ce faire, soit on le stockait profondément sous terre par injection, soit on en remplissait des accumulateurs métalliques ou des puits installés sur le site même du forage. Les accumulateurs métalliques disposaient d'un système d'aération mais les gaz volatils s'y concentraient. Il y en avait trente de ce type sur le gigantesque gisement Hanson que Green Man envisageait de plus en plus nettement comme sa prochaine cible. Ces accumulateurs se trouvaient à une trentaine de mètres de la rivière Kildeer, dont le cours passait en dessous de la barrière de sécurité. Elle serait sa porte d'entrée, et les explosifs étaient *déjà* à l'intérieur.

« Si tu mets le feu aux accumulateurs de reflux, non seulement tu créeras une explosion, mais tu libéreras en plus des hydrocarbures volatils, sous leur forme gazeuse », lui expliqua Ellen après qu'il eut retiré sa main de son bras.

Ils avaient gravi une colline et s'étaient arrêtés au sommet, d'où ils pouvaient voir rougeoyer les chênes et planer l'ombre des immeubles, à l'ouest du parc. Au-dessus de leurs têtes, le ciel gris s'assombrissait encore. Bientôt il ferait noir.

« Ces gaz sont toxiques et cancérigènes. Mais vu la distance à laquelle se trouvent les villes les plus proches, ça ne causera pas de problème sanitaire majeur.

– Sauf pour les ouvriers sur le gisement, fit-il remarquer calmement.

– La plupart d'entre eux sont équipés de protections, et possèdent même des masques à gaz individuels, précisa-t-elle.

– Mais pas tous. Ou peut-être qu'ils n'entendront pas l'alarme à temps. »

Il observa un temps de silence en pensant à ces personnes. La douleur se lisait sur son visage, si nettement qu'Ellen porta doucement la main à sa joue marquée par les nuits sans sommeil.

« J'imagine que c'est inévitable, finit-il par dire tout en s'écartant d'elle. Et si quelques-uns des accumulateurs éclataient ? Il y a eu une explosion de ce genre, c'était…

– En 2016, dans le comté de San Juan au Nouveau-Mexique, compléta-t-elle. Trente-six accumulateurs en feu. Tous éteints en quelques jours… et sans la moindre victime.

– Trente-six accumulateurs détruits et pas de morts ? Ça peut donner de l'espoir. Mais j'imagine qu'il y a eu des dégâts dans l'atmosphère ?

– En s'attaquant à un gisement pétrolier, il y en aura forcément, lui dit-elle. Mais tu en feras déjà moins en frappant les accumulateurs de reflux plutôt que les puits de pétrole. Et surtout, tu attireras l'attention sur l'un des plus sérieux dangers qui pèsent sur la couche d'ozone, et que beaucoup ignorent encore… Dis donc, heureusement qu'on est en hauteur, là, parce que sinon on serait noyés dans les cinq minutes. »

Green Man sentit la brise forcir d'un coup, signe que le mécanisme du mauvais temps mis en branle depuis l'est et le New Jersey avait commencé à déferler par-delà la rivière Hudson.

« Je ne me sortirai pas de cette foutue tempête, dit-il, elle me poursuit depuis Washington.

– J'espère bien que c'est le seul truc qui t'aura suivi depuis Washington », tenta de plaisanter Ellen.

Ils échangèrent regards et sourires nerveux. Ils savaient tous deux que l'heure des adieux approchait à grands pas. Elle habitait au nord du parc, et l'hôtel de Green Man se situait à l'ouest. Ainsi, la menace de la tempête précipitait l'instant de leur ultime séparation.

Ils coururent jusqu'à la sortie donnant sur la 110e Rue mais furent pris de vitesse par les soudaines rafales, puis par la pluie. En une poignée de secondes, les quelques gouttes éparses s'étaient transformées en déluge. Ellen était arrivée directement après son cours matinal à Columbia, et n'avait pas pris de parapluie. Green Man en avait acheté un au coin de la rue pour dix dollars le matin même, de petite taille et de piètre qualité. Ils se serrèrent dessous tout en courant mais, le temps d'arriver à la sortie du parc, la contrefaçon s'était déjà retournée deux fois, les laissant trempés de la tête aux pieds. Ils s'arrêtèrent à une quinzaine de mètres de la sortie, sous l'abri approximatif qu'offraient les larges branches d'un érable. Ils se retrouvèrent seuls, sous la tempête. Posant les mains sur ses épaules, il lui dit tendrement :

« Nous y sommes, ma chère. Rentre chez toi et dépêche-toi de te sécher », la pressa-t-il.

Sur sa poitrine, les mains d'Ellen devinrent des griffes. Elle secoua la tête.

« Ce n'est pas comme ça qu'on doit se dire au revoir, Paul. »

Ce nom était désormais interdit, il venait d'une autre vie. Mais dans l'intensité de l'instant il laissa passer.

« El. Ça n'a pas d'importance, vraiment, la façon de se dire…

– Dis-moi que ça en a.

– Les longs adieux ne valent pas forcément mieux. »

L'eau dégoulinait sur le visage aux traits fins d'Ellen, pluie et larmes mêlées.

« Rentre avec moi, insista-t-elle.

– Comment ça ? Où ça ?

– J'habite à trois blocs d'ici. Dans un bel appartement, bien isolé, complètement vide. Rentre avec moi, je vais nous préparer un thé bien chaud.

– C'est de la folie.

– Je mettrai tes habits à sécher, et tu pourras même repartir avec un parapluie digne de ce nom. »

Tandis qu'il la serrait plus fermement contre lui, la foudre s'abattit non loin d'eux. Une procession de sirènes rugissantes vrombit à toute vitesse vers la place Frederick-Douglass.

« De la folie. De la folie. Écoute, peut-être bien que j'ai envie de te suivre, et puis qu'on se dise au revoir comme il faudrait. Mais on ne peut pas prendre le risque d'être vus ensemble. On fait attention depuis si longtemps…

– Qui est-ce qui pourrait nous voir ? C'est la tempête, il n'y a personne.

– Ta fille…

– Elle a trois heures d'entraînement après les cours.

– Terrain inondé, entraînement annulé.

– Ça n'arrive jamais. Ils se replient dans le gymnase jusque dix-huit heures.

– Le concierge…

– Il n'y en a pas.

– Des caméras dans le hall, et sûrement dans l'ascenseur.

– Pas dans ce coin de Harlem, lui dit-elle. Je me demande bien dans quelles sphères tu gravites, en ce moment… Et puis, s'il y en a une sur notre chemin, ce qui m'étonnerait, on sera invisibles sous le parapluie…

– Pas vraiment, répliqua-t-il en délogeant de son œil une goutte de pluie. Pas sous ce machin de merde qui laisse tout passer. Et qui ne vaut pas un seul des dix dollars qu'il m'a coûtés. »

Ellen se mit à rire, consciente qu'elle était sur le point de l'emporter.

« Il nous couvre juste ce qu'il faut. Arrête de chercher des excuses et viens. »

Ils se regardaient droit dans les yeux.

« Pourquoi ? murmura-t-il. Même s'il n'y a personne dans la rue, même s'il n'y a aucune caméra, c'est du délire…

– C'est notre tout dernier moment ensemble et… » Elle eut un frisson, il la serra de plus belle. « C'est important pour moi, Paul. Autrement je ne te le demanderais pas.

– J'en ai envie aussi… mais c'est trop risqué. Et je dis ça en pensant à *toi*, Ellen.

– Tu penses trop en ce moment. Viens, c'est tout. » Elle releva les yeux et lui dit doucement : « Tu ne réfléchissais pas autant, quand tu m'as embrassée pour la première fois. Tu m'as attrapée sans même y penser. »

Ils étaient si proches l'un de l'autre, sous l'abri précaire du parapluie, qu'il pouvait sentir battre son cœur.

« J'avais vingt-quatre ans, j'étais jeune et plein de fougue. Et plein d'hormones aussi. El, je suis désolé, vraiment, mais ce n'est pas prudent du tout… »

Elle passa son bras droit autour de sa taille, attrapa sa ceinture, lui fit faire un pas. Puis un autre.

« Quand le temps sera venu de partir, je ne te retiendrai pas. Et je ne chercherai plus jamais à te contacter. Mais pour l'instant c'est l'heure de me suivre, alors arrête de résister. »

Elle le fit avancer vers elle d'un troisième pas. Avec beaucoup de réticence, il se laissa conduire. Collés sous le ridicule parapluie, ils s'éloignèrent en vitesse de Central Park, en direction de son appartement.

23

« Tu penses que c'est à cause de l'hypnose, mon chéri ? Tu crois qu'ils t'ont retourné la tête ?

– Non, c'est le voyage qui m'a vraiment épuisé, lui répondit Dwight. Pendant trois nuits, ils m'ont à peine laissé dormir.

– Mon pauvre chéri. »

Jenna s'approcha, l'embrassa sur les lèvres et l'enfourcha.

Il l'attrapa par les hanches. Elle portait un mini-short d'où s'élançaient des cuisses fermes.

« Tu as vu le président ? susurra-t-elle de sa voix la plus chaude.

– Non, je te l'ai dit, je n'ai vu personne.

– Tu as vu le Washington Monument ? C'est vrai qu'il ressemble... à ce qu'on dit ?

– Non, je n'ai pas pu faire de tourisme. Tout ce que j'ai vu, ce sont les locaux du FBI.

– Je t'ai... manqué ?

– Jenna, mon cœur, s'il te plaît. »

Elle recula, se retrouvant sur ses genoux.

« Est-ce que ça veut dire "Oh oui, chérie" ?

– Mon cœur, je suis vraiment désolé... »

Jenna parut vaguement choquée.

« Waouh. Tu dois *vraiment* être fatigué.

– Je pourrais m'écrouler tout de suite. Mais alors ensuite je ne dormirai plus de la nuit...

– Fais juste une petite sieste.

– Je vais regarder un peu le golf.

– Pour quoi faire ?

– C'est comme une sieste, mais sans dormir. Tu pourrais m'apporter une bière ?

– Ah, d'accord... Je suis ta serveuse, maintenant ?

– J'ai chopé un pack à Fairmont. Elles doivent être fraîches. S'il vous plaît, m'dame la serveuse.

– Toi, tu m'appelles encore une fois comme ça et je te démonte.

– OK. Mais ne vous embêtez pas avec le verre, m'dame. »

Elle fit mine de le gifler et abandonna sa position au-dessus de lui.

« OK, surtout reste bien là à rien faire, jolie loque. Je vais te l'apporter, ta binouze. »

Dwight se cala dans son fauteuil en cuir pour admirer un golfeur inspiré s'apprêtant à frapper. Son club dans les mains, il se tenait au-dessus du tee. Il amorça bien haut son swing puis le laissa s'abattre, la rotation de son torse accompagnant la rencontre fracassante de la balle et du bois numéro 1. La balle disparut dans le ciel, et sur l'écran de télévision on put voir une ligne blanche retraçant sa trajectoire.

Jenna revint avec sa bière.

« Voilà pour vous, monsieur Super-Fun. Avec quelques nachos, des fois qu'ils auraient oublié de te nourrir. Autre chose, avant que je te laisse tranquille ? »

Dwight ne répondit pas. Il était assis, penché vers l'écran qu'il regardait fixement, vers la large silhouette du golfeur en polo bleu. De nouveau, la rencontre du club et de la balle, de nouveau l'écran traversé par une ligne blanche.

« Tu m'écoutes, au moins ? Tu veux que j'aille chercher un truc pour le dîner ? »

Sur l'écran un tableau statistique avait remplacé l'image en direct, mais Dwight, toujours dans la même position, ne bougeait pas un cil.

« Ça va, chéri ? Tu te sens bien ?

– Il y avait une ligne blanche, dit-il doucement.

– Où ça, une ligne blanche ? »

Il tourna le regard vers elle.

« Ça veut dire que ce n'était pas un blaireau.

– Comment ça, pas un blaireau ? Tu as vu une bestiole sur le terrain de golf ? Une mouffette, je parie… »

Mais déjà il était debout, à la recherche de son ordinateur portable, qu'il alluma. Il commençait à parcourir la Toile quand Jenna s'approcha.

« Tu peux me dire ce qui se passe ? Tu me fais flipper, là. Sérieusement, Dwight, je m'inquiète…

– Voilà ! » dit-il.

L'écran affichait la photo d'une sorte de grosse belette à l'air féroce, affublée d'une large bande blanche sur le dos.

« Ah, un ratel, comprit Jenna. J'en connais un rayon sur ces bêtes-là. J'ai vu une émission à la télé, sur les animaux les plus courageux du monde. Ils disaient que les ratels étaient capables de tuer les pires serpents, et d'aller chercher du miel directement dans les ruches, même s'ils devaient se faire piquer des millions de fois. Et puis qu'ils n'hésiteraient pas à aller se battre contre un lion. Bref, soit ils sont super courageux, soit c'est des super cons. Mais qu'est-ce qui se passe, à la fin ? Tu cherches quoi, exactement ? »

Portefeuille déjà en main, Dwight retrouva immédiatement la carte de visite. Il composa le numéro sur son portable.

« Bonjour, je cherche à joindre M. Brennan… Bien sûr : Dwight Hall, H-A-L-L. Dites-lui simplement que c'est l'officier Dwight Hall, du Nebraska. Il comprendra tout de suite. Même s'il est en réunion je pense qu'il voudra m'écouter… »

Jenna jeta un coup d'œil sur la carte avec l'insigne du FBI et lança, impressionnée :

« Waouh, t'en connais, du beau linge !… »

Dwight la fit taire en posant un doigt sur sa bouche.

« Monsieur Brennan ?… Ici, l'officier Dwight Hall, du Nebraska… Non, monsieur, je n'ai eu aucun problème. Le vol s'est bien passé… Merci, mais je viens de me souvenir de quelque chose… Je suis vraiment désolé, ce n'était *pas* un blaireau. Enfin, pas exactement. Il avait bien des dents pointues, mais aussi une grosse ligne blanche tout le long du dos. Ce ne sont pas les blaireaux qui ont ça, j'ai vérifié. Ce sont les ratels. » Dwight regarda l'écran de son ordinateur. « J'en ai un spécimen sous les yeux en ce moment même, monsieur. Et je suis absolument formel. »

24

Elle lui apporta un peignoir de coton jaune, à enfiler pendant que ses vêtements séchaient. Elle-même s'était glissée dans un peignoir en flanelle. Humides, ses longs cheveux étaient enveloppés dans une serviette jaune. C'était la première fois que Green Man se trouvait dans son appartement, et c'est avec une certaine fierté qu'Ellen lui faisait découvrir les lieux. Elle y avait placé toutes ses économies, et tout ce que lui avait laissé sa mère, juste avant que l'immobilier de Harlem ne s'enflamme. Le salon était décoré de briques apparentes sous un plafond haut, à la manière des lofts du centre-ville. La cuisine était petite mais fonctionnelle, avec ses casseroles en inox suspendues à côté de la fenêtre, qui donnait sur une école primaire. Le petit couloir desservait deux chambres.

La première était celle d'Ellen, et il put voir, accroché au-dessus du lit, un tableau qu'il avait peint plus de vingt-cinq ans auparavant. Le paysage de Kings Canyon, avec la rivière Middle Fork, où ils avaient campé ensemble. Elle hésita avant de lui faire visiter la dernière pièce.

« L'intimité c'est sacré, pour les ados, dit-il en interprétant mal cette hésitation. Si ça te semble inapproprié, tu n'as pas besoin de me…

– Je *veux* que tu connaisses cet aspect de ma vie », le coupa-t-elle avec conviction, ouvrant la porte et entrant dans la pièce.

Il la suivit dans la petite chambre, où un lit à baldaquin prenait toute la place, devant un mur envahi d'étagères débordant de livres.

« Les rats de bibliothèque ne font pas des chats », dit-il en consultant les titres des plus proches ouvrages.

Étalée sur plusieurs rangées, la collection était éclectique et allait des romans à l'eau de rose aux livres scientifiques les plus pointus.

« Elle s'est mise à la lecture à quatre ans et ne s'est jamais arrêtée. »

Le regard d'Ellen passa des étagères au lit, recouvert d'une couette aux motifs élégants.

« C'est Julie qui l'a cousue, toute seule.

– Je crois savoir qui lui a appris. »

Elle le guida jusqu'à la commode, sur laquelle on pouvait, d'un cadre à l'autre, voir grandir une jolie jeune fille à la peau sombre, passant de l'enfant de six ans qui saute à la corde à cette grande brindille de dix-huit ans, presque adulte et prête à affronter le monde.

« Elle est très belle », dit Green Man en balayant scrupuleusement toutes les photos du regard. Il ajouta tout doucement, d'une voix chargée d'émotion : « Elle me rappelle tellement sa mère. »

Debout à côté de lui, Ellen désigna différents clichés.

« Là, c'est Julie qui vient de marquer le but de la victoire, l'année dernière, en finale du championnat. L'équipe est montée en troisième division. Et là elle reçoit la médaille des sciences, en première… pour accompagner celle de français et celle de maths.

– Ses camarades doivent la détester, plaisanta Green Man en constatant, sur les nombreuses photos de Julie en train de s'amuser avec ses amis, qu'il n'en était rien. El ? Tu trembles. Ça va ?

– C'est cette pluie, j'ai la chair de poule, se défaussa-t-elle en le guidant vers un bureau couvert de manuels. Et au cas où tu aurais encore des doutes, voici ses diplômes. »

Encadrés au mur, au-dessus du bureau, s'étalaient des documents aux couleurs de Carlyle qui attestaient de ses performances en français, en sciences et en mathématiques, ainsi qu'un grand prix remporté à l'occasion d'un prestigieux concours de nouvelles.

« Il va bientôt lui falloir un plus grand mur, dit-il. Ellen, tu as tant fait pour elle, tu dois être si fière…

– Elle sera tout ce qui me restera, quand tu seras parti… »

Un frisson parcourut la voix d'Ellen, qui s'éteignit. Elle serra ses bras autour de sa propre poitrine, comme si elle voulait contenir un déferlement d'émotion dont elle redoutait la puissance.

Percevant sa douleur, Green Man suggéra doucement :

« Un thé bien chaud nous ferait du bien, non ? »

Ils repartirent vers la cuisine, où la théière fumante commençait justement à siffler. Ellen lui tendit une tasse de thé brûlant au gingembre, puis se servit. Ils allèrent s'asseoir côte à côte sur le canapé du salon pour le savourer.

« C'est vraiment bon. Mais il va bientôt falloir que j'y aille, dit-il.

– Tes habits seront secs dans dix minutes. Finis ton thé. »

Il prit une nouvelle gorgée.

« Julie est impressionnante. Tu m'as montré plein de photos d'elle, à toutes ces époques, mais surtout... j'ai réellement senti sa présence. Une présence spéciale, très forte. Elle accomplira de grandes choses.

– C'est aussi ce que je pense », lui confia Ellen en reposant sa tasse sur la table basse pour se tourner vers lui. Elle inspira profondément avant de lui dire tout bas : « C'est une grande admiratrice de Green Man. L'autre jour, elle a fait un discours, c'était incroyable...

– Ne te remets pas à pleurer, ou je vais filer pour de bon, la menaça-t-il affectueusement, malgré une pointe d'inquiétude dans sa voix en voyant ses yeux briller.

– Je ne suis pas en train de pleurer.

– Et ça, qu'est-ce que c'est ? » demanda-t-il, essuyant une larme sur la joue d'Ellen et en chassant une autre de ses propres yeux.

Alors ils s'embrassèrent. Passionnément.

Même quinze ans après, il se souvenait de son souffle chaud, de la douce fermeté de ses lèvres. Durant une poignée de secondes, il lui fut impossible de s'arrêter. Ensuite il s'écarta.

« Je suis désolé, dit-il, le souffle court.

– Non, c'est moi qui suis désolée, répondit-elle en souriant à travers ses larmes. Enfin, pas vraiment, mais je sais bien qu'on n'aurait pas dû. »

Il se leva, mal à l'aise. Les mots semblaient vouloir rester dans sa gorge, il les sortait difficilement, la voix grippée :

« Oui, bon. Écoute, il faut que je parte.

– Donc tu vas sortir comme ça, en peignoir ? Bonne chance pour passer inaperçu...

– Mes habits doivent être presque secs.

– Je ne suis pas du genre à laisser sortir mes meilleurs amis avec des habits *presque* secs. » Ellen le retint par le bras. « Encore quelques minutes. Promis, plus de baisers fougueux. Et je vais trouver le moyen de ne pas pleurer. Mais hors de question que ma dernière image de toi soit ton départ avec des fringues trempées… Alors asseyons-nous ensemble, convenablement, et parlons de ce qui arrive ensuite comme les deux amis que nous sommes. Ta maison de vacances, elle est prête ? »

Il hésita avant de se rasseoir sur le canapé.

« Oui, El. Tout est en place.

– Tes enfants sont au courant, pour le voyage ?

– Non, on ne leur a rien dit. On pense que c'est mieux de leur faire la surprise.

– Je suis sûre que c'est le bon choix. Ce sera dur pour eux, mais ils sauront faire face. »

Ils burent une gorgée et reposèrent leur tasse de thé, synchrones.

« Je ne vais pas pleurer, mais tu vas me manquer, dit-elle avec tendresse. Les physiciens quantiques racontent qu'il existe un nombre infini d'univers parallèles. Chaque éventualité, sans exception, se matérialise comme réalité dans au moins l'un d'entre eux. Ce qui veut dire qu'il y a forcément une dimension de ce multivers où on finit ensemble, d'une manière ou d'une autre.

– Je ne fais pas confiance aux physiciens quantiques, répondit-il. Ils sont tous cinglés.

– J'ai quand même le droit de dire que ça m'aurait plu de vivre dans cette dimension-là ? demanda-t-elle.

– Bien sûr. C'est probablement une très belle dimension », concéda-t-il en passant son bras autour d'elle.

Elle se blottit contre lui et ferma les yeux. Tout doucement, il ferma lui aussi les siens. Son but était de les rouvrir une minute plus tard puis de s'éclipser, mais le canapé était confortable et l'appartement chaleureux. Et puis il pouvait humer ses cheveux humides, dans les senteurs du thé au gingembre. Leur amitié était profonde, ancestrale, ils se sentaient parfaitement à leur place l'un à côté de l'autre. Cela faisait une semaine que Green Man n'avait pas dormi plus de trois heures d'affilée : il ne se sentit même pas partir.

Il rêva du bateau, celui qu'il avait eu, des années auparavant, se balançant sous la caresse délicate de la brise matinale. Ils s'étaient amarrés dans une petite baie, à l'abri d'une falaise rocheuse en haut de laquelle de grands arbres chatouillaient un ciel mauve. Il était en train de dessiner ce paysage, tandis qu'Ellen lui lisait un extrait de son cours de poésie. Il s'agissait du poème « Lines Composed a Few Miles Above Tintern Abbey », et cette rêverie signée William Wordsworth sonnait à travers sa voix comme de la musique, bien plus que comme des mots. Ils se retrouvaient ensuite dans la pénombre de la cabine, leurs lèvres et leurs corps entrant doucement en contact tandis que cessaient les mouvements du bateau, qui reposait en silence sur les flots sereins avant que ne résonne un coup de tonnerre…

Sauf que ce n'était pas le tonnerre. C'était la porte d'entrée de l'appartement qui venait de claquer. Green Man ouvrit les yeux et entendit :

« Maman ? Il y a eu une fuite dans le gymnase, ils ont annulé l'entraînement, et franchement c'est pas plus mal, vu l'interro de maths de l'enfer qui nous… »

Julie venait d'entrer dans le salon, manteau dégoulinant à la main. Green Man se leva d'un bond à l'instant même où elle les remarquait, Ellen et lui, dans leurs peignoirs.

« OK, d'accord. Quelle surprise. Désolée de débarquer…

– Julie. Ce n'est pas ce que tu crois… » commença Ellen.

Julie fit un pas de côté en ignorant ostensiblement Green Man pour faire face à sa mère.

« C'est assez clair, je crois. Si tu veux ramener à la maison tes petits copains ou tes amants ou qui que ce soit pour leur faire enfiler mon peignoir, est-ce que tu voudrais bien les emmener dans ta chambre au moins, pour que je ne tombe pas sur vous comme ça ? Et si tu essayais simplement de suivre les règles que tu as instaurées toi-même ? »

Sans attendre de réponse, elle se dirigea vers la petite entrée.

« Julie, sérieusement, *reviens ici.* »

Ellen la suivit et lui attrapa le bras.

« Et après tu oses me faire chier avec Ron ?! » demanda l'adolescente en se libérant.

Elle actionna la poignée et se précipita à l'extérieur, envoyant la porte se refermer avec fracas derrière elle.

« Va la retrouver, dit Green Man.

– Ça va aller. Elle est juste contrariée parce que je l'ai surprise avec un garçon il y a quelques semaines. J'ai foutu le gars dehors, et elle je l'ai privée de sortie. Alors on a établi un règlement…

– Non, Ellen. Elle était sincèrement choquée, et elle avait de quoi. Je n'aurais pas dû la laisser me voir, surtout comme ça, dans son peignoir. Un parfait inconnu… Elle avait de quoi être furieuse parce qu'on… »

Ils se tenaient droits tous les deux.

« Ne viens pas me donner de leçons d'éducation ! » explosa-t-elle, de nouveau en larmes, ce qui rendait la situation encore plus inconfortable.

Elle n'était pas du genre à pleurer facilement, mais ces dernières semaines elle se laissait trop rapidement gagner par ses émotions. Elle se retrouvait maintenant littéralement assaillie par des sentiments enfouis et contradictoires qui l'obligèrent à s'appuyer contre le rebord du canapé, à lutter pour continuer à respirer.

« Ellen, fais attention, calme-toi, lui demanda-t-il, réellement inquiet. Je ne voulais pas te contrarier. N'essaie pas de parler tout de suite. Inspire, expire... »

Mais, alors même qu'elle se débattait avec sa propre respiration, de courtes et rapides bribes de phrases semblaient vouloir s'échapper de la bouche d'Ellen :

« Non. Ça n'a rien à voir. Avec toi. C'est elle. Elle en a après moi en ce moment. Et ça me fait du mal. » Ellen s'écarta du sofa pour faire de nouveau face à Green Man et poursuivit : « Elle m'en veut tellement...

– Pourquoi ? On voit très bien que tu es une mère formidable...

– Ça ne suffit plus. Elle ne supporte plus d'en savoir si peu sur son père. Je lui ai donné son nom, et quelques détails. Mais il lui en faut davantage, et ça me fait mal... comme si je ne pouvais pas lui suffire... comme si elle se sentait incomplète et m'en rendait responsable, au point que cette partie d'elle en est venue à me haïr... »

Il voyait l'étendue de sa douleur, voulut lui venir en aide :

« Mais bien sûr que tu lui suffis. Crois-moi, elle sait très bien la chance qu'elle a. Mais elle est curieuse, c'est compréhensible. Elle est à l'âge où on bataille avec son identité. Il ne faut pas que tu le prennes pour toi. Dis-lui tout ce que tu sais sur le donneur. La vérité vaut toujours mieux.

– Vraiment ? » demanda Ellen, furieuse, en se détournant

de lui. La serviette sur ses cheveux avait glissé sur le parquet, et sa longue chevelure humide fouetta violemment l'air lorsqu'elle se retourna, de nouveau face à lui, pour lui dire, en parlant bien trop fort : « Je ne sais rien de plus sur lui que ce que j'ai déjà pu lui dire. Je n'avais aucune envie d'en savoir plus sur quelqu'un qui n'allait pas faire partie de ma vie. »

Il regarda vers la porte d'entrée, conscient que l'heure de partir était passée depuis longtemps, puis reprit doucement :

« Bon, si tu contactes la clinique tu pourras sûrement obtenir quelques données le concernant, puisqu'ils sont dans l'obligation légale de conserver tout ce qu'ils savent pendant des années... Et puis tu ne peux pas reprocher à Julie sa curiosité, je ferais comme elle, et toi aussi, et... Oh, Ellen, je suis sincèrement désolé de te laisser comme ça, mais il faut que je parte maintenant. »

Ses paroles, calmes, raisonnables, semblèrent la rendre plus furieuse encore. Elle en perdit tous ses moyens et s'en prit à lui, un crochet du droit à la poitrine, assez fort pour le faire reculer d'un pas.

Il s'approcha, en partie à cause de la surprise. Elle le fusillait d'un regard qu'il ne lui avait jamais connu, même après toutes ces années.

« Mais qu'est-ce que tu as ? demanda-t-il, inquiet. Qu'est-ce qui t'arrive, Ellen ? Dis-moi ce qui se passe ! Qu'est-ce que tu as ?

– Il n'y a jamais eu de donneur », dit-elle en le regardant droit dans les yeux.

Green Man l'agrippa en la tenant à distance, pouvant ainsi lire toute la vérité sur son visage. Il comprit alors pourquoi elle avait tant insisté pour qu'il vienne dans son appartement, et l'importance de ce qu'elle avait besoin de lui montrer avant qu'ils se séparent à tout jamais. De stupeur, ses bras retombèrent et il laissa s'échapper un faible gémissement, puis il s'affaissa lentement contre le mur.

25

L'envoi était arrivé en début d'après-midi et avait atterri dans la salle du courrier du FBI. Une enveloppe grand format, adresse tapée à la machine sur une étiquette. Elle avait attendu là pendant trois heures avant d'être ouverte, puis était passée de main en main, jusqu'à ce qu'enfin un responsable réalise ce qu'elle était censée être – et qu'apparemment elle était bel et bien.

Depuis un bon moment déjà, Brennan et son équipe affinaient leurs connaissances sur les mustélidés. Plus de deux mille écoles du Michigan avaient un blaireau pour mascotte, mais il n'y en avait que trois qui avaient fait preuve de l'humour et de l'originalité nécessaires pour choisir cet animal plus exotique, véritable star sur Internet : l'intrépide ratel. Une école primaire au nord, près de Traverse, une école catholique dans une ville portuaire du lac Huron, et enfin l'établissement scolaire public de la commune de Lansing.

Selon les informations remontées par l'équipe de Hannah Lee, on trouvait à Lansing l'un des magasins de sport qui vendaient les très spécifiques gants de chasse en nylon. Après avoir consulté dans l'urgence ses plus étroits collaborateurs, Brennan avait donc décidé que, pour les jours à venir, les recherches de véhicules se concentreraient sur Lansing, puis s'étendraient progressivement à ses environs.

En tant que capitale de l'État, Lansing abritait les bâtiments gouvernementaux, ainsi que les principaux tribunaux. On y dénombrait plus de cent vingt mille habitants, et de nombreux secteurs d'activité allant des services sociaux à la santé en passant par l'automobile. Un nombre important d'associations écologistes y avaient installé une antenne, car ici se trouvaient les législateurs, mais aussi parce que les lobbys de l'auto et des énergies fossiles y étaient très actifs. Même si l'endroit n'avait rien d'un repaire d'activistes, on pouvait très bien imaginer qu'une personne en prise avec les questions environnementales choisisse de s'installer dans ce secteur.

Lansing avait ses quartiers désaffectés mais aussi ses demeures à un million de dollars. Et des communes environnantes accueillaient, en nombre, pêcheurs et chasseurs. Les comtés d'Ingham et d'Eaton présentaient une forte proportion de détenteurs d'armes à feu, et on dénombrait plus de cinq mille fourgonnettes, appartenant à des résidents de Lansing même ou des environs, à cinquante kilomètres à la ronde. Les équipes sportives du quartier est de Lansing – collège comme lycée – avaient pour petit nom « les Ratels », et leurs très nombreux supporters arboraient volontiers un autocollant à cette effigie sur leur véhicule. On y trouvait donc une foule de pare-chocs affichant cette tête hargneuse, toutes dents dehors, sur un fond coloré – l'image dont Dwight avait fini par se souvenir.

La plupart des pontes présents dans la salle de réunion du FBI considéraient désormais Lansing comme une priorité dans leurs recherches. Seuls quelques-uns, à l'instar de Tom, doutaient que Green Man ait pu commettre une telle erreur de débutant. Ils affirmaient qu'il devait s'agir d'un souvenir erroné, ou alors d'une très retorse stratégie de diversion. Mais ces gants de chasse, vendus à Lansing, ne pouvaient être écartés d'un revers de la main comme une simple coïncidence. Les deux camps avaient donc de solides arguments.

Au beau milieu de ces échanges houleux surgit soudain un agent essoufflé, annonçant qu'une enveloppe contenant une sorte de manifeste de trente pages était arrivée depuis déjà plusieurs heures, et que ce manifeste était probablement l'œuvre de Green Man. Il était adressé au *chef d'équipe Jim Brennan*, et comportait cette suite de dix chiffres dont Green Man se servait pour authentifier ses envois – un détail jalousement gardé, dont aucun média n'avait eu vent et qui n'avait jamais été rendu public, de quelque manière que ce soit. On avait posté la lettre deux jours plus tôt, de Manhattan. L'adresse expéditeur inscrite au dos était celle du zoo de Central Park.

Déjà très intense, la journée devint franchement chaotique. Un photographe judiciaire, trié sur le volet, prit des clichés des trente pages sous toutes les coutures, puis l'original fut transféré pour examen, avec son enveloppe, aux laboratoires de Quantico. Leurs retours ne se firent pas attendre, et ils étaient sans appel : la typographie correspondait exactement à celle des autres envois de Green Man.

Sur la première page, on avait pu relever deux empreintes digitales partielles. Du coup, les empreintes de tous ceux qui s'étaient trouvés dans la salle du courrier ou avaient été en contact direct avec le document avaient également été expédiées à Quantico. Comme l'avait redouté Brennan, il apparut qu'elles appartenaient à deux de leurs préposés au courrier. Il fit rassembler toutes les personnes concernées dans une pièce du sous-sol, jusqu'à ce qu'il trouve le temps de venir leur rappeler, avec la plus grande fermeté, qu'elles étaient soumises à une obligation de discrétion totale, dont la non-observance serait juridiquement considérée comme relevant de la haute trahison.

Seuls les vingt agents les plus haut placés dans l'équipe avaient accès au manifeste. Ils se trouvèrent bientôt tous réunis au dixième étage du quartier général du FBI, dans une salle insonorisée. Autour d'une grande table de réunion, ils se mirent à étudier leurs exemplaires. À l'intérieur, la tension était à son comble. Des mois qu'ils traquaient cet homme, et le voilà qui s'adressait directement à eux. Il les mettait au défi.

Brennan avait dû se débattre avec l'éventualité de ne rien dire à son chef avant que l'authenticité du document soit certifiée. Mais il savait parfaitement que Haviland souhaitait être mis au courant sans délai de la moindre ouverture. L'excitation de son directeur était palpable, et Brennan dut l'implorer de ne pas partager pour l'instant l'information avec la procureure générale.

« Si elle en entend parler, ça va partir directement à la Maison-Blanche, or on ne sait toujours pas précisément la teneur de cette chose, ni de quelle manière elle va nous aider.

– Mais vous garantissez que c'est bien de lui qu'elle provient ?

– Il y a son code secret, et le ton utilisé est bien le sien. Et puis le contenu est très malin.

– Malin comment ?

– Dans le style, et dans le fond aussi. Aucun doute, nous sommes absolument persuadés que ça vient de lui.

– Il y a aussi cette image de ratel, là, qui vous permet de faire le lien avec la boutique de Lansing qui vend ces fameux gants de chasse. Vous êtes au taquet là-dessus ?

– J'ai envoyé cinquante agents sur place et dans les environs, mais on n'a toujours rien trouvé de concret là-bas.

– Jim, je me dois de tenir la procureure générale au courant de tout ça. Ce sont de bonnes nouvelles, elle voudra tout savoir. Et puis il y a Carnes, de la Sécurité intérieure, qui suit ça de très près. Lui, il voudrait se rendre utile…

– Je veux bien croire qu'il nous suit de près, affirma Brennan sans parvenir à masquer un fond d'amertume. Mais jusqu'à preuve du contraire c'est *mon* affaire, et tant que j'en suis en charge vous devez me laisser décider avec qui et à quel moment partager les informations dont je dispose.

– OK, très bien, Carnes pourra attendre que vous soyez prêt. Mais la proc a été très claire : elle veut tout savoir en temps réel sur la moindre esquisse de nouvelle piste…

– Elle saura tout, et très bientôt », promit Brennan. Il savait qu'il ne pourrait pas tout garder pour lui bien longtemps, mais chaque demi-heure qu'il pouvait gagner lui semblait précieuse. « J'ai juste besoin d'un minimum de certitudes, afin qu'on ne se retrouve pas dans l'embarras, vous et moi.

– Je comprends très bien. Combien de temps vous faudrait-il ?

– Bientôt nous en saurons beaucoup plus. Je vous rappelle d'ici une petite heure.

– Une toute petite heure, alors. Et au fait : beau travail, Jim. Je sens que vous vous approchez du but. »

Brennan revint en salle de réunion, l'air fatigué et préoccupé. Ce qui lui était si peu habituel qu'autour de la table la plupart des agents chevronnés, qui le connaissaient depuis des années, stoppèrent leur lecture pour le dévisager avec inquiétude. Il leur annonça qu'il avait réussi à leur obtenir un léger sursis, mais que chaque minute comptait.

« Seules deux questions nous importent pour l'instant, précisa avec empressement l'imposant personnage. Est-ce bien Green Man qui s'adresse à nous, ou avons-nous affaire à un imitateur surdoué ? Et s'il s'agit bien de lui, ce qui semble de plus en plus probable, que pouvons-nous trouver dans ces trente pages qui puisse nous aider à l'attraper sans tarder ? »

26

Dans cette salle de réunion électrique, entouré d'agents plus anciens et mieux gradés, Tom lisait ses trente pages avec la plus grande attention. Plus il avançait dans sa lecture, plus son scepticisme initial laissait place à une totale confusion. Il était encore plus désarçonné par ce manifeste que par l'autocollant du ratel, tant il était convaincu que jamais Green Man ne daignerait en montrer autant. Laisser sortir une note d'intention aussi personnelle que détaillée, c'était exactement ce qui avait mené Unabomber à se faire prendre. Green Man ne pouvait l'ignorer. C'était absurde d'envoyer directement à son ennemi un pavé blindé d'annotations : chacun de ses apartés pouvait potentiellement les mener jusqu'à lui.

Mais ce qui déconcertait Tom au-delà de tout, c'est qu'au fur et à mesure des pages il devenait de plus en plus clair qu'elles étaient bel et bien l'œuvre de Green Man. Et qu'elles étaient chargées d'un sens profond. Considérées à un degré supérieur, elles n'avaient en fait rien d'absurde. C'était un appel à l'action particulièrement éloquent. Green Man avait dû sentir que l'étau se resserrait, et il cherchait à toucher d'une manière inédite son auditoire, ses plus jeunes admirateurs notamment. Il leur demandait de s'organiser, de se rassembler, et de porter son message à travers le monde. Pour la première fois, il mettait en avant la dimension ouvertement politique de sa cause, mettant nommément au défi le président, décrivant avec le plus grand mépris les effets de sa gouvernance. Il cherchait à inciter ses partisans à agir par eux-mêmes, radicalement, avec audace.

Il ne s'agissait pas de se transformer en terroristes, les rassurait-il. Lui-même n'en était pas un : il se décrivait comme un militant écologiste poussé par l'urgence à se radicaliser. Un Défenseur de la Planète, selon l'étiquette qu'il s'était choisie. Il affirmait reprendre le flambeau de héros de la nation comme John Muir et Aldo Leopold. Il faisait aussi référence à Edward Abbey et à ses écrits, qui avaient contribué à déclencher les mouvements Earth First ! et ELF dans les années 1980 et 1990. Sur son ordinateur, Tom enregistra ses recherches à propos de nombreux leaders méconnus du militantisme, dont on retrouvait les noms dans le texte. Green Man semblait en avoir connu quelques-uns personnellement. En se mettant en scène à leurs côtés sur une période définie, entre San Francisco et le Nouveau-Mexique, il fournissait précisément la matière première qui pouvait les conduire aux informations susceptibles de le démasquer.

Green Man paraissait préoccupé par le jugement moral qu'on pouvait porter sur ses actes. Il se servait de ce manifeste pour se placer dans la lignée vertueuse de la désobéissance civile, de Gandhi à Martin Luther King. Il ne faisait que tenter de corriger une faute, une faute qui se trouvait être la plus grave de toute l'histoire de la Terre. Ce qui faisait que non seulement son action était morale, mais aussi que sa nécessité devait s'imposer à toute personne sensée, exactement comme elle s'imposait à lui. Presque en s'excusant, il expliquait à ses partisans que si ses actes s'étaient révélés plus violents que ceux de Gandhi ou King, ce n'était pas par choix, et que cette violence lui était imposée par l'ampleur et l'urgence de la situation. Le cœur battant de ce manifeste concernait la gravité de cette menace – la planète était au pied du mur, le moment où sa destruction ne pourrait plus être évitée s'approchait à grands pas.

Green Man revenait sur ses six attaques précédentes, et sur les lettres qu'il avait fait publier à propos des graves dangers que faisaient peser sur l'environnement les cibles choisies. Désormais il les tissait entre elles, à la lumière des dernières découvertes scientifiques, pour broder un terrifiant tableau d'ensemble. Sa tapisserie dépeignait une planète condamnée, à l'atmosphère étouffante, au climat brûlant, avec ses océans atrophiés devenant acides, sa biodiversité saccagée comme jamais… et où tous les dommages venaient d'une seule espèce, celle qui s'était donné le nom d'« *Homo sapiens* », se disait « douée de sagesse », mais fonçait pourtant tête baissée vers l'autodestruction. Bientôt il serait trop tard, rappelait-il à ses jeunes admirateurs et admiratrices. Et le prix à payer serait effroyable.

Tom se sentait tiraillé dans ses valeurs, d'une façon qui lui était presque insupportable. Une partie de lui voulait obéir à l'injonction urgente de Brennan, et pendant sa lecture il essaya de ne laisser passer aucun indice pouvant permettre de confondre Green Man – les savoirs, les références, les personnalités, les lieux. Il éplucha la moindre phrase à la recherche de faits obscurs pour lesquels on pourrait trouver des sources, des noms, des dates qui ouvriraient des recherches croisées révélant à quel endroit Green Man avait rencontré telle ou telle personne, à quel moment il s'était retrouvé dans tel ou tel lieu reculé du globe. Par exemple, on trouvait dans son manifeste la description des dommages subis par deux récifs coralliens des Caraïbes avec force détails. Des détails si précis qu'il semblait évident que Green Man avait nagé au beau milieu de ces récifs. Ou encore ce glacier des Andes, dont il parlait comme s'il l'avait lui-même gravi.

Mais, alors même qu'il prenait des notes en vue de capturer Green Man, il ne pouvait s'empêcher d'approuver l'argument-phare du texte : pour l'humanité entière, le temps était compté. Et les mesures les plus radicales étaient devenues incontournables. Il releva les yeux en direction des visages de Brennan, Grant, Lee et Earl. Des agents dévoués à l'ordre, mais pas des imbéciles : était-il possible qu'ils ne soient pas touchés à leur tour par la puissance de cet appel, parfaitement argumenté, à briser de toute urgence les règles du jeu ?

Avec leur attachement strict – presque aveugle – à leur devoir, les agents qui l'entouraient lui rappelaient son père. Lorsque Tom avait rejoint cette unité, Warren lui avait dit qu'il n'attraperait jamais Green Man car il était lui-même un sympathisant écolo. Après la mort de son père, et peut-être en réaction à cette ultime pique paternelle, Tom s'était efforcé de se sortir de la tête les idéaux de Green Man pour se focaliser sur sa traque. L'ombre de son père avait toujours eu pour effet de le rendre plus déterminé, plus opiniâtre, mais aussi plus obtus et buté. C'était une présence qui le poussait à monter sur le ring sans même se demander s'il avait vraiment envie ou besoin de se battre, à rejoindre une équipe de football sans savoir si c'était bien là qu'il serait utile. Maintenant qu'en lisant ses mots il entendait Green Man s'adresser directement à lui, Tom ne pouvait que se demander si les agents autour de lui allaient, pour de bon, chercher aveuglément à stopper le dernier espoir de la planète.

Il se remémora les délires de sa sœur sur le terrain de golf, l'implorant de ne pas arrêter cet homme qui allait sauver la Terre. Tracy avait grandi aux côtés de Tom et le connaissait mieux que quiconque. Elle lui avait demandé d'être honnête avec lui-même. La vérité, c'était qu'il avait une sensibilité écologiste depuis l'école primaire, et que c'était toujours pour lui une préoccupation profonde. Il n'avait jamais rejoint les rangs de Earth First ! ou de l'ELF, ou de tout autre groupuscule radical qui approuvait les actions violentes, mais il avait été membre du Sierra Club, de Greenpeace, et de plusieurs cercles écologistes à Stanford et Caltech.

Tom n'avait certes jamais voyagé jusqu'aux récifs caribéens que décrivait Green Man, mais il savait très bien de quoi il était question. En Australie, il avait été aux premières loges pour constater la décoloration de la Grande Barrière de corail. Et pour comprendre que ce genre de phénomène constituait le signal lancé par la nature, comme ces canaris sacrifiés dans les mines de charbon – un cri d'alerte désespéré à l'orée de la destruction finale. Il n'avait pas non plus connu la cordillère des Andes, mais durant l'été qui avait suivi son diplôme, avec des amis de la fac, il avait gravi le Kilimandjaro. Il s'était alors tenu debout au sommet, arborant un air non pas triomphant mais effaré devant le glacier Furtwängler qui s'apprêtait à disparaître…

« C'est terminé, signala Brennan en claquant des doigts. Maintenant on essaie d'établir des liens et de trouver le meilleur moyen de mettre tout ça à profit. Toutes vos suggestions seront les bienvenues. »

Tous avaient une grande expérience des enquêtes, chacun dans son propre domaine d'expertise, et Tom fut impressionné par la clarté des analyses qu'ils faisaient rayonner sur ces trente pages – c'était littéralement brillant. Hannah Lee, qui était extrêmement minutieuse et avait l'esprit particulièrement affûté, avait relevé pour l'essentiel les mêmes points que lui. C'était la première fois qu'il avait l'occasion de vérifier les dires de Brennan sur son excellence.

Tom écoutait attentivement, faisant parfois des suggestions tout en restant profondément tiraillé par sa crise intérieure. Il voulait se rendre utile dans cette traque, sans être vraiment certain de souhaiter que Green Man se fasse prendre. Il avait des doutes quant au manifeste, même s'il était de plus en plus persuadé de son authenticité. Il avait enregistré sur son disque dur un document réunissant les photos des victimes, dans l'ordre de leur disparition. Il l'ouvrit rapidement par-dessus la fenêtre du manifeste. En regardant tous ces visages, jeunes et vieux, sa détermination s'affermit. Pendant ce temps, autour de la table, fusaient de toutes parts les théories les plus aiguisées, les analyses les plus avisées. Comme si les choses n'étaient pas assez chaotiques, Brennan dut s'interrompre inopinément pour répondre à un appel de la Sécurité intérieure. Carnes voulait savoir si la rumeur disait vrai, qu'un manifeste signé Green Man était bien arrivé en leur possession. Et si oui, pourquoi diable Brennan n'avait-il pas jugé utile de partager cette information avec les autres services concernés ?

Brennan ne prit pas la peine de quitter la salle pour répondre à Carnes. Devant ses collaborateurs les plus importants, il le fit de façon laconique, oui, un document leur était parvenu, mais il était actuellement en phase d'authentification. S'il se révélait fiable, il serait alors mis à disposition des autres services dans les plus brefs délais. Earl et Grant esquissèrent un sourire en entendant Brennan, entre les lignes mais d'une façon à peine voilée, envoyer l'agent de la Sécurité intérieure se faire foutre.

Ils revinrent à l'analyse du manifeste. À peine dix minutes plus tard, ce fut la procureure générale elle-même qui appela. Elle exigeait une mise à jour complète sur les derniers développements, ainsi que des explications sur sa mise à l'écart. Aussi respectueusement qu'il le pouvait, Brennan entreprit de lui expliquer la nécessité de restreindre la diffusion d'informations tant que la validité du document n'était pas établie, mais elle le coupa pour lui apprendre que soit le manifeste avait déjà fuité, soit Green Man avait pris soin de l'envoyer aussi aux médias, puisqu'on commençait à le voir apparaître partout sur la Toile. Le président lui-même, dans son bureau ovale, venait d'en lire les cinq premières pages – et il n'appréciait pas tellement de s'y voir décrit comme un égocentrique belliqueux et empoté, doté du « QI d'un chou »… Il voulait, disait-il, savoir illico ce que Brennan comptait faire de « toute cette merde ».

27

Il s'assit sur un des bancs qui se trouvaient à une trentaine de mètres de ce tourbillon de corps, de ce tumulte de chants. C'est avec un mélange de fierté et d'étonnement qu'il regardait ce rassemblement de jeunes gens. De toute évidence, ils avaient lu son manifeste et il les avait touchés en plein cœur. Sur leurs pancartes on pouvait lire *Fier d'être un défenseur de la planète* ou *Les choux ne décideront plus pour nous*, et le discours enragé que crachaient les enceintes au-dessus du campus de Columbus Circle rappelait que cette planète était la leur, et que la destinée de leur génération était de s'engager coûte que coûte pour la sauver. Il n'y avait pas là d'incitation directe à la violence : les policiers qui surveillaient l'événement, à pied ou à cheval, n'amorçaient pas le moindre geste pour y mettre un terme, ni pour arrêter qui que ce soit. Mais la frontière était ténue, et les appels à l'action suffisamment clairs pour que Green Man n'ait que peu de doutes sur l'origine de leur inspiration. Il avait d'ailleurs remarqué nombre de pancartes qui étaient censées le représenter. Plusieurs manifestants avaient pris soin de télécharger le portrait fictif, et plutôt inspiré, qui circulait sur la Toile.

Le jeune homme qui avait la parole termina son intervention en entonnant un refrain qui appelait à « sauver la Terre », puis quitta l'estrade le poing levé. Green Man, stupéfait, vit alors une grande jeune fille à la peau sombre s'avancer jusqu'au micro, et déclarer : « Bonjour à tous, je m'appelle Julie et je voudrais vous parler de la Grande Extinction. » Les discours qui avaient précédé s'étaient montrés musclés et bruyants mais n'avaient pas vraiment exposé de faits. Julie, elle, parlait doucement et s'appuyait sur la science. Elle expliqua comment, sur les huit millions d'espèces qui peuplaient la Terre, plus d'un million se trouvaient sous la menace directe de l'action humaine, et s'éteignaient même à un rythme exponentiel. En détaillant les causes majeures de cette extinction, elle déploya un impressionnant arsenal de savoirs en biologie, en chimie, en océanographie et en météorologie. Aucunement de l'esbroufe, mais un réquisitoire parfaitement argumenté. Et plutôt que de l'acclamer, son auditoire buvait ses paroles dans un parfait silence.

Green Man, hypnotisé, se remémora les discours d'Ellen, dans les années 1990, à Berkeley et à San Francisco. La voix et les manières de Julie rappelaient tellement celles d'Ellen que c'en était dérangeant : cette flamme à la fois discrète et contagieuse, cette profondeur de la réflexion et cette aisance dans l'utilisation des savoirs les plus pointus. Tout ce qui pouvait transcender son discours politique pour en faire un argumentaire imparable – en même temps qu'un sortilège lancé sur les foules charmées par tant d'éloquence.

Elle conclut sur une note plus personnelle :

« Regardez-moi. Je ne suis pas une terroriste. Je ne suis qu'une lycéenne qui pense à ses examens. Je ne veux blesser personne, ni détruire quoi que ce soit. À la limite, je peux devenir agressive sur un terrain de foot. Et encore. Je déteste prendre la parole en public : ce que je suis en train de faire me terrifie au moins autant que mon prochain contrôle de sciences physiques… »

Quelques rires encourageants se firent entendre dans le public, qui s'émouvait de voir cette brillante et charmante porte-parole dévoiler le visage familier de l'adolescente angoissée dissimulée derrière elle.

Cependant, Julie ajouta un dernier chapitre à son discours en citant directement le manifeste de Green Man comme si elle l'avait cosigné :

« Mais certaines priorités nous dépassent tous. Il est des combats qui nous demandent d'oublier ce que nous sommes individuellement pour embrasser une cause bien plus grande. Attaqués comme nous le sommes, nous sommes sommés de nous défendre. Ce qui est attaqué, ce sont nos vies, la possibilité même de notre existence, notre avenir sur cette planète. Ce sont les générations à venir qui se retrouvent sous le joug de cette menace. Quand on se sent ainsi menacés, on ne reste pas sans rien faire. On passe à l'action. Et le temps est révolu où cette action pouvait en rester aux modestes mesures pacifiques, à la prévention. Malgré sa force redoutable, le tigre du Bengale ne sera bientôt plus qu'un souvenir. Tout comme l'éléphant de Sumatra, aussi impressionnant soit-il. En tant que prochains sur la liste, nous nous devons de riposter, et avec toute la hargne nécessaire ! »

Green Man écoutait ses propres mots sortir de la bouche de sa fille, bouleversé. Et galvanisé d'une façon qu'il n'aurait pu anticiper. Ces terribles journées de dépression, ces interminables nuits sans sommeil, la peur incessante d'être arrêté, la culpabilité de mettre en danger ceux qu'il aimait : pour un instant, tout cela prenait sens. Submergé par cette euphorie soudaine, par cette justification inespérée, il sut ce qu'il lui restait à faire. Il était venu dans la seule idée de l'écouter et de l'apercevoir, une seule fois avant de tirer sa révérence, mais cela ne lui suffisait plus. Elle avait raison : le temps était venu d'agir avec audace, détermination, impatience.

Green Man se leva.

Julie termina son discours non pas avec le poing levé, mais en esquissant une respectueuse révérence vers l'auditoire, qui la gratifia des applaudissements les plus nourris de toute la journée. Elle accorda ensuite plusieurs entretiens aux jeunes reporters sur place, discuta avec d'autres porte-parole des mouvements présents. À la fin de la manifestation, elle rejoignit l'arrêt de la 68e Rue et sauta dans le premier bus qui la ramènerait chez elle.

À petites foulées, Green Man suivit le bus sans trop d'efforts. Le trafic matinal était dense, le feu rouge sur la 69e Rue avait joué en sa faveur. Green Man accéléra, et dépassa le bus pour l'attendre à l'arrêt suivant sur la 70e. Il s'y engouffra.

Julie était assise à l'arrière, seule. Elle avait sorti un livre de mathématiques de son sac à dos et s'y était totalement plongée. Green Man s'avança pour s'asseoir juste à côté d'elle. Il pouvait sentir qu'elle avait enregistré la soudaine présence d'un homme sur le siège voisin, alors qu'il y avait de nombreuses autres places disponibles. Mais au lieu de lui lancer un regard ou de se confronter à lui elle s'était tournée de l'autre côté. À son âge, il lui était devenu habituel de se faire aborder : elle avait choisi de l'ignorer totalement.

Les portes se refermèrent et le bus reprit sa route.

« Salut, Julie », lui dit-il sur le ton le plus calme et le plus posé que lui permettaient les circonstances.

Il n'avait au fond pas la moindre idée de ce qu'il faisait là, ni de ce qu'il allait dire ensuite. Tout ce qu'il savait c'était qu'après avoir entendu un tel discours il se devait d'aller la voir et de lui parler. Pour la première et la dernière fois.

Julie leva les yeux, surprise d'entendre prononcer son prénom. Elle prit le temps de le dévisager.

« Je vous connais, dit-elle enfin. Le petit copain de ma mère. Qu'est-ce que vous faites là ?

– Je ne suis pas le petit copain de ta mère.

– Son petit copain, son gars, son plan cul, j'en sais rien. Je vous ai vus ensemble, j'ai bien compris ce qui se passait. Qu'est-ce que vous faites dans ce bus ?

– Je peux parfaitement comprendre ce que tu imagines, mais tu te trompes. Nous sommes juste de très proches et très anciens amis. On s'est fait surprendre sous une pluie glacée, dont tu te souviens sûrement, ce qui explique les peignoirs. Je suis désolé. Je sais bien que la situation a dû être très désagréable pour toi. Mais, vraiment, nous ne sommes que deux très, très bons amis. Et c'est pour ça que je suis monté dans ce bus. Pour te parler de ta mère.

– Mais je ne veux pas parler de ça avec vous, dit-elle. Allez-vous-en.

– Je vais m'en aller, la rassura-t-il. Très bientôt. Et je n'essaierai même pas de te parler si tu ne le souhaites pas, ni de t'obliger à écouter ce que tu n'aurais pas envie d'entendre.

C'est promis. Mais d'abord je voudrais te demander juste une ou deux minutes d'attention. J'ai écouté ton discours, c'était terriblement puissant, j'étais vraiment très impressionné. Je sais que ça peut te paraître étrange puisqu'on ne se connaît pas, mais tu m'as rappelé ta mère et… jamais je n'aurais cru pouvoir être à ce point fier de toi… »

Sa voix se brisa, jusqu'au silence.

Julie posa le manuel de maths sur ses genoux et jeta un bref regard autour d'elle. Ils étaient seuls à l'arrière du bus, mais une bonne dizaine de passagers occupaient la partie centrale, avec parmi eux trois adolescents qui étaient au rassemblement. L'avant était complet. Aussi l'endroit lui parut-il assez sûr pour entamer une conversation avec un inconnu possiblement cinglé, qui d'une manière ou d'une autre connaissait sa mère.

« Bon, c'était peut-être censé être un compliment mais ça me donne surtout l'impression que vous m'espionnez. Et si vous étiez vraiment un si bon ami de ma mère, depuis si longtemps, je pense que je vous aurais déjà rencontré, non ?

– Non, répondit Green Man. Aussi étrange que cela puisse paraître.

– Et pourquoi ça ?

– Je ne peux pas te l'expliquer. Et il ne nous reste qu'une minute pour discuter. Je te promets de ne dire que la vérité. Ta mère est la meilleure personne que je connaisse. Et elle t'aime énormément. Tu es tout pour elle. »

Les traits de Julie s'adoucirent malgré elle.

« Et je comprends que tu es à un âge où tu te poses des questions, et qu'elle n'apporte pas des réponses aussi précises que tu le voudrais. Tu lui en veux. Crois-moi, s'il te plaît, tu ne devrais pas. Ce n'est pas sa faute. Je sais bien que ce n'est pas ce que tu voudrais entendre, mais tu devrais la remercier. Lui être reconnaissante, parce que, crois-moi, avec elle tu as vraiment tiré le gros lot et...

– Ne venez pas me dire ce que je dois penser. Qui que vous soyez, vous me mettez mal à l'aise, et je vais vous demander de sortir de ce bus tout de suite. Ou alors j'explique au chauffeur que vous m'importunez, et il y a une voiture de police au coin de la rue...

– Je vais descendre à la 91e Rue, affirma-t-il. Ensuite, tu ne me reverras plus jamais. » D'une voix douce, il l'implora presque : « Accorde-moi les dix prochains blocs, et je serai parti pour de bon, d'accord ? »

Julie hésita.

« Dix. Et ce ne sont pas des gros blocs alors faites vite, si vraiment vous avez des choses à dire.

– Tu me rappelles tellement ta mère. C'est exactement ce qu'elle aurait répondu. » Green Man accéléra son débit : « Elle n'avait qu'un an de plus que toi quand je l'ai rencontrée, et je l'ai vue prendre la parole dans ce genre de rassemblements. Ça m'a fait vraiment tout drôle de voir, aujourd'hui, à quel point tu peux être son portrait craché. Elle a accompli de grandes choses, mais je sais que tu iras encore plus loin qu'elle. »

Sa voix était chargée d'une émotion si profonde que Julie se sentit obligée de se retourner complètement, pour le regarder avec attention.

« Mais *qui* êtes-vous, à la fin ? »

Il soutint son regard.

« Julie, ta mère aimerait répondre à toutes tes interrogations, mais elle ne peut pas. Ce que je voulais surtout te dire, c'est que tu devrais arrêter de lui poser toutes ces questions.

Elle sent comme un vide, elle a l'impression de ne pas avoir été une bonne mère, et elle traverse en ce moment même une période bien plus difficile que tout ce que tu peux imaginer. Alors elle a besoin de tout ton amour, et de tout ton soutien. Je sais que je n'ai pas le droit de te demander ça, mais il faut que tu sois là pour elle.

– Si elle compte tant que ça pour vous, pourquoi ce ne serait pas à vous de veiller sur elle ?

– Parce que je ne le peux pas.

– Et pourquoi pas ?

– Parce que je m'en vais.

– Les e-mails, vous connaissez ? Le téléphone ?

– Non, il n'y aura plus d'e-mails, ni de coups de téléphone. Je ne m'adresserai plus jamais ni à elle ni à toi. Pour elle, je serai mort et enterré. Mais je me sentirai mieux en sachant que tu es là pour elle, que tu n'as plus de colère et… Julie, mes dix blocs sont passés. Je descends là. »

Green Man aurait voulu en dire beaucoup plus, mais voilà qu'une nounou, affublée des deux garnements en bas âge qu'elle était supposée surveiller, avançait dans l'allée en leur direction. Elle était au téléphone, parlant à toute vitesse dans son créole haïtien, tandis que les deux gamins se donnaient des coups d'épée en plastique. L'arrière avait subitement cessé d'être un espace privé. Et le bus était déjà en train de ralentir à l'approche de la 91ᵉ.

Green Man se leva, murmura « Au revoir, Julie, que Dieu te protège », puis rejoignit la sortie en esquivant une des épées en plastique, pour atterrir sur le trottoir. Il se tint là debout face à Riverside Park, face à la rivière. Il écouta le bus repartir dans son dos, puis souffla. C'est là qu'une voix lui dit :

« Hé, vous, attendez un peu. »

Il se retourna pour découvrir Julie, à côté de lui, et voir le bus s'engager sur Riverside Drive. Du haut de sa grande taille, dans son jean et sa veste assortie, l'adolescente paraissait nerveuse, mal à l'aise, encombrée.

« Vous ne pouvez pas me balancer tout ça et m'abandonner à la seconde suivante…

– C'est vrai, reconnut-il. Je n'avais pas prévu de te parler, mais je n'ai pas pu m'en empêcher. C'était une faiblesse de ma part. Et c'était égoïste, je suis désolé. Je n'aurais pas dû.

– Mais vous l'avez fait, dit-elle. Alors pourquoi ne pas avoir le courage de me dire ce que vous vouliez vraiment me dire ? » Elle s'approcha d'un pas. « Avant de mourir ou de vous envoler au bout du monde ou de disparaître, quel que soit votre délire. » Sa voix s'adoucit soudainement : « Vous êtes mourant ?

– Non, lui répondit-il. Je ne disais pas ça littéralement.

– C'est bien ce qu'il me semblait. Vous m'avez l'air en bonne santé. Mais j'ai été bénévole dans un hospice, et vous avez un peu employé les mêmes mots que certaines personnes là-bas, quand elles parlent de mourir. Alors dites-moi où se trouve cette destination qui vous empêche d'envoyer des mails et de téléphoner.

– C'est ma maison de vacances.

– Et où est-elle ?

– Ça, je ne peux pas te le dire. »

Elle enfonça ses mains dans les poches de sa veste en jean.

« Vous êtes toujours agaçant comme ça ? J'imagine mal ma mère supporter ça. »

Il ne savait pas lequel des deux avait commencé à marcher en premier, mais sans qu'il en ait eu conscience ils étaient en train d'avancer sous les arbres. C'était la fin de l'automne, la soirée était fraîche mais ensoleillée, les parents sortaient du travail pour emmener leurs enfants jouer au parc avant qu'il ne fasse trop sombre.

Ils avaient atteint le monument dédié aux soldats et aux marins, et Green Man profita d'un banc en pierre pour s'y asseoir. Julie hésita avant de s'installer à côté de lui.

« Je ne cherche pas à être agaçant… commença-t-il.

– Pourtant vous l'êtes…

– Et je ne crois pas que nous devrions être en train de discuter…

– N'empêche que vous m'avez suivie à ce rassemblement, et dans le bus, et que maintenant on est ici. Rien de ce que vous racontez n'a de sens. Pourquoi ne pas au moins parler normalement ?

– J'aimerais que ce soit possible.

– Vous en êtes capable ?

– Oui.

– Vous êtes marié ? »

Question inattendue. Il hocha la tête.

« Vous avez des enfants ?

– Oui.

– Vous leur parlez normalement, à votre famille ?

– Je fais de mon mieux.

– Et à ma mère, vous lui dites la vérité ? Si vraiment vous êtes un vieil ami, si elle vous emmène chez elle, c'est qu'elle doit vous faire confiance.

– Oui, j'ai toujours dit la vérité à ta mère.

– Alors essayez avec moi. Dans le bus, vous m'avez demandé de ne plus lui poser de questions. Quel genre de questions ?

– Celles que tu lui poses en ce moment. »

Julie l'observait.

« Vous voulez dire à propos de ce qu'elle a fait quand elle en a eu marre d'être déçue par les hommes ? Quand elle est partie à Los Angeles, à trente ans, pour se faire inséminer dans une clinique ? »

Il hocha la tête.

« Par un donneur qui s'appelait James, et dont je ne sais rien sinon ce prénom ?

– Voilà, ce genre de questions. »

Elle eut comme un frisson dans la voix.

« Vous en savez plus que moi ? Sur lui ?

– Tout ce que je sais, c'est à quel point Ellen t'aime. Et tu devrais t'en tenir à ça, sans la harceler…

– On se calme, coupa Julie. Quand maman m'a parlé pour la première fois de ce James, elle était en larmes, elle avait l'air bouleversée. Elle m'a dit que c'était parce qu'elle m'avait menti en me racontant qu'elle ne savait rien. » Elle garda un instant le silence, étudiant Green Man consciencieusement. « Mais ce mensonge qui la faisait pleurer, est-ce que c'était bien celui qu'elle m'a expliqué ? »

Julie dévisageait désormais Green Man de très près, examinant ses traits, la forme de sa mâchoire et de son front. Elle prononça sa question suivante dans un très faible souffle, qui sonnait pourtant comme un cri :

« Est-ce que vous êtes rapide ?

– Pardon ?

– Est-ce que vous courez vite ?

– Je ne dirais pas ça…

– Je vous ai vu courir à côté du bus, avant de monter. Vous savez y faire. Vous nous avez dépassés. »

Soutenir le regard de la jeune fille lui était presque insupportable, mais il était impossible de regarder ailleurs.

« Je ne m'en sors pas mal pour un homme de mon âge, j'imagine. Julie, je dois vraiment y aller... »

Sa lèvre inférieure trembla, mais quand elle reprit la parole sa voix était posée :

« Je parie que vous étiez un jeune homme très rapide.

– C'est possible. »

Puis, si doucement que c'est à peine si ses mots avaient existé :

« Êtes-vous mon père ? »

Un long silence s'installa. Puis, très délicatement, Green Man prit la parole :

« Ta mère m'a dit la même chose qu'à toi. Que sa grossesse venait d'un donneur anonyme dans une clinique de Los Angeles. Et Ellen ne m'a jamais menti...

– Ce n'est pas une réponse.

– C'est la seule que je puisse te donner.

– Et donc *si vous étiez mon père*, vous ne me diriez pas la vérité, maintenant ? »

Il ne pouvait rien dire.

Elle laissa traîner une longue expiration puis se leva. Les mains sur les hanches, elle le regardait de haut, la voix gonflée de colère :

« Parce que *si tu es mon père*, venu me faire ses adieux à la con avant de disparaître pour toujours, il faut que tu saches que je te hais. Vraiment. Je hais ton absence, je hais ton silence, je hais ce mensonge, je hais la façon dont tu as loupé mon enfance, la façon dont tu surgis comme si j'allais accepter tout ça, écouter tes conseils, tes banalités, je hais ta faiblesse, ta lâcheté, *je te hais, putain...* »

Il se leva aussi, et il la surprit en posant les mains sur ses épaules.

« Et si ton père avait une bonne raison de ne pas pouvoir te dire la vérité ?

– Du baratin. Quelle bonne raison pourrait justifier ce genre de mensonges ? Encore une excuse, c'est tout...

– Et si ce n'était pas ça ? S'il était impossible de te confier la vérité ? Si elle était si lourde que ce serait injuste de te la dire ?

– Tu ne me connais pas, affirma Julie de toute sa rage. Je peux encaisser n'importe quoi. Tu es un lâche et je ne veux plus entendre tes conneries... »

Il savait bien que toute explication était proscrite, que même essayer était impensable. Toute information supplémentaire les mettrait elle et lui en danger. Il avait été si prudent jusqu'alors qu'il fut choqué par sa propre question :

« Et si la vérité faisait peser tout le poids du monde sur tes épaules ? »

L'énormité de ces mots la prit par surprise. Elle réfléchissait à toute allure – à la fois furieuse, déconcertée... et stimulée.

« Qu'est-ce que ça veut dire... *Qui es-tu ?* »

Il la regarda au fond des yeux, et durant un long moment ils se turent, tandis que cinglait autour d'eux le vent du soir venant de la rivière. Il souffla ensuite tout bas ces mots, les mêmes qu'il l'avait entendue prononcer quelques minutes auparavant en conclusion de son discours :

« Il est des combats qui nous demandent d'oublier ce que nous sommes individuellement pour embrasser une cause bien plus grande... »

Elle ne comprit pas tout de suite, mais ses pupilles se rétractèrent quand elle reconnut le texte du manifeste. Un éclair de compréhension et d'effroi envahit alors son visage, puis elle s'écarta de lui, se retourna et se mit à courir, pour disparaître dans le parc.

28

« Et c'est pour *démasquer Shakespeare* qu'on a développé ce truc ? » demanda Brennan, suspicieux, avant de descendre une longue gorgée de Guinness.

C'était la première fois en presque une semaine qu'il ne se trouvait ni dans leur cellule de crise, ni au quartier général du FBI. Et malgré son air parfaitement épuisé, il semblait absolument déterminé à savourer cette courte pause dans ce pub irlandais de Georgetown. Les enceintes crachaient « Wild Colonial Boy » chanté par les Clancy Brothers. Quatre types étaient en train de jouer aux fléchettes dans un coin.

« Enfin, le démasquer, pas exactement, expliqua Tom en buvant par politesse une petite lampée de sa bière. Mais ils ont pu démontrer de façon assez convaincante qu'il n'avait pas écrit tout seul toutes les pièces qu'on lui attribue. Et ça ne se limite pas à Shakespeare : la stylométrie a été utilisée sur plein d'autres textes, ça va de l'Ancien Testament aux scénarios de *South Park*. Mais il se trouve que j'en ai d'abord entendu parler par un professeur de Stanford. Brillant, un peu cinglé aussi, spécialiste de Shakespeare. Il avait en plus de solides connaissances en statistique et en modélisation informatique, et il était à l'avant-garde des recherches sur l'analyse stylistique et l'intelligence artificielle…

– Ça, c'est du Stanford pur jus, marmonna Brennan en secouant la tête. Ils ne pouvaient pas laisser ce vieux Shakespeare tranquille ? »

Une serviette de lin ornait la chemise blanche du commandant en chef et devant lui se trouvait une assiette débordante de corned-beef au chou. Il s'y plongea avec un bonheur simple et évident, celui du gourmand qui s'apprête à se régaler. Tom piqua sa fourchette dans son ragoût d'agneau.

« Bon, et ça marche vraiment ? » demanda Brennan tout en mastiquant. Il déglutit, s'autorisa une nouvelle gorgée de stout. « Et en quoi ça pourrait nous aider à attraper Green Man ? Parce que moi, je miserais plutôt toute ma thune sur un bon millier d'agents assermentés, que j'enverrais quadriller les rues du Michigan à la recherche de fourgonnettes noires et d'autocollants avec une gueule de ratel…

– Ça peut marcher aussi, reconnut Tom. Mais la stylométrie peut donner des résultats plus rapides, et pour beaucoup moins cher. Ce sont des techniques qui ont déjà un siècle de développement derrière elles, et ces vingt dernières années on peut dire qu'elles ont fait un bond de géant. L'idée de départ est très simple : on peut, grâce à la statistique, analyser le style d'un texte pour déterminer qui en est l'auteur. Par exemple, on a des spécialistes de Shakespeare, comme le professeur Shaw à Stanford, qui cherche à savoir quelles pièces il a écrites entièrement seul, et lesquelles seraient le fruit d'une collaboration. Dans le cas des collaborations, ces experts brûlent de distinguer quel passage est de la main de Shakespeare et quel autre viendrait d'un dramaturge associé, comme Thomas Middleton, ou d'autres écrivains de l'Ère jacobéenne…

– Et ils y arrivent pour de bon ? demanda Brennan, l'air d'en douter. En découpant mot à mot des œuvres vieilles de cinq cents ans, pour déterminer qui a écrit quoi ?

– Oui, et avec une précision presque surnaturelle, répondit Tom. Ils agissent comme de vrais médecins légistes de la littérature. Ils utilisent la modélisation de données et l'intelligence artificielle. Le nombre d'éléments de syntaxe, de philologie, de lexicologie qu'ils sont en mesure de traiter augmente d'année en année. Leurs techniques s'affinent, elles deviennent de plus en plus efficaces, précises, sophistiquées. Mon prof travaillait en collaboration avec un expert en intelligence artificielle d'Oxford, un certain Leung, de renommée mondiale. »

Brennan jeta un coup d'œil sur le côté. Il avait manifestement un souci – soit avec un morceau de viande trop volumineux, soit avec la signification du mot « lexicologie ».

« OK, finit-il par dire. Mais si on parle de Shakespeare et de… comment il s'appelle, déjà, l'autre ?

– Middleton.

– Voilà. Ce sont des dramaturges connus et reconnus, je conçois qu'un expert soit capable d'utiliser leurs corpus pour définir leurs styles respectifs, analyser le choix de leurs mots, et utiliser ces données pour déterminer qui a écrit quoi. Mais Green Man, on ne sait pas qui il est… alors avec quoi comparer son texte ?

– C'est ce que j'essaie de vous expliquer. On n'a même plus besoin de le savoir, expliqua Tom. Nous en sommes arrivés au point où la stylométrie permet aux experts de définir le profil stylistique de *n'importe quel* écrivain. L'empreinte digitale de son style, en quelque sorte. Ensuite, il n'y a plus qu'à procéder comme après un relevé d'empreintes classique : les comparer automatiquement avec les millions d'autres éléments disponibles en ligne jusqu'à tomber sur une correspondance, sur une personne en chair et en os… En l'occurrence, sur Green Man. »

Brennan reposa sa fourchette.

« Alors c'est aussi simple que ça…

– Oui. Enfin, en théorie. Il y a des inconnues, par exemple la quantité de traces écrites laissées par Green Man auparavant. Mais vu son niveau d'éducation, je dirais qu'il doit y en avoir beaucoup. Je ne serais d'ailleurs pas surpris qu'il ait signé des publications ici ou là, ce qui nous rendrait la tâche beaucoup plus facile. J'ai transmis à Hannah Lee les noms des meilleurs experts mondiaux en stylométrie, elle est déjà sur le coup.

– Ouais, je sais, elle est très excitée par cette idée, admit Brennan. Mais elle se pose la même question que moi : pourquoi vous ne vous en occupez pas vous-même ?

– Hannah est formidable, vous aviez raison à son sujet. Elle vaut aussi bien que moi sur ce terrain, sinon plus.

– C'est aimable à vous. Mais c'était votre idée. Vous arrivez avec une approche intéressante, qui implique par ailleurs l'un de vos anciens professeurs. Pourquoi ne pas aller vous-même au bout de ce chemin, pour voir jusqu'où il vous porte ? »

Du bout de sa fourchette, Tom repoussa un morceau d'agneau.

« Parce que je ne suis pas sûr d'y croire.

– À l'approche statistique du texte ?

– Non, au manifeste.

– J'avais moi-même un bon paquet de doutes, reconnut Brennan. Mais maintenant on est à peu près certains d'avoir bien affaire à Green Man.

– Oui, c'est bien lui. Mais d'une certaine manière, que je n'arrive pas à expliquer, ce n'est pas lui, dit Tom.

– Qu'est-ce que ça veut dire ?

– Je ne sais pas trop…

– Vous pensez qu'il cherche à nous baiser ?

– Jamais il ne nous montrerait son jeu comme ça. Ça va à l'encontre de tout ce que j'ai pu comprendre de lui. Ce n'est peut-être qu'un écran de fumée. Ou un leurre.

– On en sait tellement sur lui, désormais, que s'il essayait de nous leurrer on le remarquerait immédiatement. Nous savons où il a frappé, à quel moment il a frappé et, à chaque fois, nous savons exactement comment il s'y est pris. Et quoi qu'il essaie de faire avec ce manifeste, oui, il nous laisse du même coup voir son jeu. On n'écrit pas trente pages sans y laisser apparaître de très spécifiques, de très significatives parts de soi-même.

– Ça ne fait aucun doute, en effet. Je ne prétends pas comprendre ce qu'il essaie de faire. Mais il a *toujours* eu un coup d'avance sur nous. »

Lc bar était parfaitement climatisé, pourtant Brennan s'était mis à transpirer. Il passa le dos de sa main sur son front luisant.

« Vous avez tendance à le surestimer, Tom. Personne ne peut gagner à un contre mille. Au moment où on met la main sur son gant, ce n'est plus lui qui a un coup d'avance. Et je ne pense pas qu'il avait prévu cette interpellation dans le Nebraska pour un feu arrière en rideau.

– Ce sont deux petites erreurs, des aléas.

– Les cinq premières fois, il n'en avait commis aucune. Je suis dans le métier depuis longtemps, alors vous pouvez me croire si je vous dis qu'il sent l'étau se resserrer. Cela fait des semaines que je n'ai pas dormi correctement. Cette affaire me colle à la peau. Et la pression que je ressens, je sais qu'il la ressent à la puissance dix. Ne pas se mettre à faire des erreurs dans de telles conditions, ce serait inhumain.

– Je n'en doute pas une seconde, par contre je ne crois pas qu'il ait pu laisser un autocollant sur son pare-chocs. Et son manifeste ne m'inspire pas confiance. J'aimerais comprendre pour quelle raison il nous l'a fait parvenir. »

D'un coin de serviette, Brennan épongea la sueur sur ses joues. La serviette retomba sur la table.

« Et si ses motivations étaient avant tout politiques ? Sur ce terrain-là, le président a du flair. Et si toutes ses craintes à propos de l'élection à venir étaient fondées ? La partie va être serrée, et l'environnement sera un enjeu central. Un moment décisif dans l'histoire de notre pays. À chaque attaque, Green Man a secoué les sondages. En politisant son action avec ce manifeste, et en prenant clairement le président à partie, il agit peut-être directement sur le cours de l'histoire américaine. Bien plus qu'il ne le ferait en démolissant cinq barrages de plus.

– Au moins, cette hypothèse politique est crédible », concéda Tom, sans préciser qu'il approuvait cet aspect politique du manifeste.

Ce n'était pas les raisons de vouloir – et de toute urgence – changer de politique environnementale qui manquaient, dans ce pays. Mais, assis en face du chef de son unité, de cet homme qu'il admirait et qui se consacrait tout entier à la traque de Green Man, Tom avait de nouveau en tête l'idée que s'il ne réussissait pas sa mission, de nouvelles vies seraient sans doute emportées dans une très probable nouvelle attaque terroriste.

« Il reste quand même une chose qui me chiffonne, avec ce manifeste. Si c'est la voie que vous et Hannah Lee avez choisi de suivre, je vous ai refilé là-dessus mon meilleur atout. Mais le temps nous est compté, et je pense vraiment pouvoir être plus utile en suivant une tout autre piste. Et quand je dis que le temps nous est compté, ce n'est pas une métaphore. N'est-ce pas ? »

Brennan approuva avec une légère grimace et se mit à se frotter la nuque.

« Tout va bien ?

– Juste une tension dans le cou ; j'ai dû passer trop de temps à lire. Oui, on peut dire que l'heure tourne et que chaque minute pèse très, très lourd. »

Tom réfléchit avant de reprendre, plus en douceur :

« Si je peux me permettre cette question, il nous reste combien de temps, à votre avis ? »

Washington DC n'était pas une très grande ville, et Brennan dut d'abord jeter un regard de part et d'autre de la salle. Assuré qu'aucune oreille n'était à sa portée, il répondit :

« Deux semaines. Trois, si on est large… Après, c'est fini.

– C'est insensé. Comment pourraient-ils vous retirer le dossier des mains ? »

Le visage de son aîné se ferma ostensiblement.

« Personne ne me le retirera puisque nous allons résoudre cette affaire à temps. Et sachez que j'ai confiance en votre instinct. Il a fait ses preuves en vous menant dans le Nebraska…

– Là, j'ai eu un petit coup de chance…

– La chance, je n'y crois pas, le coupa Brennan. Votre père savait écouter son instinct, et moi je savais lui donner du mou pour qu'il le suive. Alors, dans quelle direction souhaitez-vous partir, cette fois ?

– Pas vraiment une direction, plutôt une nouvelle façon de chercher. »

Le regard de Tom croisa celui, acéré, de Brennan.

« Je ne suis pas convaincu que le manifeste de Green Man puisse nous mener au but. En revanche je suis certain que ses attaques peuvent nous y conduire directement.

– Quelque chose à propos du barrage ?

– Et des cinq autres coups, considérés dans leur ensemble. Il s'est peut-être fait aider ici ou là, mais à mon avis c'est essentiellement son œuvre à lui. Je sens que toutes ces attaques viennent d'un seul et même cerveau, qu'il les a lui-même conçues puis mises à exécution. C'est un artisan, et chacune de ses productions montre différentes composantes de sa marque de fabrique, de son savoir-faire, de ses talents particuliers. Et de ses méthodes de prédilection.

– L'ensemble de ses compétences propres, c'est ce que vous voulez dire ?

– Voilà. Je voudrais examiner de très près la façon exacte dont il a réalisé chacune de ses attaques. Ses techniques. Les savoirs dont il a eu besoin pour couler le yacht, faire exploser l'usine, démolir le barrage. Les champs de la science et de l'ingénierie qu'il se devait de maîtriser. La palette de ses connaissances est vaste, pluridisciplinaire, et d'une façon qui ne court pas les rues. Je pense être en mesure d'établir le profil de ses domaines d'expertise, un profil qui mettrait en relief ce qu'il a fait dans sa vie ainsi que la formation qu'il a reçue. Une fois qu'on a ça, on peut se mettre directement en recherche de correspondances.

– Vous n'allez pas pouvoir travailler seul, lui dit Brennan.

– Dans l'idéal il me faudrait un ingénieur structure ou mécanique, quelqu'un qui croise les disciplines. J'ai déjà commencé à prospecter chez Caltech…

– Il y a cette experte en mécanique ultra pointue, chez Carnegie Mellon, qui nous a déjà prêté main-forte. Après la deuxième attaque, on n'avait pas encore une idée précise du gars à qui on avait affaire, mais d'une certaine manière, certes très limitée, on a commencé à tenter cette approche dont vous êtes en train de parler. Et quelqu'un de la Défense nous a orientés vers elle, en nous vantant l'étendue de ses connaissances. Elle venait de remporter une sacrée récompense. Un… quoi, un Dingus ? Un Dickman ?

– Elle a gagné un Draper ? Vous êtes en train de me parler du docteur Ronningen ?

– Ouais. J'ai eu l'occasion de la croiser brièvement. Elle m'a beaucoup impressionné, et… »

Brennan s'interrompit brusquement, se renfrogna, puis se frappa la poitrine pour reprendre sa respiration.

« Qu'est-ce qui se passe ? demanda Tom, inquiet.

– Rien. Ça m'arrive de temps en temps, c'est le corned-beef qui ne passe pas.

– Des conneries, oui. »

Tom avait déjà son portable à la main.

« Qu'est-ce que vous faites ?!

– J'appelle une ambulance.

– Arrêtez de déconner, j'ai besoin de retourner bosser immédiatement. Et je sais très bien ce que le médecin va me dire : j'ai quinze kilos à perdre et je devrais arrêter la bière, et…

– Restez assis, respirez profondément et taisez-vous, lui intima Tom. J'ai perdu mon père à cause d'une crise cardiaque. Je ne compte pas vous perdre, vous aussi. » Il reprit, à l'intention de son téléphone : « Je suis au pub Flanagan de Georgetown. J'ai besoin d'une ambulance tout de suite. Une crise cardiaque, même si la victime est trop butée pour le reconnaître. »

29

Green Man aurait pu prévoir un atterrissage à Lubbock, ou même à Midland, qui était encore plus près. Mais il s'agissait de petits aéroports, et plus il se rapprocherait des gisements, plus son vol pourrait être ciblé par les gens qui le traquaient. Prendre l'avion constituait déjà un risque en soi, risque qu'il avait jusqu'alors réussi à éviter. Pour sélectionner ses six précédentes cibles, il avait effectué tous ses trajets en fourgonnette, en utilisant les petites routes. C'était un moyen plus sûr et qui laissait derrière lui une empreinte carbone moindre – sur ce plan il n'y avait pas grand-chose de pire que l'avion. Mais le temps lui était désormais compté : son manifeste était lâché dans la naturc, le président avait solennellement promis son arrestation à la télévision, et il pouvait sentir se rapprocher le souffle de ses poursuivants.

L'aéroport international de Dallas-Fort Worth était à plus de six heures de route des gisements, et lui offrait donc l'éloignement recherché. Il s'agissait également du quatrième aéroport d'Amérique en matière d'activité, or plus il y avait de monde, et de destinations variées, plus il avait de chances de passer à travers les mailles de leurs filets. Il loua une Jeep, un modèle Grand Cherokee bleu foncé. Des enceintes de la voiture il fit cracher une orageuse country bluegrass, et il s'enfonça sous le soleil du Texas pour aller faire un peu de shopping.

Dans une pharaonique boutique de surplus militaire, il acheta une paire de rangers légères, des jumelles Apache, un chapeau d'explorateur, des lunettes de vision nocturne à fixation et un sac en toile. Il parcourut du regard tout un rayon d'armes à feu, mais opta pour un couteau Ka-Bar, payable en liquide et sans pièce d'identité.

« Vous préparez une invasion ? demanda derrière la caisse l'employé débonnaire affublé d'un tee-shirt qui masquait fort mal son embonpoint.

– Je fais des réserves, dit Green Man. On ne trouve pas tout ça facilement, dans le Vermont.

– Faut venir s'installer au Texas », lui répondit l'affable caissier.

Dans une friperie d'une banlieue chaude au nord-est de Dallas, il dénicha une salopette de travail en coton ainsi que plusieurs tee-shirts de couleur noire. Il les essaya dans la petite cabine du magasin. Il constata que ces habits lui donnaient un peu moins l'air d'un homme d'affaires en goguette, et un peu plus celui d'un ouvrier bourru qui espérait trouver du travail sur les zones de forage.

À Dallas, son hôtel se trouvait à un kilomètre à peine de Dealey Plaza[1]. Après s'être enregistré, Green Man sortit faire

1. Lieu de l'assassinat de John F. Kennedy. Au croisement mentionné deux lignes plus bas se trouve l'immeuble d'où auraient été tirés les coups de feu fatals au président.

un tour en ce début de soirée jusqu'au croisement de sinistre mémoire entre Elm et Houston. Le Six Floor Museum n'avait pas encore fermé ses portes, mais il avait déjà visité l'exposition quelques années auparavant, et cela lui avait semblé particulièrement douloureux. Il préféra se diriger vers un banc délaissé, à proximité de la célèbre butte verdoyante, et s'y installa, tandis que s'allongeaient les ombres. Il imagina alors le cortège présidentiel tournant au niveau du fameux dépôt de livres scolaires, qui à l'époque faisait l'angle, pour ensuite remonter Elm Street vers l'endroit précis où il était assis. Le parcours avait été annoncé dans les journaux de la ville afin d'assurer la présence d'un maximum de spectateurs. Lee Harvey Oswald s'était installé dans son repaire de sniper, au sixième étage de l'immeuble qui abritait le dépôt de livres et qui offrait une vue imprenable sur le croisement en contrebas.

JFK faisait partie du panthéon personnel de Green Man – il admirait ce que Kennedy avait accompli avec son programme spatial et avec la création du Corps de la Paix. Il aimait à croire qu'à cette époque l'Amérique regardait dans la bonne direction. Si Kennedy ne s'était pas fait descendre, est-ce qu'avec son frère ils auraient ensuite embrassé la cause des droits civiques, sorti les États-Unis du Vietnam ? Et puis, avec leur intelligence, leur sensibilité aux avancées de la science et des idées, auraient-ils su écouter l'avertissement que Charles David Keeling avait été le premier à lancer, dans les années 1960, depuis l'observatoire du Mauna Loa, à propos de la concentration grandissante de dioxyde de carbone dans l'atmosphère due à l'activité humaine, telle que l'illustrait ce qu'on avait appelé « la courbe de Keeling » ?

C'était l'un de ces rares moments de l'histoire où un leader visionnaire aurait été en mesure de se pencher sur ces recherches, d'envisager l'avenir, de prévoir le danger. Un éminent scientifique avait lancé une alerte très précise, fondée sur des faits incontestables. Si cette alerte avait été prise au sérieux, le monde aurait ensuite connu de longues années d'actions sensées, et ne se retrouverait pas aujourd'hui plongé dans une aussi alarmante détresse. Mais les trois coups d'Oswald avaient retenti, le président s'était écroulé, et l'occasion était passée. Si un seul homme avait pu d'un tir changer le cours des choses pour le pire – traumatiser l'Amérique et faire passer la Terre à côté d'une chance historique –, un autre ne pourrait-il pas être en mesure de remettre l'histoire dans le droit chemin, sauver le pays de ses propres démons, et accorder au monde une rémission de dernière minute ?

Green Man était assis au milieu des panneaux et des pergolas, sur cette place qui avait été méticuleusement restaurée pour ressembler précisément à ce qu'elle était le 22 novembre 1963. L'endroit respirait la fragilité du destin et de l'existence, et aussi l'idée selon laquelle un seul individu, armé à la fois d'audace et de naïveté, pouvait agir d'une façon impossible à prévoir, et modifier l'histoire de l'humanité. Green Man se gorgea de cet endroit à la manière d'un vampire qui absorbe le sang de sa victime. Puis il se releva, presque enivré par la certitude que lui aussi était capable d'accomplir quelque chose de démesuré.

Il marcha dans la pénombre jusqu'à son hôtel. Il prit deux cachets puis essaya de trouver le sommeil, mais ne fit que dériver une heure ou deux avant de se réveiller, saturé d'excitation. C'était toujours comme ça lorsqu'il était en phase d'approche : une impatience grandissante, qui prenait de plus en plus de place dans le petit matin, jusqu'à ce qu'il ne puisse plus rester une minute supplémentaire confiné dans le silence. Il quitta l'hôtel au lever du jour et prit la I-20 vers l'ouest. Rouler sur une autoroute dans une Jeep aux vitres non teintées le faisait se sentir étrangement à découvert, mais avait quelque chose d'excitant.

À l'ouest, le Texas était d'une platitude et d'un brun monotones – ce qui, même à la lumière du levant, lui paraissait parfaitement déprimant. Il essaya de se concentrer sur sa mission : dans quelques semaines, il allait revenir au volant de son van, chargé de suffisamment d'explosifs pour transformer un gigantesque gisement de pétrole en véritable enfer sur terre. De quoi aurait-il besoin pour y mettre le feu, et quel serait le meilleur moyen pour se glisser à l'intérieur et en sortir ? La seule chose qu'il savait avec certitude pour l'instant, c'était l'heure à laquelle il prévoyait d'attaquer. Après avoir étudié les derniers rapports alarmants venus des satellites concernant le pic de concentration des gaz à effet de serre et l'accélération de la fonte de la calotte glaciaire antarctique, le groupe d'écologistes radicaux basé en Suède avait spectaculairement fait avancer l'aiguille sur l'horloge d'Östersund – plusieurs crans supplémentaires vers le dernier minuit de la Terre. En se synchronisant une dernière fois sur l'horloge de l'apocalypse, Green Man allait donc frapper le champ de pétrole sur les coups de minuit.

Il fit une pause à Midland, où il déjeuna dans un rade mexicain à l'ombre d'un gigantesque immeuble administratif. Il était sur les terres de la famille Bush, l'archétype de la ville pétrolière arrogante. Le centre-ville comptait une petite poignée de grands immeubles datant des prospères années 1980, avant que les premières faillites ne viennent inverser la courbe. Cette demi-douzaine de constructions vieillissantes semblaient se moquer des ambitions de cette ville qui s'était un instant rêvée comme une nouvelle Dallas, une nouvelle Houston.

De Midland, il n'avait qu'un saut rapide à faire jusqu'à Odessa, ensuite deux heures seulement le sépareraient du Bassin permien et de la ville de Pecos. Des chevalets de pompage s'étaient mis à éclore dans les endroits les plus inattendus. Des « têtes de cheval », comme on les appelait dans le coin, qui avaient l'air d'acquiescer en permanence dans le vide au-dessus des toits, de s'agiter à proximité des autoroutes, de profaner même les lieux sacrés et de casser la monotonie des paysages agricoles. Sur la route, les villages semblaient quant à eux dépérir, engagés dans une vaine lutte pour leur survie, tandis que sous la surface coulait l'or liquide.

Vingt minutes à l'ouest de Pecos, Green Man avait atteint Baines, un endroit qui n'avait d'abord été qu'une obscure tache sur la carte avant de devenir l'épicentre mondial de la fracturation hydraulique du schiste. Baines était également la commune la plus proche du gigantesque gisement Hanson, celui que Green Man comptait réduire en cendres. Il se gara et parcourut ses rues poussiéreuses, protégé du soleil de plomb par les larges bords de son chapeau d'explorateur, pour mieux s'imprégner de ce mélange entre le modeste hameau texan assoupi et la pétaradante salle des fêtes pour milliardaires insolents.

Il y avait aussi ces ruelles pauvres qui abritaient d'humbles demeures, aussi modestes que parfaitement entretenues, la minuscule école, le magasin Family Dollar et la petite église baptiste qui arborait en devanture un panneau avec cette mise en garde : *Baptême obligatoire pour quiconque souhaite utiliser le parking de l'église*. Mais le trafic, particulièrement encombré en ville, ne cessait d'empirer. Et il ne s'agissait pas de petites voitures familiales en route pour un baptême, mais plutôt de minibus, de navettes d'entreprise remplies de bras laborieux et d'employés dociles qui se succédaient par quarts de dix, douze ou quatorze heures, revenant des gisements pour retrouver à Baines leurs barbecues fumants et leurs bières glacées.

Les bars et les restaurants sur l'artère principale proposaient leurs grillades typiquement texanes arrosées de Budweiser, et trois clubs privés appâtaient leurs clients d'une tout autre manière. Une roulotte proposait des coupes de cheveux pour trente dollars, un tarif bien supérieur à la normale, considérant le revenu moyen dans ce genre d'endroit. Quant au salon de tatouage haut de gamme, quelques pas plus loin, il ne désemplissait pas. Green Man ne vit quasiment que des hommes, quelques rares jeunes femmes se tenaient aux coins des rues dans leurs tenues criardes et leurs jupes très courtes, ou s'engouffraient dans les bars par groupes de trois. Il avait la gorge sèche, ces bistrots climatisés l'appelaient de toutes leurs forces avec leurs burgers et leurs bières, mais ce genre de ville ne plaisantait pas avec la sécurité et on y trouvait très certainement des caméras de surveillance dernier cri. Les habitudes avaient la peau dure.

Green Man resta donc dans l'ombre à observer les travailleurs, enregistrant en détail leurs façons de s'habiller, de parler, de se comporter. La proximité lui permettait d'entendre jusqu'au bruit sourd de leurs bottes de travail, de voir les traces laissées sur leur peau par le soleil. S'il utilisait le reflux pour mettre le feu au gisement, ces hommes seraient immédiatement exposés aux gaz létaux libérés dans l'opération. Ils seraient asphyxiés sur place, ou bien ils hériteraient de graves problèmes de santé qui les suivraient jusqu'à la tombe. C'étaient des durs, pas des méchants. Ils ne cherchaient pas particulièrement à nuire à l'environnement. Ils avaient simplement signé pour le meilleur boulot qu'ils avaient pu trouver, et Green Man ne leur souhaitait aucun mal. Il sentit tout le poids de ce qu'il s'apprêtait à leur faire, et en retournant à sa Jeep il pria Dieu que soient justifiés les dommages causés par l'accomplissement de sa tâche parmi ces gens innocents.

Il avait déjà vu des gisements de pétrole, mais rien de comparable à l'empire Hanson, qui avait surgi du paysage désertique telle une version métallique de la cité magique d'Oz. C'était une ville qui étincelait de ses installations, réservoirs, pipelines et milliers de plates-formes qui carburaient au diesel et envoyaient sous terre leurs liquides toxiques pour faire éclater le schiste. Les ouvriers étaient partout, les camions allaient et venaient, faisant entrer les ravitaillements et sortir le pétrole. Et la sécurité était sur le pied de guerre. La clôture métallique coiffée de barbelés acérés qui entourait le site faisait dix mètres de haut. Au volant de sa Jeep, Green Man aperçut un mirador. Il ne prit pas le risque de ralentir à l'approche du périmètre.

Il suivait la route qui longeait l'exploitation, vers le nord, là où la rivière Kildeer s'engouffrait sous la clôture. Il constata avec soulagement qu'aucun poste de surveillance ni aucun dispositif particulier n'était installé à cet endroit précis. Il bifurqua vers le chemin de terre qui longeait la rivière, y avança en amont, sur deux kilomètres à peine, pour se trouver hors de portée du gisement pétrolier. Il se gara alors sur la rive, sombre et rocailleuse.

Green Man se déchaussa en vitesse et trempa les pieds dans la rivière. Elle faisait une dizaine de mètres de large et lui parut étonnamment froide. Il se déshabilla complètement, plongea sous la surface, sut apprécier la morsure de l'eau, garda les yeux ouverts. La rivière n'était pas très profonde mais, en son milieu, il pourrait nager à plus d'un mètre. Ce serait suffisant. Même en plein jour il serait difficile de repérer sa combinaison de plongée qui, avec sa couleur noire, pourrait se confondre avec le basalte au fond de l'eau. À minuit, il serait littéralement invisible.

Il s'extirpa de la rivière, et il ne fallut que dix minutes au soleil du Texas pour le sécher. Il avait repéré une butte située à plusieurs kilomètres du gisement Hanson. Green Man se remit en route pour la rejoindre, cahotant sur les chemins de terre, les étendues de sable et de cailloux, restant toujours à plus d'un kilomètre de la clôture. Au pied de la butte se dressait un bosquet de chênes. Il y gara la Jeep avant de grimper jusqu'au plateau pour tout observer depuis le sommet. À ce poste privilégié, il pouvait voir la configuration précise des lieux. La rivière scintillante glissait sous la clôture du côté nord et traversait le gisement pour ressortir côté sud.

À l'aide de ses jumelles Apache, parcelle par parcelle, il examina ce terrain qu'il avait déjà étudié par cœur sur les quelques rares plans accessibles au public. Sa vision amplifiée balayait lentement les réservoirs gonflés de pétrole et de gaz, reliés par tout un labyrinthe de tuyauterie, puis les interminables rangées de plates-formes sur lesquelles s'affairaient les équipes, les entrepôts de stockage à plat destinés au sable et aux produits chimiques, jusqu'aux accumulateurs métalliques contenant les liquides de reflux, à l'écart, près de la rivière. Ces cylindres vert clair, hauts de dix mètres, étaient amassés en grappes. Chaque réservoir était connecté à un système d'évacuation permettant de brûler les gaz nocifs qui pourraient s'en échapper.

Il entrerait à la nage du côté nord et resterait sous la surface le long des huit cents mètres qui menaient aux accumulateurs. Une nuit sans lune serait préférable, mais il y aurait toujours le flamboiement et les lumières des machines. En sortant, il serait couvert par l'ombre des accumulateurs. Ils étaient faits de métal lourd, mais leurs systèmes d'évacuation les rendaient vulnérables. Et leur proximité les uns par rapport aux autres constituait une faille capitale : si l'un d'entre eux explosait, son voisin l'imiterait. Il suffisait d'en faire exploser cinq pour qu'ils emportent avec eux la totalité des cinquante accumulateurs. Si ces cinquante accumulateurs explosaient, c'en serait fini du gisement Hanson. Et cela, si tout se passait bien, sans toucher aux réserves de gaz et de pétrole situées à l'opposé, qui intoxiqueraient l'atmosphère si elles venaient à s'enflammer.

Green Man avala un sandwich au jambon à l'intérieur de sa Jeep. Le soir tombait et le flamboiement des gaz en contrebas – ces flammes que l'on voyait aussi de jour mais sans vraiment les remarquer – se mit à danser devant l'obscurité grandissante. Il avait vu ce qu'il devait voir et aurait donc pu repartir immédiatement, mais il choisit de s'attarder. Il prenait là un risque calculé – chaque minute supplémentaire l'exposait un peu plus – mais il voulait absolument voir le gisement dans les ténèbres, tel qu'il lui apparaîtrait lorsqu'il reviendrait pour le détruire.

30

« Et comment va votre patron ? » demanda le docteur Ronningen. D'une grande beauté, elle avait la trentaine resplendissante – un mètre quatre-vingts ou presque, un impressionnant mélange de traits norvégiens et israéliens. « Ce bon vieux Brennan. Je l'aime beaucoup, précisa-t-elle. Une vraie personnalité. J'ai été désolée d'apprendre qu'il était souffrant.

– Une simple arythmie. Ils lui ont mis un pacemaker, expliqua Tom. C'était angoissant sur le moment, mais il devrait s'en sortir sans problème. Il faut juste qu'il surveille son alimentation et qu'il se ménage professionnellement… Un enfer pour lui, dans les deux cas, il faut bien le reconnaître.

– Oui, il doit détester ça », dit-elle dans un rictus tout en continuant de faire défiler les synthèses sur les six attaques de Green Man.

Elle était capable de tenir une conversation badine tout en lisant à très grande vitesse. Tom remarqua qu'elle ne prenait aucune note. Peut-être n'en avait-elle pas besoin. Elle jouissait d'une véritable réputation de rock star : boursière de la fondation Rhodes, on lui devait de nombreuses publications en divers domaines, elle donnait des conférences à travers le monde, avait remporté plusieurs prix scientifiques d'importance et à trente ans était déjà titulaire d'une chaire universitaire.

« Je crois que les vingt-quatre heures de travail par jour lui manquent encore plus que la Guinness, lui dit Tom. Mais de peu. J'espère qu'il respecte au moins une ou deux recommandations...

– Je ne parierais pas là-dessus, dit-elle en terminant la lecture de la note de synthèse qui concernait le barrage Boon. Ces listings de toutes les compétences spécifiques dont il a eu besoin pour chaque coup sont très complets. Ils nous seront d'une grande utilité. Qui les a établis ?

– Il se pourrait bien que ce soit moi », reconnut Tom.

Il avait passé beaucoup de temps en milieu universitaire, mais jamais il n'était tombé sur un bureau aussi imposant, surtout pour une aussi jeune professeure. C'était même plutôt un laboratoire : une dizaine d'ingénieurs auraient pu y travailler ensemble sans se marcher sur les pieds.

« Bravo, dit-elle. Mais pourquoi devrions-nous éplucher les lettres envoyées après chacune des attaques, et lire tout son manifeste ?

– Dans chacune de ses lettres, il nous informe sur ses méthodes. Et dans son manifeste il détaille son analyse des menaces qui pèsent sur la Terre. La façon dont ces éléments s'imbriquent nous en dit long sur sa façon d'envisager comme un tout les différentes branches de la science. Et je pense aussi qu'il est important d'entendre sa voix...

– Et vous, vous l'entendez très bien, n'est-ce pas ? Moi j'ai surtout l'impression que ça nous fait perdre du temps. » Elle décida cependant de ne pas argumenter. « Allez, ce n'est pas un pavé, je veux bien m'y plonger. Et je vous préviens, je ne crois ni aux pauses ni au sommeil. Surtout quand on joue contre la montre, ce qui est notre cas si j'ai bien compris.

– On peut le dire. On a intérêt à se mettre la pression. Je n'ai rien contre le H24, et je resterai avec vous autant qu'il le faudra.

– Nous verrons, dit-elle avec un soupçon de défi. Javad devrait arriver d'une minute à l'autre. Commençons par l'attaque du barrage pour ensuite remonter en arrière : les talents que lui ont demandés la conception du drone et la destruction de l'édifice sont particulièrement éloquents. La torpille artisanale qu'il a utilisée pour l'attaque du yacht devrait également nous en dire beaucoup. Ce ne sont pas des compétences banales.

– Et qui est ce Javad ? C'est quoi, sa spécialité ? demanda Tom.

– La modélisation informatique. Il traduira mon expertise technique en un profil de données qui nous permettra de lancer une recherche…

– Je peux me charger de la modélisation, dit Tom.

– Je n'en doute pas. » Son sourire, poli mais vaguement dédaigneux, était de ceux qu'elle adressait à ses étudiants lorsqu'ils n'étaient pas tout à fait à la hauteur. « Ne le prenez pas mal, mais Javad n'est *vraiment pas mauvais* dans ce domaine.

– Je ne le prends pas mal… mais je me débrouille très bien aussi. »

Elle le dévisagea.

« Que faites-vous, précisément, au FBI ?
– En ce moment, tout ce dont ils ont besoin. Mais je suis diplômé en génie informatique, si c'est ce que vous voulez savoir.
– Et vous vous êtes formé où ?
– À Caltech.
– Avec ?
– Mes deux principaux tuteurs étaient le docteur Boyer et le docteur Iwasaki. »
Ses larges yeux noirs s'élargirent imperceptiblement.
« Vous avez travaillé avec Kenji ?
– Je ne l'ai jamais appelé comme ça. »
Elle sortit un téléphone portable. Il était trois heures de moins, à Los Angeles. Elle fit défiler ses contacts en vitesse, frappa l'écran du doigt puis le colla à son oreille. Tom l'entendit dire :
« Kenji, c'est Lise… Non, je ne crois pas qu'Ernest et moi on pourra venir à Davos cette année… Écoute, j'ai là un de tes anciens étudiants. Il me dit qu'il travaille pour le FBI… Non, vraiment. Il s'appelle Tom Smith et il prétend que… »
Elle s'éloigna, le téléphone toujours à l'oreille.
Tom la regarda faire le tour du laboratoire. Elle était en perpétuel mouvement, toujours à faire plusieurs choses en même temps, vérifiant une phrase, réglant un cadran, tout en poursuivant sa conversation. Elle revint vers Tom tout en parlant, « Merci, Kenji. Oui, je lui dirai », et raccrocha.
« Apparemment vous lui avez fait forte impression. Il vous dit bonjour et il pense que nous n'aurons pas besoin de Javad.
– Heureux de l'entendre.
– C'est une bonne chose pour Javad, surtout. Il vient

d'avoir un bébé et son sommeil est précieux. Je vais lui apprendre la bonne nouvelle... »

Un homme de type moyen-oriental entra à la hâte dans le laboratoire, une sacoche d'ordinateur à la main. Elle s'avança précipitamment pour l'intercepter et échanger quelques mots avec lui. Il hocha la tête et ressortit dans la foulée. Elle revint vers Tom et s'assit à côté de lui.

« Alors vous vous appelez vraiment Tom Smith ? J'ai cru que c'était une de ces mauvaises couvertures qu'ils mitonnent au FBI.

– Non, je suis né avec. »

Elle redressa la tête pour étudier Tom d'un air perplexe. Le mouvement fit bruisser ses longs cheveux noirs, qui descendaient presque jusqu'à ses hanches.

« Juste pour savoir à qui et à quoi j'ai affaire : pourquoi avoir choisi le FBI, avec un tel niveau de formation ? »

Il lui sortit la réponse toute faite :

« Une affaire de famille.

– Et quel type d'affaire, exactement ?

– Attraper les méchants », répondit-il avec un sourire penaud.

Celui qu'elle lui rendit n'avait plus rien de dédaigneux cette fois. C'était plutôt un sourire chaleureux – joueur, même –, qui illumina son visage.

« Bien, dit-elle. Voyons si nous allons l'attraper, celui-ci. Nous recherchons, de façon assez claire, un technicien aguerri, aux compétences interdisciplinaires pointues, et avec une expérience professionnelle d'une rare étendue. Je suis prête à parier qu'il a fait des études supérieures dans une ou plusieurs filières universitaires de renommée mondiale, ce qui l'aura mené à travailler ensuite dans les branches qui y sont rattachées. Cela devrait grandement nous aider à l'identifier...

– C'est précisément mon hypothèse, approuva Tom avec une certaine excitation, tout en s'activant sur le clavier de son ordinateur. Comme vous l'avez dit, commençons avec le barrage Boon. En considérant la façon dont il a ciblé la construction exactement à l'endroit où il le fallait, vous diriez qu'il a travaillé dans le génie civil ?

– Pas forcément, répondit-elle. Mais la manière dont il s'est servi de la pression hydrostatique indique une connaissance approfondie de l'analyse des structures, notamment des calculs de contraintes et déplacements. J'y reviendrai, et on se penchera sur ces calculs s'il le faut. S'il a lui-même construit le drone – un drone capable de transporter une sacrée charge –, on peut miser sur un bagage en aéronautique, mais je parierais plus sûrement encore sur l'avionique. Car une formation en ingénierie avionique expliquerait aussi la conception de cette fameuse torpille... »

31

Peu avant minuit, Green Man laissa sa Jeep sous la protection des chênes et se mit en chemin vers la clôture. Devant affronter le terrain rocailleux autour de la butte, il avait mis ses lunettes de vision nocturne. Il les retira ensuite pour se laisser guider par les lueurs de la zone pétrolifère qui se dessinait droit devant lui. Les environs lui parurent d'abord plongés dans l'ombre et le calme mais, plus il se rapprochait, plus il voyait les lumières éclatantes des plates-formes éclairer son chemin et plus il pouvait entendre le grondement sourd et continu des moteurs et le sifflement sans fin des torches qui brûlaient leurs gaz.

Il était minuit – l'heure à laquelle il frapperait. Le gisement Hanson, rugissant de mille feux, semblait tout droit sorti d'un film de science-fiction horrifique. Le timing et l'ampleur de l'opération étaient sidérants, terrifiants, surnaturels. Le sol tremblait sous les vibrations et les à-coups des machines, et dans l'air flottait un âcre parfum de soufre. On assistait ici au viol sans merci de la biosphère, de la surface aux nappes phréatiques en passant par la roche-mère. Le plus inquiétant c'était que cette profanation souillait jusqu'à l'atmosphère, avec une violence qui ne faisait que s'amplifier.

Il arriva devant la clôture. Il se tenait debout, à l'extérieur du grillage, sous les barbelés. La fracturation avait fait du chemin, depuis l'époque du vétéran qui envoyait à l'aveuglette ses explosifs sous la terre. En tant qu'écologiste, Green Man était horrifié par les dommages causés, mais en tant que technicien chevronné il ne pouvait réprimer une certaine fascination pour ces machines qui travaillaient dans un parfait ballet mécanique, afin d'extirper pétrole et gaz des profondeurs du schiste. Maintenant qu'il pouvait admirer de près la fracturation hydraulique, en percevoir le goût et l'odeur, il avait la certitude d'avoir parfaitement choisi sa cible finale. Ce qu'ils faisaient ici abîmait en profondeur une planète déjà potentiellement condamnée, et tout ne ferait qu'empirer.

Chaque jour à travers l'Amérique, on creusait plus de cent nouveaux puits – presque tous destinés à la fracturation hydraulique. Les ingénieurs de l'industrie et les experts en chimie expérimentaient sans cesse de nouvelles méthodes de forage, des cocktails toxiques toujours plus perfectionnés pour faire encore plus efficacement éclater les couches de roche souterraines. Cette escalade signifiait aussi de plus en plus de méthane dans une atmosphère qui étouffait déjà sous l'effet des gaz à effet de serre, tandis qu'en dessous la température de la planète grimpait en flèche. Il fallait au plus vite mettre un terme à ce processus, et alerter la population. Il prendrait ce risque une dernière fois avant de disparaître.

Il s'imaginait trois semaines plus tard, dans la rivière sombre et glaciale, puis s'en extirpant au beau milieu des imposants accumulateurs. Il se représenta ce moment fatidique où – en programmant un ensemble de détonateurs à retardement – il scellerait le sort du gisement entier. En grappes, les accumulateurs de reflux exploseraient les uns à la suite des autres comme un ruban de pétards aux proportions gigantesques. Au-dessus de lui une boule de feu géante ferait naître le jour au milieu de la nuit, tandis qu'il nagerait dans la rivière à toute sa vitesse pour tenter de s'en tirer vivant.

Les nuances jaunes et écarlates qui flamboyaient non loin de là avaient quelque chose d'hypnotique. Green Man y avait plongé son regard et ses pensées dérivèrent de sa mission vers Sharon, Gus et Kim, vers ce que l'avenir pourrait leur réserver s'il parvenait à s'en sortir. Abandonner leur passé serait inévitablement traumatisant. Lorsque lui-même avait fait sa première coupure, celle-ci s'était révélée d'une insondable tristesse. Des gens qui l'aimaient sincèrement étaient désormais privés de tout contact avec lui. Les laisser croire à sa mort avait été une forme de trahison. Mais il n'avait pas eu le choix, tout comme il savait que la nouvelle coupure qui s'annonçait était inéluctable. Cela faisait des années que Sharon et lui l'avaient planifiée. Ils étaient prêts.

Dans le cas où ils réussiraient, il caressait avec bonheur l'idée de voir sa famille réunie en un lieu respirant le renouveau et la beauté. Avec le temps les enfants finiraient par comprendre ce que leur père avait accompli, et donc la nécessité du sacrifice qui avait transformé leur existence. Cette pensée ramena Green Man vers la conversation qu'il avait eue avec Julie à Riverside, vers la façon dont elle l'avait regardé en réalisant ce qu'il était peut-être pour elle. Lui dire tout cela avait été une folie, pourtant il ne regrettait rien. Le souvenir de cette rencontre particulièrement chargée s'imposa à lui. Au point de lui masquer le bruit des pas qui s'approchaient, jusqu'à ce que le rayon d'une lampe torche le prenne dans son faisceau.

« Hé, vous ! Qu'est-ce que vous faites ici ?

– Je m'occupe de mes affaires, répondit Green Man en plaçant sa main en visière, comme pour se protéger de la lumière.

– Et c'est quoi, vos affaires ? »

L'homme se trouvait de l'autre côté du grillage, à l'intérieur. Il arpentait le périmètre en solitaire. À travers le faisceau, Green Man put apercevoir un homme à la peau foncée, la soixantaine, petit et trapu dans son uniforme de vigile. Une arme pendait à sa ceinture.

« Je cherche du boulot, je me disais que ça embauchait peut-être, ici. Vous pouvez éviter de me mettre ça dans les yeux ? »

Green Man savait que ses vêtements et ses bottes collaient parfaitement avec sa prétendue recherche de boulot sur un champ de pétrole.

« On n'embauche pas en pleine nuit, lui dit le gardien, suspicieux. Et vous êtes sur un terrain privé. » Il s'approcha d'un pas, pointant toujours sa lampe sur le visage de Green Man. Celui-ci garda le bras en l'air, comme pour préserver son visage du rayon lumineux. « Je vous connais, affirma le gardien, apparemment sûr de lui. J'ai déjà vu votre visage. »

Green Man l'aurait descendu sur-le-champ s'il avait eu sur lui une arme à feu. Mais son couteau ne lui serait pas d'un grand secours à travers la clôture.

« Ça m'étonnerait, dit-il, je ne suis pas du coin.

– Moi non plus, rétorqua le gardien. Je n'oublie jamais un visage. Qui êtes-vous ? Comment vous appelez-vous ? Ne bougez pas. »

Green Man se retourna brusquement et commença à s'éloigner. Le faisceau lumineux ne le lâcha pas, le poursuivant jusque dans l'obscurité. Tout comme la voix menaçante du gardien :

« Arrêtez-vous ! *Arrêtez-vous maintenant !* Ne m'obligez pas à tirer... »

Green Man doutait que le gardien lui tire dans le dos, étant donné qu'il n'avait enfreint aucune loi. Néanmoins, il accéléra le pas, discrètement, pouvant presque sentir l'arme braquée sur lui. Au pire, le gardien viserait la jambe, et il était probable qu'il ne raterait pas son coup : se mettre à courir lui garantissait presque à coup sûr une balle dans le genou. Il résista donc à l'envie de prendre ses jambes à son cou et continua d'un pas constant, s'éloignant de la clôture sans se retourner.

« Je vous dis d'arrêter, répéta le gardien. Bon sang, ARRÊTEZ-VOUS ! »

Puis Green Man l'entendit lancer un appel radio, ce qui indiquait qu'il ne comptait pas tirer. Arrivé à presque deux cents mètres de la barrière, il s'autorisa une petite foulée qui se transforma bientôt en un véritable sprint. Il atteignit la Jeep, haletant et transpirant. En contrebas il put voir plusieurs véhicules de patrouille en route vers l'endroit où se trouvait le gardien. De puissants projecteurs balayaient déjà les environs. Il démarra la Jeep et fonça tous feux éteints dans la direction opposée, jouant de ses lunettes de nuit pour se repérer, butant sur d'invisibles cailloux, s'éloignant du gisement Hanson aussi rapidement que possible.

32

Sharon fut surprise d'entendre la voix rugueuse du sergent Dolan dans l'interphone. Il s'excusait de débarquer à l'improviste et voulait savoir si elle avait quelques minutes à lui accorder. Une pointe de peur survint, qu'elle refoula aussitôt.

« Bien sûr, Ted », répondit-elle en actionnant l'ouverture du portail.

Elle aurait voulu que Mitch soit là pour gérer la situation – quelle qu'elle soit – mais elle était en même temps soulagée de le savoir au Texas. Ted était un ami de la famille, et puis il était un peu simplet et avait pour elle un petit béguin qu'il essayait de cacher sans succès. Elle saurait s'en sortir, elle le savait. Tandis que la voiture de police s'avançait dans l'allée, Sharon sortit par la porte de la cuisine pour accueillir Ted.

Il descendit de sa voiture et lui dit sans attendre :

« Ne vous inquiétez pas, Sharon, ça n'a rien à voir avec les enfants ou l'école ou tout ça.

– Oh, Dieu merci, dit-elle. Ce n'est pas que je m'en faisais, mais...

– De nos jours, hein. » Il s'avança, grande silhouette dégingandée qui approchait la trentaine mais conservait quelque chose de l'adolescent mal dégrossi. « En général, quand on nous voit arriver on se dit que c'est pour les gosses. Mitch est là ? »

Comme elle avait fait un peu de jardinage, elle portait un short avec un débardeur noir et elle sentait bien qu'il ne savait où poser les yeux en la regardant.

« Toujours en voyage d'affaires. Il sera de retour dans deux jours, vous pourrez attendre jusque-là ?

– Il vaudrait mieux qu'on parle maintenant, si vous avez une minute ou deux. Désolé de débarquer sans prévenir. J'étais à deux pas, j'allais terminer ma tournée, alors je me suis dit que j'allais faire un saut chez vous. Le FBI veut des retours au plus vite, alors autant s'en occuper tout de suite, hein ?

– Le FBI ? reprit-elle en écho. Vous feriez mieux d'entrer, apparemment. » Elle le conduisit dans la cuisine et la porte-moustiquaire se referma derrière lui. « Je vous offre quelque chose à boire ?

– Non, merci.

– J'ai un pichet de thé glacé au frais. »

Il retira les mains de ses poches sans trop savoir quoi en faire. Il les mit dans son dos puis les ramena devant lui. Sharon put constater qu'il tenait désormais un calepin, un stylo et un document imprimé.

« Ça me paraît bien, oui, si ça ne vous dérange pas.

– Pas le moins du monde », répondit-elle. Elle lui tourna alors le dos pour prendre le pichet, et pendant qu'il ne pouvait voir son visage elle lui demanda : « Alors c'est quoi, cette histoire de FBI ?

– Une lubie, je dirais, lui répondit-il. Ils veulent qu'on aille parler à tous les gens de la ville qui possèdent une fourgonnette noire. C'est la troisième fois aujourd'hui que je dois expliquer ça, et je ne vois toujours pas l'intérêt. Mais ils veulent des réponses tout de suite. »

Elle versa le thé glacé dans un verre qu'elle lui tendit.

« Et qu'est-ce qu'ils ont contre les fourgonnettes noires ? »

Il se saisit du verre, leurs doigts s'effleurèrent. Il retira sa main précipitamment, laissant une goutte de thé s'écraser sur le carrelage.

« Désolé...

– Ce n'est rien, lui dit-elle. J'espère qu'il vous plaira. »

Elle s'agenouilla pour éponger l'éclaboussure avec un essuie-tout tandis qu'il essayait de se concentrer sur sa première gorgée, et non sur la façon dont elle se cambrait.

« Merci, Sharon. C'est exactement ce qu'il me fallait. » Il ouvrit le calepin. « Le truc c'est que Green Man, apparemment, il conduit une fourgonnette noire. »

Surjouant la surprise, elle prit le temps d'enregistrer l'information.

« Green Man, vous voulez dire le terroriste qui a fait sauter le barrage, celui qui a tué ces pauvres enfants ?!

– On parle bien de ce taré, oui. Donc, ils veulent qu'on vérifie toutes les fourgonnettes et qu'on pose quelques questions à leurs propriétaires. »

Elle fit une boule de son essuie-tout, qu'elle lança vers la poubelle.

« OK, alors. Asseyez-vous et balancez-moi tout. »

Ils s'installèrent autour de la table de la cuisine, là où

elle avait servi le petit déjeuner de Kim et Gus deux heures auparavant. Il commença par s'excuser :

« Je suis désolé, hein, ce n'est pas moi qui les ai écrites...

– Il faut bien que le FBI obtienne les réponses nécessaires. Allez-y, posez-moi toutes leurs questions. »

Du bout du stylo, il pointa le haut de son document.

« Est-ce que vous ou votre mari avez déjà fait l'objet d'une arrestation ? »

Elle répondit, l'air amusée :

« Pas que je m'en souvienne.

– Bien sûr que non. Je vous connais, quand même. Je me sens vraiment bête, avec ça.

– Continuez, on va s'en sortir.

– L'un d'entre vous a-t-il déjà fait partie d'un mouvement écologiste radical ? »

Elle prit le temps d'y réfléchir.

« À la fac, j'achetais les calendriers du Sierra Club, ceux avec un animal pour chaque mois de l'année...

– Ouais, ils sont mignons ceux-là. Ma mère en avait un, avec des pingouins je me souviens. Est-ce que vous possédez des armes enregistrées ?

– Mitch va à la chasse.

– Au chevreuil ?

– Il n'a jamais été assez chanceux pour en attraper un.

– Est-ce qu'il porte des gants, pour chasser ?

– Je ne suis pas sûre, mais j'imagine que oui, quand il s'y met vraiment. Enfin ce n'est pas qu'il s'y mette tant que ça. Disons qu'il attrape un oiseau, par-ci par-là.

– Désolé de vous demander ça, mais vous voudrez bien me montrer ses affaires de chasse après ?

– Je vous montrerai tout ce que vous voudrez.

– Merci. On y est presque. Combien possédez-vous de voitures, en tout ?

– Trois. La Jeep de Mitch, mon Accord et notre fourgonnette.

– Une Ford Transit de huit ans, c'est ça ? Et si ça ne vous ennuie pas, pourriez-vous me dire pourquoi elle est à votre nom ?

– Parce que c'est surtout moi qui la conduis. On dirait que vous avez déjà fait vos petites recherches.

– Ils nous ont fait parvenir des données sur tous les modèles. Vous vous en servez pour quoi ?

– Les antiquités. Les grosses pièces. »

Ted leva les yeux de son carnet et parcourut la cuisine du regard. Des vases, des assiettes, des tableaux.

« C'est très joli, tout ça.

– Merci. Ce n'est pas d'une grande valeur, mais ça m'amuse de collectionner ce genre de choses, et puis de temps à autre on peut tomber sur une pièce vraiment intéressante. Vous voulez qu'on aille voir ses affaires de chasse ?

– Encore quelques petites questions. Est-ce qu'il vous arrive de quitter les frontières de l'État avec la fourgonnette ? »

Elle hésita, comme si elle devait y réfléchir.

« Peut-être bien, de temps en temps. Je me rends dans l'Ohio pour les grandes foires à la brocante. L'équipe de foot de Gus a participé au tournoi de South Bend, dans l'Indiana. Mitch a emmené cinq des petits gars là-bas, ils se sont bien éclatés.

– Je veux bien le croire. Mais vous ne traversez pas le pays avec ?

– Non, jamais.

– Est-ce que, durant les six derniers mois, vous avez refait la peinture, la carrosserie, ou retiré des décorations, des autocollants ?

– Non. La plupart du temps elle reste au garage. Les gamins s'en servent pour jouer à cache-cache.

– J'imagine que Gus est du genre à se cacher, plutôt qu'à chercher. »

Sharon se permit un petit rire.

« Il est moins rêveur, ces temps-ci.

– Ça grandit vite, ces petites choses-là. Il ne va pas tarder à courir les filles… »

Une fois de plus, Ted sembla ne plus savoir où poser les yeux.

« J'ai l'impression qu'il y en a une qui lui plaît bien, répondit Sharon, mais jamais il ne m'en parlera, bien sûr. »

Ted referma son calepin et se leva.

« Je dois y jeter un œil, si vous voulez bien.

– À la fourgonnette ?

– Oui, ils nous ont demandé de prendre des photos.

– Vous voulez voir les affaires de chasse d'abord ? Elles sont au sous-sol.

– Bien sûr. » Il commença à la suivre puis s'arrêta net. « Hé, dites, je le connais, ce coin… La rivière Mosley, à quinze bornes d'ici. J'ai déjà pêché un bar, là-bas. »

Ils se postèrent devant le paysage peint.

« Mitch aime beaucoup la forme de ce pommier.

– Sans blague, c'est lui qui a fait ça ? Je ne savais pas qu'il était artiste. »

Elle regretta immédiatement d'avoir dit ça, mais elle ne pouvait plus faire machine arrière.

« Artiste, je ne dirais pas ça. Disons qu'il joue au peintre.

– Ben, moi je le trouve bon. Il fait ça depuis longtemps ?

– Oh, c'est juste un passe-temps qui le suit de loin depuis le lycée, ça lui reprend par période, répondit-elle. Allez, je vous montre les affaires de chasse. »

Au sous-sol, il faisait frais et sombre. Elle alluma la lumière et le guida jusqu'en bas de l'escalier étroit. Dans la salle principale traînaient une table de ping-pong et de vieux jouets.

« Ils doivent bien se débrouiller, les petits, avec une table rien que pour eux, dit Ted.

– On ne peut pas trop savoir : quand ils sont autour, ils passent plus de temps à se chamailler qu'à jouer. »

Elle l'emmena jusqu'à une porte qui donnait sur une pièce plus exiguë, ainsi que sur le coffre aux armes. Durant deux secondes de stress, elle crut avoir oublié la combinaison. Elle finit par faire tourner trois fois le cadran, et le coffre s'ouvrit.

Il scruta l'intérieur, découvrant le râtelier à fusils. Il étudia la carabine, le fusil de chasse, puis les munitions, soigneusement classées. Elle se tenait tout près de lui et, bien qu'il essayât de se concentrer sur les armes, elle sentait qu'il avait parfaitement conscience que leurs corps se touchaient presque. Remontées, les manches de son uniforme dévoilaient des biceps saillants. Elle pouvait sentir l'odeur de sa transpiration.

Durant un instant, l'idée folle de le séduire lui traversa l'esprit. Elle savait que ce serait faisable, dans la solitude de ce sous-sol presque noir, se demanda si ce ne serait pas souhaitable. Il en sortirait totalement désorienté et en oublierait tout ce qu'il devait dire au FBI. Mitch lui pardonnerait, lui dirait qu'elle avait fait ce qu'il fallait. Après tout, il avait lui-même dû tuer des innocents pour parvenir à ses fins. Il ne lui tiendrait pas rigueur d'un acte charnel sans importance ni lendemain. Ou bien elle pouvait le faire sans en parler à Mitch. Garder le secret serait légitime.

Elle s'avança franchement, s'approchant de quelques centimètres encore. Ses cheveux vinrent effleurer l'épaule de l'agent. Il eut un sursaut, revint aux armes. Quelque chose en elle la retint de toucher cet homme, de s'offrir à lui. Alors elle recula, et c'en fut fini de cet instant de trouble.

« C'est bon, dit-il, la respiration un peu lourde, s'écartant du coffre pour la laisser le refermer. Je peux voir son équipement ? »

Sharon le guida vers un placard à proximité. Elle en ouvrit la porte, alluma la lumière et cette fois resta à distance. Il examina le chapeau orange et les deux vestes de chasse, parcourut du regard les étagères, où étaient empilés des polaires, des pantalons de camouflage, des chaussettes, des bottes, et quelques paquets de gants, chacun composé d'une dizaine de paires. Des gants de sport en latex renforcés jusqu'aux poignets, l'idéal pour la chasse.

« Ce sont les seuls qu'il utilise pour aller chasser ?

– Oui, que je sache. Vous voulez voir le van, maintenant ?

– Bien sûr, répondit-il en notant rapidement quelque chose sur son calepin, avant de jeter un regard furtif à sa braguette, comme pour vérifier qu'elle était bien fermée. Allons-y. »

Elle l'invita à remonter l'escalier puis à emprunter un petit couloir jusqu'à la porte du garage. Son Accord argentée, modèle hybride, était garée à côté de la Jeep grise de Mitch.

« Donc Mitch n'a pas besoin de sa voiture, là où il est, si j'ai bien compris ?

– Il est à New York pour le travail.

– Ça doit être chouette. Jamais été là-bas.

– Il a intérêt à penser à rapporter un truc aux enfants.

– Et à vous aussi. Vous méritez quelque chose de bien. »

Elle le regarda à son tour, et cette fois les yeux de Ted étaient fixés sur un point précis – ses seins, en l'occurrence. Sans le quitter du regard, elle s'adressa à lui sur un ton calme et posé :

« Vous aviez dit que vous deviez prendre des photos de la fourgonnette ? »

Ted expira, acquiesça et s'approcha du véhicule noir, à l'autre bout du garage. Il en fit le tour et remarqua :

« On peut dire que vous en prenez soin.

– Vous la verriez quand Mitch revient de la chasse…

– On dirait qu'il y a quelque chose à l'arrière.

– Des coffres anciens, que je n'ai pas encore déchargés. Vous voulez voir l'intérieur ?

– Non, je vais juste prendre des photos. » Il sortit son téléphone et prit un cliché de l'avant, puis fit le tour pour s'accroupir à l'arrière. Elle pouvait voir qu'il s'intéressait au côté droit du pare-chocs. Pas la moindre trace d'un quelconque autocollant qu'on aurait retiré. Il se redressa, prit une dernière photo et annonça : « C'est bon. »

Elle n'avait aucune envie de retourner avec lui dans la maison et ouvrit donc la porte extérieure du garage pour l'accompagner dans l'allée jusqu'à son véhicule de patrouille.

« J'espère que vous avez tout ce qu'il vous faut.

– Ouais, maintenant il faut que je tape mon rapport. Pardon pour le dérangement. Et merci. »

Mais il ne partait pas. Ils restèrent ainsi pendant un long moment embarrassant, jusqu'à ce qu'elle dise :

« Il faut que j'aille préparer quelque chose à grignoter, les enfants sont toujours affamés quand ils rentrent.

– Ouais, je comprends, moi-même j'ai toujours une faim de loup. » Très maladroitement, il tendit sa grosse main. « Merci, Sharon. »

Elle hésita avant de la lui serrer. Sa paume était large et moite, et quand il referma ses doigts sur la sienne elle se sentit un instant prise au piège. Elle recula, il lâcha sa main et, sans attendre, alla ouvrir la portière de son véhicule.

« Passez le bonjour à Mitch, hein.

– Bien sûr. Et bonne chance, pour la fourgonnette. »

Il monta dans sa voiture et descendit l'allée, suivi du regard par Sharon, qui observa son départ jusqu'à ce qu'il disparaisse derrière les arbres. Elle retourna vers la maison et se mit à trembler. Elle se servit un shot de brandy qu'elle descendit immédiatement, puis resta debout, immobile, silencieuse. Elle contemplait le tableau de la rivière Mosley, et le magnifique pommier sauvage qui se tenait paisiblement sur la rive.

33

« Roger Barris », dit Brennan, toujours enveloppé de son peignoir en éponge bleu. Il se frotta les yeux, de perplexité et de fascination mêlées, face au rapport qui se trouvait devant lui. « Il habite ici ?

– Il possède une maison à Arlington et un bureau à deux pas de Dupont Circle. Pendant plus de dix ans, il a fait du lobbying pour l'industrie du pétrole et du gaz, et aussi pour quelques compagnies minières, répondit un Grant qui ne pouvait contenir son excitation.

– Est-ce que c'est vraiment une piste plausible ? voulut savoir Brennan.

– Ça rendrait même plausibles pas mal d'autres choses, en fait, fit remarquer Earl.

– On n'est jamais aussi bien caché que dans la gueule du loup, ajouta Grant, enjoué.

– Il a souligné toutes sortes de dérégulations, fait lever pas mal de restrictions sur le territoire fédéral et même au-delà, et à l'en croire le réchauffement climatique serait une “intox libérale”...

– Mais ce qui nous intéresse, c'est qu'il a une tout autre facette, ou en tout cas qu'il a complètement retourné sa veste, coupa Hannah Lee. Nous n'avons pas tout à fait terminé de cerner son profil, mais Barris a d'abord été le plus vert des verts. Il a vécu vingt ans à San Francisco dans les années 1980 et 1990, soit exactement à la période où nous pensons que Green Man s'y trouvait. Il était proche de Earth First ! et de l'ELF, et était lié à tous ces pionniers de l'activisme que cite le manifeste. Ses premiers articles prenaient la défense des arbres ou de la chouette tachetée. Mais il a ensuite subi une lente conversion, jusqu'à afficher aujourd'hui une position diamétralement opposée.

– Les gens ne changent pas à ce point-là, à moins d'avoir une sacrée bonne raison, observa Earl en sirotant son café dans un gobelet jetable XXL.

– Le lobbying, ça paie bien, fit remarquer Brennan. L'argent, c'est toujours une bonne raison.

– Pas faux, admit Earl. En tout cas, ça nous a semblé suffisamment intéressant, Jim, pour qu'on vous tire du lit.

– Vous auriez pu au moins m'apporter un gobelet de votre fichu café », maugréa Brennan. Il se tourna vers Hannah Lee. « Et c'est la stylométrie qui a fait surgir cette bête du bois ?

– Le professeur Shaw nous a alertés à deux heures du matin. Il a passé le restant de la nuit à vérifier les indicateurs stylistiques, pendant que nous, nous collections des données de fond. »

Jusque-là debout dans un coin de la pièce, un homme de grande taille, au bouc bien taillé, finit par s'avancer. Shaw n'avait pas l'air de quelqu'un qui avait passé une nuit blanche. Il s'était manifestement douché et avait pris le temps de se raser, et il portait une veste de lin beige assortie à son élégante monture de lunettes en titane. Ces derniers jours, le professeur avait essentiellement travaillé avec Hannah et son équipe, mais sous ses allures distinguées il ne semblait aucunement impressionné par cet aréopage d'agents du FBI haut placés, réunis à sept heures du matin dans le salon du commandant en chef des opérations.

« C'est une chance qu'il ait si largement publié, expliqua-t-il. Cela nous a permis de mettre en comparaison un très large éventail de facteurs, et donc d'être assez sûrs de nous. Barris a écrit sur presque tous les sujets qui intéressent Green Man. Quant aux correspondances en termes de style et de contenu, elles sont éloquentes.

– Mais si vraiment il était Green Man, n'aurait-il pas justement pris soin de s'éloigner du style de ce qu'il avait publié ? demanda Brennan. N'aurait-il pas essayé d'effacer ses traces ?

– Il les a effacées, répondit Shaw. Tout d'abord, lorsqu'il défend la croissance en tant que lobbyiste, il prend des positions radicalement opposées aux écrits de Green Man. Il s'agit d'une tactique d'esquive très glissante : il renverse fondamentalement ses propres arguments, et en déplace systématiquement tous les enjeux.

– Vous voulez dire qu'il essaie volontairement de nous désorienter ? demanda Earl.

– Ça ne fait aucun doute. D'un point de vue stylistique, quand Green Man aborde les mêmes sujets que Barris, même à dix ou vingt ans d'écart, il modifie la structure, la longueur et le rythme des phrases. Green Man s'appuie sur des formulations plus courtes, plus directes. Barris, en tant que lobbyiste, est plus analytique et plus ampoulé. À plusieurs moments, la plume de Green Man, qui d'habitude va droit au but, se met à s'embourber comme s'il était en train de chercher des façons détournées et nouvelles de s'exprimer.

– Et vous, vous arrivez à y voir clair là-dedans ? demanda Brennan.

– Ce sont des subterfuges assez connus », répondit le professeur Shaw. Il leva ensuite l'index comme pour annoncer un point important devant une assemblée d'étudiants. « On ne peut pas modifier notre façon de penser, et c'est ce qu'indiquent les choix fondamentaux que nous faisons pour élaborer, construire et formuler nos argumentations… »

Le téléphone de Hannah Lee sonna.

« OK, écoutez ça. La résidence principale de Barris est à Arlington, mais il a aussi une maison à l'est de Lansing, dans le Michigan. »

Aussitôt la tension dans la pièce monta d'un cran. Brennan avait cessé de se frotter les yeux, et on lui avait apporté une tasse de café fumant.

« Donc ce pourrait être un supporter des Ratels ? Est-ce qu'on sait si son agenda lui a laissé la liberté de se déplacer au moment de l'une ou l'autre des attaques ?

– Il semble déjà très probable que Barris ait été libre sur au moins deux des six dates. On ne sait rien sur les quatre autres, mais les recherches sont en cours, annonça Grant. Il a trois gros clients dans l'industrie pétrolière, et il décide lui-même de l'essentiel de son planning. On peut dire qu'il est très mobile…

– Il a obtenu un diplôme d'ingénieur dans le Michigan, reprit Hannah Lee, les yeux sur son écran. Marié, quatre enfants. Ses deux fils aînés vivent à Lansing, sans emploi stable. Il subvient en partie à leurs besoins.

– Peut-être bien qu'il joue les chefs d'orchestre et que ses fils lui prêtent main-forte, alors. Le travail d'équipe faisait d'ailleurs partie de nos hypothèses, avança Brennan.

– L'un des fils possède une fourgonnette, glissa alors un agent, large d'épaules.

– Que sait-on du modèle, Dale ?

– Un GMC Savana, vieux de neuf ans. Officiellement argenté, mais il a très bien pu le repeindre. »

Brennan posa son café sur une table.

« OK, je veux tout ce qu'on a sur les appels téléphoniques de Barris, sur son historique Internet, et qu'on trouve le moyen d'inspecter sa maison au plus vite !

– Pour les mandats la paperasse est déjà en route, annonça de son phrasé sudiste l'agent Slaughter, qui était le juriste en chef de l'équipe.

– Rapidité et discrétion, ordonna Brennan. Personne ne doit avoir vent de ceci pour l'instant. Pas la moindre fuite, pas un mot.

– Le plus rapide serait de passer par la procureure générale pour en arriver directement à la Cour de surveillance du renseignement, énonça Slaughter. Ça nous permettrait de contourner plusieurs intermédiaires, mais comme ça ne relève pas du droit international c'est sûrement hasardeux...

– Surtout, ça implique la procureure, et potentiellement tous ses collaborateurs, fit remarquer Grant.

– À un moment ou à un autre, il faudra bien la laisser entrer dans la danse, dit Brennan. C'est un numéro d'équilibriste. Il faut agir de façon très rapide, mais mûrement réfléchie. »

Il croisa les bras sur son large ventre et se détourna lentement pour laisser son regard se poser, à travers la fenêtre, sur le hamac installé dans son arrière-cour. Ils le regardèrent ainsi peser le pour et le contre, profondément plongé dans ses pensées, pendant cinq secondes.

Hannah Lee, qui venait de recevoir un message, brisa le silence d'une voix soudainement préoccupée :

« Jim.

– Qu'y a-t-il ?

– Roger Barris est en ce moment même en route pour l'aéroport. »

Brennan s'écarta de la fenêtre.

« Dulles ?

– Non, il est à New York. Un UberLUX l'emmène à JFK.

– Est-ce qu'on connaît sa destination ?

– Le Sénégal. » Elle était concentrée sur son écran. « Dakar. Un endroit riche en exploitations pétrolières. Il s'y est déjà rendu à de nombreuses reprises, comme consultant.

– C'est un vol sans escale ? demanda Brennan. Est-ce qu'on peut l'arrêter, ou le détourner au besoin ?

– Air Maroc. Huit heures de vol, sans escale. Et nous perdrons toute autorité sitôt que l'engin aura quitté le tarmac.

– Il faut que je vérifie, dit l'agent Slaughter, mais je suis presque sûr que le Sénégal est sur la liste des "hors d'atteinte"...

– C'est quoi, les "hors d'atteinte" ? » demanda Grant.

Slaughter répondit, laissant à nouveau traîner son accent du Sud :

« C'est la liste des pays qui n'autorisent pas l'extradition. »

34

L'avion de ligne aux couleurs de la Royal Air Maroc patientait sur le tarmac, tandis que s'y engouffrait la file de ses passagers, la plupart s'étant déjà frayé un chemin parmi les allées. Ils s'étaient tous installés – plus ou moins confortablement suivant qu'ils étaient en classe économique ou en classe affaires – lorsqu'un homme corpulent et énergique, à la barbe poivre et sel, s'extirpa du salon d'attente VIP. En boitillant, il fit rouler son bagage à main le long de la passerelle, une sacoche d'épaule en cuir italien contenant son ordinateur portable au côté droit. Il prenait sans cesse l'avion à la demande de ses clients dans le pétrole, et ces vols de luxe étaient pour lui comme une très confortable corvée.

Même après toutes ces années, tous ces kilomètres, la vérité c'était que Roger Barris n'aimait pas l'avion. Chaque fois, sans exception, qu'il se retrouvait dans un engin volant, l'idée du crash le chatouillait désagréablement. Ingénieur devenu journaliste, il avait suffisamment étudié les sciences physiques pour comprendre comment la machine tenait en l'air – la poussée des moteurs, puis celle de l'air sous les ailes, et enfin l'ascension de l'ensemble du système. Mais l'aspect le plus rentable de sa carrière consistait à jeter le doute sur les faits scientifiques difficiles à saisir par le grand public, et il y avait quelque chose de contre-intuitif, quelque chose qui le tracassait, même lui, dans le fait qu'un engin de trois cents tonnes soit capable de monter jusqu'aux cieux et d'y passer d'interminables moments.

Puisqu'il n'y avait aucun moyen de la contourner, il avait dû apprendre à contrôler sa peur et à apprécier d'être bichonné. Le responsable des cabines de première classe l'accueillit personnellement et l'escorta jusqu'à son large et confortable fauteuil inclinable en cuir, avant de le délester de sa veste pour la ranger avec soin. Une jolie hôtesse se précipita alors pour lui tendre le menu, et Barris commanda pour le repas du soir un steak accompagné d'un bon bordeaux, avant de contempler ses jambes et son derrière avec insistance tandis qu'elle s'éloignait. Pas mal, pas mal du tout.

Il se débarrassa énergiquement de ses chaussures et détendit ses doigts de pied, puis observa le passager le plus proche à l'intérieur de cet espace privilégié. Un homme plus âgé, aux traits aigris, qui lisait *Le Monde* en sirotant ce qui semblait être du lait. Mon Dieu, quel visage désagréable ! De toute évidence l'un de ces diplomates ou hommes d'affaires français aux airs supérieurs, qui parlent peut-être couramment toutes les langues du monde mais n'ont que mépris pour tout ce qui n'est pas *french*. Ils avaient beau être voisins de première classe et se trouver tous deux dans les hauteurs de l'échelle sociale, l'homme n'eut pas le moindre regard pour lui. Barris se tourna vers la fenêtre et sortit lui aussi sa lecture de voyage : une note de synthèse concernant un nouveau champ pétrolier. Un gisement qui pourrait replacer le Sénégal sur la carte des pays qui comptaient pour l'industrie, mais qui par malchance se situait en plein milieu d'une des rares réserves naturelles intactes du pays, qui plus est bordée par deux voisins potentiellement hostiles. À l'extérieur de l'avion, on s'affairait. La passerelle, dont on avait amorcé le rangement, revenait s'arrimer à l'appareil. Un passager d'importance peut-être, qui avait besoin d'un transit en urgence. C'était ce qu'espérait Barris, plutôt qu'un de ces stupides et aberrants micmacs techniques qui pouvaient lui faire perdre des heures. Il lui était déjà arrivé de passer quatre heures à Heathrow, à attendre que des mécaniciens particulièrement ineptes parviennent à réparer, en classe économique, un siège qui refusait de se redresser correctement. En classe économique, bon sang ! Qu'est-ce qu'on en avait à foutre ! – Barris considérait que voyager en classe éco vous faisait perdre d'office tout droit à une quelconque réclamation.

Il attrapa le bagage sous son fauteuil et y dénicha une paire de pantoufles en cachemire, qu'il enfila aussitôt. Il venait de traverser une énième crise de goutte, et porter des chaussures lui serait douloureux pendant encore un bon moment. Ces larges pantoufles, sublimement duveteuses, semblaient à peine effleurer son gros orteil. C'était à cause de la bière… il allait devoir ralentir là-dessus. Mais, franchement, quel être humain digne de ce nom serait capable de séjourner en Afrique sans y descendre quelques bières bien fraîches ?

La passerelle était à nouveau arrimée, et il put constater avec satisfaction que le responsable de cabine avait tiré le rideau les séparant de la plèbe à l'arrière, et des entrailles de l'engin. Il entendit le bruit qui signifiait que la porte était de nouveau ouverte, puis perçut quelques échanges à voix basse. Barris laissa reposer ses pieds sur le coussin rembourré prévu à cet effet, et commença à étudier un graphique prometteur concernant le bassin Mauritanie-Sénégal-Guinée-Bissau.

« Monsieur Barris ? »

La femme en pantalon noir qui le regardait ne faisait apparemment pas partie de l'équipage. Son sourire était strictement professionnel. Et les deux hommes en costume bleu qui l'entouraient n'essayaient même pas d'en esquisser un.

« Oui, qu'y a-t-il ?

– Vous n'avez aucune raison de vous inquiéter, monsieur Barris. Je vous prie simplement de bien vouloir me suivre. »

Il jeta un coup d'œil au visage aigri du diplomate français, vit qu'un membre de l'équipage lui demandait de se lever de son fauteuil.

« Pourquoi je devrais m'inquiéter ? Qu'est-ce qu'il y a ? Ma famille va bien ?

– Oui, tout le monde va bien. Suivez-moi s'il vous plaît.

– Vous voulez dire à l'extérieur ? demanda Barris, incrédule.

– Oui, veuillez me suivre à l'extérieur. Immédiatement.

– Mais je n'ai pas d'autre avion qui m'emmènera au Sénégal en temps et en heure pour ma réunion ! Une réunion de la plus haute importance ! De quoi s'agit-il ?

– Une fois que nous aurons quitté l'appareil, je vous expliquerai tout. Pour l'instant je vous demande de suivre mes instructions : levez-vous maintenant, et sortons de cet avion.

– Et mes bagages ? » Il se mit à parler plus fort. « J'ai parfaitement le droit de prendre cet avion. Je ne sais même pas qui vous êtes… »

Elle sortit sa plaque. FBI, lut-il.

« Je n'ai rien fait de mal…

– Je n'ai pas dit le contraire. Je vous ai simplement demandé de vous lever et de nous accompagner hors de cet avion. » Elle lui indiqua d'un geste la sortie vers la passerelle. « Venez. S'il vous plaît, ne rendons pas les choses plus difficiles qu'elles ne le sont.

– Quelles choses ? » Barris regarda les deux hommes qui l'entouraient. La trentaine, particulièrement bien bâtis. « Vous me menacez ? C'est ça ? C'est quoi, ces gorilles ? Écoutez, je suis un citoyen américain qui voyage en première avec un billet plein tarif et un passeport en règle, alors de quel droit… »

Le commandant de bord et son copilote surgirent du cockpit.

« Commandant, l'interpella Barris. Venez ici, c'est vous le maître à bord. » Mais le commandant et le copilote passèrent à côté de lui et disparurent derrière le rideau, vers l'arrière de l'appareil. En les suivant des yeux, il put constater que la cabine de première classe s'était vidée, le laissant seul avec les trois agents du FBI. « Vous m'arrêtez, c'est ça ?

– Non. Vous n'êtes pas en état d'arrestation. Mais vous devez nous suivre maintenant. Je vous garantis que vos bagages seront pris en charge. Nous les sortons de cet avion en ce moment même. »

Barris assimila cette information, qui ne lui parut pas de bon augure.

« Et moi je vais vous dire ce que je vais faire : je vais appeler mon avocat. »

Il se pencha sur sa sacoche pour sortir le téléphone qui se trouvait dans la pochette avant.

Les choses se précipitèrent. L'agente lui lança :

« Gardez vos mains bien en vue, ne bougez plus ! »

Avant même qu'il ait touché la fermeture éclair de la pochette, l'un des deux hommes s'était élancé pour le saisir par le bras. L'instant d'après, Barris était sur le ventre tandis qu'on lui menottait les poignets dans le dos, hurlant qu'il était un citoyen américain, que personne n'avait le droit de le traiter comme ça, et qu'ils allaient vraiment, vraiment le regretter.

35

Tom vérifia l'adresse sur son téléphone. C'était bien ça : l'allée des Millionnaires à Shadyside. Difficile pourtant de croire qu'une jeune universitaire pouvait habiter dans l'une de ces somptueuses demeures victoriennes – quand bien même elle était mondialement reconnue, avec de plus un potentiel Prix Nobel pour époux. Il sonna au portail, s'attendant presque à se voir accueilli par une servante en tablier blanc. Mais ce fut Lise qui lui ouvrit, en pantalon de pyjama rouge et tee-shirt blanc. Elle se frottait les yeux comme si elle venait de se réveiller.

« Désolé si vous faisiez une sieste. Mais vous m'avez dit de venir vous voir aux premiers résultats sans attendre…

– Je ne faisais pas de sieste, et vous n'avez pas besoin de me rappeler ce que je vous avais dit », déclara-t-elle sèchement, avant de le conduire à l'intérieur de la maison élégamment décorée.

Le double séjour qu'ils traversèrent ressemblait à un musée. Les meubles, les tableaux, les tapis, le piano à queue, les chandeliers : tout paraissait cher, ancien, européen.

« C'est magnifique, dit-il.

– Vous trouvez ? » demanda-t-elle avec ce que Tom identifia avec surprise comme une note d'amertume.

Il attendit une poignée de secondes avant de demander poliment :

« Est-ce que votre mari est ici ? Je me suis beaucoup penché sur ses travaux quand j'étais à la fac, et ce serait un honneur pour moi de le saluer… si c'est possible, bien sûr.

– Il n'est pas là, répondit-elle. Il est dans ce trou, à Mayence. »

Tom n'était pas sûr de savoir où se situait Mayence, mais il prit note de ce qui ressemblait fort à une troisième invitation à la boucler. Il garda donc le silence tandis qu'elle le guidait vers un bureau à l'arrière de la maison, qui donnait sur un jardin parfaitement entretenu. Il y avait un ruisseau, avec des nénuphars et un petit pont dans le style japonais : l'ensemble ressemblait plus à un tableau de Monet qu'à un lieu réel.

« Je ne sais pas comment vous faites pour réussir à travailler dans ce contexte, dit Tom en regardant serpenter le ruisseau.

– J'y arrivais parfaitement, avant de vous entendre sonner. Mais puisque vous êtes là… j'imagine que notre profil n'a rien donné ?

– Qu'est-ce qui vous fait dire ça ?

– Si ça avait marché, vous seriez en train de débarquer en triomphe à Washington, répondit-elle. Je sais bien comment fonctionnent les types comme vous. Vous nous demandez de l'aide, et aussitôt que ça marche vous disparaissez.

– J'ai dit que je viendrai avec les résultats, je suis là, lui répondit Tom sobrement. Votre aide ne pouvait être plus précieuse, et votre labeur nocturne a porté ses fruits. Notre profil a donné quatre résultats probants, justement. Je vous en remercie. » Il eut une hésitation : « Mais peut-être que ce n'est pas le bon moment...

– Le bon moment pour quoi ? » lui dit-elle, avec une étrange flamme dans les yeux.

Était-ce de la colère, ou bien une façon de flirter ? Ils étaient seuls, dans une belle maison, elle portait un bas de pyjama et un haut des plus légers. Sa longue chevelure noir corbeau était défaite, se déployant librement le long de ses épaules et de son tee-shirt, comme un défi lancé à la mise parfaite du jardin derrière la fenêtre.

« Écoutez, je suis là pour partager avec vous nos résultats préliminaires, et parce que je crois fermement que votre regard va nous faire avancer. Mais je ne voudrais pas vous importuner, docteur Ronningen...

– *Lise*, bon sang, s'il vous plaît. Je ne suis pas tellement plus âgée que vous. Asseyez-vous et cessez de vous excuser. Du café ? Ou un verre ? Mon mari ne se refuse jamais un petit sherry l'après-midi, et il y a plus de bouteilles dans sa réserve que dans les meilleurs restaurants. Je m'en suis déjà servi un, figurez-vous.

– Rien pour moi. Je bois peu. Mais merci.

– Quel joyeux drille ! lança-t-elle. OK. Je parie que les quatre résultats ne sont pas si probants que ça, n'est-ce pas ?

– J'espérais mieux, c'est vrai, reconnut Tom. Mais je continue de croire que notre profil de recherche est le bon. Ce n'est qu'un premier essai. » Il alluma son ordinateur. « Le champ était très restreint : les dix meilleures formations d'ingénieur sur les trente dernières années. Brennan considère que c'était une erreur de s'en tenir aux meilleures. Il pense que je suis trop élitiste.

– Élitiste, sobre, discret. Bref, la pire race de snob au monde », lâcha Lise en se servant une généreuse rasade de sherry.

Il remarqua qu'après avoir rempli son verre elle avait habilement dissimulé, sous un fauteuil, la bouteille à moitié vide. Il se demanda à combien de verres elle en était réellement, et si ses yeux n'étaient pas rouges d'avoir pleuré, plutôt que d'avoir trop peu dormi, comme il l'avait d'abord cru.

« Faites voir ça, dit-elle en lui prenant son ordinateur pour étudier les identités et les courtes biographies qu'il avait rassemblées. Vous m'avez parlé de quatre noms. Je n'en vois que trois.

– Nous en avions quatre mais l'un d'eux, Paul Sayers, est mort depuis longtemps. Il reste donc trois possibilités. »

Elle lisait à toute vitesse, sans plus faire attention à lui.

« Ce type, Miura, c'est un spécimen, dit-elle au bout de quelques instants. Il excelle dans toutes sortes de disciplines, et son niveau d'études va même au-delà de notre profil.

– Oui, le casting parfait. Dommage qu'il vive au Japon.

– Peut-être qu'il se rend en Amérique quand il a envie de faire péter des trucs…

– Il vend son expertise à travers l'Asie, en Chine surtout, mais il n'a pas mis les pieds en Amérique depuis cinq ans. Ce qui l'exclut donc, et nous laisse avec les deux derniers. L'un d'eux est une femme, une universitaire…

– Oh, oui, alors excluons d'emblée les universitaires femmes, le coupa Lise, outrée. Le brillant et dynamique Green Man ne peut décemment pas être une de ces profs de fac, faibles et dociles…

– Il se trouve que j'ai toujours considéré ce cas de figure

comme probable, en fait, lui fit savoir Tom. Jusqu'à ce qu'on tombe sur un flic du Nebraska qui pense avoir eu affaire à Green Man…

– Mais vous n'êtes pas sûr à cent pour cent que l'individu en question était bien Green Man, n'est-ce pas ? Alors comment pouvez-vous écarter la professeure Fiona Harvey ? À Cornell, c'était une star. De solides références professionnelles, un sacré paquet de publications…

– Parce qu'elle n'a pas la liberté de faire ce que fait Green Man. Ces dix dernières années, elle a enseigné à Auburn, et elle ne quitte presque jamais l'Alabama.

– Qu'en savez-vous ? Pour elle, pas besoin de franchir le Pacifique comme pour Miura. Elle pourrait se déplacer à l'abri dans sa voiture – ou dans sa fourgonnette – et rouler là où bon lui semble.

– Certes. Mais elle doit aussi lutter contre un cancer de stade 4. Elle a passé une bonne partie des deux dernières années à l'hôpital, à Birmingham. Et elle y était précisément au moment des attaques.

– Bon, il n'y en a plus qu'un, alors, admit Lise à contrecœur. Alec Petrov.

– Alec coche toutes les cases, répliqua Tom. Un ingénieur en mécanique hors du commun, sorti de Rice en éblouissant tous ses professeurs, puis qui a su mettre brillamment sa carrière en orbite. Mais voilà, justement : il plane beaucoup trop haut. Il est l'associé principal d'une entreprise qui conçoit des voitures électriques, entreprise cotée plus d'un milliard en bourse. C'est une célébrité dans son domaine – précisément ce que Green Man ne peut pas être, j'en suis certain. Alec ne se fait jamais prier pour venir parler business sur les plateaux télé. Il veille à la croissance de sa boîte sept jours sur sept, vingt-quatre heures sur vingt-quatre. Il n'a pas le temps de faire exploser des usines et de couler des yachts. »

Contrariée, Lise haussa les épaules. Reconnaître une défaite, quelle qu'elle soit, n'était à l'évidence pas dans ses habitudes.

« J'ai fait mon boulot. Le profil est nickel. C'est vous qui vous êtes chargé de la modélisation et des paramètres de recherche, alors maintenant c'est *votre* problème.

– Tout à fait, admit Tom en se relevant. Je vais considérablement élargir le champ. Et puis, écoutez, je sais bien que je ne suis pas censé m'excuser, mais je suis désolé d'avoir débarqué ici au mauvais moment. Quelle que soit la raison. Et j'espère que tout va s'arranger. Je ferais mieux d'y aller, maintenant. Je vais sûrement devoir rejoindre Washington au plus vite, mais je vous tiendrai au courant si je tombe sur de nouveaux résultats. »

Il essaya de récupérer son ordinateur, mais Lise ne semblait pas vouloir le lâcher.

« Pourquoi dites-vous que c'était le mauvais moment ?

– Pour rien, répondit Tom en évitant son regard. Je vais vraiment devoir y aller.

– Qu'est-ce qui se passe de si urgent, à Washington ?

– Je ne peux pas en parler.

– J'ai un niveau d'habilitation supérieur au vôtre. Vous pouvez demander à Brennan, si vous voulez vérifier.

– Je le sais bien.

– Alors, allez-y, agent Smith. Je veux la vérité. »

Il osa croiser son regard.

« Je pense que vous traversez un mauvais moment parce que vous en êtes au moins à votre deuxième verre de sherry, et que vous avez l'air de quelqu'un qui a pleuré. Quelque chose vous tracasse sérieusement, je suis persuadé que c'est légitime, mais je suis sûr aussi que ça n'a rien à voir avec moi. »

Lise prit une petite gorgée de sherry et adressa à Tom un sourire circonspect, comme si elle commençait à l'apprécier mais ne savait pas encore quoi faire de ce sentiment.

« Je veux dire, la vérité sur ce qui se trame à Washington.

– J'avais bien compris. »

Lise attrapa un second verre, le remplit de sherry et le tendit à Tom. Il hésita, avant de l'accepter.

« Je ne tiens pas très bien l'alcool, je vous préviens. Mon père prenait cela pour une faiblesse… enfin, l'une des nombreuses qu'il m'attribuait.

– Gardez vos histoires de *tsuris*[1] pour les repas de famille, et parlons un peu de Washington. »

Le sherry dans lequel il venait de tremper ses lèvres lui sembla chaud et liquoreux.

« Ils ont attrapé quelqu'un.

– Et ils pensent que c'est Green Man.

– Disons qu'il y a tout un faisceau de preuves.

– Mais ça ne suffit pas à vous convaincre, c'est ça ?

– J'ai des doutes.

– Plus que ça, même. Il est solide, ce faisceau de preuves ? »

Tom hésita pendant de longues secondes. Puis :

« Rien qui puisse être porté à la connaissance du public, en tout cas.

– Vous savez que je suis habilitée, et que je sais garder les lèvres parfaitement closes, dit-elle avant de passer sa langue tout autour de sa bouche charnue.

---

1. Terme hébreu désignant un conflit, souvent familial.

– Ils ont fouillé sa maison, dans le Michigan. Il y a un petit étang à l'arrière de la propriété, où ils ont trouvé des traces du même explosif qui a servi à faire sauter l'usine de produits chimiques à côté de Boston.

– Alors on dirait bien qu'ils ont chopé le bon », dit-elle.

Tom ne put s'empêcher de hausser le ton, doute et colère mêlés :

« Green Man ne serait jamais assez idiot pour sortir par la porte de derrière et aller balancer ses explosifs dans l'étang qui se trouve chez lui ! » Il se reprit, avala une plus franche gorgée de sherry. Puis il releva les yeux vers elle. « OK. À votre tour maintenant. Pourquoi étiez-vous en train de pleurer ?

– Parce que mon mari venait juste de m'appeler, lui répondit Lise. Ernst a accepté un important poste de professeur invité dans une université parisienne au prochain semestre.

– Mais c'est une belle destination, Paris.

– Oui, tellement charmant, tellement romantique, concéda-t-elle, les yeux soudain scintillants. Mais je ne crois pas que je serai la bienvenue. Sa maîtresse habite là-bas, voyez-vous. »

Tom hocha la tête et lui dit, doucement, presque timidement :

« Jusqu'à aujourd'hui, je le croyais intelligent. En fait, il est stupide. En plus d'être aveugle. »

Elle lui sourit en s'essuyant les yeux.

« C'est une bien triste histoire, en réalité. Celle d'une jeune femme dont tout le monde saluait l'intelligence hors du commun, et qui collectionnait les récompenses – elle était brillante, ça, personne n'en doutait. Son père était un vieil homme froid et austère, un scientifique volage qui vivait en

Norvège et qui de toute son enfance ne lui a jamais donné aucune marque d'affection. Alors qu'est-ce qu'elle a fait, cette jeune fille ? Elle a épousé un vieil homme froid et austère, un mathématicien volage venu d'Allemagne qui, lui aussi, lui refuse toute affection. Vous avez déjà entendu une histoire aussi nulle ? »

Le cerveau de Tom commençait à se diluer dans le sherry.

« En fait, oui, répondit-il. Celle du jeune homme un peu écolo qui a grandi à l'ombre d'un père qu'il détestait et qui le rabaissait sans cesse. Le père était un agent du FBI qui se baladait avec son flingue et son badge. Il se faisait passer pour un modèle de vertu, mais en fait abusait de son putain de pouvoir, avec son esprit borné, et pouvait se montrer sacrément violent envers son fils. Une fois devenu grand, le garçon prit sa liberté. Il aurait pu en faire tout ce qu'il voulait. Au lieu de ça il est devenu agent du FBI, se baladant avec son flingue et son badge. Et il va contribuer à arrêter celui qui est peut-être le dernier espoir de notre planète. »

Elle l'observait avec le plus grand intérêt, maintenant.

« Est-ce que vous savez ce qui vous fait faire ça ?

– Un poids dont je n'arrive pas à me débarrasser, je suppose. Et vous ? »

Elle leva son verre.

« Du pur masochisme. Rien à foutre. À la santé des cuites en pleine journée. » Ils trinquèrent, avalèrent le contenu de leurs verres. « Vous êtes drôlement complexe pour un Tom Smith, dit-elle. Apprenez-moi quelque chose sur vous que je serais incapable de deviner.

– J'ai bien failli devenir pianiste. Mon père était contre, mais je me débrouillais plutôt bien.

– Prouvez-le. »

Elle le guida jusqu'à la salle de séjour et il se retrouva, sans trop savoir comment, assis devant le piano à queue. Un Blüthner de fabrication artisanale venu d'Allemagne.

Ne s'étant pas exercé depuis des mois, il choisit un morceau qu'il affectionnait et connaissait par cœur : un concerto de Chopin. Il se laissa surprendre par l'émotion qui se dégageait de la musique. Quand il eut terminé, il put constater que Lise, assise, ne bougeait plus. Une larme coulait le long de sa joue.

« Je suis désolé.

– Il ne faut pas, répondit-elle en chassant cette larme et en changeant de sujet pour masquer son émotion : Pourquoi, d'après vous, ce type aurait planqué des explosifs dans son étang s'il ne s'agissait pas de Green Man ? Vous pensez que c'est une mise en scène ?

– Je pense surtout que ça n'a aucun sens. Nous en savons maintenant beaucoup trop sur Green Man. Nous découvrirons la vérité et nous laisserons ce type tranquille. Je ne mords pas à ce scénario… même si pour l'instant je ne prétends pas tout comprendre. » Assis sur le tabouret du piano, il se retourna pour lui faire face. « À votre tour. Racontez-moi quelque chose de drôle et d'embarrassant à votre sujet. »

Lise hésita, puis haussa les épaules et se jeta à l'eau :

« Une nuit, à Oxford, j'ai pris des cachets et je me suis retrouvée à danser nue dans une fontaine. Il y avait cette espèce de blog un peu caustique, qui en a profité pour me nommer "boursière Rhodes la plus sexy depuis Kris Kristofferson", et pour me coller une belle étiquette de cinglée. »

Tom réagit en souriant :

« Cinglée ou pas, ça reste une belle distinction.

– J'imagine, répondit-elle, avant de lui demander : Pourquoi pensez-vous que Green Man pourrait être le dernier espoir de la planète ?

– Vous avez lu ses lettres et aussi son manifeste. Vous êtes une scientifique, vous comprenez les faits. Les sept dernières années ont été les plus chaudes jamais enregistrées. Les calottes glaciaires fondent, les eaux montent, le climat se détraque un peu partout. Des espèces disparaissent, et le temps qu'il nous reste pour espérer changer les choses est de plus en plus restreint. Mais lui, il essaie. Il attire l'attention du monde entier sur les questions les plus cruciales... »

Lise secoua la tête avec emphase et l'arrêta :

« Tout terroriste considère que sa cause est incontournable. Et qu'il est en mission pour le Seigneur.

– Vous avez parfaitement raison, et je ne peux qu'être totalement d'accord avec vous. Tout terroriste pense que la fin justifie les moyens. Mais personne n'a le droit d'édicter sa propre loi, au mépris du droit commun, et encore moins en faisant couler le sang des innocents. Quiconque s'engouffre dans cette brèche doit être arrêté. » Il marqua un temps d'arrêt avant de poser la question qui le poursuivait – et le torturait – depuis des mois, tout doucement : « Mais, Lise... et si, dans ce cas unique et très précis, Green Man avait absolument raison ? »

Lorsqu'elle lui répondit, son visage s'était fait grave.

« J'ai fait deux ans de service militaire en Israël. Je suis allée sur des sites de bombardement, de part et d'autre des affrontements. Avec une pince à épiler, j'ai ramassé des petits bouts de corps ayant appartenu à des femmes et à des enfants. Rien ne justifie le fanatisme radical. Jamais. Rien. » Elle s'interrompit, observa Tom comme si elle ne parvenait pas à le cerner. « Je n'en reviens pas qu'ils vous aient justement choisi, *vous*, pour traquer ce type.

– Ouais, eh bien, on dirait que je ne suis pas si bon que ça pour ce boulot. Vous auriez autre chose à boire ? demanda Tom. Quelque chose qui ne serait pas aussi sucré.

– Pourquoi pas un bon vin rouge ? Et je pourrais vous montrer le reste de la maison. »

Elle emporta la bouteille de vin, ainsi que deux verres, pour le conduire au deuxième étage. Elle ouvrit une porte donnant sur une chambre des plus imposantes.

« La chambre d'Ernest.

– Vous faites chambre à part, tous les deux ?

– Il aime avoir son intimité. Je suppose qu'il amène ses étudiantes ici. Enfin, les plus chanceuses. » Tom pouvait sentir l'amertume dans ses paroles. Elle lui fit faire quelques pas de plus dans le couloir. « Et là, c'est ma partie. »

Il jeta un coup d'œil dans une chambre plus petite, aperçut un lit à baldaquin et une vue magnifique.

« C'est charmant. »

Elle se tenait si près de lui que leurs hanches et leurs épaules se frôlaient.

« Et si on y entrait, pour prendre notre petit verre ?

– Ce serait avec plaisir… mais…

– Vous avez une petite amie ?

– Non, mais vous, vous avez un mari. Je n'ai jamais été avec une personne mariée. Je ne suis pas sûr d'être à l'aise. »

Lise lui fit face et se pencha vers lui, si près qu'il pouvait sentir sur sa joue la chaleur de son souffle.

« Je croyais que votre affaire de famille, c'était de punir les méchants…

– Oui, c'est bien ça.

– Mon mari est *très* méchant, lui souffla doucement Lise en le regardant dans les yeux. Et je veux que vous le punissiez. » Elle était parvenue à glisser ses doigts dans la ceinture de Tom, qu'elle ouvrit d'un seul geste. « Vous voyez, je suis très douée en mécanique. » Elle paraissait tout à la fois vulnérable et féroce. « Maintenant, plus un mot. » Elle l'embrassa sur les lèvres et le attira vers l'intérieur de la chambre, où il la suivit docilement.

36

« Est-ce qu'on est vraiment sûrs que ce que vous avez trouvé dans l'étang, c'est bien le même truc que Green Man a pris pour faire péter l'usine de produits chimiques ? demanda le président tandis que Marine One, l'hélicoptère présidentiel, amorçait sa descente au-dessus de la Maison-Blanche.

– Le C4, un puissant explosif, est composé de nombreux éléments, monsieur. Même sous forme de traces, on le reconnaît aisément, lui expliqua Brennan. Outre les explosifs en eux-mêmes, il y a le plastifiant, le liant, et aussi un marqueur chimique spécifique. Chacun de ces composants existe sous de nombreuses formes. Par exemple, le C4 utilisé par nos forces militaires est composé à quatre-vingt-onze pour cent d'un explosif nommé RDX, et à un peu plus de cinq pour cent de sébacate de dioctyle, dont on se sert comme liant dans...

– Le président n'a besoin que des grandes lignes, Jim, le coupa la procureure générale, pas d'un cours de chimie. »

Brennan acquiesça et reprit succinctement :

« Les traces de C4 que nous avons trouvées dans l'étang de Barris correspondent à la formule utilisée dans le Massachusetts, monsieur. Une formule efficace mais plutôt inhabituelle. C'est de la fabrication maison, autant dire que c'est aussi parlant qu'une empreinte digitale ou même un scan de la rétine.

– Fabrication maison, hein ? Bon, quand vous dites qu'elles correspondent, c'est à quel point ? demanda le président.

– Disons parfaitement, monsieur.

– OK, alors on ne peut pas faire beaucoup mieux », nota le président avec un sourire satisfait. Il se retourna précipitamment vers un de ses assistants. « Je ne veux pas que la première dame s'approche trop près de nous à l'atterrissage. Elle fait toujours ça, et avec le souffle des hélices elle se retrouve les cheveux en pétard sur les photos…

– Oui, monsieur le président », répondit l'assistant avant de se saisir de son téléphone en urgence.

La piste d'atterrissage présidentielle était désormais à portée de vue, ainsi que la foule grandissante massée autour.

« Les meilleurs agents de la Défense ont mené leur propre expertise sur le C4, monsieur le président, intervint la procureure. Ils confirment. Il s'agit bien du même produit.

– Et cet enfoiré continue de prétendre qu'il est innocent ? interrogea le président.

– Avec la plus grande véhémence. Il s'est adjoint les services d'un grand cabinet d'avocats. Ils nous empêchent de l'interroger comme on le voudrait.

– Alors comme ça, il a le bras long… dit le président. Meg, inutile de préciser que je veux qu'on mette nos meilleurs hommes là-dessus.

– C'est fait, monsieur. Je les ai moi-même sélectionnés.

– Bien. Je veux qu'ils l'enfourchent par le cul et qu'ils me l'amènent au bout d'une pique. Comme ce roi d'Angleterre, là, vous voyez lequel ? Dans le cul ? »

On n'entendit plus rien d'autre que le vrombissement de l'hélico. Un assistant nommé Harburg, aux airs d'érudit, répondit finalement, du bout des lèvres :

« Édouard II, monsieur. » Avant d'ajouter prudemment : « Plus exactement, c'était un fer rouge…

– J'adore, reprit le président. Ces putains d'Angliches, ils se la jouent *prout-prout ma chère* et puis, paf, ils te carrent un fer rouge dans le cul du roi. »

Brennan hésita puis réalisa, en voyant se rapprocher la pelouse vert émeraude, que le temps pressait :

« Monsieur le président, je voudrais insister sur le fait que nous sommes toujours en phase d'enquête et qu'aucune charge n'est officiellement retenue pour l'instant contre…

– Bon Dieu, Brennan ! vociféra le président, l'air sévère. Vous savez quand même ce que vous avez fait, sur ce coup-là ?

– Eh bien, pas précisément, monsieur. »

Le chef de l'exécutif se mit d'un coup à sourire franchement.

« Vous avez envoyé la balle carrément au-delà des limites du terrain, bordel.

– Merci, monsieur, mais je voulais surtout insister sur les précautions indispensables…

– Quand on réussit un coup pareil, on commence par savourer, mon vieux. J'ai pas raison ? Vous pensez que Reggie Jackson, après ses trois *home runs* contre les Dodgers, s'est planqué sous le banc de touche en se demandant s'il avait bien fait ?

– Non, monsieur, répondit Brennan. J'imagine qu'il pouvait être content de lui, mais le point essentiel pour nous, aujourd'hui, c'est de rester pru…

– J'y étais, à ce match, d'ailleurs. Premier rang du carré VIP. Ce satané Mister October[1] en balance trois hors du terrain. Putain, Stan, elle est *beaucoup trop près*. Elle va être coiffée comme un dessous de bras…

– La première dame a été fermement avisée de se tenir éloignée de l'appareil, monsieur…

– Dites à la sécurité que sa position est beaucoup trop dangereuse. MAINTENANT !

– Bien, monsieur. »

Une assistante lui tendit un miroir pour qu'il fignole sa propre apparence durant l'atterrissage. Il s'admira intensément, avec presque un soupçon de concupiscence.

L'instant d'après, ils étaient sur la terre ferme et la première dame était en train d'accourir sur la pelouse verdoyante. Le président sortit de la cabine et vint l'embrasser sur la bouche, sous les flashs des photographes. Brennan s'extirpa de l'engin et observa le spectacle. De nombreux assistants entouraient le président, essayant d'attirer son attention sur quantité de questions urgentes, mais la première dame continuait d'occuper le devant de la scène et pour l'heure se plaignait d'une diarrhée qu'elle imputait aux fruits de mer cuisinés par le chef de la Maison-Blanche. Pendant ce temps, une petite délégation de reporters, retenus par les agents de sécurité, hurlait ses questions à dix mètres de distance.

Brennan n'aimait pas les hélicoptères. Il ne leur faisait pas confiance. Il s'éloigna des pales encore en mouvement.

---

1. Surnom du joueur Reggie Jackson.

Un bras vint soudain se poser sur son dos : le président le poussait en avant.

« Allez, Jim, on s'amuse un peu. »

Brennan chercha désespérément la procureure du regard. Elle s'était volatilisée. Sans avoir le temps de réaliser ce qui se passait, ils se retrouvèrent devant la meute des journalistes, à qui le président était déjà en train de déclamer :

« Écoutez bien, je vous présente Jim Brennan, grande figure du maintien de l'ordre dans notre pays, embauché par J. Edgar Hoover lui-même, au sortir de la guerre de Sécession ou presque, messieurs-dames. Et c'est ce bon vieux salopard de génie, ce vrai héros américain, qui vient juste de résoudre l'affaire Green Man ! »

Les appareils crépitèrent et les questions fusèrent : « S'agit-il du lobbyiste qui a été arrêté dans l'avion à New York ? », « Roger Barris et Green Man ne font qu'un ? », « Est-ce que vous l'inculpez pour tous ces homicides ? », « D'après son avocat ce serait la plus grave erreur judiciaire depuis O. J. Simpson. Un commentaire là-dessus ? »...

« Il serait prématuré d'affirmer quoi que ce soit pour l'instant... tenta Brennan.

– Un sacré retournement de situation, l'affaire Simpson, le coupa le président. Innocenté au tribunal par ses pairs...

– Monsieur le président, est-ce que "résoudre l'affaire" signifie que vous accusez Barris d'être Green Man ? demanda un journaliste à tue-tête.

– Qu'est-ce que vous pensez que ça signifie, sinon ? » répondit le président, au grand dam de Brennan.

Même ses cinquante ans d'expérience n'auraient pu, sur cette pelouse jonchée de caméras, calmer les ardeurs de l'homme d'État.

Le feu roulant des questions se poursuivait : « Roger Barris a-t-il avoué ? », « A-t-on trouvé des preuves irréfutables à son domicile ? », « Avait-il des complices ? », « Risque-t-il la peine capitale ? »...

Le président leva les bras, imposant aussitôt le silence.

« Vous aurez toutes les réponses en temps voulu, assura-t-il avec un large sourire. Ce que vous devez surtout retenir et répéter, c'est que les Américains peuvent désormais dormir tranquilles. Et tout ça grâce à Jim Brennan – cette machine de guerre du FBI, qui sait pourtant rester modeste. Bref, le vrai héros américain dans toute sa splendeur. Allez, Jim, levez le pouce ! »

Brennan se retrouva alors, bras dessus, bras dessous avec le président, à faire ce geste victorieux devant toute une assemblée de photographes en émoi.

37

Tom se réveilla dans l'obscurité. Il avait la gueule de bois et ressentait d'étranges douleurs dans les endroits les plus inattendus. « La boursière Rhodes la plus sexy depuis Kris Kristofferson » l'avait griffé sur tout le dos, et n'avait pas manqué non plus de lui mordre le cou. Il se laissa aller, alangui, satisfait, en écoutant la respiration de Lise – si proche. Il repensa aux femmes avec qui il était sorti au cours de ses études supérieures. Peu d'entre elles auraient pu lui tenir tête. À vrai dire, bien peu auraient pu ne serait-ce que le comprendre. Et c'était entièrement sa faute car, si elles n'en étaient pas moins de très chouettes filles, il devait reconnaître qu'au bout du compte il les avait plutôt choisies selon les critères paternels.

Lise, son père l'aurait détestée. Elle lui serait sortie par les yeux. Tom ne put réprimer un sourire en se figurant cette rencontre imaginaire, ce dont il se sentit immédiatement coupable. Warren Smith était mort, il était temps désormais de pardonner et d'oublier. Mais les défunts gardaient une emprise incontestable sur les vivants.

Ce fil de pensée cherchait à mener Tom quelque part, mais il ne parvenait pas à saisir où. Jusqu'à ce que, d'un coup, il y arrive. Et qu'un nom surgisse. Sayers. Il se glissa hors du lit, quitta la chambre et descendit l'escalier sans faire de bruit. Son ordinateur était toujours sur le bureau. Il l'alluma et chercha le quatrième nom sur la liste. Celui qu'il avait écarté, pour la bonne raison que Paul Sayers était mort depuis déjà vingt ans.

Tom rassembla toutes les données qu'il put trouver et se plongea dans la lecture, ses doutes laissant progressivement place à la stupeur et à la fascination. Diplômé de Yale. Ingénierie en mécanique au MIT. Après ses études, Sayers avait occupé des postes hors du commun, requérant des aptitudes à la croisée de nombreux domaines. Il avait finalement atterri à San Francisco, où il s'était impliqué dans divers groupuscules écologistes alors émergents. Il y avait également fondé une entreprise concevant des systèmes de guidage pour les avions, société qu'il avait ensuite revendue plus de vingt millions de dollars.

À peine cette fortune engrangée, Paul Sayers en avait réinjecté une bonne partie dans la frange radicale de l'activisme environnemental. Il avait été lié à plusieurs actions violentes, et s'était donc retrouvé dans le collimateur du FBI. Il avait alors trouvé le moyen le plus original et le plus efficace pour échapper à ses poursuivants : mourir. Un groupe extrémiste auquel il était lié s'était attaqué à une compagnie de gaz naturel. Il y avait eu une extraordinaire explosion, et on avait retrouvé son corps calciné dans les décombres. Il avait eu droit à d'imposantes funérailles, où s'étaient rendues de grandes figures de l'écologie radicale, et même un célèbre chanteur folk…

« C'est au FBI qu'on vous entraîne à vous enfuir du lit comme ça ? » Lise était descendue à sa recherche, mais son sourire s'effaça dès qu'elle vit l'expression de son visage. « Qu'est-ce que tu as ? Ce sont les nouvelles de Washington ?

– Est-ce que tu crois aux fantômes ? lui demanda-t-il en levant les yeux de l'écran, sur lequel il venait d'afficher la photo d'un jeune Paul Sayers tirée d'une notice nécrologique.

– A priori non, répondit-elle.

– Moi non plus. Enfin jusqu'à maintenant. Mais là, je crois que c'est au fantôme de ce type que nous avons affaire », ajouta-t-il en désignant d'un signe de tête son écran, où la photo semblait les dévisager. Il cligna des yeux et demanda subitement : « Attends une minute. Comment ça, des nouvelles de Washington ?

– Tu ne vas pas aimer... » le prévint Lise avant de lui montrer ce qu'elle regardait sur son téléphone en descendant l'escalier.

On y voyait, en direct, le plateau de CNN et des commentateurs planchant sur l'info principale du jour : l'innocence de Roger Barris avait été formellement établie, et il avait fallu le libérer. Il avait un alibi en béton, pour au moins deux des dates correspondant aux attaques. Il se trouvait même à des milliers de kilomètres des cibles visées, et les membres de sa famille ne pouvaient pas non plus être soupçonnés. Lui et son avocat, une star du barreau, étaient tous deux à Washington, menaçant de porter plainte contre le gouvernement pour diffamation. Une menace qui s'élevait à cent millions de dollars.

Dans le même temps, le président n'avait pas manqué de réagir, transférant immédiatement la responsabilité et le commandement de l'affaire Green Man des mains du FBI à celles de la Sécurité intérieure. Le directeur adjoint Harris Carnes était désormais en charge de l'enquête.

L'émission diffusa ensuite, en duplex, l'annonce de ce transfert par la porte-parole, qui affirmait que celui-ci n'avait rien à voir avec la libération de Barris :

« Ce remaniement n'est que le reflet de réalités juridictionnelles dont le président a parfaitement conscience depuis déjà quelque temps. L'affaire est désormais là où elle était censée se trouver depuis le début. Green Man étant un terroriste, c'est la sécurité du monde entier qui est en jeu...

– Mais le président n'a-t-il pas annoncé il y a à peine quelques heures que Jim Brennan avait résolu l'affaire ? Qu'il était un héros de l'ordre public ? demanda l'un des présentateurs.

– Le président réaffirme son plus profond respect envers Jim Brennan, répondit la porte-parole, et il lui souhaite également la plus belle des retraites. Il y a un certain nombre d'autres facteurs, notamment médicaux, qui ont aussi rendu ce transfert nécessaire. Mais le plus important, c'est que la traque de Green Man va prendre une toute nouvelle dimension sous les auspices de la Sécurité intérieure, et que nous pourrons sous peu faire de nouvelles annonces, très probantes. Merci de votre attention. »

Tom était paralysé – durant un instant, il ne put littéralement plus bouger ni même respirer.

« Je suis désolée, lui dit affectueusement Lise, posant la main sur son épaule. Je l'aimais bien, Brennan, il...

– Voilà ! s'exclama Tom, abasourdi. C'était *ça*, l'idée de Green Man !

– Faire virer Brennan ?! Il ne pouvait pas prévoir que les choses se passeraient comme ça...

– Non, bien sûr. Mais il savait la pression qui allait peser sur les épaules de Brennan. Avec son manifeste, il a fait monter cette pression d'un cran en donnant à l'affaire une tournure plus personnelle. Il savait qu'on était en train de se rapprocher du but, alors il a tenté la diversion suprême. Ensuite il n'avait plus qu'à observer le résultat… Et dire que je n'ai rien vu venir, bon Dieu…

– Je pense que personne n'aurait pu voir venir ce genre de chose, fit remarquer Lise avant d'ajouter : Et si ce que tu dis est vrai, qu'est-ce que ça te fait, à toi ? D'après ce que j'ai compris, tu es celui en qui Brennan avait placé ses plus hauts espoirs…

– Un pauvre analyste informatique à qui il a fait gravir à peu près dix échelons d'un coup, oui, corrigea Tom. Donc je vais revenir à la case départ… enfin, s'ils veulent bien me donner un rôle dans la suite de l'enquête. » Il baissa les yeux vers la photo sur son écran et reprit : « Je pense savoir qui est Green Man, ou en tout cas qui il était, mais je n'ai plus personne à qui le faire savoir.

– Si tu as des preuves convaincantes, je suis sûre qu'ils sauront t'écouter, le réconforta Lise avant de le prévenir : Mais tu as intérêt à être parfaitement sûr de ce que tu avances. »

Tom approuva et se replongea dans la fiche biographique de Paul Sayers. L'un des articles de journaux montrait la photo d'une jeune et dynamique Afro-Américaine, identifiée comme étant sa petite amie. C'était elle qui avait prononcé son oraison funèbre.

38

Green Man et Sharon arpentaient un chemin couvert de feuilles, en direction de leur « cabane de chasse ». Ils venaient de couper les infos. Tout avait fonctionné au-delà de ses espérances : Brennan était hors jeu, et Carnes était un idiot impulsif qui allait ruer dans les brancards en faisant table rase du travail effectué. Il imposerait sa propre équipe, qui commencerait par dénigrer – ou simplement ignorer – les avancées du FBI.

Chez eux, l'une des étagères de la bibliothèque de Green Man était tout entière consacrée aux écrits de Roger Barris, et elle remontait jusqu'à sa période écologiste. Green Man l'avait vaguement connu à l'époque, mais il ne l'avait jamais apprécié. Il s'en était même toujours méfié. Quand Barris avait retourné sa veste pour rejoindre le lobby de la croissance, Green Man avait suivi sa carrière avec une colère grandissante. Mais il avait su aussi y déceler une carte à jouer.

Il avait étudié la stylométrie, et cette pseudo-science lui avait semblé particulièrement simple à détourner. Les délires prétentieux de Barris, tout comme ses analyses biaisées, recelaient de nombreuses tournures spécifiques que Green Man s'empressa de recycler à son profit, pour donner une coloration différente et identifiable à ses lettres et à son manifeste. Ce fut un dur labeur, et entendre la voix de Barris dans ses propres écrits ne lui plaisait guère, mais la stratégie s'était révélée payante.

Un mois auparavant, il avait fait quatre heures de route jusqu'à Lansing pour discrètement déverser trois gallons de sa préparation dans l'étang du jardin de Barris. Sur le chemin du retour, il était passé devant un stand tenu par une jeune fille du coin qui, devant sa maison, vendait de la citronnade ainsi que des tee-shirts et autocollants à l'effigie des Ratels locaux. Green Man lui avait acheté un gobelet de sa citronnade, et aussi un sticker pour son pare-chocs – au cas improbable où on retrouverait des images de sa fourgonnette à proximité de l'une de ses futures cibles.

« Même avec tous ces bouleversements à Washington, je continue de penser que tu devrais rejoindre la maison de vacances en avance, en emmenant les enfants avec toi », dit Green Man.

Il avait consulté tous les écrans de surveillance et savait parfaitement qu'ils étaient seuls, mais ils parlaient tout de même à voix basse.

« Non. Il faut qu'on parte tous ensemble, comme on l'a toujours prévu. En y allant séparément, on multiplie les risques. Faire notre coupure en une seule fois, c'est plus sûr.

– Alors allons-y maintenant, la pressa-t-il. Demain ou après-demain, il suffit d'un coup de téléphone. » Sa voix tremblait d'empressement. « Nous avons déjà accompli tant de choses. Profitons de l'éclaircie, puisque tout est suspendu.

Le temps que Carnes reprenne la main, profitons-en pour disparaître. On commence à commettre des erreurs, toi et moi. Et je les sens qui se rapprochent. Allons-nous-en maintenant. »

La cabane de chasse apparut à travers l'épaisse couverture des arbres. C'était en fait un abri de pierre vieux d'un siècle, sans fenêtres, avec un lourd portail de fer fermé par un immense cadenas. Depuis qu'ils avaient fait l'acquisition de la propriété, personne d'autre qu'eux n'avait jamais pénétré à l'intérieur.

« Je veux la même chose que toi, Mitch, lui dit Sharon, mais nous en sommes là où nous en sommes, et nous devons aller jusqu'au bout. » La force de sa détermination dépassait l'entendement – elle lui manifestait un amour sans faille, et le plus grand soutien, mais elle savait aussi faire preuve d'une obstination sans limite. « Une dernière frappe, un dernier message explosif adressé au monde, et puis ce sera fini. Tu as obtenu le temps supplémentaire dont nous avions besoin, alors utilisons-le. Nous pouvons passer à la dernière étape. Tout est prêt pour le Texas. Et c'est ton coup le plus crucial. Le président en a fait une affaire personnelle. Si tu réussis, les conséquences seront phénoménales, sur le plan symbolique autant que sur le plan politique.

– Et si j'échoue ?

– Tu as déjà gagné six fois. Haut la main. Personne d'autre que toi n'y serait parvenu.

– Le Texas, c'est différent. Je suis inquiet.

– Tu as déjà fait le plus dur. »

Il ralentit à l'approche de l'abri, écrasant un petit insecte au passage.

« Shar, je suis sûr que ce gardien de nuit m'a reconnu.

– Comment serait-ce possible ?

– Je n'en sais rien, mais j'en suis sûr. Et puis, la police est venue chez nous. »

Pendant une seconde, une seconde seulement, elle sembla vaguement mal à l'aise.

« Oui, et aussi chez une vingtaine d'autres personnes en ville. Dix mille personnes en tout dans le Michigan.

– N'empêche qu'ils sont venus ici.

– Un flic un peu nigaud est passé, oui. Il n'a rien trouvé d'intéressant et il est reparti. »

Ils étaient arrivés devant l'abri. Green Man prit la clé qui pendait à son cou pour ouvrir le cadenas. Le lourd portail s'ouvrit en grinçant. Sharon entra et alluma la lumière. Il la suivit. En l'absence de fenêtres, il faisait frais à l'intérieur, et l'espace y paraissait étrangement plus vaste qu'on ne l'aurait imaginé de l'extérieur. Green Man referma la porte et tira son impressionnant verrou. Ils faisaient tous deux face aux établis.

Le véhicule de plongée à propulsion qu'il avait passé des semaines à assembler était là, enfin prêt. C'était un modèle légèrement amélioré de scooter sous-marin, inspiré de ceux qu'utilisait la Navy pour envoyer ses nageurs et leurs équipements vers les cibles voulues. Construit à partir de pièces détachées, il se présentait sous la forme d'un caisson étanche muni de poignées, de supports pour divers accessoires, d'un moteur électrique et d'une hélice en plastique rigide. La couleur correspondait parfaitement au basalte noir qui tapissait les fonds de la rivière Kildeer. Le moteur était suffisamment puissant pour entraîner l'hélice de huit pouces et les transporter sous l'eau, lui et sa cargaison fatale de quarante-cinq kilos, à environ cent mètres à la minute.

Les fusées à retardement étaient étalées sur les établis aux côtés des autres gadgets pyrotechniques dont il aurait besoin, encore à divers stades de finition. Quelques jours de bricolage encore, et tout serait prêt pour sa mission. Mais Sharon avait raison : il pouvait parfaitement accélérer le planning et se retrouver au Texas dans moins d'une semaine si nécessaire. Cette idée l'excitait et le terrorisait en même temps. Dans moins d'une semaine, il pourrait frapper le gisement Hanson, savourer son heure de gloire, et disparaître à tout jamais. Mais dans moins d'une semaine il pouvait aussi tout foirer, mourir ou bien se faire prendre, et ne plus jamais revoir ni sa femme ni ses enfants.

Comme si elle lisait dans ses pensées, Sharon lui prit la main et dit :

« Je sais, Mitch. »

Green Man quitta du regard les établis, pour mieux voir la bienveillance qui faisait briller les yeux noisette de sa femme.

« Je suis tellement crevé. Des mois que je n'ai pas dormi correctement.

– Bientôt, on dormira tous les deux comme des bébés.

– Cet agent de sécurité, au Texas… il a bien dit qu'il me reconnaissait. Je suis sûr que c'était vrai.

– Encore une fois, comment serait-ce possible ? demanda Sharon. Tu as une excellente mémoire, et tu as dit que tu ne l'avais jamais vu…

– C'est vrai que j'ai une bonne mémoire, mais elle n'est pas parfaite. Il y a des gens qu'on appelle des super-reconnaisseurs. Ils n'oublient jamais un visage, littéralement jamais. Scotland Yard fait régulièrement appel à eux pour les affaires difficiles.

– Tu penses que ce garde en faisait partie ?

– Jamais on ne m'avait regardé de cette façon-là. Comme si son œil était une caméra. La plupart des super-reconnaisseurs gravitent autour de la police, ou travaillent dans le domaine de la sécurité. Et il y a des casinos qui les embauchent pour reconnaître les compteurs de cartes.

– Et alors ? Même si ce type était un super-reconnaisseur, où est-ce qu'il aurait bien pu te voir ? Tu n'avais encore jamais mis les pieds au Texas.

– J'ai réfléchi à ça. Peut-être qu'il ne connaît pas Mitch, mais il a pu connaître Paul. Le FBI avait fait circuler son portrait, quand ils le recherchaient. Ce gardien n'était pas tout jeune. S'il travaillait dans la sécurité à l'époque, il aurait bien pu voir cette image…

– Et s'en souvenir vingt ans plus tard ? Un visage qui a subi à la fois le vieillissement et la chirurgie esthétique ?

– Je sais bien que c'est tordu. Mais vraiment : ils n'oublient *jamais* un visage.

– Et ensuite ? Même si c'était vrai, qu'est-ce que ça ferait ? Il a reconnu quelqu'un qui n'existe plus…

– J'ai quand même un mauvais pressentiment, avec cette histoire. Je n'aurais jamais dû aller jusqu'au gisement, j'aurais dû faire mon repérage à la rivière et puis partir. J'avais *envie* de voir les lieux à l'heure exacte où j'allais frapper, mais je n'en avais pas vraiment *besoin*. C'était une erreur.

– Et moi je n'aurais pas dû dire à Ted Dolan que c'était toi qui avais peint ce paysage, admit Sharon. Ça aussi c'était une erreur. Tu as dit au flic du Nebraska que tu étais artiste, c'est une info qui a pu se retrouver sur le profil que le FBI a donné aux forces de l'ordre.

– La seule véritable erreur, c'est moi qui l'ai faite. En donnant au flic un vrai renseignement à mon sujet, répondit Green Man. Mais surtout, on a tous les deux commis de petites erreurs. Et elles s'imbriquent. Quelqu'un d'assez malin finira par trouver le fil.

– Pas Jim Brennan, fit remarquer Sharon.

– Pas Brennan, non. Mais quelqu'un. » Il la prit dans ses bras. « Je t'aime très fort, Sharon. Toi, et les enfants.

– Et tu es l'homme le plus fort, le plus courageux du monde. C'est pour eux que tu fais tout ça. Pour nos petits-enfants, aussi.

– Si je n'y arrive pas…

– Ne dis pas ça. Tu y arriveras.

– Dis-leur que mon esprit restera près d'eux…

– Non, je refuse d'écouter ça. » Son regard était comme possédé. « Tu vas aller faire ton dernier coup au Texas. Tu vas accomplir parfaitement cette ultime mission, et ensuite tu rentreras à la maison, et on fera la coupure tous ensemble. D'accord ? Dis-le ! »

Il lui caressa doucement la joue et murmura au creux de son oreille :

« Oui. C'est exactement ce que je vais faire. »

39

L'homme que le président raccompagna hors du Bureau ovale arborait une très fine moustache. Il s'exprimait par courtes phrases, simples, optimistes.

« On va régler tout ça. Et vite. J'ai une super équipe avec moi. Une équipe de tueurs, monsieur le président.

– C'est exactement ce qu'il nous faut. Mettez le paquet.

– Je sais bien que le FBI a tenté de garder tout ça sous cloche. D'éviter la presse. Moi je pense qu'on peut l'utiliser, la presse.

– Harris, c'est exactement à ça qu'elle sert !

– Mais bon. Il va falloir que je contourne une ou deux règles. Ou que je marche sur quelques pieds, monsieur le président…

– Allez-y franchement, écrasez-les, même, s'il le faut. Tout ce qui m'intéresse ce sont les résultats : je *veux* qu'on chope ce type.

– C'est compris, monsieur le président. Merci de votre confiance. Je ne vous décevrai pas. »

Ils échangèrent une franche poignée de main. Harris Carnes sortit tandis que le président regagnait le Bureau ovale, pour y allumer une chaîne sportive et regarder un match de basket. Il n'avait pas encore commencé et, étonnamment, c'était le curling qui occupait l'écran. Il éteignit le téléviseur en grimaçant, resta un instant parfaitement désœuvré, laissant traîner son regard sur les quelques rapports qui jonchaient son bureau. Il détestait lire mais il en attrapa un, se mit à le feuilleter, et d'un coup sonna sa secrétaire :

« Amenez-moi Harburg ! »

Quelques secondes plus tard, le conseiller en recherche arriva dans le bureau et vit que le président était en train de lire son rapport.

« Monsieur le président. Merci de vous intéresser à mon travail…

– Je viens de parler avec Harris Carnes. Je veux qu'il ait tout ce dont il aura besoin.

– Oui, monsieur. Jim Brennan a essayé de vous contacter pour savoir si…

– Faites-lui envoyer un filet garni, coupa le président. Vous avez rencontré Carnes ?

– Pas encore, monsieur.

– Je l'aime bien, lui. C'est un battant, un dur. C'est ça qu'il nous faut pour attraper Green Man.

– Oui, monsieur. »

Le président fit un signe de tête en direction du rapport.

« Bon, alors, qu'est-ce que c'est que cette histoire d'Inde ?

– Eh bien, monsieur le président, comme vous le savez sûrement, ce pays est en train de subir une canicule…

– C'est un pays chaud. Même leurs sauces, elles brûlent. Pas trop mon truc.

– C'est vrai, monsieur. Mais ça fait cinq mois maintenant, et la semaine dernière les températures ont atteint les soixante degrés.

– Bon Dieu. Et les gens arrivent à vivre dans cette chaleur ?

– Ils ont du mal, monsieur. On rapporte des histoires terribles, comme ces trente enfants trouvés morts dans le compartiment d'un train.

– Horrible, ça. Préparez une lettre de condoléances à adresser au Premier ministre de là-bas. Vous me la donnerez à signer. Mais bon, en quoi cela nous concerne-t-il ?

– Eh bien, monsieur le président, il se peut que cette année la mousson ne vienne pas rafraîchir l'atmosphère. Et dans ce cas les effets à long terme, sur des cultures qui restent indispensables à la survie de milliards d'individus, seraient désastreux. J'ai passé deux ans en Inde, jamais ils n'ont connu pareille vague de chaleur. Et elle dure déjà depuis si longtemps… »

Le souffle court, il ne put continuer. Il était comme tétanisé. Le président l'observait, avec compassion mais aussi une pointe d'exaspération.

« Je ne comprends pas que ça pose problème à des gens intelligents. Si c'est un événement climatique *sans précédent*, c'est justement le principe : ce n'était jamais arrivé avant. Comme le Déluge.

– Oui, monsieur. » Le jeune conseiller hésita puis reprit doucement : « C'est un bon exemple, voilà. Un événement que l'on dit apocalyptique et qui a effacé toute trace de vie de la surface de la Terre…

– Pas *toute* trace de vie, répliqua le président. Puisque nous sommes là.

– Je voulais dire symboliquement, monsieur. Je ne pense

pas qu'il faille prendre cette parabole biblique au pied de la lettre, mais elle nous parle de l'importance de…

– Écoutez, on surveille la situation en Inde, et on s'en chargera. Tout ira bien. Les soucis c'est moi qui dois les avoir, pas vous. La mousson, elle revient à chaque fois. Et cette année ce sera comme d'habitude. Pas vrai ?

– Je l'espère.

– Bien sûr qu'elle reviendra. Alors arrêtez de prendre cet air contrarié. Essayez de vous amuser un peu, ce week-end. Le football, vous aimez ça ? Je vais vous avoir des billets. Et vous pouvez reprendre votre rapport, je l'ai lu.

– Merci de votre attention, monsieur.

– Pensez à refermer la porte en sortant. »

Le conseiller sortit, laissant le président seul. Il s'avança jusqu'à la fenêtre pour regarder le sol immaculé. Un arroseur automatique était en marche. Il songea un instant à ces températures de soixante degrés, et à ces trente enfants mourant dans un wagon en fer. Il n'était pas stupide, il savait bien au fond de lui que la planète se réchauffait de façon bientôt irréversible. Mais la vérité c'était que…

Le président fit un pas de plus vers la fenêtre pour se pencher sur l'impeccable pelouse présidentielle, ainsi que sur son reflet dans la vitre. La vérité, c'était qu'il allait mourir. Tout le monde finissait par mourir, et lui aussi, d'une manière ou d'une autre, même si l'idée lui paraissait presque inconcevable. Étant donné son âge, cela allait arriver au cours des vingt prochaines années. Une fois mort, il n'existerait plus, c'était le principe. Il ne serait plus là. Et à ce moment-là plus rien n'aurait d'importance. Le monde ne serait plus rien, puisque lui n'y serait plus.

40

Ellen était en train de corriger des copies et Julie de faire ses devoirs quand la sonnerie retentit. Elles s'observèrent pour voir laquelle était la plus occupée. Et c'est Julie qui finit par abdiquer : elle reposa sa calculatrice et répondit à l'interphone.

« Oui ?

– Ici l'agent Tom Smith, du FBI, dit la voix. J'aurais souhaité parler à Ellen Douglas... »

Julie se retourna vers sa mère, qui s'était levée de derrière sa pile de copies pour la rejoindre en vitesse.

« Ici Ellen Douglas.

– Docteur Douglas, je suis en bas.

– J'avais compris.

– Je me demandais si je pouvais vous parler de vive voix.

– Parler de quoi ? demanda Ellen.

– Je préférerais que nous en parlions en privé, dans votre appartement.

– Parler de quoi ? répéta-t-elle.

– D'une affaire sur laquelle je travaille et dont je ne peux pas discuter en public. »

Julie prit un air inquiet. Ellen lui adressa un sourire rassurant puis parla à l'interphone :

« Bon, il me semble que vous connaissez déjà le numéro de l'appartement ?

– Oui, je vous remercie. À tout de suite. »

Ellen actionna l'ouverture de la porte d'entrée et se tourna vers sa fille.

« Ça va aller, ma chérie.

– Maman, c'est le FBI.

– J'ai déjà eu l'occasion de leur parler. Sur différents sujets. Fais-moi confiance, ce n'est rien du tout.

– Rien du tout, tu parles !

– Ils veulent sûrement un avis sur quelqu'un qu'ils comptent embaucher.

– Oui, bien sûr, et c'est pour ça qu'ils débarquent à l'appart aussi tard. Et sans prévenir.

– Peut-être qu'il vaudrait mieux que tu nous laisses seuls.

– Pas question.

– Vraiment, ma chérie.

– Vraiment, pas question », répondit Julie avec calme et fermeté, les bras croisés, campant sur sa position.

Mère et fille s'observaient en silence.

« OK, je veux bien reconnaître que ce n'est peut-être pas "rien du tout", finit par dire Ellen. Mais je te promets que je peux gérer ça. Pendant des années, j'en ai connu des discussions avec les forces de l'ordre. Ce sera plus simple si je m'en occupe toute seule.

– Et pourquoi ça ?

– Fais-moi confiance.

– Peut-être que ça me concerne. J'ai participé à tous ces rassemblements pour l'environnement. Il y en a toujours qui s'échauffent, qui laissent sortir des phrases à ne pas dire en public. Je peux peut-être aider. Ou il y a des choses que tu ne veux pas que j'entende ?

– Ça ne te concerne pas... commença Ellen.

– Qu'est-ce que tu en sais ?

– ... et il n'y a *rien* que je ne veux pas que tu entendes. Mais je vais avoir besoin d'être seule. »

On frappa à la porte.

« Julie, je te demande de ne pas rendre tout cela plus difficile que ça ne l'est déjà. S'il te plaît, mon cœur. » Ellen attendit un instant puis répéta, cette fois avec une vraie note de désespoir : « S'il te plaît, ma chérie. »

Et elle se tourna vers la porte.

De retour dans le salon, Julie hésita. Puis elle alluma son téléphone portable, le glissa à l'intérieur de la poterie berbère qui décorait l'une des étagères et quitta la pièce.

Ellen ouvrit la porte et découvrit une grande silhouette dégingandée, en pantalon kaki et chemise bleu clair boutonnée, l'air nerveux sous sa très courte coupe de cheveux.

« Bonjour, dit-il. Je suis l'agent Tom Smith. Je suis désolé de passer aussi tard...

– Et sans prévenir.

– C'est vrai. Mais il y a urgence. Pouvez-vous m'accorder une quinzaine de minutes ? »

Ellen le conduisit au salon, et fut satisfaite de remarquer que Julie avait disparu. Elle invita l'agent du FBI à prendre place sur le canapé puis s'installa en face de lui, sur un fauteuil, et commença à le dévisager.

« C'est votre vrai nom, Tom Smith ?

– Oui, madame. Pardon, docteur Douglas.
– Vous pouvez m'appeler Ellen. Quel âge avez-vous ?
– Vingt-six ans, madame. Pardon, Ellen.
– Pourrais-je voir votre carte ? »

Il fouilla dans son portefeuille et lui tendit son badge. Elle prit soin de l'observer attentivement avant de le lui rendre.

« Et quel est votre grade ? L'intitulé de votre poste ?
– Agent de terrain. Je travaille actuellement pour une équipe de première importance qui a pour mission d'arrêter Green Man. Je suis l'adjoint spécial du chef d'équipe. »

La référence à Green Man ne la fit pas sourciller.

« Comment s'appelle-t-il, ce chef d'équipe ?
– Jim Brennan. Mais la raison de ma venue, ce soir...
– Vous croyez que je n'écoute pas les infos ? demanda Ellen en lui coupant la parole. Ils ont suspendu cette enquête, c'est un autre service qui s'en occupe. Il est sur le banc de touche, votre chef. Ce qui veut dire que vous aussi, j'imagine. »

Tom soutint son regard et acquiesça :

« Vous avez malheureusement raison au sujet du commandant en chef Brennan. Mais je continue de travailler pour le FBI, et je reste tout à fait concerné par cette affaire. Si vous ne voulez pas qu'on discute, je peux aller voir l'équipe en charge de l'enquête, et c'est à eux que vous parlerez. Je peux vous assurer que ce sera bien plus agréable avec moi... mais c'est vous qui voyez. »

Ellen sentait qu'il disait la vérité. Il était timide, paraissait sincère, et puis il était jeune et manifestement nerveux. Elle saurait s'en tirer avec lui, et elle ne voulait pas aggraver les choses en paraissant trop sur la défensive.

« Allons-y, alors, dit-elle. Que me voulez-vous ?
– Vous êtes diplômée de Berkeley en ingénierie chimique,

vous enseignez à Columbia et vous dirigez le Green Center, une ONG qui défend l'environnement. Est-ce que je me trompe ?

– Non, tout cela est exact, répondit Ellen. J'imagine que ce n'est pas Columbia qui vous intéresse, donc vous voulez qu'on parle du Green Center ?

– En fait, non. Mes questions concernent surtout la période de vos études à Berkeley. »

Ellen essaya de cacher son inconfort en avalant calmement sa salive.

« D'accord. Ça remonte à des dizaines d'années...

– Vous débarquez en Californie à l'âge de dix-huit ans. Majeure en chimie, élève modèle. Vous sortez de Berkeley avec une mention très bien.

– Je veux croire que ce n'est pas le niveau de mes diplômes qui pose problème au FBI, si ? demanda Ellen.

– En effet, docteur Douglas. Pardon, Ellen. Mais comme moi aussi j'ai obtenu la même mention, je sais ce que ça demande comme efforts. Vous devez être absolument incollable en chimie.

– Écoutez, vous pouvez me voir comme une tête si ça vous chante, mais vous m'avez demandé quinze minutes. Il n'en reste que dix. Il faudrait peut-être en venir au fait.

– C'est vrai, dit Tom. Peu après votre entrée à Berkeley, vous vous impliquez dans plusieurs mouvements écologistes radicaux.

– Ce qui n'avait rien d'illégal.

– Et c'est via l'un de ces groupes que vous rencontrez un homme, légèrement plus âgé, fraîchement diplômé du MIT, qui vient d'arriver en Californie. Vous devenez amis. »

Ellen se força à regarder l'agent dans les yeux.

« Vous avez été sa petite amie pendant cinq ans. Pourriez-vous me donner son nom ?

– Vous devez le connaître, dit Ellen. Vous avez bien fait vos devoirs.

– Dites-le-moi quand même. Son nom complet, si vous le voulez bien. »

Ellen laissa traîner une longue hésitation avant d'articuler à voix haute, devant un parfait inconnu, le nom qu'elle n'avait plus prononcé depuis presque vingt ans :

« Il s'appelait Paul William Sayers, mais il n'aimait pas le prénom William, alors il ne s'en servait jamais. »

De sa chambre, assise à son bureau, Julie pouvait écouter leur conversation sur son téléphone, via une application ouverte sur son ordinateur. Quelques secondes lui avaient suffi pour dénicher quantité d'informations sur Paul Sayers, notamment la photo de la nécrologie tirée du *San Francisco Chronicle*. Elle eut un sursaut en reconnaissant l'homme avec qui elle avait discuté vers Riverside Park, celui qui avait cité le manifeste de Green Man. Elle en eut le tournis, dut s'accrocher à son siège. Reprenant ses esprits, elle écouta l'agent du FBI soumettre sa mère à une rafale de questions, auxquelles elle donnait des réponses lapidaires :

« Est-ce que Paul Sayers et vous-même apparteniez aux mêmes mouvements radicaux ?

– Quelques-uns.

– Vous rendiez-vous ensemble aux conférences, aux rassemblements ?

– On faisait tout à deux.

– Donc lorsque ces groupes organisaient des manifestations ou des actions militantes, vous y alliez ensemble ?

– Il faudrait préciser.
– Mettre des pièges dans les arbres par exemple ?
– Paul et moi n'avons jamais fait ça.
– Le FBI le recherchait pour l'incendie de la scierie Gunderson, dans le comté de Humboldt. Y étiez-vous impliquée ?
– Non. Et je ne suis au courant de rien.
– Mais c'est bien Paul qui a dirigé et financé cette attaque ?
– C'est ce qu'a dit le FBI.
– Je croyais que vous faisiez tout ensemble ?
– Monsieur Smith, vous n'avez plus que cinq minutes. Je fais de mon mieux pour répondre à vos questions. Alors ne jouez pas avec moi en me demandant des choses que vous savez déjà.
– Ce que je sais déjà, c'est que le FBI n'a jamais pu mettre la main sur votre petit ami, puisqu'il est mort au cours d'une autre de ses attaques. Attaque à laquelle j'imagine que vous n'avez pas pris part non plus.
– C'est exact. Et c'est un sujet qui reste très douloureux pour moi, alors…
– Cela a dû être douloureux pour lui aussi. Ils ont fait sauter les conduites de gaz. Une sacrée explosion. Ensuite, on a retrouvé son corps calciné dans les décombres. C'est bien ça ?
– C'est ça.
– S'il était aussi gravement brûlé, comment ont-ils pu identifier le corps ?
– Il faudrait que vous consultiez les documents juridiques. Je crois me souvenir que c'est le légiste qui l'a identifié…
– Un médecin légiste qui, l'année suivante, quitte son boulot pour passer les cinq dernières années de sa vie en Europe, dans des conditions plus que confortables.

– Je ne suis pas au courant de tout ça. Paul est mort, nous l'avons enterré.

– C'est vous qui avez prononcé son oraison funèbre, d'ailleurs.

– En effet.

– Un journal local l'avait fait paraître. J'en ai trouvé un exemplaire. C'est très émouvant. En conclusion, vous dites que Paul est mort, mais que son esprit restera avec vous pour l'éternité. »

Julie put entendre les sanglots de sa mère. Elle se leva et fit un pas vers la porte de sa chambre. Là, elle s'arrêta. Troublée, elle n'arrivait pas à mettre de l'ordre dans ses pensées. Elle comprit qu'elle allait devoir faire bien plus que simplement réconforter sa mère.

Dans le salon, le jeune agent du FBI semblait sincèrement préoccupé.

« Ellen, si mes questions vous perturbent, j'en suis désolé. Vous voulez un mouchoir ?

– Je veux juste que vous partiez. Maintenant.

– Oui, je vais m'en aller bientôt. Et je ne reviendrai plus jamais, c'est promis. Nous en avons presque fini. Je sais que ça peut paraître grossier, mais ce n'est pas du tout le cas : c'est purement pragmatique. Ce que je dois vous demander, c'est si la fin de votre discours était une sorte de licence poétique, ou si vous pensiez sincèrement que l'esprit de Paul allait vivre éternellement. »

Ellen le regarda en réalisant que cet homme était bien plus subtil qu'il n'en avait l'air, et qu'il savait se servir à la fois de sa verdeur et de sa nervosité pour masquer la réelle envergure de son intelligence.

« Qu'est-ce que vous attendez de moi ? Pourquoi ne pas me le dire, une bonne fois pour toutes ?

– Est-ce que Paul Sayers a bien trouvé la mort dans cette explosion ?

– Oui. J'ai perdu mon compagnon. Nous l'avons enterré.

– Vous avez bien conscience de la gravité des risques que vous encourez si vous mentez au FBI ?

– J'ai bien conscience que vous m'aviez demandé quinze minutes et que vous avez dépassé la limite. Dans tous les sens du terme.

– La mère de Paul Sayers, Willa Sayers, est toujours en vie. Et elle habite toujours la même maison, à Cape May dans le New Jersey, celle où Paul a grandi. Avez-vous eu l'occasion de parler avec elle ?

– Pas depuis vingt ans, non.

– Donc vous ne savez pas si elle croit elle aussi que son fils est mort ?

– Je n'ai aucune idée de ce qu'elle croit ou pas. Elle était là, à l'enterrement.

– Je vais aller lui parler bientôt. Ce sera intéressant de comparer ses souvenirs avec les vôtres. Ça a dû être un jour particulièrement triste, pour vous comme pour elle. »

Ellen se leva et fit un pas vers la porte.

« Je suis fatiguée, et vos questions ont fait remonter des souvenirs très douloureux. Je vais vous demander de partir.

– Je suis sincèrement désolé, répondit Tom en se levant lui aussi. Au fait, j'ai vu le site web du Green Center. Vous avez fait du bon boulot, c'est très convaincant.

– Merci. Si vous ne vous souvenez plus du chemin, la sortie est par là. »

Il hocha la tête puis ajouta doucement, la regardant droit dans les yeux :

« Alors vous ne pensez pas que Paul Sayers est vivant, et qu'il se cache derrière Green Man ?

– Quoi ? Mais c'est ridicule !

– Ah oui ? Il aurait pourtant le profil parfait.

– Peut-être bien, mais il est mort.

– Oui, voilà, il est mort. Mais si c'était lui qui faisait sauter des trucs de temps en temps, il aurait sûrement besoin de quelqu'un qui s'y connaisse très bien en chimie...

– Paul est mort depuis longtemps. Et Green Man se sert de la violence, ce que je déteste par-dessus tout. Jamais je ne pourrais aider un type qui tue des enfants. Puisque vous avez vu notre site, vous connaissez notre position : nous souhaitons qu'il s'arrête, car nous considérons qu'il se trompe et que ses actes sont indéfendables.

– Oui, j'ai vu ça, lui répondit Tom. Et je sais que vous avez vous-même activement appuyé cette position. Vous avez de solides principes. Bonsoir, Ellen, merci de bien avoir voulu m'aider en m'accordant un peu de votre temps. Je vais vous laisser, ne vous dérangez pas. »

Il prit le chemin de la sortie, sans oublier de refermer la porte derrière lui.

Ellen le suivit pour la verrouiller. Tout en raccrochant la chaînette, elle entendit la porte de derrière dans la cuisine se refermer elle aussi. Elle retraversa le couloir à toute allure pour constater que Julie avait quitté sa chambre, et que son ordinateur était allumé. L'application toujours ouverte, il fallut cinq secondes à Ellen pour comprendre qu'elle avait écouté l'intégralité de sa conversation avec l'agent du FBI.

L'idée de courir à la poursuite de sa fille la traversa, mais elle savait que Julie avait descendu l'escalier de service quatre à quatre, et qu'elle était probablement déjà dans la rue : pas la peine d'espérer la retrouver. Et Ellen avait une affaire autrement urgente à résoudre.

Elle rédigea méticuleusement un message d'alerte à propos de l'agent Tom Smith et de toutes les questions qu'il venait de lui poser. Une fois dûment crypté, elle l'envoya, depuis le Dark Web, vers une adresse électronique qu'elle utilisait pour la première et la dernière fois.

41

Julie se lança à la poursuite du jeune agent du FBI. Elle l'aperçut, une quinzaine de mètres plus loin. Le croisement était peuplé de sa faune urbaine habituelle, et il aurait suffi qu'elle crie pour qu'ils viennent à son aide. Mais elle préférait régler cette affaire seule à seul et s'empressa de le rejoindre.

« Hé ! Tom Smith ! »

Il se retourna, surpris, mais comprit vite à qui il avait affaire :

« Vous devez être la fille d'Ellen…

– Vous avez fait pleurer ma mère, espèce de connard !

– Ce n'était vraiment pas mon but, lui dit Tom avec apparemment la plus grande sincérité. Julie, c'est ça ? Écoute, Julie, parfois je dois faire des choses que je n'aime pas faire, mais c'est pour pouvoir attraper un meurtrier.

– Green Man. »

Il soutint son regard.

« Donc tu as entendu notre conversation ?

– Vous êtes malin, vous ! Mais oui, c'est vrai, ils vous ont donné une mention très bien… Où ça, d'ailleurs ?

– Stanford.

– Je pensais qu'ils offraient de meilleurs débouchés.

– Tu m'as l'air pas mal futée, toi aussi », lui dit Tom.

Elle fut surprise de constater à quel point il pouvait paraître jeune, et peu sûr de lui. Il lui fit penser à l'un des matheux de son lycée.

« Est-ce que tu connais un homme qui s'appelle Paul Sayers ? poursuivit Tom. Il porte probablement un autre nom aujourd'hui. C'était un vieil ami de ta mère.

– Bien sûr, répondit Julie. Je l'appelle Tonton Green Man, il passe à la maison de temps en temps pour un brunch au quinoa, et puis on parle du prochain truc qu'il va faire péter, je l'aide un peu pour mettre tout ça au point…

– Ce n'est pas *si* drôle, répliqua l'agent. Est-ce que vraiment tu l'as rencontré ?

– De toute façon, vous ne me croiriez pas.

– C'est possible. Mais toi, tu dois me croire si je te dis qu'il y a un moyen d'aider ta mère.

– Qu'est-ce que ça peut vous faire, de l'aider ?

– J'ai beaucoup d'admiration pour elle. Et plus j'en sais, plus je serai capable de la protéger. Et aussi de te protéger, toi. » Il la regardait avec bienveillance. « Nous ne sommes pas si différents, toi et moi, même si tu penses le contraire.

– Alors essayez déjà de ne pas me mentir. Qu'est-ce qui vous a mené jusqu'à ma mère ? voulut savoir Julie.

– Je ne peux pas entrer dans les détails. Mais je ne condamne aucune des décisions qu'elle a prises. Et je peux voir que toi aussi tu es quelqu'un de juste. C'est pour ça que j'aimerais vous sortir de ce pétrin. »

Elle s'avança pour lui tenir tête.

« Comment vous faire confiance, si vous vous mentez à vous-même ? Vous êtes très intelligent, ça se voit. Vous savez forcément que ce que vous faites n'est pas juste, au fond. Vous essayez d'attraper quelqu'un qu'on ne peut pas attraper. Et tout ça pour arrêter ce qui ne peut pas être arrêté... ou alors, c'est le monde entier qui sera perdant. Vous êtes allé à Stanford, donc vous devez comprendre aussi bien que moi les données scientifiques. Et je peux voir dans vos yeux que vous savez que j'ai raison.

– Quelque part, tu dis vrai, reconnut Tom. Mais le monde n'est pas toujours aussi simple. Maintenant, voyons comment aider ta mère avant qu'il ne soit trop tard... »

Sa douceur et sa sincérité désarçonnèrent Julie, et pendant une petite seconde elle eut la sensation – vertigineuse – qu'elle pouvait lui faire confiance. Elle se reprit, mais tant de choses venaient de lui passer par la tête en si peu de temps qu'elle s'en trouva légèrement étourdie.

« Paul Sayers était-il à New York ces derniers temps ? demanda tranquillement Tom. Sais-tu si ta mère l'a vu récemment ? Julie ?... Tu te sens bien ? »

Elle le regarda dans les yeux et lui répondit dans un souffle :

« Allez au diable. »

Le trottoir sembla alors se dérober sous ses pieds. Elle se plia en deux, faillit tomber.

Il réussit à la retenir.

« Je t'l'avais dit que c'était Julie ! hurla une voix au coin de la rue.

– Allez-vous-en, dit-elle à Tom en essayant piteusement de se libérer.

– Pas avant d'être sûr que tu vas bien.

– Lâche-la, connard ! » lui ordonna une seconde voix, de l'autre côté de la rue.

Tom aperçut des ombres qui fonçaient à sa rencontre. Il lâcha doucement Julie, qui parvint à rester debout.

Des voix tonnaient, pleines de colère : « Jul' ? », « Ça va ? », « Il était en train de t'emmerder ? »…

Des durs à cuire, massifs – chemises ouvertes sur leurs chaînes et leurs abdos, barbes naissantes. Elle ne traînait pas avec eux, mais elle les connaissait depuis l'enfance. Ils faisaient partie du même monde.

« Non, il ne m'embête pas. Il s'en va. »

Ils avaient déjà encerclé Tom.

« Je crois que quelqu'un a envie de se faire botter le cul… »

Elle s'empressa de les avertir :

« Il est du FBI.

– Oh, ben merde, alors. Du coup, c'est lui qui va nous botter le cul », dit Terrell, le meneur.

La réplique fit rire toute la bande, qui resserra de plus belle le cercle autour de Tom.

Lequel attrapa le Colt de son père et le brandit. On pouvait voir que sa main tremblait.

« Et pourquoi tu nous montres ce truc, hein, espèce de petite merde ?

– Laisse-le partir », dit Julie en s'adressant à Terrell, avant de s'effondrer au sol.

Tandis qu'ils s'empressaient autour de Julie pour l'aider à se relever, Tom prit ses jambes à son cou et eut tôt fait d'atteindre la bouche de métro la plus proche.

42

En ce matin de milieu de semaine, la Garden State Parkway se déployait librement sous les yeux de Tom. Il emprunta la voie rapide et dépassa les sorties qui menaient vers le littoral, sans jamais descendre en dessous des cent trente. Il conduisait une Dodge Charger de location, tout en sirotant le gigantesque café qu'il s'était acheté sur une aire de repos, et en écoutant Bruce Springsteen sur la radio locale, lorsque son portable sonna. Il dut se faire violence pour couper la voix du Boss et répondre à Grant.

« Tom, où êtes-vous bordel ?

– Sur la Garden State, environ cinquante kilomètres au nord d'Atlantic City.

– Vous vous prévoyez une petite sortie casino de bon matin ?

– Non, je rentre à Washington. À Cape May je prends le ferry pour le Delaware. Je serai là dans la soirée. Comment va Brennan ?

– Pas très bien, répondit Grant. Il a tout essayé pour

renverser la vapeur – il est allé solliciter le moindre de ses amis, et s'est servi de toutes les faveurs qu'on pouvait encore lui devoir ici ou là, mais je crains que son temps ne soit bel et bien révolu.

– Qu'est-ce que vous voulez dire par là ? demanda Tom.

– Que c'est fini. Ce n'est clairement pas le moyen le plus agréable pour commencer à envisager la retraite, mais je crois qu'il s'est fait une raison. Les jeux sont faits.

– Je n'arrive pas à y croire, putain ! s'exclama Tom avec une colère non feinte. J'ai essayé de l'appeler plusieurs fois mais il ne me répond jamais.

– Il ne répond à personne en ce moment, précisa Grant. Il s'impose un certain isolement. Mais il connaît les règles du jeu, il s'en remettra.

– Je n'en suis pas si sûr. Et Earl ?

– Retraite, pour lui aussi. D'après ce que j'ai entendu dire, il serait sur une île des tropiques. J'espère pour lui que c'est dans un hôtel fumeur.

– Donc ça signifie que nous sommes tous hors jeu, dans cette affaire ? »

Grant eut un temps d'hésitation avant de répondre :

« Pas exactement…

– Comment ça, “pas exactement” ? demanda Tom, tout à coup sur ses gardes.

– Personne n'est aussi attristé que moi de ce qui arrive à Brennan. Évidemment. Il était comme un père pour moi. Mais ils m'ont demandé…

– De qui parlez-vous ?

– La procureure générale. Elle m'a demandé d'assurer, du côté de la Sécurité intérieure, la continuité du travail entamé. Pour qu'ils aient bien tous les éléments que nous avions rassemblés.

– Il faut bien que quelqu'un s'en charge, dit Tom.

– Il faut surtout que l'enquête avance. Et qu'on mette la main sur Green Man.

– Bien sûr. Pas le choix, reconnut Tom en se disant que, malgré toute son ambition, Grant ne devait pas être si fier de lui en ce moment.

– Et puis Carnes y met une sacrée hargne. En plus, il a l'appui de toute l'administration.

– Je n'en doute pas.

– Je suis aussi censé clarifier tous les angles morts de la procédure du FBI. Et il ne m'a pas échappé que personne ne sait exactement ce que *vous*, vous aviez derrière la tête. »

Tom répondit avec précaution :

« J'ai fait part d'une idée. Disons, d'une intuition. Comme Brennan m'a fait confiance, je l'ai suivie.

– Et c'était quoi, cette intuition ?

– Que j'allais pouvoir démasquer Green Man à partir de son profil de compétences.

– Vous étiez tout seul sur cette piste ?

– Non, je travaillais avec une professeure de Carnegie Mellon.

– Des résultats ? »

Tom baissa les yeux sur le bloc-notes posé sur le siège passager. L'adresse d'une certaine Willa Sayers à Cape May y était inscrite à l'encre bleue, sur la première page.

« Une ou deux infos potentiellement intéressantes. Je vous brieferai dès mon retour.

– Demain matin. »

Ce n'était pas une demande : c'était un ordre.

« Bien sûr. Vous êtes dans la cellule de crise ? Ou ils l'ont fermée ? Vous êtes au Hoover[1] ?

– Je suis au département de la Sécurité intérieure, répondit Grant.

– Je vois... »

Grant ne sembla pas apprécier le ton de Tom, et sa propre intonation se durcit d'un coup :

« Dans mon bureau à neuf heures. Vous ne travaillez plus sur cette affaire, je veux que ce soit clair. Mettez-moi par écrit dès ce soir tout ce que vous avez pu trouver au cours de cette dernière semaine – ou plutôt ce que vous pensez avoir trouvé. Et vous me l'envoyez. Demain matin, vous me ferez votre rapport en personne, et ensuite vous passerez dans le bureau de Hannah Lee pour qu'elle vous donne votre nouvelle affectation. Est-ce que c'est clair ?

– Comme de l'eau de roche, répondit Tom.

– Alors pourquoi diable est-ce que vous prenez les routes touristiques ?

– Ça m'aide à réfléchir.

– Comme Green Man quand il traverse le Nebraska ? suggéra Grant de son ton sarcastique.

– C'est l'idée, je suppose. Et d'après ce qu'on dit, la traversée en ferry jusque Lewes vaut largement le prix du billet.

– Oui, eh bien, assurez-vous que ce putain de ferry vous ramène à Washington dès ce soir, et que vous soyez frais et dispos dans mon bureau demain matin », ordonna sèchement Grant avant de raccrocher.

1. Le surnom donné au J. Edgar Hoover Building, le bâtiment qui abrite le siège du FBI à Washington DC.

Green Man accéléra en direction du sud. Il devait composer avec un étrange mélange d'angoisse et de nostalgie. Son arme était rangée, chargée, dans la poche droite de sa veste – et cette fois il était prêt à s'en servir. Il avait reçu le message crypté d'Ellen, un peu avant neuf heures du soir, puis avait passé une demi-heure à débusquer tout ce qu'il pouvait trouver en ligne à propos de Tom Smith, en prenant soin de ne pas laisser de traces. Après une brève conversation avec Sharon, il avait préparé la Jeep et l'avait conduite toute la nuit. Malgré les routes désertes, malgré son angoisse concernant ce très indiscret agent du FBI, il s'efforça de ne pas dépasser la vitesse autorisée. Il lui fallut dix heures depuis le Michigan pour rallier le sud du New Jersey. Pénétrant dans la station balnéaire où il avait grandi, il dut affronter – mais sans succès – une vague de culpabilité qui remontait de plusieurs décennies pour le submerger.

Lorsque Green Man avait mis en place sa première coupure, il avait dû à contrecœur dire adieu à toute cette part de son histoire. Sa mère était une femme fragile, émotionnellement instable, qui ne savait pas garder un secret ni s'en tenir à un protocole défini, quand bien même la vie de son fils en aurait dépendu. Si elle l'avait su en vie, elle n'aurait pas pu le garder pour elle ni le laisser prendre toute la distance dont il avait besoin pour que sa disparition fonctionne. Elle aurait mis en danger l'ensemble de sa nouvelle existence.

Heureusement, elle avait deux autres enfants et une moisson grandissante de petits-enfants qui vivaient à proximité. Green Man avait rédigé son testament de façon à ce qu'elle soit à l'abri du besoin, puis avec toute la peine du monde il s'était résolu à ce qu'elle le croie bel et bien mort. Il savait parfaitement qu'il n'avait pas d'autre choix, mais tandis qu'il passait en voiture devant les gîtes de luxe il se détesta pour cet atroce mensonge qui avait tant fait souffrir celle à qui il devait la vie.

Il contourna le lac Lily et put apercevoir le célèbre phare de Cape May. Pendant toute son enfance, il avait arpenté les cinq kilomètres de plage que lui offrait la ville. Lors de son adolescence rebelle, il s'était efforcé d'en violer chacune des règles de sécurité, puis de les faire respecter, peu après, en tant que maître-nageur municipal. Il avait appris le surf et la plongée sous-marine, s'était acheté un kayak de mer et s'en était servi pour aller pêcher bien au-delà de la zone de sûreté. Il se souvint alors des aubes flamboyantes, à un ou deux kilomètres de la côte, à regarder le soleil se lever, à chevaucher la houle en suivant les bancs de poissons bleutés.

Toujours au volant, Green Man dépassa le secteur des marais et tourna vers le nord, rejoignant alors des ruelles plus étroites. Son quartier se trouvait à un kilomètre à peine des gîtes en vogue pour plaisanciers fortunés, mais c'était là un tout autre univers. Il passa devant son école primaire, et tandis que les maisons rapetissaient et que les cours se serraient les unes contre les autres, il se mit à ralentir tout en réfrénant la réapparition de souvenirs qui pour la plupart n'étaient pas très agréables. Il était encore en CM2 lorsque son père, dont il était très proche, avait été emporté par une terrible crise cardiaque. Il était mort sur sa chaise en osier, installée devant le porche arrière. C'est là que Green Man l'avait retrouvé, au petit matin. Il avait essayé de le réveiller, en vain.

Jamais il n'avait été proche de sa mère, ni de ses frère et sœur, restés dans le New Jersey. Il était celui qui était parti et qui, de New Haven à Boston ou à San Francisco, ne s'était jamais retourné. Il débouchait maintenant sur la rue de son enfance, maudissant l'agent du FBI de le ramener ainsi dans ce quartier, toujours aussi morne vingt ans après. Mais la culpabilité qu'il était en train de ressentir concernait aussi son avenir : le pire dans sa première coupure avait été de laisser derrière lui famille et amis, et il savait bien que s'il parvenait à récidiver, en emmenant Sharon, Gus et Kim, d'autres allaient souffrir à nouveau. *Couper* avec le passé, voilà exactement ce que cela signifiait – même si l'opération était réussie, elle laissait derrière elle, et pour toujours, un monde éclaté, des vies abîmées.

Ayant déniché Topsail Street, Tom se gara devant une maison en bardeaux de bois blanc. Le quartier était constitué de modestes demeures à deux étages, aux cours bien entretenues, avec de nombreuses parcelles de verdure. Plus loin, deux jeunes garçons se renvoyaient un ballon de foot, rigolant chaque fois qu'il heurtait l'une des voitures garées là. Tom les observa un petit moment, essayant de se figurer Green Man passant devant ces parterres de fleurs pour se rendre à l'école, ou assis dans une chambre de cette maison blanche et vétuste, à étudier la chimie, un lycéen faisant ainsi ses premiers pas sur le long chemin qu'il emprunterait pour tenter de sauver le monde. C'était exactement le genre de maison que Tom avait lui-même habité – dans six États. Et il ne pouvait chasser la sensation qu'il était en train de se traquer lui-même. Voilà ce qui lui tournait dans la tête pendant qu'il s'avançait vers la porte d'entrée.

Les paroles de Grant lui revinrent en tête. On l'avait éjecté de l'enquête Green Man. Il n'était donc aucunement habilité à faire ce qu'il s'apprêtait à faire, et il savait qu'il devrait se montrer extrêmement prudent. S'il éveillait les soupçons de cette femme au point qu'elle appelle le FBI, il se ferait sévèrement réprimander, ou pire encore. Mais, dans le même temps, il était tellement certain que c'était là la maison où Green Man avait grandi, donc l'aboutissement de la piste qu'il suivait depuis si longtemps, qu'il ne pouvait pas ne pas y aller lui-même. Il s'efforça de rester le plus calme possible et appuya enfin sur la sonnette.

Il l'avait appelée sur la route : elle s'attendait donc à sa visite et ne tarda pas à lui ouvrir. La silhouette de Willa Sayers était mince, plus que mince même, frêle. À plus de soixante-dix ans, ses cheveux étaient uniformément blancs et elle avait développé un tic qui consistait à dodeliner de la tête, ce qui lui donnait des airs de petit oiseau.

« Entrez. J'avais appelé ma fille, Robin, parce qu'elle s'y connaît bien dans ces histoires, et qu'elle pourrait peut-être répondre mieux que moi à toutes vos questions. Mais elle a du travail. Elle m'a dit que vous pouviez l'appeler, si besoin. »

Basse de plafond, la maison était lugubre, ses meubles vétustes, et la peinture avait sérieusement besoin d'être rafraîchie. Le canapé et la causeuse, assortis, semblaient avoir au moins trente ans. Sur un pouf, un grand chat roux tigré enroulé sur lui-même dévisageait Tom avec méfiance.

« Pardon, mais quelles sont ces histoires à propos desquelles votre fille saurait me répondre ?

– Vous venez bien pour les impôts, non ?

– Non, répondit Tom avec un sourire. Je suis désolé pour la méprise, mais vous pouvez vous détendre, ce n'est pas le fisc qui m'envoie. Et ça n'a rien à voir avec les impôts. D'ailleurs, moi-même je les déteste. »

Elle était assise en face de lui, et Tom put remarquer chez elle un soulagement manifeste. Elle cachait bien mal ses émotions, et l'expression de son visage semblait pouvoir trahir la moindre de ses pensées, tout comme sa gestuelle toute en nervosité.

« Alors ça, c'est une bonne nouvelle. Mais alors pourquoi venez-vous me voir ?

– Je suis du FBI, mais il ne faut pas vous inquiéter. Nous n'avons rien à vous reprocher, ni à vous ni à aucun de vos proches. Je fais simplement un travail de suivi sur un certain nombre de vieux dossiers, et il y en a un qui vous concerne de loin. Si vous pouviez m'aider un peu, je vous en serais grandement reconnaissant.

– Des affaires classées, alors ? demanda-t-elle. C'est comme ça qu'ils disent à la télé, je crois.

– Oui, madame, c'est exactement ça. Des affaires parfaitement classées. D'ailleurs celle dont je voudrais vous parler date d'une vingtaine d'années. »

Willa Sayers fit rapidement le calcul, passa sa langue sur ses lèvres et se pencha légèrement en avant.

« Donc vous venez me parler de Paul ?

– Oui, madame. J'aurais quelques questions à vous poser à propos de Paul William Sayers. D'après ce que je sais, il n'aimait pas trop le prénom William, dit-il avec un petit sourire.

– C'était comme ça qu'il s'appelait, et ça lui allait très bien.

– Quel genre d'enfant était-il ? Il se plaisait ici, il appréciait Cape May ?

– Évidemment qu'il aimait bien. Enfin, quand il voulait bien lever le nez de ses livres. Il lisait tout le temps. Mais vous n'êtes pas venu là pour que je vous raconte ça. Pardon d'être directe, mais qu'est-ce que vous voulez savoir exactement ?

– D'accord, dit Tom. C'est peut-être mieux d'aller droit au but, vous avez raison. Je ne voudrais pas que ce soit douloureux pour vous, et je vous promets que ce sera rapide. Je viens vous voir à propos de ce qui s'est passé à la scierie Gunderson. Vous devez savoir qu'à l'époque le FBI avait le sentiment que Paul…

– Mon fils n'a rien à voir avec cet incendie. »

Elle avait haussé le ton, et ce ton était sans équivoque.

« Comment le savez-vous ?

– Je le sais parce que Paul était un bon garçon et qu'il avait un cœur en or. Il y a eu des morts dans cet incendie. Paul n'aurait pas fait de mal à une mouche.

– Vous pensez donc que le FBI s'est trompé ?

– Oui, vous vous êtes trompés, dit-elle en joignant les mains.

– Moi, je n'avais que trois ans, en fait, fit remarquer Tom avec un sourire, auquel elle répondit par un rictus nerveux. Donc je ne suis pour rien dans les conclusions de l'époque. J'essaie simplement de mettre de l'ordre dans les archives. Et d'après ces archives, je crois comprendre que Paul faisait partie d'un certain nombre de groupes qui commettaient ce genre de choses. Et qu'il avait une petite amie qui s'appelait Ellen, qui elle-même s'est retrouvée liée à l'extrémisme écologiste. L'avez-vous déjà rencontrée ?

– Paul l'a ramenée ici, une fois. Et nous nous sommes vues à l'enterrement. »

Les mains de Willa, toujours jointes, tremblèrent lorsqu'elle prononça le mot « enterrement ».

Tom reprit doucement :

« Vous parlez des funérailles de Paul, à Oakland ? »

Les mots se coincèrent dans sa gorge, elle dut se contenter de hocher la tête.

« Avez-vous reparlé à Ellen Douglas depuis ce jour ? Elle habite New York, ce n'est pas très loin d'ici.

– Et pourquoi j'irais lui parler ? »

Apparemment, la supposition lui semblait au mieux saugrenue.

« Peut-être pour partager le souvenir de votre fils avec quelqu'un qui l'a aimé aussi ? suggéra Tom.

– Je n'ai pas besoin d'aide pour penser à mon fils ! » s'indigna Willa avant de retomber dans un silence de plomb.

Comme s'il avait senti l'agacement de sa maîtresse, le chat sauta du pouf pour s'éloigner du bout des coussinets, lançant à Tom un regard plein de mépris.

Tom se pencha un instant sur ses notes, pour permettre à Willa de se remettre de ses émotions. Il en arrivait aux questions les plus délicates et il devait y aller en douceur.

« Si vous pensez que Paul n'a pas causé l'incendie de la scierie, comment expliquez-vous qu'il ait participé à l'attaque de cette compagnie de gaz, quelques mois plus tard ?

– Je n'en sais rien, reconnut-elle. Il y a des gens bien qui se laissent embarquer dans de sales affaires. Mais j'imagine que mon fils n'était pas si doué pour attaquer, vu qu'il est mort là-dedans, vous ne croyez pas ?

– Je vois ce que vous voulez dire, oui », répondit Tom. Son regard était toujours tourné vers son calepin, mais il releva doucement les yeux pour pouvoir étudier son expression lorsqu'il lui demanda : « Vous êtes donc absolument certaine que Paul est mort dans cet incendie ? »

De colère et d'incompréhension, elle sursauta, avant de s'exclamer :

« Qu'est-ce que c'est que cette question ?! Je viens de vous parler de l'enterrement…

– Je sais bien, madame, mais… son corps était très sévèrement brûlé. Jamais vous n'avez remis en cause l'identification du médecin légiste ? Aucun doute de ce genre ?

– Un peu de respect pour les morts, jeune homme ! vitupéra-t-elle. Ou bien je vais devoir vous demander de partir. »

S'ensuivit un silence chargé, et bien que Tom eût toujours de sérieux doutes quant au discours que lui avait tenu Ellen dans son appartement, il ne pouvait se méprendre sur la réalité de la douleur de cette mère sous pression, ici à Cape May, qui portait encore le deuil de son fils comme un fardeau. Quelque part à l'arrière de la maison un carillon à vent tinta légèrement.

« Si je vous ai fait de la peine, j'en suis vraiment désolé, dit Tom. Je déteste cette partie de mon travail, vous savez. Je vais bientôt m'en aller, et je vous remercie du temps que vous m'avez accordé. Voudriez-vous bien me parler de l'héritage que vous avez touché ? Paul vous a légué un million de dollars. Pourtant, vous n'avez jamais déménagé…

– Pourquoi est-ce que je déménagerais ? J'ai élevé mes enfants dans cette maison. C'est là que mon mari est mort. Et c'est aussi là que je mourrai.

– Je comprends. Mais j'ai comme l'impression que vous n'avez pas dépensé un seul de ces dollars.

– La plus grande partie a servi à payer des études à mes petits-enfants. Paul accordait beaucoup d'importance à l'instruction, alors je crois qu'il aurait été heureux de voir à quoi a servi le fruit de son travail.

– Je le crois aussi, dit Tom. Madame Sayers, je sais que la question va vous paraître étrange, mais à l'époque où moi-même j'ai grandi dans une petite ville qui ressemble beaucoup à la vôtre, il y avait une poignée de destinations lointaines qui faisaient rêver, des endroits que je me promettais de visiter un jour, voire de m'y installer. Est-ce que Paul avait un endroit comme ça quand il était petit garçon ? Un lieu où il disait vouloir aller un jour, qui pourrait lui offrir une nouvelle vie ?

– Paul était très heureux ici. À Cape May, répondit-elle avec ressentiment. Il n'avait pas besoin de rêver à d'autres endroits.

– Est-il déjà arrivé qu'un membre de votre famille se retrouve dans une situation compliquée, un problème d'argent peut-être, et que tout se résolve d'un coup sans que vous ayez bien compris comment, un peu comme par miracle ? Comme si quelqu'un gardait un œil sur vous ?

– Évidemment que quelqu'un garde un œil sur nous, répondit-elle avec aplomb. Nous sommes une famille pieuse. Nous prions, mais nous n'avons pas besoin de miracles. Nous savons prendre soin les uns des autres. Je suis désolée, mais cette conversation a assez duré.

– Très bien, alors juste une dernière question. Mis à part Ellen, qui est à New York, y a-t-il d'autres personnes qui ont pu être aussi proches de Paul et qui pourraient m'éclairer à ce sujet ? » Comme elle le dévisageait sans répondre, il tenta de nouveau sa chance : « Quelqu'un avec qui Paul, s'il avait survécu, serait toujours resté ami ? Un copain d'enfance, ou peut-être un colocataire étudiant, quelqu'un à qui je pourrais parler un peu ? »

Elle dodelinait nerveusement de la tête mais restait silencieuse : on aurait dit que sa réserve de réponses pour questions idiotes était épuisée.

Alors Tom se leva.

« Merci beaucoup, madame Sayers. Vous avez été d'une aide et d'une patience incroyables. Oh, juste une dernière chose : il me semble que votre fils avait développé une fibre un peu artistique, en grandissant. Vous auriez un dessin de lui à me montrer ? »

Elle lança un regard vers le mur où était encadrée, près d'une fenêtre, l'esquisse d'un paysage marin. Tom s'en approcha et put observer une vague qui venait s'écraser contre les rochers, sous le regard de trois mouettes qui tournoyaient dans le ciel. Le trait était minimaliste et maîtrisé. Quelques coups de crayon pour capturer la vitesse et le tranchant de la vague imposante, quelques lignes tremblantes jetées sur le papier pour faire vivre les mouettes de façon saisissante.

« C'est vraiment du très beau travail, admira Tom.

– Mon fils avait du talent, c'est une grande tristesse qu'il soit parti si jeune », dit-elle sur un ton irrévocable, comme si elle verrouillait définitivement la serrure de cette conversation importune.

Elle s'était levée, manifestement dans l'attente du départ de Tom, en lissant de ses paumes les pans bleus de sa robe de chambre.

« Et où allez-vous, maintenant ? »

Comprenant le message, il se dirigea vers la porte d'entrée.

« À Washington, répondit-il. Je prends un des ferries de fin de journée.

– Vous en avez un dans quarante minutes, lui indiqua Willa Sayers en lui ouvrant la porte. Si vous vous dépêchez, vous pourrez l'avoir. Faites attention à la pluie. »

La porte avec sa moustiquaire se referma d'un coup derrière lui.

43

La bruine était en train de se transformer en pluie battante, tandis que Tom faisait monter sa voiture de location à bord du ferry. Il se gara sur la place numérotée du premier parking qui correspondait au billet qu'il venait d'acheter. Les voitures allaient devoir être enchaînées les unes aux autres, en vue d'une traversée qui s'annonçait chaotique. Tom se dirigea vers les étages supérieurs, où se trouvaient des sièges destinés aux passagers. Le pont extérieur, détrempé, était désert. Tom se dirigea donc vers la zone couverte, où il put s'asseoir près d'un hublot. Il s'installa et commença à observer l'Atlantique à travers les gouttes qui couraient sur la vitre. Juste avant le départ du ferry, les haut-parleurs annoncèrent des conditions difficiles, et invitèrent à descendre les passagers qui préféraient attendre un prochain départ. Les autres étaient enjoints à rester assis tout le long de la traversée.

Le ferry s'éloigna du quai et entama les vingt-sept kilomètres qui séparaient Cape May de Lewes, dans le Delaware.

Le bateau n'étant qu'à moitié occupé, le début de la traversée se passa dans le calme, jusqu'à ce que les premières vagues se mettent à frapper la coque. Bientôt, le ferry se retrouva secoué de toutes parts. Un petit garçon se mit à hurler et, dans la rangée qui suivait celle de Tom une adolescente vomit son repas au fond d'un sac.

Tom essaya d'ignorer le grandissant fracas du bateau ballotté, pour se concentrer sur l'attitude qu'il adopterait à son retour à Washington. Il ne pouvait délibérément pas désobéir à Grant, et devrait donc se fendre d'un rapport dans lequel il exposerait sa théorie selon laquelle Paul Sayers avait survécu, et relaterait ses rencontres successives avec Ellen Douglas et Willa Sayers. Mais il doutait de la capacité de Carnes à s'y intéresser vraiment, et il décida donc de tourner son texte de façon à tempérer sa conviction que Sayers était bel et bien devenu Green Man. Il n'aurait pas de mal à présenter cette éventualité comme une théorie un peu tirée par les cheveux, et manquant de preuves tangibles.

Tom eut la sensation qu'on l'observait. Il se tourna, mine de rien, pour jeter un œil rapide sur l'ensemble du vaste compartiment. Il avait toujours su sentir les regards pointés sur lui. Pourtant, en cet instant même, personne ne semblait regarder dans sa direction. Il remarqua alors une employée du ferry, probablement quinquagénaire, qui distribuait gracieusement des bouteilles d'eau avec ses bottes et son ciré détrempé. Elle avait déjà dépassé sa rangée mais, remarquant qu'il s'était mis à la regarder, fit marche arrière et lui sourit :

« Je pensais que vous étiez en train de dormir.

– Pas dans ces conditions, non », répondit Tom alors que le ferry se retrouvait sur la crête d'une énorme vague, prêt à retomber dans les flots déchaînés.

Elle lui tendit une bouteille en se tenant au dossier de son siège.

« Ne vous inquiétez pas, on a connu pire.

– Est-ce que ça va beaucoup nous retarder ?

– Ça va nous ralentir un peu mais tout ira bien, promit-elle. Une autre bouteille ?

– Une seule, ça ira, merci. »

Devant lui, des adolescentes aidaient leur amie à se rendre aux toilettes.

Tom se tourna vers la fenêtre. D'après les publicités de la compagnie, on pouvait parfois voir des dauphins pendant la traversée. Mais en cet après-midi de tempête la visibilité était nulle, et rien d'autre ne s'offrait au regard que les cieux enragés et les eaux débordantes. Il se replongea dans sa réflexion sur l'enquête. Il allait livrer à Grant, comme à la Sécurité intérieure, un rapport qui serait factuellement irréprochable mais qui laisserait en sourdine le secret qu'il venait de percer. Ensuite il irait chercher Brennan, en qui il avait toute confiance et qui avait été le premier à l'aiguiller sur cette affaire. Brennan, lui, saurait quoi faire de sa découverte, ou au moins à qui la confier. Tom gardait le vague espoir qu'une nouvelle avancée pourrait remettre son chef en selle, et qu'il pourrait ainsi le voir jouer un rôle décisif dans le dénouement de l'enquête Green Man.

Tom sentait, assis dans ce ferry en furie, qu'il était tombé sur de l'or massif. Il ne savait pas combien de temps sa découverte mettrait pour guider les autorités jusqu'à Green Man, mais il était parfaitement convaincu de sa valeur. Personne d'autre n'en avait connaissance, et Tom allait devoir se montrer prudent et avisé pour s'en servir. Il lui faudrait prendre en compte les voies hiérarchiques ainsi qu'un facteur temps des plus serrés. Il ne pourrait pas se permettre de garder longtemps le secret pour lui seul. Mais s'il était certain d'une chose, c'était d'avoir découvert la vérité. Green Man était Paul Sayers, Paul Sayers était en vie, il habitait quelque part dans le Michigan. C'est en virtuose qu'Ellen avait tenté d'éluder ses questions. Quant à Willa, elle ignorait la vérité sur son fils – ce qui constituait d'ailleurs la preuve ultime de la volonté de fer de Green Man, de son sens absolu du devoir. Pourtant, ces deux entretiens avaient définitivement persuadé Tom de la véracité de son intuition, en lui précisant davantage encore le portrait de l'homme qu'il recherchait.

En tant que Paul Sayers, Green Man avait grandi dans cette modeste maison blanche de Cape May. Un garçon brillant, qui n'avait jamais été adapté à son environnement social. Environnement qu'il avait laissé derrière lui – exactement comme l'avait fait Tom, d'ailleurs – pour se transformer en ingénieur émérite de la côte Ouest. Il était alors tombé amoureux d'Ellen et s'était tourné vers l'écologie radicale, jusqu'à ce que le FBI s'intéresse sérieusement à lui. Par une explosion il avait simulé sa mort, puis il avait graissé la patte du légiste pour qu'on donne son identité à un corps calciné, et s'était volatilisé. Ses moyens, sa méticulosité et son intelligence lui avaient permis de se construire une identité bien différente, documents administratifs inclus. Une identité toute neuve qu'il avait su se choisir, comme on se fait tailler un costume sur mesure. Ses propres obsèques lui avaient permis d'enfiler sa nouvelle peau et de repartir de zéro. Jusqu'à ce qu'il soit rattrapé par les mêmes tentations radicales qui avaient failli causer sa perte à San Francisco – cette irrésistible attirance pour l'action qui était revenue le travailler dans le Michigan, vingt ans plus tard, pour l'obliger à finir le travail...

« Excusez-moi, monsieur. Vous êtes à la place 72, c'est ça ? »

Tom cligna des yeux pour essayer de faire le point sur le gamin nerveux et maigrichon, de quatorze ans peut-être, qui venait de s'adresser à lui. Il se retourna sur son siège, ne vit aucun numéro.

« Quoi ?

– La Dodge Charger garée place 72, elle est bien à vous ? Il y a un souci avec votre voiture, il faudrait que vous veniez voir. »

Tom se leva.

« Quel est le problème ?

– N'oubliez pas de prendre votre ticket avec vous », dit le gamin avant de se diriger vers la sortie.

Tom se retrouva alors à le suivre à travers les escaliers en béton mal éclairés qui menaient aux zones de stationnement. Ils débouchèrent sur un palier lugubre, à l'arrière du ferry, où Tom distingua les contours d'une douzaine de voitures et de camionnettes. Les véhicules étaient attachés les uns aux autres, leurs chaînes cliquetaient à mesure que le bateau tanguait.

« Bon, qu'est-ce qui se passe avec ma voiture ? » demanda Tom en se retournant vers le garçon. Mais ce dernier avait disparu. « Hé ! Elle est où, ma voiture ? Où es-tu passé ? »

Les hurlements du vent et le grondement des machines emportèrent les questions de Tom. Quant au garçon, il s'était volatilisé. Tom décida de retourner au salon lorsque, sorti de nulle part, un coup d'une rare puissance le frappa brutalement à la mâchoire, l'assommant presque.

Il comprit plus ou moins qu'on était en train de le traîner sur un sol rugueux. Des mains le palpèrent, vidèrent ses poches. On lui arracha son portefeuille ainsi que ce qui se cachait sous sa chemise – le Colt de son père, rangé dans son étui en bandoulière. Tom tenta de résister, mais l'homme au-dessus de lui le plaqua plus fortement contre le sol et pointa l'arme sur lui.

La vision de Tom s'éclaircit. L'homme avait une épaisse barbe noire et une casquette sombre, fermement baissée sur son front. Tom ouvrit la bouche pour crier, mais l'homme y enfonça immédiatement le canon du pistolet, manquant de lui casser les dents.

« Personne ne peut t'entendre, ici. Mais si tu essaies quand même de faire du bruit ou de te débattre, je t'explose la cervelle. Tu me suis ? »

Tom le regarda dans ses yeux couleur noisette et fit oui de la tête. L'homme retira le Colt pour lui permettre de respirer.

« Tu sais qui je suis », dit l'homme. Ce n'était pas une question. « J'ai toujours pensé qu'un jour surgirait un idiot suffisamment brillant pour me démasquer. Malheureusement c'est tombé sur toi.

– Le… FBI sait que… je suis sur ce ferry, dit Tom, haletant. Si vous me tuez, ils vont vous retrouver… Le gamin pourra témoigner…

– Ce gamin, il va garder la bouche bien fermée pour profiter tranquillement des deux cents dollars que je lui ai donnés pour aller te chercher. Et puis même s'il témoigne, il ne sait rien.

– Il sait à quoi vous ressemblez.

– Pas à ça, en tout cas.

– Ils retrouveront ma voiture à bord…

– J'ai ton ticket de parking. Je vais prendre ta voiture, et sortir avec du bateau. Personne ne remarquera ton absence, et quand ils finiront par s'en rendre compte, qui sait où tu seras. Et moi j'aurai disparu depuis longtemps. Il faut que tu comprennes que le temps presse pour nous deux.

– Que voulez-vous ? demanda Tom.

– Ta vie se termine ici, répondit simplement l'homme. Tout ce qu'il te reste à faire c'est me dire la vérité, ce qui t'évitera bien des souffrances. Je préférerais te descendre d'un coup, proprement. Tu ne sentiras rien du tout. Mais ça, c'est si tu me dis tout. »

Tom leva les yeux vers lui, essayant de mettre de l'ordre dans son esprit.

« Tout ce que j'ai pu apprendre sur vous me dit que vous ne tuez jamais de sang-froid. Quand vous êtes obligé de le faire, c'est pour servir une cause. Et je ne crois pas que vous ayez envie de faire souffrir qui que ce soit. »

Tom vit passer un soupçon d'agacement dans le regard sombre penché sur lui. Était-ce de la colère face au défi qu'il osait lui lancer ? Ou bien pensait-il à sa propre humanité, perturbé par le fait qu'ils en aient tous les deux conscience ?

« Tu es malin, et pour me trouver tu as sûrement dû en apprendre beaucoup sur moi. Tu dois donc savoir que je ferai absolument tout ce qui est nécessaire pour la cause que je défends. Malheureusement pour nous deux, la souffrance est le seul levier dont je dispose dans l'immédiat. »

Tom le crut sur parole. Le canon de l'arme visait fermement le milieu de son front, et la main qui tenait la crosse ne tremblait pas d'un poil.

« Lève-toi », ordonna Green Man en s'écartant de lui.

Tom se mit à genoux, avant de se redresser complètement. Le froid de la pluie l'aidait à retrouver ses esprits. Il comprit pourquoi Green Man lui avait demandé de se lever. Leur attitude éveillerait moins les soupçons, si quelqu'un venait à les apercevoir. On aurait pu croire deux amis intimes en pleine conversation. Mais Tom savait aussi qu'ils se trouvaient dans un recoin désert du parking, et qu'il y avait peu de chances que quiconque passe par là. Si Green Man tirait, le grondement des moteurs et le remous des vagues couvriraient à coup sûr le bruit du coup de feu.

« Comment as-tu compris, pour Paul Sayers ?

– J'ai établi un profil à partir des compétences de Green Man et lancé une recherche parmi l'historique des diplômés des grandes écoles. Quatre noms en sont sortis. Il se trouve que le meilleur candidat était celui qui était mort.

– Qui t'a aidé à établir le profil et à faire la recherche ?

– Personne. J'ai fait Stanford et Caltech, ce sont des choses que je sais faire.

– Une fois que tu as compris pour Paul Sayers, tu en as parlé à qui ?

– Je n'en ai pas encore parlé. Mon chef, Jim Brennan, a été écarté de l'affaire.

– Tu mens. Je t'ai dit que tu n'avais pas intérêt. Tu as fait une découverte majeure, tu en as forcément parlé. À qui ?

– Je n'ai parlé à personne... »

L'arme s'inclina, un coup de feu retentit. La balle, destinée à sa cuisse gauche, avait fait mouche. Le souffle coupé par la douleur, Tom tituba, se retint à grand-peine à une ouverture dans la paroi donnant sur la mer.

« Dis-moi la vérité, reprit l'homme.

– J'ai… parlé à un agent du FBI, un… un dénommé Grant… haleta Tom, grimaçant de douleur. Il m'a appelé. Ce matin…

– Encore des mensonges. Le FBI n'est plus en charge de l'enquête.

– Grant prête main-forte à la Sécurité intérieure, qui a repris l'affaire, expliqua Tom, tentant de refouler la souffrance. Comme je n'ai pas confiance en lui, je ne lui ai pas parlé de Paul Sayers… Je comptais retrouver Brennan en arrivant à Washington et lui demander son avis. C'est la vérité, je vous le jure…

– Je te crois, dit Green Man. Une dernière question. Est-ce que tu as pu découvrir ma nouvelle adresse, ou obtenir des informations sur ma famille ?

– Tout ce que je sais c'est que vous vivez dans le Michigan et que vous êtes reparti de zéro. » Puis Tom ajouta, à toute vitesse et au désespoir : « Vous comptez peut-être me tuer, mais vous ne pouvez pas m'exécuter comme ça, cela va à l'encontre de ce que vous êtes. J'ai tout appris sur vous, et je vous comprends. C'est moi qui suis tombé sur ce flic du Nebraska qui vous avait arrêté. Vous ne l'avez pas tué, alors que vous auriez pu… et que vous auriez dû. J'ai tout lu, vos lettres, votre manifeste. Je sais que vous vous débattez avec la culpabilité. Et je crois en votre cause…

– Alors tu sais ce qui est en jeu, et tu sais que je n'ai pas le choix, coupa Green Man. Ferme les yeux. »

Tom s'y refusa, tentant ainsi de maintenir un lien entre eux.

« Je dois d'abord vous dire quelque chose.

– Quoi donc ?

– Votre mère. Elle souffre encore terriblement. Cette pauvre femme vous pleure depuis vingt ans. » Voyant tiquer l'homme, Tom s'empressa de poursuivre : « Ellen vous aime toujours, elle m'a menti pour vous protéger. Elle ferait n'importe quoi pour vous, vous le savez. »

Green Man essayait de garder un masque résolument impassible, mais il ne pouvait empêcher des décennies entières de doutes et de questionnements de remonter à la surface.

« Ellen vous aime toujours, alors que vous avez foutu sa vie en l'air, et aussi la vie de sa fille. Vous avez détruit les gens que vous aimez, tout comme vous avez sacrifié des innocents à chacune de vos attaques, et maintenant vous devez vivre avec ça. Je peux comprendre ce que ça fait. Et si vous me descendez de sang-froid, ce sera pire. »

Tom avait abandonné tout espoir : Green Man, au bout du compte, allait tirer. Pourtant, l'homme hésitait encore.

Ils se regardaient droit dans les yeux. Doucement, Tom lui demanda :

« Comment pensez-vous pouvoir sauver le monde si vous ne pouvez pas vous sauver vous-même ?

– Je n'ai pas le choix », répondit Green Man.

Une vague plus forte que les précédentes ébranla le ferry, qui se cabra brutalement. Toujours accroché à l'ouverture dans la paroi, s'aidant de ses bras et de sa jambe valide, Tom réussit à se propulser dans le vide. Il entendit le coup de feu et sentit sur son flanc comme une piqûre juste avant de s'enfoncer dans les eaux froides de l'Atlantique en furie.

44

Si Tom refit surface dans une mer qui semblait s'être assagie, il n'en était pas moins ballotté de tous côtés, manquant boire la tasse à chaque inspiration. Sa jambe gauche le lançait, il ressentait aussi une douleur aiguë au flanc droit, il apercevait par instants le ferry, qui s'éloignait irrémédiablement. Sa seule chance était de retourner d'où il venait, vers le New Jersey, ce qui représentait une distance moindre, lui semblait-il, qu'il estima à environ dix kilomètres. Tom avait été un très bon nageur au lycée, il avait même failli intégrer l'équipe universitaire de Stanford. Nager sur quatre ou cinq kilomètres était dans ses habitudes, et il s'était déjà exercé sur de plus longues distances. Le vrai problème, celui qui rendait toutes ces considérations stériles, c'était les vagues. Elles se succédaient sans relâche, parfois en rapides rafales, ne lui laissant aucun répit. À d'autres moments, il se faisait attaquer de biais par une houle détraquée.

Il y avait aussi les requins… Il avait été touché par deux fois et ses blessures saignaient. Les requins, véritables machines de guerre des profondeurs, l'avaient toujours fasciné. Il avait lu quelque part qu'ils pouvaient repérer une trace de sang à cinq cents mètres. Ils attaquaient par en dessous, repérant d'abord leur proie puis attendant le bon moment pour surgir des profondeurs. Ils allaient planter leurs dents acérées dans l'un ou l'autre de ses membres, cela pouvait arriver à n'importe quel moment, et il n'y avait rien qui puisse l'empêcher.

Il tenta de chasser cette peur en se concentrant sur sa nage. La natation de longue distance, c'était une question de pure mécanique. Il tirait sur ses bras, sans forcer. Tendre sa jambe gauche était une torture, mais l'autre fonctionnait parfaitement. Il nageait toujours, gardant en tête l'idée qu'il venait de parler à Green Man les yeux dans les yeux, et qu'il était le seul au monde à connaître la vérité, à être en mesure d'arrêter cet homme. S'il se noyait maintenant, il emporterait avec lui cette information vitale. Green Man frapperait encore, emporterait d'autres vies innocentes, d'autres enfants mourraient de sa main…

Tom s'accrocha à cette pensée, fermement, désespérément, comme à une bouée de sauvetage. S'il parvenait jusqu'au rivage – non, *lorsqu'il parviendrait* au rivage – il dévoilerait son secret, on allait devoir l'écouter. Alors ils attraperaient Green Man, et Tom aurait accompli sa mission. Tout ce que Brennan pouvait attendre de lui, précisément. Et même, au fond, tout ce que Warren Smith pouvait attendre de lui.

Il sentait son corps s'épuiser. Combattre sans fin les vagues glacées sapait son énergie. L'une d'elles vint le frapper violemment de côté, la suivante lui fit avaler une pleine gorgée d'eau de mer. C'était ici qu'il allait mourir. Requins ou pas. Il lâcherait l'affaire, puis s'enfoncerait dans cet anonyme tombeau aquatique. La noyade était censée être une mort atroce. Personne ne savait exactement combien de temps le cerveau restait en activité pendant que les poumons se remplissaient d'eau. Tom sentit monter la panique, se débattit pour garder les idées claires.

Pas de soleil couchant, nulle étoile dans ce ciel bouché, désespérément noir. Chaque effort qu'il faisait était peut-être en train de l'éloigner de la terre ferme. N'était-ce pas là une ultime plaisanterie du destin ? Tom Smith, lui qui avait toujours été si malin, en train de nager du New Jersey vers l'Angleterre !

Il sentit les fantômes de son passé se rapprocher de lui. Sa sœur gémissait : « Jamais tu n'aurais dû essayer de capturer Green Man. Mais tu t'es cru si malin… Tu t'es toi-même trahi, regarde où tu en es, maintenant… »

Il entendit aussi la voix de sa mère, pleine de tristesse, lui rappeler : « C'est de toi que j'étais la plus proche, Tom. Je t'ai transmis l'amour des livres et du piano. Tu étais mon unique joie, mon seul réconfort. Mais tu m'as laissée avec cette brute que j'ai toujours détestée… »

C'est alors qu'il perçut la présence menaçante de la brute en question, qui riait grassement de ses efforts : « Tu nages dans le mauvais sens, imbécile, disait Warren Smith, goguenard. – Je fais de mon mieux… – Tu n'y arriveras jamais. Jamais tu ne seras un homme. »

Tom avait douze ans, à nouveau, il pouvait sentir l'haleine alcoolisée de son père tandis que ce dernier l'envoyait valser contre le mur. Si fort que ses dents en tremblèrent. « Défends-toi ! Riposte ! »

Il n'avait pas riposté, à l'époque, Mais, *aujourd'hui*, il était déterminé à se défendre, fendant les vagues, les repoussant de toute la hargne dont il était capable. Cela faisait un moment qu'il se battait, il avait épuisé toutes ses réserves de force et d'endurance. Pourtant, il se battait encore. Au bout du compte, pourtant, il le savait et en éprouvait comme du soulagement, il allait devoir s'offrir à l'océan, puisque tout cela ne servait à rien. À rien du tout. Green Man l'avait vaincu, Warren Smith avait raison de dire qu'il n'était pas à la hauteur, et le monde réussirait bien à se débrouiller sans lui. S'il y avait un Dieu là-haut, dans les cieux derrière cette nuit de plomb, si loin de cet océan glacé, Tom était prêt à le rencontrer : il avait quelques questions désagréables à lui poser.

Il cessa d'un coup de se battre, acceptant l'inévitable. Qu'on en finisse, il était prêt. Coiffée d'écume, une vague vint le gifler en pleine face. Il avala une ultime gorgée d'eau salée, commença à se noyer pour de bon.

Il entendit un cri, aperçut une lueur sur sa gauche, toute proche. Il perdit conscience.

45

Le paradis était ceint de murs blancs et baignait dans une lumière crue. L'ange qui souriait à Tom en prononçant doucement son nom portait une charlotte sur la tête. Il leva les yeux vers elle, sentit sa main qui serrait délicatement la sienne, avant de replonger dans la pureté du sommeil.

Plus tard il revit à nouveau le paradis, mais cette fois il était bondé : la police était là, à lui poser des questions auxquelles malgré ses efforts il ne pouvait physiquement répondre. Qui avait pu lui voler sa voix ? Et que venaient faire tous ces policiers au paradis ? La lumière crue lui brûlait les yeux, alors il les referma et repartit dans les limbes.

Au troisième réveil de Tom il faisait nuit dehors. La police était toujours là, mais il y avait aussi d'autres hommes, en costume. C'est alors que Grant apparut, gesticulant :

« Tom, qui est-ce qui vous a tiré dessus, bordel ? Je veux que tous ceux qui n'ont rien à foutre ici sortent de cette chambre illico ! »

Tom se sentait très faible, mais s'efforça de souffler

quelques mots sur ce qui s'était passé à bord du ferry. Un médecin intervint alors :

« On va en rester là pour l'instant. Le patient a besoin de repos. »

Lorsque Tom se réveilla de nouveau, il avait récupéré l'essentiel de ses forces. La lumière matinale filtrait à travers les rideaux. On lui apporta une soupe chaude, un médecin passa pour l'examiner, puis on le hissa sur un fauteuil qu'on fit rouler le long d'un couloir, jusqu'à une chambre à la fois plus grande et mieux sécurisée. Là, une caméra attendait son témoignage. Grant était présent, mais ce n'était plus lui qui posait les questions. Un petit homme hargneux avec une fine moustache, qui se présenta comme étant Harris Carnes, prit en charge la quasi-totalité de l'échange.

S'étant déjà entretenus avec Lise, ils étaient au courant des découvertes de Tom et savaient comment il s'y était pris pour démasquer Paul Sayers. Carnes s'intéressait surtout à la confrontation de Tom avec Green Man, bien plus qu'à ses rencontres avec Ellen Douglas et Willa Sayers. Il la considéra sous toutes les coutures, comme s'il avait du mal à croire à ce qui s'était passé sur le ferry.

« Alors comme ça, il aurait payé un gamin pour aller vous chercher ? Ça ne ressemble pas trop au gars que nous recherchons.

– Tout ce que je peux dire, c'est que ça a fonctionné. Le gamin m'a amené dans le parking et puis il s'est envolé.

– Et c'est là que Green Man vous a fichu un coup de poing ?

– Il a surgi par-derrière. Je ne sais pas si c'était un coup de poing, je ne l'ai pas vu venir.

– Et ensuite, vous n'avez pas eu l'occasion de riposter ?

– J'avais son arme pointée sur la tête.

– A-t-il reconnu être Green Man ?

– Il ne l'a pas dit mot pour mot, mais c'était clair dans notre conversation. Et il avait compris que j'avais mis au jour sa précédente identité.

– Et donc vous avez papoté tranquillement, pendant qu'il vous menaçait avec son arme ? » Lorsque Carnes avait des doutes, ou qu'il était contrarié, il avait la manie de passer le pouce et l'index sur sa moustache, de l'extérieur vers l'intérieur, comme s'il voulait effacer le bas de son visage. « Il a admis que vous aviez vu juste, concernant Paul Sayers ?

– Oui. Il a même cité ce nom avant moi.

– Et le vôtre, il l'a cité ? Est-ce qu'il savait des choses sur vous ?

– Il sait que je travaille pour le FBI. J'ai senti qu'il avait fait des recherches à mon sujet, probablement sur Internet.

– Vous avez dû être particulièrement flatté. Que Green Man ait pu prendre le temps de vous considérer comme son adversaire. »

Tom haussa les épaules.

« Est-ce qu'il a cité Jim Brennan ?

– Il savait qui était Brennan, et aussi ce qu'il était advenu de l'enquête.

– Et est-ce qu'il a cité mon nom ? demanda Carnes.

– Non. »

Carnes se pinça la lèvre supérieure d'une façon sûrement douloureuse, faisant disparaître entre ses doigts sa fine moustache.

« Et donc, vous avez tranquillement discuté le bout de gras, comme ça, sous la menace de son arme, sans que personne s'en rende compte, sur un ferry blindé de monde ?!

– Il n’y avait pas grand monde en fait, la tempête avait dissuadé pas mal de gens de monter à bord, et le parking était désert.

– Et est-ce qu’il vous aurait donné des indications sur son prochain coup ?

– Non. Il n’était pas là pour s’expliquer ou pour m’exposer ses plans. Il voulait que je lui donne des informations. Et principalement à qui d’autre j’avais parlé de Paul Sayers, si j’avais découvert où il vivait, et si je savais quoi que ce soit à propos de sa famille.

– Pas son ancienne famille de Cape May donc, mais une nouvelle famille, qui se trouverait probablement dans le Michigan, c’est ça ?

– C’est bien ça. Il s’est construit une nouvelle vie.

– Pourquoi aurait-il fait la moindre référence à sa nouvelle famille devant vous ? Lui qui s’est donné tant de mal pour camoufler les moindres détails de son existence ?

– J’imagine que ça ne lui posait pas trop de problèmes, puisqu’il avait décidé de me tuer.

– Et vous avez pu vous enfuir ? S’il voulait se débarrasser de vous, pourquoi ne vous a-t-il pas simplement tiré dessus ?

– C’est ce qu’il a fait, deux fois. Et je me suis jeté à l’eau.

– Et un bateau des gardes-côtes, lancé en pleine tempête suite à l’appel d’un passager, vous a récupéré miraculeusement pendant que Green Man prenait votre voiture pour sortir du ferry et disparaître dans Lewes… Sauf qu’on n’a pas trouvé le début d’une trace de son passage.

– Exactement ce qu’il m’avait dit.

– On n’a pas pu non plus mettre la main sur ce gamin qui vous aurait mené à lui. Ni sur aucun témoin de votre échange. En fait, nous n'avons *rien* qui vienne recouper ce que vous racontez. »

Tom lui renvoya son regard.

« Vous pensez sérieusement que je me suis moi-même tiré dessus avant de sauter du bateau dans cette mer déchaînée ? »

Carnes répondit, à la lisière de l'ironie :

« Donc cet homme qui a été six fois capable de détruire des cibles parmi les mieux gardées qui soient, qui a causé des milliards de dollars de dégâts en tuant plus de quarante personnes au passage, avait son arme braquée sur vous, à bout portant… et vous, vous vous en êtes sorti vivant ?!

– En réalité, je pense qu'il m'aurait tué, s'il l'avait vraiment voulu.

– Vous aviez découvert sa précédente identité, et il savait qu'elle pourrait vous mener jusqu'à lui… Quelle raison avait-il de ne pas vous tuer ?

– Il ne pouvait pas faire ça de sang-froid.

– Green Man aurait des scrupules ?! Vous vous êtes liés d'amitié, il s'est montré charitable ? Pourtant il n'a eu aucun problème à tuer douze personnes en faisant sauter un barrage.

– Ce sont deux choses complètement différentes. »

Carnes renifla puis passa à la question des entretiens avec Ellen Douglas et Willa Sayers, que Tom avait planifiés *après* avoir mis au jour l'identité première de Green Man :

« Et donc, vous aviez découvert qui était réellement Green Man sans prendre la peine de faire remonter l'information ? Vous aviez décidé de suivre votre petite piste en solitaire ?

– Oui, j'avais ma théorie, mais elle me semblait encore un peu farfelue…

– Farfelue au point que vous n'ayez pas jugé utile de prévenir qui que ce soit parmi vos supérieurs ? Un coup de téléphone ou un e-mail n'aurait pas été de trop, vu l'énormité de ce que vous aviez mis au jour, vous ne pensez pas ?

– Je voulais être sûr de ce que j'avançais.

– Vous étiez suffisamment sûr de vous pour courir de Pittsburgh à Manhattan puis de Manhattan à Cape May. »

Grant essaya d'intervenir :

« Cet homme vient juste de se prendre deux balles dans le corps, et de se battre contre une mer démontée, pour pouvoir nous transmettre des informations de la plus haute importance... »

Grant fut stoppé net par le regard furieux que lui lança Carnes en reprenant la main :

« Il ne vous a pas traversé l'esprit qu'en parlant de Green Man à des personnes qui étaient potentiellement en contact avec lui, ces personnes pourraient l'avertir de vos recherches ? Et qu'il pourrait chercher à y mettre fin ?

– Je ne pensais pas qu'il serait en mesure de réagir aussi rapidement. C'est Ellen Douglas qui a dû le contacter. Ou sa fille, peut-être.

– Ou bien sa mère.

– Non. Willa Sayers ignorait que son fils était en vie...

– Vous n'en savez rien, le coupa Carnes avec dédain. Vous n'avez aucune idée de ce que savent ces femmes. Elles nient l'avoir contacté, et nous n'avons pour l'instant trouvé aucune trace de leurs communications. Si l'une d'elles a pu l'alerter via un canal crypté prévu à cet effet, nous le découvrirons tôt ou tard. Mais le fait est que vous, Tom Smith, vous l'avez mis sur ses gardes. Vous aviez déniché sa véritable identité : ça nous aurait donné une sacrée chance de l'arrêter. Mais vous l'avez gâchée avec vos bavardages. Votre devoir était de nous tenir au courant de vos découvertes.

– J'allais le faire », répondit Tom.

Carnes se pencha en avant, l'air furieux.

« Quand vous avez pris la route de Cape May après avoir parlé à Ellen Douglas, vous n'avez pas eu l'agent Grant au téléphone ? »

Tom lança un regard vers Grant puis acquiesça.

« Et ne vous a-t-il pas expressément demandé de lui faire remonter tout ce que vous auriez trouvé ? N'était-ce pas là une demande claire et formelle de la part d'un supérieur ? Ne vous a-t-il pas non plus fait savoir, explicitement, que vous n'étiez plus affecté à cette enquête ? Que vous n'étiez donc plus mandaté pour vous entretenir avec Willa Sayers ? »

C'est finalement la colère qui vint secourir Tom. Il se redressa dans son fauteuil et fixa Carnes en choisissant ses mots avec précision :

« Écoutez-moi bien, si je n'avais pas découvert tout ça, vous ne sauriez rien de Paul Sayers. J'ai trouvé le fin mot de l'histoire, et je ne me suis pas trompé. Vous pouvez continuer à vous défouler sur moi si ça vous chante, mais je pense que l'important maintenant c'est de mettre la main sur Green Man et de vous servir des informations que je vous ai apportées. Et puis, je suis le seul à l'avoir rencontré. Alors vous feriez mieux d'accepter mon aide plutôt que de me rentrer dedans ! »

Ce coup d'éclat fit revenir le calme dans la pièce. Grant se pencha vers Carnes :

« Tom a toujours eu un flair hors du commun concernant ce type. Depuis son premier jour sur cette affaire. »

Renfrogné, Carnes se tourna vers Tom et lui demanda à contrecœur :

« OK. On vous écoute. Qu'est-ce qu'on devrait faire ?

– Maintenant que nous savons qui était Paul Sayers, nous devrions assez facilement pouvoir déterminer ce qu'il est devenu, expliqua Tom. Nous connaissons la date exacte de sa disparition, qui est donc celle où commence la nouvelle vie de Green Man. Il a bien fallu qu'il trouve un moyen pour conserver sa fortune, nous devrions donc découvrir un flux d'argent qui part de San Francisco pour rejoindre le Midwest. Ce que vous recherchez, c'est un millionnaire de vingt-huit ou vingt-neuf ans, ingénieur de haut niveau, qui apparaît du jour au lendemain dans le Michigan. Il aura sûrement débarqué dans une petite ville, où il aura acheté une maison avec beaucoup de terrain…

– Qu'est-ce qui vous fait dire ça ? le coupa Carnes.

– C'est ce qui me semble le mieux lui correspondre. Il vient de changer de peau, il cherche à s'isoler. Mais il n'a pas pu *tout* changer. Si vous arrivez à obtenir un échantillon d'ADN de sa mère, de son frère ou de sa sœur, vous pourrez lancer une recherche en parentèle dans les fichiers génétiques et les archives médicales du Michigan. C'est comme ça que la CIA a pu dénicher Ben Laden dans sa tanière : en tirant le fil de l'ADN familial.

– Facile à faire, au Pakistan. Mais moi, je ne vais pas pouvoir fouiller les données médicales publiques du Michigan…

– Nous parlons d'un terroriste de niveau international. Je suis certain que le président vous laissera contourner une ou deux règles, si c'est pour lui mettre la main dessus. Jim Brennan n'aurait jamais fait ça, mais j'ai dans l'idée que vous, vous pourriez.

– Et quoi d'autre ?

– Vous ne partirez pas de rien, je pense. Le FBI a déjà bien fouillé le terrain, et je parie que quelqu'un sur place a déjà été en contact avec lui. Vous devriez vous replonger dans les rapports de police concernant les familles aisées du Michigan qui possèdent une camionnette noire...

– Les vingt mille familles, vous voulez dire ?

– Nous avons maintenant une bien meilleure idée de ce à quoi ressemble Green Man. Nous savons à quel moment il a fait son apparition dans sa nouvelle ville, et nous connaissons son niveau de vie. Nous savons qu'il a une petite famille, qu'il a beaucoup bougé ces derniers temps, et aussi qu'il a un don d'artiste, notamment en ce qui concerne les paysages. Ça devrait suffire à le dénicher sans trop tarder.

– C'est exactement ce que je vais faire, annonça Carnes. Maintenant tout ce que j'attends de vous, c'est que vous répondiez à toutes les questions que mes enquêteurs pourraient avoir besoin de vous poser. Et de ne plus vous approcher de cette affaire, le temps que j'attrape Green Man et que je décide quoi faire de vous. »

Il fit signe à l'équipe de couper la caméra et de sortir de la pièce, où seuls Tom, Grant et lui-même demeurèrent. Le petit homme se leva et s'approcha de Tom.

« Qu'est-ce que vous cherchez dans cette affaire ? D'un point de vue personnel, je veux dire.

– Rien, lui répondit Tom.

– La médaille du mérite ? On vous a tiré dessus deux fois. Vous vouliez jouer les héros ?

– Pas du tout.

– Qu'est-ce que vous nous cachez ?

– Rien.

– Pourquoi n'avons-nous rien qui vienne confirmer vos dires ?

– Green Man est très doué pour faire le ménage. Mais je ne vous ai dit que la vérité. »

Carnes fit encore un pas vers Tom et se pencha au-dessus de sa chaise au point de lui postillonner dessus en lui soufflant :

« C'est *mon* enquête, et *je* vais mettre la main sur Green Man. Jim Brennan n'a plus rien à faire là-dedans, et vous non plus.

– Il m'a laissé pour mort. Laissez-moi participer à son arrestation.

– Vous avez intérêt à m'écouter attentivement, puisque vous avez du mal à comprendre les ordres. Je vous interdis de vous adresser aux médias. Je vous interdis de parler à quiconque de quoi que ce soit à propos de vos découvertes. Je vous interdis d'entrer en contact avec toute personne impliquée dans cette enquête, actuellement ou par le passé. Maintenant, vous allez totalement vous détacher de l'affaire Green Man. Profitez-en pour vous mettre au vert et vous remettre de vos blessures. Nous, nous allons décider si nous devons vous laisser reprendre votre activité d'analyste informatique, ou bien vous envoyer en prison pour usurpation de fonctions d'agent fédéral, et pour manquement grave à vos devoirs. »

46

« C'est donc vous qui avez interrogé ce type et rempli sa fiche ? » demanda Carnes en observant, par la fenêtre du deuxième étage du modeste poste de police, la rue principale quasi déserte de Glenwood, dans le Michigan.

Le soleil de ce vendredi après-midi faisait place à la fraîcheur du soir, et le centre-ville se vidait à toute vitesse.

« Oui, monsieur, répondit nerveusement Ted Dolan, serrant ses larges mains au fond de ses poches. Enfin, Mitch n'était pas là, alors j'ai interrogé sa femme, Sharon.

– Mais vous le connaissez ?

– Oui, monsieur. Mitch ne se fait jamais prier pour donner un coup de main à la police. Et je connais bien ses deux enfants, aussi. J'ai donné des leçons de secourisme au fils, Gus. Et sa femme s'est beaucoup investie dans les œuvres de la ville, elle aussi je la connais bien. Sharon. »

Carnes, sentant d'un coup une certaine fébrilité dans la voix de Dolan, reposa le rapport.

« Elle est comment, cette Sharon ?

– C'est une… une belle femme, monsieur. »

Carnes lança un regard équivoque au sergent, manifestement embarrassé.

« Combien vous lui mettriez, sur dix ? »

Dolan lui rendit son regard. Il n'y avait que des hommes dans la pièce.

« Neuf, monsieur.

– Je comprends que vous ayez préféré l'interroger elle, plutôt que son mari », fit remarquer Carnes.

Un ricanement traversa l'assistance, et Dolan se détendit sensiblement.

« À l'intérieur de la maison, avez-vous remarqué quoi que ce soit qui puisse être utilisé pour échapper rapidement à une descente de police ?

– Rien, à part le matériel de chasse au sous-sol, je vous en ai déjà parlé.

– Est-ce que le tableau que vous avez observé sur le mur était réussi ?

– Oui, vraiment très réussi, monsieur. Je ne savais pas que Mitch était un artiste. Sharon m'a dit que pour lui c'était juste un passe-temps, pour s'amuser. »

Carnes tendit son téléphone à Dolan pour lui montrer l'esquisse du paysage maritime accroché à Cape May, dans la maison de Willa Sayers.

« Ça ressemblait à ça ? »

Dolan l'observa quelques secondes avec attention.

« Je ne suis pas expert, hein. Mais, oui, je dirais que ça y ressemblait beaucoup. »

Le téléphone de Carnes vibra. Il s'approcha d'une fenêtre pour y lire le message et taper rapidement sa réponse. Il se tourna ensuite vers les hommes de l'assistance.

« Le périmètre a été sécurisé, et l'équipe du SWAT est prête à entrer. Je tiens à préciser que deux enfants sont susceptibles de se trouver à l'intérieur de la maison. Et nous ne sommes pas comme lui : on ne tue pas d'enfants. Ils seront peut-être entraînés à riposter. Il ne faudra se mesurer à eux qu'en ultime recours. En faisant tous les efforts nécessaires pour ne les blesser en aucune façon. Sergent Dolan, chef Parry, puisque vous connaissez la configuration de la maison, j'aimerais que vous veniez avec nous. Comme conseillers, comme observateurs. Pas pour participer à l'attaque.

– Bien, monsieur, répondit le chef Parry. Ce sera un honneur de vous assister dans cette mission, monsieur.

– Pareil pour moi, monsieur, ajouta le sergent Dolan. Et pas qu'un peu. Merci à vous. »

Le regard de Carnes s'était fixé au-delà de leurs visages, sur un élégant chapeau de cuir à large bord suspendu au-dessus du bureau de Parry.

« C'est quoi, ça ?

– Ça, c'est mon chapeau de safari. Un Lord Saybrook, répondit Parry. Je l'ai rapporté d'Afrique du Sud, il y a de ça deux ans. Il m'a coûté plus de deux cents dollars. Vous voulez l'essayer ? »

Il décrocha le chapeau pour le passer à Carnes, qui le posa sur sa tête et observa son reflet dans la vitre.

L'équipe du SWAT portait bottes noires, gants noirs et combinaisons intégrales, avec des casques capables de résister aux éclats d'obus. Puisqu'ils auraient affaire à un poseur de bombes, le kevlar de leurs gilets pare-balles était lourdement renforcé, là aussi pour résister à tous les types de projections. Ils étaient installés à l'arrière de la propriété, dans l'ombre, là où tout était calme. Haute de deux mètres, la clôture qui entourait complètement les cinq hectares venait caresser un chêne rouge majestueux, dont trois membres de l'équipe avaient discrètement taillé les branches les plus basses.

Hwang, le commandant du SWAT, était tout en nerfs et ressemblait à une panthère. Il fit devant Carnes un rapport rapide, synthétique, laissant à ses hommes la possibilité de compléter si nécessaire :

« Nous avons repéré de nombreux types de détecteurs sur l'ensemble du périmètre. Cette zone, à l'arrière, semble être la moins équipée, et de plus nous sommes hors de portée visuelle de la maison. La clôture est surmontée d'un fil piégé. Nous l'avons sectionné de chaque côté avant de couper le milieu. Personne ne pourra le remarquer depuis la maison. Ils recevront un signal, mais nous avons neutralisé le système sur deux mètres de clôture, et nous nous tenons prêts à passer en plein milieu sitôt que vous nous le demanderez.

– Maintenant, dit Carnes. Allez-y maintenant. »

Hwang se retourna vers ses hommes et d'un geste silencieux de la main leur donna le signal de l'action. Premier à atteindre la clôture, il sembla glisser jusqu'au sommet. Il bondit sur une branche du chêne puis se laissa tomber sans bruit jusqu'au sol. Un à un, ses hommes le suivirent, puis Carnes, Grant, Dolan et le chef Parry grimpèrent à leur tour, de façon nettement moins rapide et moins aisée. Deux cameramen s'engagèrent en dernier, faisant précautionneusement descendre leur matériel sur le lit de feuilles de l'autre côté de la clôture.

Les hommes du SWAT ne semblaient pas spécialement ravis de ces inhabituels renforts et ne s'attardèrent pas pour les attendre. Aussitôt passés de l'autre côté, ils se dispersèrent et prirent en vitesse la direction de la maison. Suivant le plan établi, ils approchèrent la bâtisse depuis trois axes différents, et en moins d'une minute ils se retrouvèrent à démolir l'entrée principale, au bélier à piston. Ils lancèrent alors à l'intérieur une grenade incapacitante, et se jetèrent à sa suite, se déployant dans toute l'étendue de la maison, se couvrant les uns les autres avec habilité, de pièce en pièce, à travers les zones à risque, jusqu'en haut des escaliers et jusqu'aux profondeurs du sous-sol. Leurs armes étaient automatiques, à canon court, les plus maniables possible – et lorsqu'ils déboulaient dans une nouvelle pièce en se couvrant, leurs gestes relevaient presque de la danse contemporaine.

Carnes – qui portait le chapeau de safari et brandissait un semi-automatique –, Grant, Parry et Dolan suivirent l'équipe dans la maison. Les cameramen qui leur emboîtèrent le pas filmaient Carnes dans ses moindres faits et gestes. Il se retrouva bientôt au troisième étage, dans la bibliothèque, devant un ordinateur portable qu'il essayait d'allumer. Tandis que l'écran prenait son temps pour répondre à ses sollicitations, les remontées négatives s'accumulaient :

« On dirait bien qu'aucun membre de la famille n'est présent, monsieur…

– Ils pourraient bien s'être cachés. Il y a peut-être des tunnels, cherchez partout. Ils se préparent à cette situation depuis longtemps. Mettez sous scellés tous les ordinateurs et…

– Nous n'avons trouvé aucun ordinateur pour l'instant, dit Hwang.

– Vous en trouverez. J'en ai un sous les yeux, il y en a d'autres. Cela fait plus de onze ans que Green Man habite ici. Croyez-moi, il y a un trésor d'informations caché ici. Nous devons le trouver et le mettre en sécurité… »

D'un seul coup, toutes les lumières s'éteignirent, puis se rallumèrent de concert, au son d'une caverneuse voix d'homme semblant provenir de partout et nulle part à la fois :

« Vous avez deux minutes pour quitter les lieux avant destruction. »

Ils se tournèrent dans tous les sens. Pas de haut-parleurs en vue. La voix pouvait venir des conduits d'aération.

« On aurait dit Mitch, annonça nerveusement le sergent Dolan.

– Ouais, c'était bien Mitch, renchérit le chef Parry en faisant un pas vers la porte.

– C'est un enregistrement de sa voix, précisa le technicien des SWAT. Il avait prévu le coup, et nous avons dû actionner le système d'une manière ou d'une autre en entrant.

– On devrait sortir de là, dit l'homme qui tenait la caméra.

– Personne ne va nulle part, affirma Carnes avec une détermination calme et maîtrisée. Réfléchissez un peu. Si Green Man voulait se débarrasser de nous en faisant sauter la maison, est-ce qu'il serait assez stupide pour nous prévenir ? Non. Nous serions déjà en morceaux… »

La voix, à nouveau :

« Une minute et quarante-cinq secondes… »

Carnes s'énerva :

« Continuez les recherches. C'est du bluff…

– Ce type a déjà détruit six cibles, et pas des moindres, le coupa Grant. Il ne tue pas des innocents pour le plaisir, mais il a montré qu'il en était parfaitement capable. On sait très bien qu'il n'est pas du genre à bluffer. Quand il fait tout péter, il fait tout péter. Je ne reste pas ici une seconde de plus.

– Vous êtes un trouillard ! lui lança Carnes. Et surtout vous êtes en train de me désobéir. »

Grant regarda dans les yeux le petit homme sous son chapeau de safari.

« Si vous restez ici, je pense que vous ne serez plus en mesure de me blâmer ensuite. »

Puis il sortit sans plus attendre, laissant derrière lui décroître le bruit de ses bottes sur le bois des escaliers.

« Une minute et trente secondes, reprit la voix grave. Évacuez la maison immédiatement. »

Les deux cameramen se précipitèrent vers la porte.

« Hé ! Vous deux ! Revenez ici ! » hurla Carnes.

Ils avaient si vite pris leurs jambes à leur cou qu'on pouvait déjà entendre l'un d'eux dégringoler en bas des escaliers.

Le sergent Dolan était en train d'observer la tache qui grandissait à son entrejambe, réalisant avec stupeur qu'il venait de se pisser dessus. Sans dire un mot, il avança d'un pas lourd jusqu'aux escaliers, suivi de près par le chef Parry.

« Une minute et quinze secondes », dit la voix.

Carnes, en panique, se tourna vers les hommes du SWAT.

« Ce bureau, c'est là qu'il a planifié ses attaques ! lança-t-il, d'une voix qui sortit étonnamment plus aiguë qu'il ne l'avait prévu. Commençons par là. Regardons tout ce qu'il a lu, ça nous dira ce qu'il a dans la tête… »

Les membres du SWAT se tournèrent alors vers leur commandant, qui lui-même se tourna vers Carnes.

« Je fais sortir mes hommes d'ici, monsieur.

– Vous êtes sous mon commandement, capitaine, s'exclama Carnes, et je vous ordonne de fouiller ce bureau et de mettre à l'abri toutes les preuves majeures qu'il contient ! »

Sans prendre la peine de lui répondre, Hwang adressa à ses hommes un geste de la main, et l'équipe du SWAT quitta immédiatement les lieux. Il les suivit.

D'un coup, Carnes se retrouva seul, debout au milieu de cette pièce. Son regard fut attiré par un clignotement sur le bureau : l'ordinateur venait enfin de s'allumer. L'économiseur d'écran arborait une magnifique photographie de la Terre vue de l'espace, tirée des banques d'images de la NASA. La planète y prenait des airs de pierre précieuse où miroitaient les terres et les mers. L'image se mit alors, très progressivement, à se transformer en une autre figure circulaire. Il s'agissait cette fois d'un vieux modèle de chronomètre, dont l'aiguille tournait à rebours, avec pour chaque *tic* un son plus lourd…

« Continuez de filmer la maison ! » ordonna Grant.

C'était peine perdue : les cameramen venaient de plonger dans un fossé plein d'eau à une cinquantaine de mètres de l'entrée. L'opérateur, parcouru de frissons, lâcha la caméra et, tout tremblant, s'allongea lentement sur le sol.

Grant la ramassa et constata qu'elle était en état de marche. Il appuya sur « enregistrer » et pointa l'objectif vers la maison. Il se colla à l'œilleton et se fixa sur les restes de la porte d'entrée défoncée par les SWAT.

Une silhouette envahit alors le centre de l'image : celle de Carnes, sans son chapeau. En panique, battant l'air de ses courtes pattes, il avala les quatre marches du perron d'un seul saut, aussi précipité que désespéré. Sitôt qu'il eut touché le sol, il se mit à détaler, droit vers la fontaine en pierre qui ornait la pelouse, plongea derrière celle-ci, disparaissant alors à la vue de Grant, qui s'empressa de retourner la caméra sur la maison.

Il s'écoula à peine le temps d'une pulsation cardiaque avant que retentisse un *BOOM* fracassant, une explosion si violente que Grant faillit à son tour lâcher la caméra. Les trois étages de la maison parurent décoller de leurs fondations, comme si le sous-sol venait de faire pousser un nouveau palier. Sauf qu'en guise de palier c'était une boule de feu qui dévorait le bois, faisait éclater la pierre et vaciller la structure entière, qui finit par s'écrouler sur elle-même, implosant en un panache de flammes suivi d'un nuage de fumée et de poussière.

47

Sharon conduisait son Accord argentée en direction du nord, avec le bon vieux Finn roulé en boule qui faisait sa sieste, tranquillement lové entre Gus et Kim à l'arrière. Au début, les enfants n'arrêtaient pas de poser des questions sur ce voyage inattendu.

« Mais pourquoi tu ne peux pas nous dire où on va ? demanda Gus.

– Parce que ton père et moi on veut vous garder la surprise », leur répondit-elle tout en s'efforçant de ne pas dépasser la vitesse autorisée.

Elle leur avait permis d'emporter un sac chacun. Cela faisait maintenant trois heures qu'elle roulait sur les petites routes que lui avait indiquées Mitch. Jamais elle ne s'était vraiment rendu compte des difficultés auxquelles il avait dû faire face pour se rendre sur les lieux de ses missions et pour en repartir – cette traque systématique de la moindre possibilité d'erreur transformait le simple fait de conduire en une torture pour les nerfs.

« Et l'école ? s'inquiéta Gus. Je dois rendre ma recherche sur le puritanisme avant jeudi.

– Ne t'en fais pas.

– Mme Lowell va me tuer.

– Et moi, j'ai l'anniversaire d'Emma, dit Kim.

– Tout va bien se passer, promit Sharon. Vous feriez mieux de dormir un peu.

– Et pourquoi papa n'est pas avec nous ? demanda Gus.

– Il avait du travail à finir… il nous rejoindra après, répondit Sharon en serrant un peu plus fort ses mains sur le volant.

– Quand ça ? demanda Kim.

– Bientôt.

– Bientôt quand ?

– On met un peu de musique, les enfants ? Vous choisissez la station ? »

Ils ne tardèrent pas à s'endormir tous les deux, laissant Sharon rouler seule dans l'obscurité. Elle avait envie de mettre les infos pour savoir si quelque chose était arrivé à la maison, mais elle résista et se contenta d'éteindre la musique pour se concentrer sur la route.

Elle quitta la route de montagne pour emprunter une allée sinueuse, où elle cahota lentement sur une soixantaine de mètres avant d'apercevoir la forme lugubre d'une vieille grange se découper dans l'obscurité. Elle s'arrêta non loin du bâtiment, fit deux appels de phares et attendit.

Lentement, un véhicule sortit des ténèbres et vint à leur rencontre. C'était un imposant pick-up rouge. L'engin s'arrêta. Un homme âgé en sortit, il avait le corps sec et les cheveux argentés, mais malgré ses soixante-dix ans bien tassés c'est d'un pas leste qu'il marchait vers l'Accord. Sharon s'élança hors de sa voiture pour courir vers lui et lui sauter au cou. Dans ses bras, elle se surprit à trembler.

L'homme dut s'en rendre compte lui aussi, et lui murmura :

« Tu t'en es très bien sortie. Tout est réglé. » Il relâcha ensuite délicatement son étreinte et jeta un œil dans sa voiture. Il sourit en apercevant les deux enfants et leur chien. « Hé, Gus, hé, Kim ! C'est l'heure de se réveiller ! »

Les enfants émergèrent, un peu perdus, et regardèrent le vieil homme sans comprendre.

« Voilà oncle Arthur. C'est un très vieil ami de votre père.

– On va bien s'amuser, leur annonça Arthur. J'ai un bateau à même pas trois kilomètres d'ici. On va aller naviguer, tous ensemble.

– Cool, dit Gus, qui d'un coup avait retrouvé tous ses esprits.

– Je ne veux pas partir en bateau en pleine nuit, souffla Kim, anxieuse.

– Il n'y a rien à craindre, leur affirma Arthur. Mais j'ai besoin de votre aide, les petits. Vous avez chacun un sac, c'est ça ? Prenez-les et calez-les à l'arrière du pick-up. Après, vous vous installerez sur la banquette. Votre petit copain à quatre pattes aura aussi toute la place qu'il lui faut.

– Et notre voiture à nous ? demanda Kim.

– Pour cette partie de la route, on prend le camion d'Arthur, répondit Sharon. Mais il faut qu'on se dépêche.

– La banquette arrière, c'est le coin réservé aux enfants et aux chiens, reprit Arthur en regardant sa montre. Vous y faites ce que vous voulez. On y va, les petits. Je vais garer votre voiture bien à l'abri dans la grange, ensuite on rejoindra la côte avec mon camion, et là, c'est parti pour le voyage en bateau ! »

Une heure plus tard, ils étaient tous sur le pont d'un large engin de pêche à l'allure indescriptible, qui mettait le cap vers une mer obscure. Les deux enfants semblaient effrayés, mais Arthur savait parfaitement ce qu'il faisait.

« En bas de cet escalier, c'est la cabine. Il y a un lit bien chaud et tout propre, rien que pour toi, dit-il en s'adressant à Kim. Ton chien est déjà en bas. Et je crois bien qu'il y a... un cookie au chocolat sur ton oreiller !

– Je vais t'y conduire, dit Sharon. Je suis sûre qu'ils sont délicieux, ces cookies.

– Moi je reste sur le pont », annonça Gus.

Sharon et Kim se dirigèrent vers l'étage du dessous, laissant Gus avec Arthur face à la mer ombrageuse.

« Et comment vous avez connu mon père ? demanda le garçon.

– On a collaboré, lui et moi. Il y a longtemps.

– Pour un boulot ?

– Une sorte de boulot, oui, répondit Arthur avant d'ajouter, doucement : Pour moi, ton père est un héros. »

Gus leva vers lui des yeux intrigués mais suspicieux.

« Pourquoi vous dites ça ? »

Le vieil homme continuait de fixer l'océan.

« Tu veux tenir la barre ?

– Je ne sais pas comment faire.

– Je vais t'aider. On va se diriger tout droit vers cette baie. Laisse-moi te montrer. »

Gus s'approcha, et le vieil homme l'aida à positionner ses mains sur le gouvernail.

« Voilà, c'est ça, dit-il. Tu gardes le cap. On dirait que tu as ça dans le sang. »

Ils naviguaient ensemble. La nuit était calme, il n'y avait

presque pas de vent. Dans l'obscurité, la lune transperçait les nuages de sa faux dorée. D'une voix angoissée, Gus finit par demander :

« Oncle Arthur ?

– Ouais ?

– Tu n'es pas vraiment mon oncle, hein ?

– En effet.

– Alors… qu'est-ce qui se passe ?

– Ne t'en fais pas, dit Arthur. On fait tout ce qu'il faut faire, pour le bien de tout le monde. Et c'est l'aventure, tu sais. La vraie. »

Les mains de Gus tremblèrent sur l'imposant gouvernail. Le vieil homme y posa les siennes, pour les recouvrir et apaiser l'enfant.

« Est-ce qu'au moins tu peux nous dire où on va ? demanda Gus à voix basse. Maman ne nous a rien dit. »

Après un temps d'hésitation, Arthur finit par répondre :

« Au Canada. »

48

La mangrove enserrait le lagon. Les dernières familles de visiteurs étaient parties, après avoir nagé avec les dauphins et déboursé une fortune pour récupérer leur photo. Techniquement, on pouvait donc dire que le parc aquatique était fermé.

« Tu es sûre que ça ne pose pas de problème ? demanda Tom en ajustant son gilet de sauvetage.

– Les autres dresseurs amènent aussi des invités, de temps en temps, lui répondit Tracy. C'est l'un des avantages de travailler ici. Je n'ai encore jamais amené personne, ils ne m'en voudront pas. Comment va ta jambe ?

– Ça guérit vite. Le médecin dit que j'ai eu de la chance.

– Une sacrée chance, même. On t'a tiré dessus seulement deux fois », ironisa-t-elle. Elle scrutait son visage. « Pourquoi tu ne veux rien me dire ?

– Je ne suis pas supposé parler de ce qui s'est passé. Mais la bonne nouvelle, c'est que ça m'offre un peu de congés payés. Et que je vais en profiter pour nager avec les dauphins…

– Non, le coupa Tracy. La bonne nouvelle c'est que tu vas changer de boulot. Et que cette fois tu vas essayer d'être toi-même, de ne pas ressembler à quelqu'un qu'on déteste tous les deux. À mon avis, ça te réussira beaucoup mieux. »

L'espace d'un instant, debout face au lagon et au soleil couchant, il repensa à la soirée précédente, à Boca. Il était seul devant la tombe de son père. L'inscription sur la pierre tombale choisie par sa mère s'en tenait à son nom, *Warren Smith*, suivi de ses dates de naissance et de mort et de ces quelques mots : *défenseur de la patrie*. Rien qui évoque un mari aimant ou un père attentionné. Tom n'était pas croyant mais il avait récité une prière avant de dire au revoir à son père, puis d'effleurer la pierre en murmurant : « Repose en paix, papa. Moi aussi j'ai fait de mon mieux, pour nous défendre. Je ne l'ai pas attrapé, finalement… mais je ne suis *vraiment* pas passé loin. »

Tom embrassa le lagon du regard en terminant d'ajuster son gilet de sauvetage, et tira sur la sangle.

« J'ai déjà deux entretiens d'embauche prévus la semaine prochaine, dit-il à Tracy. Et ça devrait te faire plaisir : rien à voir avec le maintien de l'ordre !

– La Silicon Valley, mon lapin ! s'exclama-t-elle avec joie. Tu prends l'argent là où il est. Et moi j'ai bien envie d'aller me poser dans ton gîte de vacances, un jour. Bon, maintenant tu es prêt à en prendre plein les yeux ?

– Et comment ! répondit Tom en vérifiant que le bandage autour de sa cuisse était correctement recouvert par sa combinaison. Mais je te préviens, je ne compte pas battre des records de plongée aujourd'hui…

– Pas la peine, dit Tracy. C'est Lou et Ginny qui vont te faire faire le tour. »

Elle descendit de la berge pour pénétrer dans le lagon, Tom la suivit. L'eau était raisonnablement froide, d'une profondeur d'un mètre. Ils pataugèrent ensemble jusqu'à ce qu'elle atteigne leurs épaules.

« Et où se cachent-ils, Lou et Ginny ? demanda Tom.

– Ils se promènent de l'autre côté du lagon, mais là ils ont compris que je suis entrée dans l'eau. Ils ne vont pas tarder. »

L'instant d'après, deux formes grises étaient en train de foncer vers eux. Les deux dauphins firent un bond par-dessus Tom, cinq mètres au-dessus de l'eau. Il se surprit à applaudir spontanément, en souriant à travers les éclaboussures. En une seconde il se retrouva encerclé, les animaux le taquinaient de leur rostre en forme de bec.

« Petit frère, je te présente Lou et Ginny. Ces grands dauphins de l'Atlantique sont de grands amis à moi : tu peux les embrasser à ton tour, mon cher ! »

Tom s'exécuta timidement, et les deux dauphins émirent de petits gémissements suraigus, comme deux portes grinçant de concert.

« Ils te disent bonjour. Et merci de ne pas avoir capturé Green Man, lui dit Tracy. Merci de laisser une chance à la planète. Et aux océans qu'ils aiment tant. »

Les deux dauphins le regardaient, le visage rieur, avec des yeux d'un noir pétillant. On aurait dit qu'ils partageaient un savoir secret.

« Tu penses vraiment qu'ils s'inquiètent du changement climatique ? demanda Tom. Peut-être qu'ils sont juste en train d'attendre un peu de poisson pour leur dîner...

– Ils en savent beaucoup plus long que ce que tu crois, répondit Tracy. Lou est né ici, et même notre lagon a connu des problèmes de déchets plastiques, de perturbations dans la floraison des algues. Ginny est un dauphin sauveteur. Elle a beaucoup voyagé, et elle en a vu, des saletés. Bien sûr qu'elle s'inquiète. » Comme si elle n'attendait que ça pour réagir, Ginny se retourna, exposant à Tom son ventre à la peau plus claire. « Elle veut des papouilles. »

Tom caressa la peau de l'animal du bout des doigts. C'était doux, légèrement bombé – une sorte d'aubergine avec un cœur battant. Pour la première fois, il comprit la passion de sa sœur pour les dauphins. Il se passait quelque chose d'indéniablement puissant, une connexion profonde, qui allait bien plus loin que ce qu'on pouvait ressentir à caresser un chat ou câliner un chien. C'était à l'évidence un mammifère d'une grande intelligence, et en la touchant Tom sentit que Ginny était capable non seulement d'amour mais aussi d'une forme inédite de sagesse.

« Que lui est-il arrivé ?

– Ginny a été fauchée par une hélice. Jusqu'à l'os. Elle est arrivée ici très mal en point, elle a vraiment failli y rester. Mais comme tu peux le voir, elle s'est complètement remise. Ils t'aiment bien, Tom. Pas autant que moi, mais ils te trouvent réglo. Ils voudraient t'emmener faire un tour.

– Je suis censé m'accrocher à leur nageoire dorsale ?

– Non, fais simplement la planche et laisse-toi aller. »

Tom s'exécuta, les bras le long du corps. Il essaya de se relaxer et de faire le vide, mais il ne pouvait s'empêcher de penser à l'entretien d'embauche que lui avait déniché une vieille connaissance de Stanford et qui l'attendait à San Francisco.

Une petite start-up était d'un coup devenue grande, elle avait fait son entrée en bourse six mois plus tôt. Elle roulait désormais sur l'or, et proposait pour le poste en question un salaire quatre fois supérieur à ce que Tom touchait au FBI. Il y avait également à la clé un appartement plus que correct, ainsi qu'une voiture de fonction. Surtout, la perspective de travailler au sein d'une bande de collègues brillants et enthousiastes lui semblait des plus stimulantes. Tracy avait raison. Il était grand temps de lâcher la traque de Green Man – et d'agir par et pour lui-même plutôt que pour son père.

Tom ressentit une légère pression contre sa plante de pieds, et décolla tout à coup. Les dauphins le poussaient à travers le lagon à une vitesse telle qu'il était constamment à moitié hors de l'eau. Il poussait des petits cris, de peur et de plaisir mêlés. Le voyage dura une bonne trentaine de secondes, puis ils l'abandonnèrent, et quand il refit surface il riait, exalté et euphorique.

« Ça, dit-il à Tracy, c'est un des trucs les plus cools que j'aie jamais faits… »

Tracy rayonnait.

« Je t'avais bien dit que tu en prendrais plein les yeux… » Brusquement, son attitude changea du tout au tout et elle lui lança : « Ne fais pas ça, Tom !

– De quoi tu parles ? »

Elle se mit à crier, fixant un point derrière Tom :

« C'est une propriété privée, foutez le camp d'ici ! »

Un grand homme noir, athlétique, vêtu d'un pantalon kaki et d'une veste bleue, s'avançait au bord du lagon.

L'agent Grant. Ignorant Tracy, il annonça :

« Désolé pour l'intrusion, Tom, mais il vient d'arriver quelque chose d'absolument insensé. »

49

Ils se trouvaient au bar du Fish House, haut lieu de la vie locale, avec ses décorations excentriques et ses plateaux de fruits de mer réputés.

« Après votre aventure sur le ferry, Carnes a suivi votre conseil en se concentrant sur ce que Paul Sayers avait bien pu devenir, expliqua Grant. Ils n'ont pas tardé à découvrir qu'il habitait désormais Glenwood, dans le Michigan, sous le nom de Mitch Farley…

– Oui, j'ai vu ce qui s'est passé quand ils ont visité sa maison… Pas vraiment un franc succès, lâcha Tom.

– Un désastre, carrément, reconnut Grant avec une moue affligée. J'étais aux premières loges… Non seulement Carnes s'est montré d'une incompétence spectaculaire, mais surtout tout ce qui aurait pu nous être utile est parti en fumée…

– Ils ont retrouvé la trace de sa femme et de ses enfants ?

– Pas que je sache. Pour l'heure en tout cas, ils sont dans la nature.

– Incroyable, dit Tom. Le type change d'identité il y a

vingt ans, et il va nous refaire le coup aujourd'hui... Pas seulement lui, mais aussi toute sa petite famille. Il a eu un temps fou pour s'y préparer. C'est pour ça qu'on est là, alors ? Vous voulez mon avis sur leur destination ?

– Non, dit Grant, qui se battait avec un demi-crabe farci aux champignons. Pendant que la Sécurité essayait de savoir ce qu'avait bien pu devenir Paul Sayers, j'ai pris le temps d'étudier ce qu'il avait été à l'époque. J'ai compris que ce qu'il avait fait à San Francisco pouvait techniquement nous donner des indices sur ce qu'il allait faire ensuite. On a connaissance de deux attaques à portée écologiste, la scierie et la compagnie du gaz. Alors j'ai recherché son nom dans plusieurs bases de données... juste pour voir s'il n'avait rien fait d'autre qui pourrait nous renseigner.

– Ça me paraît une très bonne idée, dit Tom. Et ça a donné quelque chose ?

– Rien, répondit Grant. Tout ce qu'il y avait à savoir sur lui à cette époque, nous le savions déjà. Ensuite je me suis retrouvé pris dans la descente du SWAT chez Mitch Farley, et mes relations professionnelles avec Harris Carnes n'en sont pas sorties grandies...

– On vous a retiré l'affaire ?

– Pas encore, mais c'est ce qu'il cherche. On m'a rétrogradé, et je reste tenu à l'écart de l'action jusqu'à ce qu'ils trouvent un moyen de m'affecter ailleurs.

– Désolé de l'apprendre.

– Et moi je suis désolé de vous tomber dessus ainsi, dit Grant. Pour être honnête, j'étais peut-être un peu jaloux. J'étais le favori de Brennan, avant que vous ne débarquiez dans cette affaire avec votre sixième sens directement branché sur Green Man. Ça m'a sérieusement gonflé. Désolé. »

Tom baissa les yeux et vit que Grant lui tendait la main. Il la saisit.

« On dirait bien que nous sommes tous les deux au placard dans cette affaire, dit-il. Ils veulent que je retourne derrière leurs ordinateurs, mais je vais plutôt aller voir ceux de la Silicon Valley. J'ai un entretien qui m'attend là-bas – ça reste entre nous.

– Moi aussi je cherche de nouvelles pistes, avoua Grant. La sécurité privée de pointe, par exemple. Ils sont nettement moins radins que ce vieil Oncle Sam, si vous voyez ce que je veux dire.

– Qu'est-ce qui vous a amené au Lagon des dauphins, alors ? »

Grant scruta les alentours, mais personne ne faisait attention à eux. Leurs congénères suivaient le golf à la télévision en sirotant des cocktails sophistiqués et en se creusant un chemin à travers leurs montagnes de fruits de mer.

« Il y a deux jours, j'ai reçu un appel d'un de mes experts en informatique. Exactement le genre de boutonneux aigri que vous seriez devenu si Brennan n'était pas venu vous tirer de là pour vous enrôler à cause de votre nom. »

Tom accueillit la pique avec un sourire.

« Un peu de respect pour les boutonneux. Je parie que vos recherches ont fait ressortir un truc inattendu ?

– Bingo. L'expert en question était tellement en bas de l'échelle qu'il n'était même pas au courant de ma position délicate. Alors il m'en a parlé. À moi seul…

– Attendez, laissez-moi deviner. Paul Sayers a fait un truc il y a vingt ans dont nous n'avions pas connaissance, et ce truc nous renseigne sur le prochain coup que prépare Green Man ?

– Pas vingt ans, non, répondit Grant. Disons plutôt… *il y a deux semaines.* »

Tom ne put maîtriser un sursaut de surprise.

« Qu'est-ce que vous voulez dire ? Aux yeux du monde, ça fait vingt ans que Sayers est mort. Il a tout changé, son nom, son apparence, son visage, tout. Ce ne serait pas Mitch Farley, plutôt, qui vous aurait laissé un indice ?

– Un agent de sécurité a déposé un rapport concernant Paul Sayers il y a deux semaines.

– Quel genre de rapport ?

– Oh, une simple note de routine. Rien de répréhensible, ni même de suspect. Tellement insignifiant qu'en fait je ne comprends même pas que mon expert soit tombé dessus…

– Et comment cet agent de sécurité du Texas a pu savoir qu'il s'agissait de Paul Sayers ?

– Aucune idée.

– Qu'est-ce qu'il pouvait vouloir à un type mort depuis vingt ans ?

– Ça fait justement partie des questions que je vais lui poser demain.

– Alors vous ne lui avez pas encore parlé ?! Donc j'imagine que vous n'en avez pas non plus touché un mot à vos anciens camarades de la Sécurité ? »

Grant ne semblait pas très à l'aise.

« Je n'ai rien de tangible pour le moment, alors je ne me vois pas rédiger un rapport tout de suite. Écoutez, Carnes est un incapable fini. Et puis, il y a une chose qui est arrivée la semaine dernière et qui m'incite à y aller seul. Une mauvaise nouvelle… »

Tom était en alerte. Il leva les yeux vers les luminaires colorés qui pendaient au plafond.

« Brennan a fait une crise cardiaque. Une vraie, précisa Grant. Il est à l'hôpital universitaire George-Washington, je suis passé lui rendre visite. Il devrait s'en sortir. Mais j'ai décidé de suivre cette piste tout seul, pour le ménager. C'est en allant le voir que j'ai pensé à vous. À chaque fois que quelque chose m'échappait sur ce dossier, vous trouviez une piste. Et là, on peut vraiment dire que ça m'échappe. Donc me voilà, sur le départ pour le Texas. J'y vais demain… vous m'accompagnez ? C'est sur le chemin de la Silicon Valley, en gros, non ?

– Ni vous ni moi ne sommes habilités à faire ça, fit remarquer Tom.

– En effet.

– C'est Brennan qui vous a dit de venir me chercher ?

– Jim Brennan n'est pas vraiment en mesure de parler, ces temps-ci. »

Tom s'envoya une gorgée de bière qu'il fit rouler dans sa bouche avant de l'avaler.

« OK, dit-il. Va pour le Texas. »

50

Green Man contourna le gisement Hanson pour conduire son van jusqu'à la rivière Kildeer. Par cette nuit chaude et sans lune, il transpirait sous sa combinaison de néoprène. Un ensemble de plongée aurait été trop lourd, trop raide, mais même cette discrète seconde peau, malgré sa finesse et sa légèreté, lui semblait un fardeau. Le gisement de pétrole était illuminé, vivant, il palpitait. Exactement comme lors de ses repérages. Les panaches de feu au sommet des plates-formes brûlaient leurs gaz en un flamboiement orange qui dansait devant le ciel noir. Il se gara à proximité de la rive et consulta sa montre. Dans deux heures il serait minuit, il avait du pain sur la planche.

Mais il était aussi au comble de la fatigue. Durant de longues et précieuses minutes, il resta dans son véhicule à ne strictement rien faire. Tous phares éteints, il contemplait la Kildeer, ses dix mètres de largeur, la façon dont elle s'engouffrait sous la clôture et traçait son chemin en coupant à travers le gisement. Il faisait bon dans la camionnette mais il n'osa pas s'assoupir, ne serait-ce que quelques secondes. Le danger était réel : à s'inquiéter pour Sharon et les enfants, cela faisait trois nuits qu'il ne dormait pas. Il avait vu aux infos sa maison exploser, et les photos du champ de ruines dans les journaux du lendemain.

Si tout s'était déroulé comme prévu, ils devaient désormais avoir atteint l'Ontario et trouvé refuge dans une grande ferme à quatre-vingts kilomètres de Manitouwadge, dans la réserve des Ojibwe. Une charmante propriété bordée d'épicéas sur un terrain de huit hectares, qui comportait aussi un lac rempli de perches.

Green Man s'imagina là-bas, à pêcher avec ses enfants. Sa première mission remontait à plus de deux ans, maintenant – « fatigue » était un mot bien faible en regard de son état d'épuisement absolu. Il avait fait tout ce qu'il avait pu, il était temps de raccrocher. Le temps était venu de passer le flambeau de la lutte pour la planète à la nouvelle génération, et de prendre le chemin du Canada pour y retrouver sa famille.

Mais là, dans le silence de son van, luttant contre la tentation de fermer les yeux quelques secondes, il savait qu'il lui restait un dernier geste à accomplir. Une ultime et indispensable mission, qui ne pouvait être remise à plus tard. Il prit un cachet pour se donner un coup de fouet, ouvrit la portière du véhicule et posa le pied sur la berge en gravier de la Kildeer. D'abord sortir le matériel de destruction, soigneusement rangé dans deux caissons étanches. Il hissa une première caisse hors de sa camionnette et la déposa délicatement sur la rive, satisfait de constater que sa couleur coïncidait parfaitement avec celle du basalte qui couvrait le lit de la rivière.

Un Afro-Américain taillé en force déboula en trombe dans le petit local de sécurité. Tom et Grant se levèrent.

« Bon sang, je suis désolé. Ils vous ont fait attendre longtemps ?

– Une bonne heure, répondit Grant. Ils nous avaient dit que vous seriez de retour dans vingt minutes.

– Bordel. J'étais en vadrouille à Baines, c'est vraiment pas loin. J'étais au café, pour dîner. Il y avait plein de bruit. J'ai dû louper la sonnerie. Ils auraient dû venir me chercher. Mais dites, on ne vous attendait pas il y a sept heures ?

– Notre vol pour Midland a été annulé. Nous avons pu en prendre un autre, pour Lubbock, et on a fait la route jusqu'ici. On a dû foncer comme des malades. Désolés pour tous ces contretemps, mais enfin nous sommes tous là.

– Et donc vous êtes du FBI ? »

Grant lui montra sa carte. Tom se dit qu'il avait tout intérêt à faire profil bas et laissa donc son badge à l'abri dans son portefeuille.

« Ray Mathis, annonça l'officier de la sécurité en tendant la main pour les saluer tous deux. Chef adjoint de la sécurité de Hanson. Qu'est-ce qui vous amène, messieurs ?

– Il y a deux semaines, vous avez déposé un rapport selon lequel vous auriez vu un dénommé Paul Sayers.

– C'est exact. Près de la clôture, pendant que je faisais ma tournée de nuit. On a échangé quelques mots, et puis il est reparti de son côté.

– Comment savez-vous qu'il s'agissait de Paul Sayers ? demanda Grant.

– J'avais déjà vu sa tête sur un avis de recherche, je l'ai reconnu.

– Il ne pouvait pas se trouver sur un avis de recherche, fit remarquer Grant, puisqu'il était censé être mort.

– Non, c'est un avis qui date d'il y a vingt ans. À l'époque je m'occupais de la sécurité dans une meunerie, et il avait attaqué une scierie, dans le même coin.

– Vous étiez donc gardien d'un moulin, dans le nord de la Californie ? fit Tom.

– C'est ça. Près d'Ukiah. L'avis de recherche était accroché sur un tableau d'affichage dans notre bureau. Dans le coin inférieur droit. Et juste au-dessus il y avait une photo d'Elle MacPherson en bikini rouge. Vous voyez, j'ai une bonne mémoire.

– Et son image vous est revenue après tout ce temps ?! demanda Grant, dubitatif. Elle vous a suivi, depuis le moulin d'Ukiah jusqu'à ce gisement de pétrole du Texas ?

– Ici, de nuit, vous avez pu le remarquer dans l'obscurité totale ? ajouta Tom, faisant résonner ses propres doutes. Et faire le lien avec un portrait vieux de vingt ans ? »

Mathis fit basculer son regard de Grant vers Tom, puis haussa les épaules.

« Je n'oublie jamais un visage, répondit-il. Quand j'ai vu ce type près de la clôture, j'ai braqué ma lampe torche sur lui. J'ai clairement pu voir son visage. Il m'a fallu un peu de temps pour remettre un nom dessus, et retrouver où je l'avais déjà vu, mais ça m'est revenu. C'était bien Paul Sayers, là, devant le grillage. Et vous, comment vous avez su que j'avais déposé ce rapport ? Pourquoi ça vous préoccupe autant ?

– Nous recherchions justement toutes les occurrences du profil de Sayers », expliqua Grant.

Ce fut au tour de l'agent de sécurité de paraître déconcerté.

« Qu'est-ce que vous pouviez lui vouloir, à ce type, si vous pensiez qu'il était mort depuis vingt ans ? »

Le bureau étriqué s'abîma dans le silence. Les écrans de vidéosurveillance faisaient défiler les vues du gisement, sous les angles les plus divers. Par la fenêtre ouverte, on put entendre la musique qui s'échappait d'un autoradio allumé. Un rythme de merengue qui palpitait faiblement à travers l'atmosphère nocturne.

« Nous pensons que Paul Sayers est Green Man, lâcha finalement Grant.

– Nous pensons que Paul Sayers est *devenu* Green Man », précisa Tom.

Mathis les regarda l'un et l'autre successivement.

« Vous vous foutez de ma gueule ?

– Je préférerais, dit Grant. Au fait, tout ce qu'on vient de vous dire est confidentiel.

– Le Green Man qui fait sauter des usines, des bateaux et des barrages ?!

– Et probablement bientôt des gisements de pétrole », ajouta Tom à voix basse.

Ray Mathis s'affaissa sur une chaise et se signa. Il prit quelques secondes pour réfléchir à ce qu'il venait d'entendre.

« Mais vous êtes sûrs de ça ?

– Ça ne fait aucun doute, répondit Tom. Il planifie ses attaques avec le plus grand soin, et nous sommes à peu près certains qu'il vient toujours sur place faire des repérages, probablement peu de temps avant l'attaque elle-même. C'est sûrement ce qui l'a amené ici. Et c'est pourquoi nous sommes là.

– Je vois, dit Mathis. Mais il a pu repérer plusieurs gisements dans le coin, non ?

– Bien sûr, répondit Grant. Ce serait tout à fait possible, vu qu'il y a plusieurs champs d'importance, et assez proches les uns des autres, dans le Bassin permien.

– Non, reprit Tom. S'il est venu au Texas, c'est pour ce gisement-là et aucun autre.

– Mais c'est qui, lui ? demanda Mathis en scrutant Tom. Et qu'est-ce qu'il fait là ?

– Lui c'est un bleu, il peut être très agaçant. Mais il se trouve qu'il parvient à raisonner exactement comme Green Man. »

Mathis étudia Tom avec la plus grande attention.

« Vous pensez qu'il est venu spécialement pour Hanson ?

– Il ne prend aucun risque inutile et cherche à perdre le moins de temps possible. S'il est venu jusqu'ici, c'est parce que c'est ici qu'il va lancer son attaque. Est-ce qu'il sait que vous l'avez reconnu ?

– Oui, je le lui ai dit bien fort, quand j'ai sorti mon arme.

– Pourquoi n'avez-vous pas tiré ? demanda Grant.

– Il n'avait rien fait de mal. Il s'est retourné et il est parti, voilà tout. » Mathis regardait Tom. « Bon, alors vous savez où il va frapper. Est-ce que vous pouvez dire *quand* ?

– Aucun moyen de le savoir, reconnut Grant. C'est lui qui choisit, et je pense que la chasse à l'homme a dû le déstabiliser, comme ce qui est arrivé à sa famille. La pression a pu accélérer son planning. Ou alors le ralentir…

– Vous avez un ordinateur avec une connexion ? intervint Tom.

– Juste ici, pointa Mathis. Le mot de passe c'est LEPUTAINDEMOTDEPASSE, tout en majuscules attachées. »

Tom s'en approcha et commença à tapoter.

« Vous faites une recherche, là ? On peut savoir sur quoi ?

– L'horloge d'Östersund.

– Qu'est-ce que c'est que ce truc ? »

Le vieil agent de sécurité avait l'air anxieux.

« L'horloge de l'apocalypse environnementale, mise en place par un groupe suédois. Il y a deux semaines, ils ont fait avancer l'aiguille jusque vingt-trois heures cinquante-cinq. Cinq minutes avant l'apocalypse.

– Et qu'est-ce que ça a à voir avec Green Man ? » voulut savoir Mathis.

Tom avait mis la main sur ce qu'il cherchait.

« Hier soir, ils ont annoncé qu'après avoir étudié les dernières observations satellite ils avanceraient l'aiguille d'encore cinq minutes dès huit heures du matin. Ils disent que l'apocalypse est là. Que la planète est désormais condamnée. Ils vont organiser les funérailles de la Terre, à Östersund. Une chorale d'enfants va reprendre "99 Luftballons" de Nena et, au moment où retentira la dernière note, ils arrêteront l'horloge pour annoncer que tout est fini. Ils vont demander à toutes les populations d'Europe et du monde d'arrêter leurs propres horloges et toutes leurs montres. Le voilà, le moment où Green Man va frapper.

– À huit heures ? Ce matin ? demanda Mathis en observant l'horloge du bureau qui affichait minuit dix-sept. Ça nous laisse pas mal de temps...

– Ils ont sept heures d'avance, lâcha Tom. Huit heures du matin là-bas, c'est dans... quarante-trois minutes ici. »

Mathis bondit de sa chaise.

« S'il s'attaque à ce gisement, où est-ce qu'il va frapper exactement ?

– Il a tendance à se servir des faiblesses existantes, expliqua Tom. Il va probablement utiliser ce qui se trouve déjà sur place. Comme il veut donner au monde une leçon, il va essayer de montrer tous les dommages que peuvent causer les éléments qui constituent le gisement.

– Les réservoirs, dit Mathis, terrifié. Les réservoirs de Hanson contiennent suffisamment de pétrole pour nous envoyer nous écraser en Suède… »

Il se précipita sur la radio, l'alluma et commença à lancer des ordres tous azimuts.

Green Man venait d'arrimer le second caisson à son véhicule de plongée motorisé lorsque retentit la sirène. L'ayant déjà entendue lors de ses repérages, il savait ce qu'elle signifiait. De surprise il se figea, l'espace d'un instant. Puis il se redressa doucement et attendit. Exactement comme la dernière fois qu'il l'avait entendue, cette alarmante stridence fut suivie du ballet lumineux des faisceaux surpuissants balayant les environs de la clôture, ainsi que du flot rugissant des véhicules de sécurité s'élançant vers le portail.

Il se tenait tout près du gisement, dans sa combinaison de plongée, son matériel aligné devant lui. Même en laissant tout derrière lui pour sauter dans la camionnette et démarrer sur les chapeaux de roues, il avait très peu de chances de s'en tirer. Il regarda les patrouilles de sécurité évoluer à l'intérieur de la zone et put remarquer qu'elles se focalisaient sur le pétrole. Donc à l'opposé des accumulateurs de reflux. D'une certaine manière, le fait qu'ils s'attendent à le voir frapper de ce côté-là lui fournissait exactement la diversion dont il avait besoin. Ils avaient électrifié la clôture, mais il allait passer en dessous, par la rivière, jusqu'à la cible qu'ils n'avaient pas su anticiper. S'il parvenait, comme il l'espérait, à déclencher une explosion phénoménale, les dégâts et la panique seraient tels qu'il aurait peut-être la possibilité de reprendre la rivière jusque l'autre côté du gisement. Là où il avait caché sa moto.

Green Man avait pris sa décision. Trop tard pour faire machine arrière. Il était arrivé jusque-là, il allait détruire le gisement Hanson au nez et à la barbe d'un service de sécurité en alerte maximale et il exposerait ainsi les dangers de la fracturation aux yeux du monde entier. Ensuite il essaierait de retrouver sa famille. Si Dieu le veut, se disait-il, qu'il en soit ainsi. Mais il ne s'enfuirait pas. Il allait passer à l'attaque.

La fatigue l'abandonna d'un coup. Il se trouvait face au plus grand défi qu'il s'était jamais lancé, et il allait le relever. Depuis ses trente-trois ans, Green Man était prêt à mourir pour sa cause et, maintenant que cet instant était à portée de main, la fulgurante sensation de désespoir qui l'avait traversé au retentissement de la sirène avait laissé place à la plus implacable détermination. Il avait désormais fixé les deux caissons étanches sur le scooter sous-marin. Il enfila dans son dos son appareil respiratoire, ajusta tuyaux et masque, puis descendit dans les eaux froides de la rivière.

Il avait appris à plonger avec de lourdes bouteilles d'oxygène qui n'avaient aucunement leur place dans ce genre de mission. Un mois auparavant il avait acheté en ligne un appareil respiratoire à dix mille dollars. Cet équipement de pointe, qu'il avait maintenant sur le dos, était capable d'extraire le dioxyde de carbone du circuit respiratoire tout en y réinjectant l'oxygène nécessaire. Ainsi, il pouvait inspirer à nouveau ses propres expirations, et profiter de deux avantages cruciaux. Tout d'abord, il était débarrassé des bouteilles volumineuses qui auraient rendu sa silhouette trop repérable. Ensuite, respirant en circuit fermé, il n'émettrait pas ces petites bulles qui auraient elles aussi pu trahir sa présence.

Il alluma le moteur, les deux hélices se mirent en marche. Il se saisit des deux poignées, et l'engin qu'il avait assemblé de ses mains le tira sous la surface. C'était son corps qui ferait office de gouvernail. Il s'était entraîné dans une rivière du Michigan aux dimensions semblables. Il savait que le secret était de capter le courant central. Trop près de la surface, il pourrait être vu ; trop bas, il risquerait de toucher le fond, de s'embourber, de se blesser ou d'endommager le matériel. Il ne tarda pas à glisser doucement à un mètre cinquante de profondeur – une ombre quasi invisible sur les sombres rochers du fond de l'eau.

Tandis qu'il s'approchait, il put apercevoir au-dessus de la surface les lumières braquées sur la clôture. Le grillage n'atteignait pas le lit de la rivière. Sûrement avait-on voulu éviter les incessantes obstructions qu'auraient pu causer les débris charriés par le courant. Tout en passant sous la clôture, il lança un compte à rebours d'une pression sur sa montre. Il était maintenant en plein milieu du gisement pétrolier, cerné de lumières éblouissantes et de vibrations machiniques effrénées.

Il était crucial de trouver la bonne distance. Les accumulateurs de reflux se trouvaient à un peu plus de huit cents mètres. Sa vitesse était de cent mètres à la minute. Sa montre allait vibrer dans huit minutes et quinze secondes. Il s'accrocha aux poignées et maintint sa vitesse en suivant le courant central. Chaque dizaine de secondes durait une éternité.

« Jamais il n'irait incendier les réserves de pétrole », dit Tom.

Il se trouvait seul avec Grant dans le bureau de la sécurité, observant les écrans qui faisaient défiler le secteur sous tous les angles.

« Et pourquoi ça ? demanda Grant. Ça reste le meilleur moyen de détruire un gisement.

– Parce que cela causerait des dommages environnementaux très importants. Et puis ce serait trop prévisible.

– Alors quelle sera sa cible ?

– Je n'en sais rien. »

La porte s'ouvrit et Mathis entra de nouveau en trombe.

« Les polices locale et nationale sont en route. Et pendant ce temps-là, mes gars ont repéré une fourgonnette près de la rivière. À moins d'un kilomètre de la clôture.

– Une fourgonnette noire ? demanda Grant.

– Oui.

– C'est lui.

– J'ai posté mes hommes à l'endroit où la rivière passe en dessous de la barrière.

– C'est trop tard, dit Tom. Il est déjà à l'intérieur.

– On n'en sait rien. Et de toute façon à l'intérieur il sera mal en point. La rivière ne va pas le rapprocher des réserves de pétrole, dit Mathis. Pour attaquer, il devra sortir de l'eau et se mettre à découvert sur plus d'un kilomètre. J'ai mobilisé tous mes gardes pour surveiller les réserves et patrouiller sur le terrain. Quel que soit son plan, il n'y arrivera pas.

– Il ne va *pas* s'attaquer aux réserves de pétrole », lâcha Tom.

Mathis se tourna vers lui.

« Vous déconnez ? C'est la cible idéale pour tout faire sauter !

– Si j'étais vous, j'écouterais ce type, dit Grant en s'adressant à l'agent de sécurité. Il voit juste depuis le début. »

Mathis sentit vibrer son téléphone et consulta le message. La panique et la colère se succédèrent à toute vitesse sur son visage, tandis que sa main droite se portait à son arme.

« Vos hommes l'ont repéré ? demanda Grant, excité. Est-ce qu'il a blessé quelqu'un ?

– J'ai vérifié vos noms du côté du FBI quand vous avez débarqué, expliqua Mathis. Parce que moi, vous savez, j'assure toujours mes arrières. Et là je viens d'avoir des nouvelles du département de la Sécurité intérieure. Ils me disent que vous n'avez aucune habilitation, que vous êtes en train d'enfreindre les règles, et que je ferais mieux de vous immobiliser. Je n'ai pas de temps à perdre, là. Je ne sais pas exactement ce qui se passe, mais je vais vous garder au chaud là-bas au bout du couloir. Et je ne veux pas d'histoires.

– C'est ça, coffrez-nous, dit Grant. Vous avez un terroriste de niveau international qui se balade sur *votre* terrain, et il n'y a qu'une seule personne au monde qui puisse vous dire où le trouver. »

Mathis parcourut des yeux les écrans qui continuaient de faire défiler les vues du gisement sous toutes les coutures. On y voyait de plus en plus d'agents de sécurité, tous armés.

« La Sécurité intérieure me dit de ne pas vous faire confiance…

– La fourgonnette noire que vous avez vue, elle est immatriculée dans le Michigan », dit Tom.

Et ce n'était pas une question.

Mathis approuva discrètement tout en scrutant leurs visages.

« C'est lui, le type qui a en premier fait le lien avec le Michigan, expliqua Grant. Il est allé plus loin que quiconque sur cette affaire, et c'est même pour ça qu'il est au placard. Vous avez longtemps fréquenté les services de sécurité et la bureaucratie fédérale, vous devez bien savoir comment ça se passe...

– Il ne va pas revenir vers la camionnette, si c'était ça votre idée, expliqua calmement Tom. Il doit avoir prévu un autre moyen de partir, en bas de la rivière. Une moto probablement. Il l'a déjà fait. Il sait que nous savons, pour la camionnette. Il va nous la laisser en souvenir. Il va faire sauter votre champ, sans toucher aux réserves de pétrole, et il va s'enfuir à la nage de l'autre côté de la rivière. Et disparaître. Il vous reste en gros deux minutes pour prendre les bonnes décisions. »

Le ton calme et assuré de Tom sembla convaincre Mathis.

Il jeta un dernier regard à ses écrans et demanda :

« OK, champion, où pensez-vous qu'il va attaquer ?

– Un point assez proche de la rivière, expliqua Tom. À part les réserves de pétrole, qu'est-ce que vous avez qui puisse mettre le feu au champ ? »

La montre de Green Man se mit à vibrer. Il éteignit le moteur et s'approcha de la rive par ses propres moyens. Il régla le lest de son propulseur afin que celui-ci reste immergé, en sécurité, et sortit la tête hors de l'eau. En grappe, les gigantesques accumulateurs de reflux l'attendaient sous leurs reflets verdâtres, à moins de trente mètres de là.

Il quitta ses palmes ainsi que son respirateur, qu'il cacha sous la rive, non loin de l'endroit où il avait amarré son engin sous-marin. Il tira ensuite les deux caissons, les ouvrit sans attendre. Méthodiquement, il régla les détonateurs à retardement, sous la très discrète lumière qu'émettait la minuscule lampe de poche entre ses dents. Il s'était déjà entraîné à le faire dans le noir, mais réaliser une si délicate opération au milieu du gisement de pétrole alors que les hommes de la sécurité le recherchaient – et que chaque seconde pouvait sceller son destin – était une tout autre affaire. De l'un des caissons, il sortit une perche flexible qu'il étendit jusqu'à une dizaine de mètres de long, soit la hauteur des bouches d'aération sur les accumulateurs. Il attacha l'un des détonateurs sur son support électromagnétique, puis fixa ce même support au bout de la perche.

Quelques minutes plus tard, il marchait au milieu des accumulateurs de reflux. Les cylindres massifs, en projetant leurs ombres monstrueuses, l'aidaient à se dissimuler. Déjà, il pouvait sentir au-dessus de sa tête l'odeur âcre des effluves chimiques qui émanaient de la ventilation. Dans chacun des accumulateurs, l'eau s'était déposée au fond tandis que les composés chimiques – volatils, hautement inflammables – s'approchaient de la surface. Il s'attaqua d'abord à l'un des cylindres les plus éloignés de la rivière, afin de se laisser toutes les chances de s'enfuir. La première explosion allait lancer une très rapide réaction en chaîne qui le rôtirait vivant s'il ne trouvait pas à temps un chemin praticable jusqu'à la rivière.

Green Man s'arrêta un très court instant pour prier. Une fois lancé le compte à rebours du premier détonateur en haut du premier cylindre, plus rien ne pourrait arrêter l'embrasement qui s'annonçait. Il eut une pensée pour les gros bras, les employés de la sécurité que l'explosion allait tuer instantanément, et aussi pour les travailleurs qui risquaient de respirer des vapeurs toxiques et de se battre ensuite avec des problèmes de santé pour le restant de leurs jours. Il savait fort bien que leur nuire n'était pas légitime.

« Que Dieu me pardonne », murmura-t-il.

Il éleva précautionneusement sa perche afin que le support magnétique frôle la bouche d'aération. D'en bas, il activa l'électroaimant, et l'ensemble fut attiré par la surface de la bouche de fer, avec une force telle qu'il l'entendit nettement tinter contre la paroi. Il replia la perche et se dépêcha de rejoindre un deuxième accumulateur, cette fois-ci plus proche de la rivière. Il jeta un œil à sa montre. Le premier détonateur, qu'il venait d'accrocher, allait exploser dans cinq minutes. Et ce ne serait que le début.

À l'hôtel de ville d'Östersund, la chorale d'enfants en avait presque terminé. Un jeune garçon et une jeune fille s'en détachèrent, avec leurs voix douces et innocentes qui entonnaient une dernière fois le refrain entêtant de « 99 Luftballons ». Lorsque la dernière note eut fini de s'éteindre, le fondateur du groupe écologiste radical s'avança sur scène. C'était un homme d'âge mûr, au crâne clairsemé, qui poussait le fauteuil roulant d'un autre homme plus âgé encore : à cent trois ans, il était le doyen d'Östersund. Les citoyens de la ville qui se trouvaient dans l'assistance le connaissaient bien et avaient pour lui beaucoup d'admiration. Il avait passé son adolescence à combattre les nazis. Lentement, le vieil homme se leva de sa chaise pour faire face à la grande horloge qu'on avait fixée au mur. Le centenaire leva une main tremblante, la droite, pour actionner un interrupteur. La grande horloge s'arrêta, et l'hôtel de ville tomba dans un silence absolu.

« Les accumulateurs de reflux sont tout près, expliqua Mathis en pressant le pas le long de la rivière, son arme à la main. Cinq de mes hommes sont en train de s'y rendre.

– Ils pourront y être rapidement ? demanda Grant, qui lui aussi avait sorti son Glock.

– Deux minutes…

– Ils n'arriveront pas à temps, dit Tom.

– Ça vous arrive d'être positif ? demanda Mathis. On ne sait même pas s'il avait atteint le champ au moment où j'ai posté mes gardes…

– Il est ici », dit Tom.

Il venait d'arriver à l'endroit où la rivière se rapprochait le plus des accumulateurs, et de remarquer deux formes sombres à demi enterrées dans la boue sur la rive rocailleuse. Les deux caissons, côte à côte. Tom en ouvrit un, qui ne contenait plus que deux détonateurs de rechange et quelques outils.

Les trois hommes scrutèrent ce maigre contenu, puis se regardèrent. Aucun doute possible : il était là et tout ceci était bien en train d'arriver.

« Putain de merde ! dit Mathis avant de se diriger vers les impressionnants accumulateurs cylindriques.

– Il s'est servi de la rivière pour entrer, il fera probablement dc même pour sortir, le prévint Tom. En l'attendant ici, on peut le prendre par surprise à son retour. Si vous essayez de vous approcher des accumulateurs, vous allez vous mettre à découvert. Je peux vous garantir qu'il est armé et qu'il a de quoi voir dans la nuit…

– Je ne peux pas rester là, loin de mes gars », lui répondit Mathis en s'élançant vers le haut de la colline et les accumulateurs.

Tom se retrouva seul avec Grant.

« Je dois y aller moi aussi, grommela ce dernier d'un air lugubre, avant de faire un pas dans la direction qu'avait prise l'agent de sécurité.

– C'est du suicide ! lui lança Tom. Il n'aura plus qu'à vous cueillir...

– S'il fait tout sauter, on va mourir de toute façon. »

Tom acquiesça de mauvaise grâce et dit à voix basse :

« Je n'ai pas d'arme.

– Restez ici, la sécurité va rappliquer, dit Grant. Dites-leur où nous sommes allés. »

Il se retourna sans plus attendre pour prendre la suite de Mathis et grimper sur la colline en courant.

Tom resta quelques secondes au bord de la rivière. Deux coups de feu retentirent dans les ténèbres. En un éclair il se retrouva à gravir la butte à toute vitesse, au mépris du danger. Il trouva Grant penché au-dessus de Mathis. L'agent de sécurité avait reçu une balle en pleine tête.

« Lâchez vos armes ! » lança une voix autoritaire.

Ils virent un homme de grande taille, tout habillé de noir, s'avancer vers eux, prêt à faire feu.

Après une seconde d'hésitation, Grant sortit prestement son arme et fit feu en même temps que Green Man. Il émit un son rauque, porta la main à sa poitrine et s'affaissa. Tom s'agenouilla auprès de lui. Et le vit mourir. Jamais ils n'avaient été vraiment proches, mais Tom avait appris à apprécier Grant, à le respecter. Il ressentit à la fois de la stupeur et de la rage. Il récupéra le Glock que l'agent tenait dans sa main sans vie, tandis que des pas se rapprochaient.

« Tom Smith, lui dit une voix maintenant familière. C'est toi qui les as amenés ici. » Cela n'avait rien d'une question.

« Tu arrives vraiment à penser comme moi... Que Dieu te vienne en aide. »

Tom leva les yeux et put voir Green Man, à moins de trois mètres. De la main droite il tenait son arme, sa main gauche était pressée contre son estomac.

Tom se redressa. Ils se retrouvèrent face à face. Tom releva le Glock jusqu'à le pointer vers le visage de Green Man.

« Ce sont deux hommes justes de plus que vous venez de tuer. »

Il brûlait d'appuyer sur la détente, pour venger Grant et Mathis, ici et maintenant, et tous les innocents, adultes et enfants, dont cet homme avait causé la mort – mais aussi pour faire honneur à la confiance de Brennan. Et enfin parce que Warren Smith, lui, n'aurait pas hésité une seule seconde à faire feu.

Mais ils étaient en train de se regarder dans les yeux, et Tom ne tira pas.

« Il va bientôt y en avoir beaucoup d'autres, annonça Green Man. Ces accumulateurs sont programmés pour exploser dans quelques secondes. Il n'y a rien à faire pour l'empêcher. À ce moment-là, tout cet endroit va devenir un enfer... » La douleur le faisait grimacer. « L'un de nous a une chance de s'en tirer. Et ça ne peut pas être moi. »

Il retira la main de son estomac, laissant Tom voir le sang couler.

« Il n'y a aucun moyen de quitter les lieux en si peu de temps, dit Tom.

– Il y en a un. »

Green Man descendit d'un pas, vers Tom et la rivière. À le voir ainsi plié en deux, on devinait aisément que chaque pas était pour lui une torture. Il désigna la rive en contrebas.

Une forme de métal sombre luisait discrètement dans l'obscurité. La chose était arrimée dans les eaux peu profondes, à quelques pas de l'endroit où ils se trouvaient.

« Si tu arrives à passer sous la clôture, il y a une moto qui t'attend. Elle est attachée au premier gros arbre que tu trouveras sur le chemin, à moins d'un kilomètre. »

Tom le regarda dans les yeux et jeta son arme au loin dans la Kildeer.

« À quoi bon ? C'est la fin des temps. En Suède, ici, partout. »

À l'agonie, Green Man répondit, haletant de douleur :

« J'aimerais me dire que ces gens en Suède… et même Dieu en personne… nous accorderont juste un tout petit délai… si on se montre capables de l'utiliser correctement. » Son visage se tordit, il tomba à genoux et lança dans un râle : « Tom Smith, j'ai compris à quel point tu avais envie de vivre, à la façon dont je t'ai vu sauter du ferry. Continue comme ça, et emporte ça avec toi. »

Il tendait un objet que Tom saisit au creux de sa main. Un téléphone portable, glissé dans un étui de protection.

« Qu'est-ce qu'il y a là-dedans ?

– Un dernier message à mes fidèles… et à mes enfants. Au cas où je ne m'en tirerais pas. Vas-y, maintenant. »

Tom partit alors vers la rivière, en marchant puis au pas de course. Il repéra le respirateur mais, ne sachant comment l'utiliser, décida qu'il n'avait pas le temps de s'en occuper. Il se tourna vers ce qui semblait, juste sous la surface, être un scooter sous-marin. Il en alluma le moteur et les deux hélices se mirent en marche. Mais il ne s'en alla pas immédiatement. Il sortit d'abord de son étui le téléphone de Green Man et le pointa vers la colline.

« Vas-y, maintenant », lui dit de nouveau Green Man, à la fois autoritaire et implorant.

Avec le téléphone, Tom se mit à filmer. Green Man sembla comprendre et se redressa sur un de ses genoux. En hauteur derrière lui, le premier cylindre explosa. Un panache de flammes orange s'échappa du sommet, puis la structure éclata dans toutes les directions à la fois. En contre-jour de l'incendie se découpait parfaitement la silhouette de Green Man. Un deuxième accumulateur explosa, faisant trembler le sol. Tom rangea le téléphone dans son étui et le glissa dans sa poche. Il attrapa ensuite les poignées du véhicule, régla la vitesse au maximum.

Le moteur rugit et le scooter artisanal fendit la rivière, emportant Tom au-dessus du gravier. Il accéléra vers l'aval, glissant contre le fond, manquant de se faire désarçonner avant de parvenir à maîtriser sa course folle. Il aspira de l'air en se propulsant vers la surface puis repartit vers le fond, en direction de la clôture. Au-dessus de lui s'étalait un ciel nocturne rempli de nuages orange et d'un rouge de feu, traversé en tous sens par des jets de pierres et de débris métalliques arrachés par l'explosion, qui tombaient en pluie à travers cet enfer et jusque dans la rivière. La terre tremblait si fort que la fin du monde semblait bel et bien venue.

51

Sharon avait couché les enfants, puis était restée à leurs côtés jusqu'à ce qu'ils aient trouvé le sommeil. Dans cette charmante petite ferme, ils avaient deux chambres séparées, mais ils étaient tous deux sujets aux angoisses et avaient préféré rester ensemble. Elle les avait écoutés réciter leurs prières, demander à Dieu de protéger leur père, puis elle leur avait chanté une chanson. Quand ils étaient plus jeunes, dans le Michigan, elle avait pris l'habitude de les endormir en fredonnant doucement, chaque soir. Mais une fois passé les dix ans de Gus, ce dernier avait déclaré être trop vieux et le rituel avait cessé. Aujourd'hui pourtant, il leur semblait réconfortant et approprié, alors elle avait fait ressurgir quelques-uns de leurs airs favoris, en terminant par « All Through the Night », cette berceuse galloise que lui chantait sa mère.

Une fois les enfants endormis, elle rejoignit sa chambre, y alluma son ordinateur et regarda pour la centième fois cette courte vidéo qui avait battu tous les records de consultation depuis les débuts d'Internet. Personne ne semblait savoir qui en était l'auteur ni comment elle s'était retrouvée sur la Toile, mais elle était devenue un phénomène d'envergure planétaire. Nettement, elle distinguait le visage meurtri de son mari qui se redressait, genou au sol puis sur ses deux jambes, avant d'exécuter vers la caméra un geste de la main, ample et sans équivoque, invitant le monde à suivre son chemin. On le voyait ensuite se tourner vers les flammes de l'enfer, résolu, amorcer un dernier pas en direction de l'incendie au moment où la vidéo prenait fin.

Sharon pleura, comme elle l'avait fait à chaque visionnage – la souffrance qu'il avait dû ressentir, la solitude qui s'abattait sur elle. Mais aussi parce qu'il avait voulu arrêter et qu'elle l'avait poussé à continuer, au prix de sa vie et de leur avenir. Enfin, au plus profond c'était pour ses enfants qu'elle pleurait. Ses enfants qui pour grandir allaient devoir se débrouiller avec le souvenir d'un martyr et l'absence d'un père.

Mais Sharon réalisait aussi que c'était par son sacrifice que Green Man avait atteint son but. Le *Washington Post* avait publié son ultime missive, qui exposait les dangers terribles de la fracturation hydraulique, générant ainsi un tollé national, notamment au sein de la jeunesse. L'image du pétrole et du gaz comme « énergies de transition propres et incontournables » était sévèrement remise en question, aussi bien au sein des associations étudiantes que dans les débats qui agitaient le Sénat. Les multinationales qui extrayaient des milliards de dollars du sol pétrolifère se sentirent soudain sommées de justifier les émissions de méthane et d'autres gaz nocifs, faisant face à de solides inquiétudes auxquelles même les plus fervents lobbyistes et les théories scientistes les plus retorses ne parvenaient pas à répondre.

De façon peut-être encore plus essentielle, le martyre et la mort de Green Man l'avaient doté d'une aura surhumaine auprès d'une jeunesse qui allait peser sur les prochaines élections et sur l'avenir du pays. Il était devenu omniprésent, son image et ses paroles étaient reprises partout, dans les livres, au flanc des bus, sur les tee-shirts des campus. Et cette fois ce n'était pas la projection fantasmée d'un portraitiste : on connaissait sa véritable identité. Green Man s'était appelé Paul Sayers, puis Mitch Farley. Il avait été le père de deux enfants, qu'il avait élevés dans une petite ville du Michigan, et tout le monde savait qu'il avait épousé une certaine Sharon. Le FBI et le département de la Sécurité intérieure en avaient bien sûr également connaissance. Plus jamais elle ne pourrait se sentir en sécurité, mais elle en ressentait aussi une certaine fierté.

Elle sécha ses larmes et se dirigea vers la fenêtre pour y observer les reflets de la lune qui tressaient des maillons dorés à la surface du lac. Elle allait devoir en parler aux enfants. Gus se posait beaucoup de questions. Ils se sentaient seuls, ils avaient envie de rencontrer d'autres enfants, d'aller sur Internet. Il fallait leur expliquer pourquoi ils devraient rester confinés en famille, pour quelques années au moins, pourquoi ils seraient déscolarisés, pourquoi ils allaient passer dans l'enceinte de cette ferme le plus clair de leur temps. Ils auraient aussi besoin de comprendre pourquoi un léger changement de leur apparence serait indispensable.

Assez ironiquement, ils étaient les deux seuls êtres au monde à ne pas être au courant. Mais il valait mieux que ce soit leur mère qui leur apprenne la vérité. Elle le ferait le lendemain matin, en prenant le petit déjeuner en famille, sur le porche qui dominait le lac. Il y aurait alors des larmes, de la colère, mais aussi de l'amour, de la fierté, et ce secret partagé qui allait cimenter leurs relations familiales pour les décennies à venir. L'étoffe dont étaient faites les légendes.

Elle allait devoir trouver la force de leur montrer la vidéo. Voir c'était croire, et la vérité devait primer sur tout le reste. Green Man avait enregistré un dernier message à leur intention, il était là, ils auraient besoin de l'entendre. D'entendre à quel point il les aimait. Pour elle, il n'avait rien enregistré : il lui avait murmuré lui-même son dernier message, après leur dernière étreinte, dans leur maison du Michigan, sur ce lit qu'il avait sculpté de ses propres mains dans le chêne.

Il lui manquait tant… Sharon en eut des frissons. Voilà ce qu'elle ressentirait, désormais. Ou peut-être que le temps guérissait les blessures et qu'elle trouverait un jour la paix, et quelqu'un d'autre à aimer, qui sait ? Mais elle ne pouvait y croire. Pour l'heure, elle traversait le pire. Elle appuya sa joue contre le froid de la vitre coulissante. L'hiver était encore loin mais elle sentit la morsure de la nuit.

Elle plongea son regard dans le clair de lune à la surface de l'eau et imagina qu'il était ici avec elle, devant ce lac, l'enlaçant de ses bras puissants. « On a réussi, Shar, lui soufflait-il dans le creux de l'oreille. On a remis le monde en place, et maintenant on a les quarante prochaines années devant nous, tous les deux. » Il se tenait derrière elle ; elle ne pouvait le voir mais ressentait clairement sa présence. Il était là, en chair et en os, elle sentait son souffle derrière ses cheveux, la chaleur de son corps contre le sien. Ses lèvres effleurèrent sa nuque, ses mains firent glisser sa robe, et tout en lui murmurant qu'il l'aimait il la fit pivoter en douceur.

Lentement elle se tourna mais ne trouva que les ténèbres. Elle détourna immédiatement le regard de cet obscur néant qui lui faisait face, revint au lac. Elle fit glisser la porte coulissante, fit trois grands pas vers le bord et, depuis le ponton, plongea dans l'étendue ouverte devant elle. Elle nagea droit vers les profondeurs, là où l'eau était glaciale et la lumière inexistante. Cachée au fond de ce lac canadien, elle était à l'abri du monde. Mais la lune n'allait pas la laisser ainsi dissimulée : ses reflets lumineux eurent tôt fait de la repérer, et c'est à contrecœur qu'elle suivit ce rayon scintillant jusqu'à la surface. Elle continua de nager le long des maillons dorés qui la guidèrent hors de l'eau, jusqu'à l'intérieur, où elle enfila de nouveau sa robe. Elle se dirigea alors vers la chambre des enfants, pour s'y allonger, tout près de Kim, qui remua sans ouvrir les yeux. Ainsi s'endormit Sharon, à côté de ses deux enfants.

52

Julie la regardait, légèrement ébahie. Elle avait déjà vu sa mère prendre la parole et n'ignorait pas l'emprise qu'Ellen pouvait avoir sur son auditoire. Mais à la tête du Green Center elle avait toujours été courtoise et mesurée, une présence rassurante, raisonnable, un contrepoids face aux militants plus radicaux avec qui elle devait travailler. Ce matin pourtant elle les avait laissés sur le carreau – même Richard en était bouche bée –, sans même élever la voix ni en appeler frontalement à la violence. Mais tout le monde avait senti crépiter chacune de ses phrases – des phrases inattendues, tranchantes, comme autant d'étincelles destinées à mettre le feu aux poudres.

« Ce que je veux vous dire, c'est que nous ne pouvons plus, en tant qu'organisation, nous permettre de ne pas embrasser la figure et la cause de Green Man… tout ce qu'il représente, venait d'expliquer Ellen devant les quarante employés rassemblés dans la salle de réunion du Green Center. Mais cela va plus loin, je dis que nous devons faire tout ce qui est en notre pouvoir pour porter son message et poursuivre sa mission. Ce qui signifie aussi que nous allons devoir nous battre si nécessaire. »

Ses collègues l'avaient écoutée, non pas avachis sur leurs fauteuils près de la fenêtre ou en sirotant leur kombucha sur des poufs selon leurs habitudes, mais comme figés, l'attention aux aguets. Le discours étonnamment vindicatif de leur dirigeante semblait avoir transformé cette ribambelle de doux rêveurs en une véritable armée prête à en découdre.

Louis se leva, souriant mais légèrement fébrile.

« Certes, je me reconnais dans une grande partie des écrits de Green Man, et aussi dans l'essentiel de ton discours. Mais, Ellen, on ne peut tout simplement pas tolérer la violence. Ça ne te ressemble pas. Et ça ne nous a jamais ressemblé.

– La violence n'a rien à voir là-dedans, Lou, lui répondit Ellen. Ça va bien au-delà de cette question. Mais on ne peut pas se permettre d'ignorer les appels à l'action. Nous nous devons de monter au front, de prendre des décisions radicales. Voilà ce que je veux faire, aujourd'hui, et ce à quoi le Green Center va devoir s'atteler. Sans ça, nous resterons sur le bas-côté. Des inutiles. »

À l'écouter, Julie était à la fois transportée et passablement choquée de voir sa mère remiser son habituelle prudence, son pacifisme, pour embrasser des positions plus radicales encore que celles qu'elle-même défendait. Ellen le faisait avec une telle évidence, une telle conviction, que Julie comprit soudain que c'était là son vrai visage, que sa mère n'était pas en train de se transformer mais de se dévoiler. Elle était là, la jeune femme qui vingt ans auparavant avait électrisé les manifestants de San Francisco avant de partir en mission secrète aux côtés de son amant.

« Tu ne comprends pas ? demanda Ellen à Louis – mais sa question s'adressait en fait à chacun d'entre eux. La mort de Green Man change totalement la donne. Le phénomène qu'il est devenu nous fait entrer, nous et notre mouvement, dans une phase cruciale. La bataille pour la survie de la Terre est plus serrée que jamais, ça n'a plus rien d'une course de fond. Quand on doit piquer un sprint, on ne tergiverse pas sur la stratégie : on court. On court aussi vite que le peuvent nos putains de jambes pendant la poignée de secondes qu'il nous reste. » Son regard croisa celui de Julie. La mère et la fille restèrent les yeux dans les yeux et Ellen reprit : « On ne peut plus s'embarrasser de bonnes manières, ni s'enchaîner à nos positions passées. Il est temps de monter au front, sans quoi nous perdrons ceux dont nous avons le plus besoin : la nouvelle génération. Ce sont eux qui ont le plus à perdre, et c'est nous qui les avons mis dans cette situation. Alors on ferait mieux de ne pas les brider. De ne pas leur raconter de conneries. »

Julie hocha discrètement la tête en signe d'approbation. Elle était fière de cette soudaine pugnacité, de cette passion nouvelle.

Richard se leva et prit la parole :

« Ellen, c'est formidable que tu aies changé de ton et d'attitude vis-à-vis de Green Man. Mais là, tu lui tombes carrément dans les bras…

– Je ne veux plus mentir sur cette partie de mon existence, le coupa Ellen. Maintenant, le monde entier sait que j'ai été sa partenaire il y a vingt ans. Pour nous, c'est un atout gigantesque, et je compte bien m'en servir pour prendre l'avantage. Il nous faut mettre son visage en page d'accueil, et il se trouve que j'ai des photos de Paul que personne n'a encore jamais vues. Il nous faut utiliser ses paroles comme nouveaux mots d'ordre pour avancer, et je connais mieux que quiconque sa façon de parler. Je le ferai vivre à travers moi, et parler à travers nous. Ensemble, nous allons mener la bataille et montrer le chemin.

– Pour toi c'est facile, grinça Richard. Tu vas devenir une héroïne nationale, une icône, rien qu'en héritant de sa légende. Vu le désastre juridique qui t'attend, c'est probablement un bon calcul pour toi. Mais pas pour nous. Le boulot qu'on fait est essentiel, particulièrement en ce moment, mais on ne pourra pas continuer si on se retrouve derrière les barreaux et que le Centre doit fermer. Nous sommes dans une situation inédite et très délicate... »

Ellen lui adressa un sourire.

« Richard, tu es devenu si politiquement correct que je te reconnais à peine, pour le coup...

– Non, ce n'est pas juste, répondit-il en colère. Tout ce qu'on a fait ici, j'y tiens. Et nous devons aller au bout. »

Josie s'en mêla :

« Ellen, c'est toi qui nous as presque tous embauchés, tu as créé cet organisme, et c'est toi qui le diriges. Nous te sommes extrêmement reconnaissants, mais là nous sommes pris dans la tempête et...

– Moi, ce n'est pas dans une tempête que je suis prise, lui répondit Ellen. Mais dans une enquête du FBI et du département de la Sécurité intérieure. Si vous ne supportez pas l'idée que votre directrice puisse être arrêtée à tout moment par les fédéraux, alors nous allons devoir nous séparer. Voilà où nous en sommes, mais c'est une force, pas une faiblesse. Je ne baisserai pas la garde, pas d'un pouce. Richard a parfaitement raison : s'ils m'arrêtent, ils feront de moi une martyre. Je ne crois pas qu'ils soient stupides à ce point. S'ils démantèlent notre organisation, ils en feront naître des centaines d'autres, qui s'en iront propager notre message. Affrontons-les avec force et courage. Et si vous refusez cette attitude, je démissionne et je crée une autre structure pour agir. »

Calmement, Julie se leva et quitta la salle. Elle n'aimait pas voir sa mère attaquée sur un problème de stratégie. Elle était à peu près convaincue qu'Ellen allait l'emporter, mais quelque part peu lui importait. L'heure était à la vérité – et sa mère disait la vérité.

Julie monta l'escalier jusqu'au bureau de sa mère et s'installa sur le fauteuil pour regarder les photos. La plupart la représentaient, elle, sa fille, à divers âges. Mais il y en avait une nouvelle, juste au-dessus du bureau. Une photo d'Ellen et de Paul Sayers, qui semblaient terriblement jeunes, en tee-shirts, jeans et bottines. Ils étaient bras dessus, bras dessous sur le pont d'un petit bateau, et derrière eux on distinguait un paysage vallonné. Ensemble, ils avaient l'air en paix, heureux.

Julie étudia attentivement la photo. Sa mère était jeune et belle, et tous deux étaient à l'évidence très amoureux. Elle alluma l'ordinateur d'Ellen et y retrouva l'ultime message de Green Man. Elle l'avait déjà maintes fois écouté, mais ses paroles résonnaient différemment ici, dans ce bureau, sous l'image de ce couple radieux.

Il demandait pardon pour tous les innocents qu'il avait tués. Il précisait à ses admirateurs que s'ils avaient reçu ce message, cela signifiait qu'il était parti. Son combat était désormais le leur, et il était convaincu qu'ils allaient l'emporter. Un jour prochain ils allaient habiter une Terre pérenne. La planète qu'ils auraient sauvée. Vers la fin de son message, il esquissait pour eux le portrait réconfortant de ce monde à venir. Alors Julie se laissa emporter par ce courant d'espoir.

Green Man terminait en demandant au monde quelques secondes de patience, afin qu'il puisse adresser un au revoir beaucoup plus personnel à ses propres enfants, qui étaient encore petits, qui ne comprenaient pas pourquoi leur père n'était plus là. Sa voix se fit plus intime, et nouée par l'émotion. Il leur disait qu'il était désolé de ne pas être présent pour eux, de ne pas les voir grandir. Il savait que cette absence les ferait souffrir. Mais il leur disait aussi qu'il les aimait par-dessus tout, et qu'en grandissant ils finiraient par mieux comprendre la gravité de cette situation qui l'avait poussé à agir. Il espérait leur pardon, ou au moins leur compréhension.

Dans ce bureau du deuxième étage du Green Center, les yeux scintillants de larmes, Julie inclina la tête et murmura, à l'intention de son père :

« Oui, je comprends. »

53

Ayant donné son dernier cours de la journée, Lise rentra chez elle à vélo. Non loin de sa maison, une voiture garée lui lança des appels de phares. Elle vit le conducteur ouvrir sa fenêtre et faire de grands signes dans sa direction. Elle mit un petit instant à le reconnaître – il portait désormais une barbe et son apparence avait sensiblement changé depuis le temps où ils avaient travaillé ensemble. Il semblait ouvert et détendu, et c'est avec un large sourire qu'il la salua en lui lançant :

« Chouette vélo !

– Tom ? Mais qu'est-ce que tu fais ici ?

– J'écoute de la country. C'est assez marrant… si on ne prend pas les textes trop au sérieux.

– Je veux dire, ici, à côté de chez moi ? Tu m'espionnes ?

– Je pars camper à la montagne, lui dit-il. Tu veux venir avec moi une journée ou deux ?

– Du camping ?

– Je me suis acheté une tente. Je ne sais pas si je saurai la monter, mais je me dis qu'avec ta formation d'ingénieur on pourrait s'en sortir. En fait, je traverse le pays pour mon nouveau boulot en Californie.

– Je ne sais même pas si j'ai le droit de m'approcher de toi, dit Lise. Le FBI m'a contactée trois ou quatre fois pour me poser des questions à ton sujet…

– C'est pour ça que j'ai préféré débarquer à l'improviste, lui dit Tom. Pourquoi tu ne monterais pas un instant dans ma voiture, histoire qu'on discute à l'abri ? »

Lise hésita, déplia la béquille de son vélo et pénétra dans la petite voiture électrique.

« Du camping ? demanda-t-elle à nouveau.

– Tu as l'air en forme, dit Tom. Désolé pour le FBI. Ils en avaient après moi aussi. Ils pensent que c'est moi qui ai posté la vidéo de Green Man sur le gisement, mais ils n'ont aucune preuve. En tout cas, celui qui s'est chargé de le faire a parfaitement su couvrir ses traces.

– Je ferais mieux de sortir d'ici et de ne plus jamais te parler !

– Tu sais bien que je ne suis pas un gros buveur, mais si jamais il y avait une toute petite chance pour que tu décides de m'accompagner, sache que j'ai pris un petit rouge italien de tout premier ordre, l'informa Tom. Une bouteille que je n'aurais pas pu me payer sans mon nouveau salaire de la Silicon Valley. Ce n'est pas pour me vanter, mais on peut dire qu'en ce moment ça roule pour moi. »

Elle lui rendit son regard.

« J'ai une visioconférence dans une demi-heure.

– Je peux t'attendre.

– Ça risque de s'éterniser…

– L'avantage, quand on traverse le pays, c'est qu'on peut aller à son rythme. Je vais attendre ici. »

Elle le regarda dans les yeux et finit par rire malgré elle.

« Et pourquoi tu traverses le pays, au fait ?

– Les routes interminables, les perspectives infinies... tout ça, ça m'aide à aller de l'avant, expliqua Tom – et un instant elle put percevoir la souffrance cachée derrière son arrogance toute neuve. Et puis j'ai décidé d'arrêter l'avion. De réduire mon empreinte carbone. En tant que scientifique et cycliste, tu vois forcément ce que je veux dire.

– Je vois surtout que tu es cinglé, répondit-elle avant de tendre la main vers sa joue pour lui donner une affectueuse caresse. Alors vraiment ? demanda-t-elle tout en douceur, tu pars camper à la montagne ?

– Je ne veux pas te mettre la pression. Simplement, comme je passais par là, je me suis dit : Pourquoi ne pas inviter Lise ?

– Je ne refuse jamais de goûter un bon vin », lui dit Lise avant de sortir de la voiture et de pédaler dans sa rue en direction des somptueuses demeures.

Tom se cala dans son siège et se surprit à sourire.

Remerciements

Merci à Aaron Priest, mon inestimable agent depuis déjà trente ans, de m'avoir soutenu du début à la fin. Merci également à Lucy Childs, pour avoir relu tant de versions de ce texte, et pour ses brillantes suggestions. À Lindsey Rose, ma remarquable éditrice, pour avoir cru à ce projet. Durant l'écriture de ce livre, j'ai maintes fois entendu la voix de mes parents, Morton et Sheila Klass, qui ont su me donner les plus belles des leçons d'écriture. Le souvenir de Frances Foster reste une éternelle source d'inspiration. Je tiens à remercier David Orelowitz, pour son aide ainsi que pour son expertise. Jamais je n'aurais pu écrire ce livre sans mon ami et conseiller Ed Nicholas, qui m'a généreusement fait profiter de tout un savoir durement acquis au sujet des méthodes policières et juridiques, et qui a su me conseiller à chaque étape de ce projet. Mes profonds remerciements à mon épouse, Giselle Benatar, pour son amour, pour son soutien, pour son écoute face à mes doutes, et pour m'avoir aidé à concrétiser mon rêve, ce roman qui repose désormais sur mon bureau.

Le traducteur tient à remercier :
Yoko Lacour et Aurélien Masson pour la confiance,
Greta Thunberg pour l'espoir.

Du même auteur

Tu ne me connais pas, Seuil, 2002.
La Trilogie du gardien, tome 1 : (Mu). Le feu sacré de la terre, Intervista, 2007.
La Trilogie du gardien, tome 2 : (Zeta). Le souffle du ciel, Intervista, 2008.
La Trilogie du gardien, tome 3 : (Phi). La clé du temps, Intervista, 2009.

Dans la même collection

EQUINOX

Racket, Dominique Manotti, mars 2018
Un feu dans la plaine, Thomas Sands, mars 2018
Ceci est mon corps, Patrick Michael Finn, avril 2018
Mamie Luger, Benoît Philippon, mai 2018
Requiem pour Miranda, Sylvain Kermici, septembre 2018
Présumée disparue, Susie Steiner, octobre 2018
L'Éternité n'est pas pour nous, Patrick Delperdange, octobre 2018
Les Féroces, Jedidiah Ayres, novembre 2018
L'Étoile du Nord, D. B. John, janvier 2019
Mauvais Œil, Marie Van Moere, janvier 2019
La Vague, Ingrid Astier, février 2019
Paradigma, Pia Petersen, février 2019
Cherry, Nico Walker, avril 2019
Ma douleur est sauvagerie, Pierric Guittaut, avril 2019
Le Triomphant, Clément Milian, mai 2019
Glory Hole, Frédéric Jaccaud, mai 2019
L'Icône, Thierry Marignac, septembre 2019
Personne inconnue, Susie Steiner, septembre 2019
La Meute, Thomas Bronnec, octobre 2019
Le Second Disciple, Kenan G.rgü n, novembre 2019
City of Windows, Robert Pobi, janvier 2020
C'est pour ton bien, Patrick Delperdange, février 2020
Donbass, Benoît Vitkine, février 2020
Joueuse, Benoît Philippon, mars 2020
Marseille 73, Dominique Manotti, juin 2020
The Cry, Helen Fitzgerald, juin 2020
L'Un des tiens, Thomas Sands, octobre 2020
Tu me manqueras demain, Heine Bakkeid, octobre 2020
Lëd, Caryl Férey, janvier 2021
Tous complices !, Benoit Marchisio, février 2021
Un dernier ballon pour la route, Benjamin Dierstein, mars 2021
Serial Bomber, Robert Pobi, avril 2021
L'Heure du loup, Pierric Guittaut, avril 2021
Rendez-vous au paradis, Heine Bakkeid, mai 2021
Pandémonium, Sylvain Kermici, août 2021

L'EXEMPLAIRE QUE VOUS TENEZ ENTRE LES MAINS
A ÉTÉ RENDU POSSIBLE GRÂCE AU TRAVAIL DE TOUTE UNE ÉQUIPE.

ÉDITION : Aurélien Masson
ILLUSTRATION : Yann Legendre
COUVERTURE ET CONCEPTION GRAPHIQUE : Éric Pillault
RÉVISION : François des Accords, Victor Anthelme
et Isabelle Paccalet
MISE EN PAGE : Soft Office
PHOTOGRAVURE : Point 11
FABRICATION : Lucie Le Bon et Maude Sapin
COMMERCIAL ET MARKETING : Pierre Bottura
RELATIONS LIBRAIRES : Jean-Baptiste Noailhat et Damien Nassar
PRESSE ET COMMUNICATION : Hind Boutaljante avec Axelle Vergeade
LES ARÈNES DU SAVOIR : Pierre Bottura avec Marc Blactot, Laura Darmon,
Adèle Hybre, Guillaume Lollier et Clémentine Malgras

RUE JACOB DIFFUSION : Élise Lacaze (direction),
Katia Berry (grand Sud-Est), François-Marie Bironneau (Nord et Est),
Charlotte Jeunesse (Paris et région parisienne),
Christelle Guilleminot (grand Sud-Ouest), Laure Sagot (grand Ouest),
Diane Maretheu (coordination), Charlotte Knibiehly (ventes directes)
et Camille Saunier (librairies spécialisées)

DISTRIBUTION : Interforum

DROITS FRANCE ET JURIDIQUE : Geoffroy Fauchier-Magnan
DROITS ÉTRANGERS : Sophie Langlais
ACCUEIL ET LIBRAIRIE : Laurence Zarra
ANIMATION : Sophie Quetteville
ENVOIS AUX JOURNALISTES ET LIBRAIRES : Vidal Ruiz Martinez
COMPTABILITÉ ET DROITS D'AUTEUR : Christelle Lemonnier,
Camille Breynaert et Christine Blaise
SERVICES GÉNÉRAUX : Isadora Monteiro Dos Reis

Titre original : *Out of Time*

Publié avec l'autorisation de Dutton, une marque de Penguin Publishing Group, filiale de Penguin Random House LLC.

Les Arènes,
17-19, rue Visconti, 75006 Paris
Tél. : 01 42 17 47 80
arenes@arenes.fr
www.arenes.fr

Achevé d'imprimer en France
sur les presses de l'imprimerie Normandie Roto s.a.s
à Alençon (Orne) en juillet 2021.

L'ensemble de cet ouvrage a été réalisé
dans le respect des règles environnementales en vigueur.
Il a été imprimé par un imprimeur certifié Imprim'vert,
sur du Lac 2000 PEFC pour l'intérieur
et une carte Metsäboard PEFC pour la couverture.

ISSN : 2609-7966
ISBN : 979-10-375-0298-8
Numéro d'impression : 2103450
Dépôt légal : septembre 2021